Blonde létale

Remerciements

Avant toute chose, je veux remercier mon merveilleux éditeur, Karen Kosztolnyik, pour ses conseils, ainsi que mon courageux agent, Sandy Dijkstra, pour son soutien, sans parler de son étonnante équipe, et notamment de Taryn et d'Elise. Je désire aussi remercier les personnes qui m'ont si généreusement aidée dans mes recherches, l'un des plus agréables travaux du métier d'écrivain : Kate Carcaterra ; le journaliste de télévision Barry Cunningham ; la directrice du département médico-légal du Bureau du médecin légiste en chef de New York, Barbara Butcher ; l'acteur Brad Holbrook ; le psychothérapeute Mark Howell ; l'équilibriste Angela Jones ; le directeur du service des urgences de l'hôpital de Milton dans le Massachusetts, Paul Paganelli ; l'ancienne inspectrice, spécialiste des stupéfiants, Trinka Porrata ; le rédacteur en chef de *In Touch*, Richard Spencer ; la romancière et journaliste Sheila Weller ainsi que le lieutenant Gene Whyte de la police de New York.

1

Tout a commencé par une coïncidence. Pas une de ces coïncidences glaçantes qui vous donnent l'impression que quelqu'un vient de piétiner votre tombe. En fait, je me suis par la suite rendu compte que l'appel téléphonique que j'avais reçu cette nuit-là, à la fin de l'été, n'était pas si imprévisible que cela. Mais, sur le coup, il m'avait laissée sans voix. Et, bien entendu, il marqua le début d'une série d'événements atroces...

Ce jour-là, j'avais décidé de passer au bureau, ce que je faisais rarement le mardi. En cette mi-septembre, la chaleur était suffocante, et il eût été plus agréable de simplement lézarder au soleil sur la terrasse de mon appartement de Greenwich Village, en sirotant quelques verres de thé glacé. Mais le bureau comptait depuis peu une nouvelle rédactrice adjointe, Valerie Crowe, une excitée plutôt soupe au lait qui vous laissait en général pantelante avec l'envie irrépressible de lui administrer une piqûre de tranquillisant. Je pensais donc qu'il serait opportun de faire un peu acte de présence. Mes articles sont revus par le rédacteur en chef, mais la plupart de mes sujets me sont donnés par les rédacteurs adjoints, qui me conseillent souvent sur les pistes à suivre. Le mardi est pour nous le lendemain du bouclage. Je savais donc qu'elle aurait vraisemblablement un peu de temps libre, la plupart des membres de l'équipe n'arrivant jamais ce jour-là avant midi.

Je m'appelle Bailey Weggins et je suis reporter à *Buzz*, l'un des hebdos de la presse *people* devenue drogue dure de la femme moderne de moins de trente-cinq ans. Contrairement à la plupart des journalistes de ce magazine, je ne m'occupe ni des querelles matrimoniales ni des troubles alimentaires des stars. Je couvre plutôt les délits commis par les célébrités – quand, par exemple, une figure du show-biz tente d'assommer un concierge d'hôtel de luxe avec un téléphone ou engage un tueur à gages pour éliminer sa femme.

Ce n'est pas vraiment une vocation. Après la fac, je me voyais plutôt écrire des romans policiers, mais quand ce boulot s'est présenté à la fin des grandes vacances, la curiosité et aussi de banales considérations matérielles m'ont incitée à l'accepter.

« Journaliste criminelle du show-biz... Tu dis que c'est une sorte de spécialité journalistique ? » m'avait alors demandé ma mère, comme si cela avait été comparable aux métiers de neurochirurgien ou d'astrophysicien.

Au début, ça n'avait pas été vraiment facile parce que je ne connaissais absolument rien aux vedettes. Bien sûr, j'avais glané quelques infos de base sur certaines stars incontournables (du genre Brad & Angelina ou Gwyneth & TomKat) en écoutant mes copines ou en feuilletant des magazines *people* dans la salle d'attente de mon dentiste. Mais mon savoir sur l'univers de la « célébritude » s'arrêtait là. En fait, deux semaines après avoir été embauchée par *Buzz*, je croyais encore que Jake Gylenhaal et Orlando Bloom n'étaient qu'une seule et même personne. Mais j'avais appris assez rapidement mon boulot et, à ma grande surprise, j'avais fini par vraiment apprécier ces deux ou trois jours hebdomadaires de travail. Le train de vie des stars dépasse l'entendement, leurs écarts de conduite aussi. J'avais donc découvert que faire des reportages sur ce monde d'excès et de paillettes pouvait être tout à fait passionnant.

De plus, en novembre, une petite boîte d'édition devait publier un recueil de mes différents articles sur le sujet, *Hommes vicieux et femmes perverses*. Encore un pas et j'allais pouvoir devenir agent.

À mon arrivée, les bureaux de *Buzz* étaient aussi silencieux qu'un cimetière, mais leur température était aussi agréablement fraîche, comme si leur désertion avait permis d'éviter une surchauffe. Je saluai quelques-unes des rares personnes présentes en me dirigeant vers l'énorme îlot central qui occupait la plus grande partie des locaux. Je me trouvais dans la partie de cet espace surnommé l'Utérus qui avoisine les départements affectés à la production et héberge la plupart des rédacteurs et des jeunes éditeurs. Les éditeurs expérimentés sont pour leur part installés dans des bureaux vitrés qui cernent ce local. Mon propre bureau jouxtait celui d'une rédactrice confirmée du nom de Jessie Pendergrass et celui de Leo Zern, un éditeur photo qui n'avait pu être logé dans les bureaux attribués au département Photo.

— Salut, fis-je à Leo en déposant sur le bureau mon sac à main et mon cabas.

Il était la seule personne dans le voisinage. Il finit par s'arracher à son ordinateur pour m'accorder un regard.

— À quoi devons-nous cet honneur ? me demanda-t-il. Je pensais que tu ne venais pas aujourd'hui.

— Je voulais finir deux ou trois trucs. Jessie est dans le coin ?

— Elle n'est pas encore arrivée. Hier, je l'ai entendue confier à quelqu'un que son épilation laissait à désirer, alors elle est peut-être en train de se faire retoucher le maillot.

— Quelque chose à signaler ?

— Pas vraiment. Bon, ce matin il y a eu un tout petit peu d'effervescence. Tu te rappelles qu'on a dit que Britney Spears ressemblait à un Schtroumpf ?

— Non, mais je te crois sur parole.

— Eh bien Nash a reçu un coup de fil aujourd'hui et ça a bardé.

Leo faisait allusion à Nash Nolan, le rédacteur en chef.

— Avec l'agent de Britney ?

— Non, avec un représentant des Schtroumpfs. Ils ne veulent pas être associés à Britney.

— Très drôle. Sur quoi bosses-tu ?

Je m'approchai de son bureau pour voir ce qu'il avait à l'écran. Il s'agissait d'une photo plutôt floue d'une blonde inconnue du genre starlette, assise à la terrasse d'un restaurant et qui enfournait des frites par douzaines dans une bouche aussi béante qu'un panier de linge sale.

— Les paparazzi ne laissent jamais ces filles en paix, n'est-ce pas ? remarquai-je.

— Ceux qui prennent ces clichés ne se considèrent pas comme des paparazzi, me précisa-t-il. Ce sont des snackarrazzi[1], des spécialistes du casse-croûte, en quelque sorte.

— Tu te fiches de moi ?

— Pas du tout. De nos jours, c'est ce type de photos qui se vend le mieux. Elles valent à peu près autant que celles d'une vedette surprise en train de se gratter les fesses.

— Rappelle-moi de ne pas commander un double cheeseburger la prochaine fois que je déjeune en terrasse.

— Oh, je pense que tu n'as pas grand-chose à craindre, Bailey, dit-il avec ironie.

Je vérifiai mes e-mails ainsi qu'un certain nombre de sites Internet pour voir si une personnalité en vogue n'avait pas fait parler d'elle. Mais tout semblait plutôt calme. Après m'être servi une tasse de café, j'allai donc flâner du côté du bureau de la nouvelle rédactrice adjointe.

— Salut, Val, fis-je en passant ma tête par la porte de son bureau, un large sourire, quoiqu'un peu forcé, aux lèvres.

1. « Snack » signifie amuse-gueule, casse-croûte (NdT).

J'aurais adoré être experte en diplomatie de bureau, mais je ne sais ni faire de la lèche ni brasser de l'air, surtout quand mon interlocuteur est une abrutie patentée, et je soupçonnais Valerie d'en être une. L'un des types avec lesquels j'avais travaillé à l'*Albany Times Union*, lors d'un stage de journalisme en presse écrite, disait que quand je faisais de la lèche, je n'étais pas sans évoquer une ponceuse électrique.

— Que puis-je faire pour toi ? me demanda Valerie sans enthousiasme.

Elle avait tiré ses cheveux sombres en arrière, accentuant ainsi son nez aquilin qui séparait deux billes marron. Sa triste mine me fit penser au chien de mes parents, émergeant d'un étang.

— Juste pour voir si tu avais besoin de moi pour un truc quelconque, mentis-je.

— Sur quoi bosses-tu en ce moment, me demanda-t-elle, avec un brin d'impatience.

« Eh bé, j'ai l'impression que tu ne m'aimes pas beaucoup », pensai-je. Mais je ne voyais pas pourquoi. Elle était arrivée au magazine peu de temps après que la précédente rédactrice en chef, Mona Hodges, avait été tuée dans son bureau de plusieurs balles dans la tête. Cette période avait été plutôt chaotique, surtout pour moi, dans la mesure où c'est moi qui avais découvert non seulement le corps de Mona cette nuit-là, mais aussi l'identité de son meurtrier, manquant donc de peu, au passage, de connaître le même destin fatal. Nash, qui était alors le numéro deux, était devenu rédacteur en chef peu de temps après et un rédacteur adjoint avait dû le remplacer dans ses fonctions antérieures. Aujourd'hui, Valerie occupait ce poste. Je me demandais parfois si elle ne prenait pas mal le fait que Nash et moi-même étions assez proches et que je disposais de pas mal d'autonomie.

— Rien de fondamental pour le moment, lui répondis-je. Je suis seulement sur quelques pistes. Je ne reviendrai probablement pas au bureau dans la semaine, à moins qu'il arrive quelque chose de spécial.

— Préviens juste Audrey, dit-elle, faisant référence à la rédactrice chargée des plannings.

Puis elle se tourna vers son ordinateur, comme si son travail ne pouvait absolument pas attendre.

— Pas de problème, fis-je en m'éloignant.

Ça valait bien la peine que je me tape une demi-heure de métro. Mais puisque je me trouvais au bureau, j'en profitai pour gérer un ou deux trucs administratifs et avaler une nouvelle tasse de café. Après cela, n'ayant plus rien à faire, je me décidai à partir.

— Hé, Bailey, je sais quelle va être ta prochaine série télévisée préférée, me lança Leo tandis que j'éteignais mon ordinateur. Tu t'es renseignée sur les sorties de l'automne ?

— Non, mais je dirais... euh, *Survivator – Une célibataire à New York* ?

— Naaan. La toute dernière série s'intitule *Morgue*. Elle parle d'enquêteurs qui travaillent avec le bureau du médecin légiste. Vu tes intérêts morbides, ça devrait te passionner.

— Je crois qu'il y a déjà des milliers de séries sur le sujet, non ?

— Bah, j'imagine que le public en redemande.

Pour faire plaisir à Leo, j'allai jeter un coup d'œil sur son écran. On pouvait y lire un synopsis de la série et y voir quelques images tirées de différents épisodes. Il y avait aussi une photo de groupe de l'ensemble des acteurs concernés, tous parfaitement coiffés et impassibles, avec dans le regard cette étincelle traduisant un désir inaltérable de justice impartiale et d'audience maximale. J'en étais à ces puissantes considérations quand, soudain, ma mâchoire faillit se décrocher : Chris Wickersham figurait sur la photo. Je savais déjà qu'il était acteur et, accessoirement, mannequin, mais j'avais eu une brève aventure avec lui l'hiver précédent. D'où le décrochage.

— Waow, expirai-je.

— Quoi, tu penses que ça devrait effectivement te passionner ?

— Non, mais le type, là, sur la droite, je le connais.

— Vraiment ? s'étonna Leo en scrutant la photo. Tu veux dire Chris Wickersham, celui qui joue le rôle de Jared Hanson, l'enquêteur à l'instinct infaillible et aux humeurs imprévisibles ? Il est hétéro ?

— Très. Ils disent que la série concerne la morgue de New York. Ça veut dire que ça se tourne en ville ?

— Pas nécessairement. Voyons voir... Oui, l'intégralité du tournage a lieu à New York. Il a été ton petit ami ?

— Quelque chose comme ça, l'espace de quatre secondes. Autre chose ?

— Non, juste que le lancement aura lieu dans deux semaines.

— Bon, je ferais mieux de filer. Tu pourras saluer Jessie de ma part ?

Après avoir récupéré mes affaires, je me dirigeai vers la sortie, songeant à ce que je venais d'apprendre sur Chris. La dernière fois que je l'avais vu, en mars dernier, il s'apprêtait à débarquer à L.A., espérant y décrocher un rôle dans une série à succès, comme à peu près trois millions d'autres gars dotés d'un regard langoureux et de maxillaires parfaits. Nous ne nous étions pas promis de rester en contact (même s'il m'avait envoyé deux e-mails et la carte postale habituelle de Hollywood), et j'avais supposé que ses démarches n'avaient pas encore porté leurs fruits. Eh bien, je me trompais. Et, compte tenu de la passion du public pour le sang et les cadavres, il était prévisible que la série fasse un tabac. J'étais heureuse pour Chris : il méritait de réussir. Pourtant, sans vraiment savoir pourquoi, tout cela me déconcertait vaguement. Peut-être était-ce dû au fait que j'avais embrassé fougueusement un garçon qui était en passe de devenir le nouveau sujet de conversation des midinettes de toute l'Amérique devant la machine à café.

Je pris le métro jusqu'à l'angle de la 8e Avenue et de Broadway, allai m'agiter à la salle de gym pendant une demi-heure, fis quelques emplettes de base à l'épicerie d'en bas, avant de finalement regagner mon appartement situé au coin de la 9e Avenue et de Broadway. Bien que je ne fusse partie que quelques heures, la chaleur qui y régnait était étouffante. Je me ruai donc sur l'air conditionné et me versai un grand verre d'eau glacée avant de m'affaler sur le canapé. Les souvenirs de ma relation avec Chris Wickersham me revenaient peu à peu. Je l'avais rencontré en avril, un an auparavant, lors d'un mariage où il travaillait comme serveur pour compléter les maigres revenus qu'il tirait de ses activités de mannequin et d'acteur. Il était tout simplement superbe. Le genre de type qu'on a presque du mal à regarder.

Il avait noté mon numéro de téléphone et m'avait appelée, mais je l'avais envoyé balader. Il avait dix ans de moins que moi, et même si ce genre de détail n'effraie ni Cameron Diaz ni Demi Moore, je ne parvenais pas à me faire à l'idée d'avoir une aventure avec un gars dont j'aurais pu être la baby-sitter. Et puis, neuf mois plus tard, nous avions repris contact à l'occasion d'une enquête criminelle pour laquelle j'avais eu besoin de son aide. À l'époque, je sortais depuis déjà pas mal de temps avec un type du nom de Jack, mais quand, un soir, Chris m'avait embrassée, j'en avais été totalement chamboulée. Cela correspondait à une période de doutes quant à ma relation avec Jack. D'ailleurs, peu de temps après, j'étais à nouveau célibataire. Chris et moi avions alors eu quelques rendez-vous galants et quelques séances plus « sportives », mais j'avais été incapable de passer à la vitesse supérieure. Chris avait fini par me demander : « Bon sang, Bailey, c'est quoi ton problème ? C'est oui ou c'est non ? » Bah, ça avait fini par être non. En y réfléchissant, je crois que mes doutes étaient liés à une sorte de sentiment de culpabilité : j'avais toujours associé Chris à ma rupture avec Jack.

Si je le rencontrais aujourd'hui, aurais-je encore ces doutes ? Pas sûr. Quel effet cela ferait-il de sortir avec un gars que des millions de gens regardent à la télé ? Bailey, mon petit, tu t'égares, avec tes idées de midinette.

Quoi qu'il en soit, je finis mon verre à sa santé. J'avais prévu de rester à la maison pour travailler à un article *free-lance*. De toute façon, depuis mes déboires sentimentaux de l'été avec un type prénommé Beau Regan, mon petit cœur se remettait doucement. Cela dit, la vague de chaleur avait anéanti mes ambitions journalistiques et je me demandais bien qui je pourrais appeler pour une petite sortie sans préavis. Landon, mon voisin septuagénaire qui m'accompagnait parfois, m'avait dit qu'il voulait voir un film allemand au cinéma de West Houston Street. L'une de mes copines de fac venait de rompre avec son mari et elle était ouverte à toute proposition pourvu que cela puisse la sortir de son appartement. Mais une soirée en sa compagnie pouvait être redoutable, car elle passait son temps à me mitrailler de questions presque agressives auxquelles il m'était totalement impossible de répondre : « Est-ce que tous les mecs sont de véritables connards ou seulement ceux que je rencontre ? » « Non mais, franchement, qui donc boirait un Martini-poire ? » « Tu crois que je déborde de colère ? »

Tout bien réfléchi, un petit restau en solitaire sur MacDougal était tout aussi indiqué. Je me dirigeai donc vers ma chambre pour me changer, quand mon téléphone portable se mit à sonner. L'ayant finalement extirpé du fond de mon sac, je répondis :

— Allô.

— Bailey ?

— Oui.

— Salut, c'est Chris Wickersham.

L'espace d'un instant, je crus que Leo me faisait une blague. Mais il n'aurait pas su reproduire cette voix si familière, chaude et douce. Je respirai donc un bon coup, un peu assommée par la coïncidence.

— C'est dingue, bredouillai-je. Je… j'ai lu un truc sur toi il y a tout juste deux heures. Félicitations. J'ai… euh… appris pour la série.

Bon sang, Bailey, je comprends pourquoi tu as choisi un métier de l'écrit. On devrait t'interdire d'ouvrir la bouche.

— Oh, merci, dit-il. Je ne m'y attendais pas vraiment. J'avais prévu de t'appeler. Juste pour dire bonjour, je veux dire.

— Alors, de retour à New York ?

— Oui, j'ai un studio à TriBeCa. Je ne veux pas me lancer dans des dépenses somptuaires avant de savoir si la série va marcher.

— Le planning est-il aussi dingue qu'on le prétend ?

— Parfois, il y a des journées de quatorze heures. Mais c'est ce que je voulais et je ne me plains pas. La série commence dans quelques semaines ; on passera alors aux mesures d'audience.

— Oh, le sujet de la série semble vraiment idéal. Je suis sûre que ça va être un succès.

— C'est ton genre de truc, hein ?

— Tu es la deuxième personne à le prétendre aujourd'hui.

— Dis-moi, je t'appelle parce que… enfin, je voulais te recontacter, mais… Ce serait possible de boire un verre ensemble ? J'ai besoin de te parler d'un truc.

— Sans problème.

Sa voix ne trahissait pas vraiment la fébrilité du type qui tourne autour de son téléphone depuis des mois et qui finit par se lancer pour tenter de reconquérir sa dulcinée, mais j'étais néanmoins curieuse de ce qu'il avait à me dire.

— Quand veux-tu que nous nous voyions ?

— Je sais que c'est court, mais pourrais-tu te libérer maintenant ? C'est plutôt urgent et tu es la seule personne vers laquelle je puisse me tourner.

— De quoi s'agit-il ? Tu as des ennuis ?

— Non, non. Mais un de mes amis est peut-être dans de sales draps. J'ai besoin de ton conseil.

— Tu peux me mettre sur la voie ? demandai-je, même si je me doutais que si l'un de ses potes avait des ennuis, il ne pouvait s'agir que de drogue ou d'argent, ou des deux à la fois.

— Eh bien... Écoute, ça t'embêterait qu'on en parle de vive voix ? Je pense que ce serait idiot d'en discuter au téléphone pour tout répéter quand on se verra.

— Bon, ce *serait* possible maintenant, finis-je par admettre. J'avais prévu de rester travailler à la maison ce soir, mais ça peut attendre.

— Génial, dit-il.

Il proposa que nous nous rencontrions une heure plus tard près de chez moi. Je suggérai le nom d'un bar sur la 2e Avenue, entre la 9e et la 10e Rue. C'était à moins de cinq minutes à pied de chez moi.

Après avoir raccroché, je me dirigeai rêveusement vers la salle de bains pour me rafraîchir le visage et aussi un peu les aisselles. Je n'en croyais pas mes oreilles. Était-ce le destin qui m'amenait à croiser Chris Wickersham tous les neuf mois ? Je me demandais si son histoire de copain n'était qu'un prétexte pour me revoir. Son appel ne me permettait pas vraiment d'en juger. Et je ne savais pas du tout ce que j'allais ressentir en le revoyant. Je l'avais toujours trouvé très attirant. Le fait que je n'étais plus en proie à la culpabilité (et que ma vie sentimentale en était au niveau zéro, voire en dessous) m'inciterait peut-être à me jeter à l'eau cette fois-ci.

Au cas où, j'enfilai mon jean le plus moulant et un top turquoise vaporeux et suffisamment échancré pour me permettre quelques effets pectoraux. Je me passai un coup de brosse dans les cheveux et priai le ciel pour que le ravalement de façade subséquent (ombre à paupières, mascara, blush et gloss, rien que ça) n'évoque pas les efforts désespérés d'une fille prête à tout.

Quand j'arrivai dans le bar, il n'était pas encore là. J'avisai une table disponible près de la fenêtre et commandai une Corona. Tout en dégustant ma bière, j'observai les passants qui profitaient de cette belle fin de journée de septembre. Deux types me reluquèrent, l'un d'eux m'adressant même un sourire aguicheur. Je ressentis soudain combien il était agréable d'attendre tranquillement un beau gosse dans des vêtements, disons, évocateurs. Même s'il ne s'agissait pas d'un rendez-vous amoureux. Beau Regan ne s'était pas contenté de malmener mon cœur. Mon *ego* en avait aussi pris un coup. C'était la première fois depuis cet accident de parcours que je me sentais à nouveau attirante.

— Hey, Bailey, salut !

J'entendis la voix de Chris derrière moi. Il avait dû entrer dans le bar sans que je le voie.

Tandis que je pivotais sur ma chaise, je surpris le regard ébahi de deux femmes à une table voisine. Quand je leur fis face, je pus me rendre compte de ce qui avait suscité leur émoi. Chris Wickersham s'était débrouillé pour devenir encore plus beau qu'il l'était la dernière fois que je l'avais vu. Il possédait toujours ces yeux d'un vert incroyable et cette fossette mystérieuse au niveau du menton. Mais il avait pris un peu de poids, ce qui donnait à son visage une maturité envoûtante. Ses cheveux plutôt clairs étaient un peu plus longs, avec quelques mèches blondes lumineuses. Les muscles étaient les mêmes, roulant sous un tee-shirt gris porté sur un short cargo. Je devais être la fille la plus stupide de la planète pour l'avoir laissé tomber.

Je me levai pour l'accueillir au moment même où il se penchait vers moi pour m'embrasser… sur la joue. Du fait de ce double mouvement, sa bouche (adorable !) frôla la mienne et je ressentis le même frisson que celui qui m'avait parcourue lors de notre premier baiser à Miami. « Tout doux, Bailey, tout doux », me dis-je. Je n'avais aucune idée des intentions de Chris (ni des miennes, à vrai dire) et je ne voulais pas brûler les étapes.

— Hey, salut ! répondis-je platement.

— Ah, que c'est bon de revoir ces yeux bleus-là, Bailey. Tu es magnifique.

— Ce n'est pourtant pas moi que la moitié du bar est en train de mater.

— Je vais leur décrire ce qu'on fait dans une morgue avec une scie circulaire et on va voir comment tout ce petit monde réagit, dit-il en s'esclaffant et en ponctuant sa remarque d'une imitation de scie électrique qui me fit rire.

Il se commanda une bière et nous parlâmes de sa série pendant quelques minutes. L'intégralité du tournage se passait à New York, l'intérieur des locaux de la morgue ayant été recréé dans les studios de Chelsea Piers. Il s'interrompit pour me demander comment marchait mon boulot et je lui racontai comment la fin de mon contrat avec *Gloss* avait miraculeusement débouché sur un job pour *Buzz*.

— Ah, ça va devenir dangereux pour moi de te parler si tu bosses pour un magazine *people* ? s'inquiéta-t-il avec malice.

— Seulement si tu tabasses quelqu'un avec ton téléphone ou si tu essaies de faire passer un kilo de cocaïne au nez et à la barbe des douaniers de l'aéroport JFK.

Je bus une gorgée de bière en imaginant les milliards de questions que je pourrais lui poser sur la série. Mais avant que j'aie pu en formuler une seule, Chris changea radicalement de sujet.

— Comme je te l'ai dit au téléphone, enchaîna-t-il en baissant la voix, Je voulais te parler de quelqu'un. Je te suis vraiment reconnaissant de t'être libérée pour me voir.

Arrrgh, la vérité m'apparut subitement : l'« ami » était une fille. Il avait des problèmes de cœur et il voulait mon avis, comme on le demande à une grande sœur, quoi. Un flot de honte monta dans ma poitrine.

— OK, dis-moi ce qui se passe, articulai-je d'une voix rauque.

— C'est au sujet de cet acteur qui s'appelle Tom Fain. Nous nous sommes rencontrés à l'occasion du montage d'une pièce de théâtre très confidentielle, il y a un an ou deux, et il a fini lui aussi par être engagé pour *Morgue*. Il y tient seulement un petit rôle, mais il figure dans presque tous les épisodes.

— Et il a des ennuis ? demandai-je, curieusement soulagée que l'ami en question ait finalement du poil au menton. (Je m'attendais à un récit pathétique qui inclurait sans aucun doute un long week-end passé à Las Vegas.)

— En quelque sorte, oui : il a disparu.

— Disparu ? m'étonnai-je.

— Oui, il est aux abonnés absents depuis une semaine et demie.

— As-tu prévenu la police ? – même si elle n'est en général pas d'une grande aide quand il s'agit de jeunes personnes de sexe masculin.

— La première personne que j'ai prévenue, c'est ce type dont Tom m'avait parlé, monsieur Barish, qui gère son fric. Il a dit qu'il allait appeler les flics. Un inspecteur m'a téléphoné le lendemain. Il a visité l'appartement de Tom et m'a dit avoir fait quelques recherches, mais qu'il n'y avait pas grand-chose d'autre qu'il pût faire. Il a ajouté que beaucoup de gens décidaient tout simplement de disparaître. Mais je ne crois pas que ce soit le cas. Pour Tom, c'était sa première série télé. Il a deux ou trois ans de plus que moi et il a longtemps attendu une telle opportunité. Je ne peux pas croire qu'il puisse l'avoir laissée passer.

— Y a-t-il une petite amie dans le panorama ? demandai-je. Aurait-il pu rompre, puis s'éloigner pour panser ses plaies ?

— Il y a bien cette fille du nom de Harper Aikins qu'il voyait depuis un mois et demi. C'est une ancienne actrice qui s'occupe des relations presse pour la série. Mais il ne s'agissait pas d'une grande histoire d'amour et elle ne sait pas plus que moi où il peut se trouver.

— Des parents ?

— Morts. Tous les deux. Tu en veux une autre ? me demanda-t-il en désignant mon verre.

J'avais noté qu'il avait bu sa bière plutôt rapidement, sans doute un peu remué par l'évocation de son copain Tom. Je n'en étais qu'à la moitié de la mienne.

— Non, c'est bon pour le moment. Parle-moi du contexte. Quand as-tu vu Tom pour la dernière fois ? Quand a-t-il été vu pour la dernière fois ?

— Je lui ai parlé le mardi qui a précédé sa disparition. On était ensemble sur le plateau. Il joue – je devrais dire il *jouait* – le rôle d'un type qui répond au téléphone à la morgue. Celui qui fait passer un message ou qui annonce que machin est sur la ligne numéro 4. Je ne sais pas vraiment ce qu'il devait faire le lendemain parce qu'il n'était pas convoqué sur le plateau, mais, apparemment, le samedi matin, il est allé chercher sa voiture dans un garage en ville et il est parti. Harper n'était pas dans le coin ce week-end-là, mais elle a parlé à Tom le vendredi et il n'a pas mentionné qu'il eût un voyage en vue. Initialement, il avait prévu de se rendre dans les Hamptons pour voir un de ses potes, mais le gars m'a dit que ce plan avait avorté en fin de semaine. Quand Tom ne s'est pas présenté pour le tournage le lundi, j'ai essayé à plusieurs reprises de le joindre sur son mobile et j'ai fini par me rendre à son appartement. D'après ce que je sais, personne n'a entendu parler de lui depuis dix jours.

— Était-il déprimé ou avait-il des ennuis quelconques dont tu aurais connaissance ?

— Non. C'est vraiment un chic type. En fait, c'est lui qui a suggéré que je passe une audition pour la série.

— Et les producteurs ne sont pas inquiets de ce qui a pu lui arriver ?

— Apparemment, non. L'un des assistants du réalisateur m'a dit que Tom était probablement un peu mécontent du petit rôle qu'il avait obtenu. Il a aussi eu quelques difficultés sur le tournage. Selon la rumeur, il a juste déguerpi.

Chris ferma le poing devant sa bouche et souffla dedans. J'attendis, pensant qu'il allait ajouter quelque chose, mais il se contenta de me regarder avec intensité.

— Qu'est-ce que je peux faire ? dis-je.

Je n'avais pas la moindre idée de la réponse, mais je supposais que c'était la question à laquelle s'attendait Chris.

— Je veux que tu me dises comment je peux le retrouver. Tu élucides des énigmes, non ? Je veux juste que tu me guides un peu.

Je soupirai.

— Quand j'écris une histoire – ou quand je travaille sur un cas semblable à celui pour lequel je t'avais demandé de l'aide, l'hiver dernier –, je considère que la méthode la plus efficace consiste, tout simplement, à retourner méthodiquement chaque pierre, une à une. Je sais que ce n'est pas très alléchant, mais c'est pourtant la meilleure approche, en général. Cela dit, je ne connais rien de la vie de Tom, alors je ne saurais vraiment pas par quelle pierre commencer.

— Pour ça, je peux t'aider. Je peux te raconter tout ce que je sais sur lui. Et puis, j'ai aussi une clé de son appartement. Il a été sympa au point de me le prêter pendant quelques semaines, cet été, jusqu'à ce que je trouve à me loger. Je me dis que si on allait le visiter tous les deux, on pourrait trouver quelque chose… une piste.

— Bien sûr… fis-je.

On n'en était plus à un simple conseil, mais tout cela m'intriguait et j'aimais l'idée de passer un peu de temps avec Chris.

— Ce serait sans doute un bon début. Quand ?

— Pourquoi pas maintenant ?

— Maintenant ? Bah, pourquoi pas, après tout ? Bien que tu aies une clé de l'appart', quelqu'un pourrait-il te causer des ennuis s'il te trouvait là-bas ?

— Non. Comme je te l'ai dit, ses parents sont morts, il n'a ni frère ni sœur et le concierge a l'habitude de me voir.

— Bon, alors on y va.

Il demanda l'addition, paya et, trois minutes plus tard, nous étions dehors. L'appartement de Tom se trouvait tout près du bar, sur Mercer Street, nous nous y rendîmes donc à pied. Sur le chemin, Chris me fournit d'autres détails sur Tom. Il avait grandi à Manhattan, avait été scolarisé dans le privé et avait suivi la filière théâtre du Skidmore College. Alors que Chris avait misé sur ses activités de mannequin pour développer sa carrière d'acteur et avait fini par partir pour L.A., Tom avait principalement compté sur ses contacts dans le monde du théâtre intello new-yorkais et avait joué dans de multiples pièces très *off Broadway*, allant jusqu'à tenir des rôles totalement dénudés.

Je confiai à Chris que j'étais intriguée par le type que Tom devait aller voir dans les Hamptons. Était-il possible que Tom soit effectivement allé lui rendre visite, mais que celui-ci le nie ? Tom et lui avait peut-être eu une altercation ou, du moins, ce gars pouvait-il cacher quelque chose. Mais, sur la base de sa conversation avec ce type, Chris n'était pas de cet avis. C'était un vieux copain de lycée de Tom.

L'appartement de Tom se trouvait dans un vieux bâtiment assez monumental qui avait manifestement été transformé en immeuble locatif. Le hall était joliment décoré, incluant même une cheminée en marbre. Ce n'était pas tout à fait ce à quoi je m'attendais, s'agissant d'un acteur qui, jusqu'à récemment, courait le cachet et acceptait des rôles à poil devant un public clairsemé. Devinant mes pensées, Chris m'expliqua que Tom avait acquis l'endroit avec l'argent provenant de la vente de l'appartement de ses parents, situé dans un quartier huppé de Manhattan.

L'ascenseur nous mena jusqu'au quatrième étage et je suivis Chris sur la moquette épaisse d'un long couloir aux murs tabac, ornés de luminaires en bronze. Il tira de la poche de son short un trousseau de clés dont il finit par extirper la bonne. Il lui fallut ouvrir plusieurs verrous. Je me tenais juste derrière lui quand il poussa la porte et, dès qu'il eut passé le seuil, je sentis son corps se tendre.

J'en compris vite la raison : dans la pièce la plus éloignée, sans doute la chambre à coucher, une lampe était allumée. Apparemment, la maison n'était plus déserte.

2

— Tu crois que c'est Tom ? chuchotai-je.

— Je… je ne sais pas, bredouilla Chris, lui aussi à voix basse. Je ne me rappelle pas avoir laissé la lumière allumée.

J'attendis qu'il se décide à bouger, mais en vain. Je pris donc l'initiative.

— Tom ? appelai-je. Vous êtes là… Tom ?

Pas de réponse.

En tâtonnant le long du mur, Chris finit par trouver l'interrupteur, illuminant soudain l'entrée. Nous suivîmes, côte à côte, un long couloir sur la droite afin de gagner la pièce d'où provenait la lumière. Une fois encore, j'appelai Tom, mais sans plus de succès.

Nous atteignîmes la pièce, une chambre à coucher, et en franchîmes lentement le seuil, Chris passant devant moi. Elle était vide. La lampe était posée sur une table en bois ancienne, près de la fenêtre. Instinctivement, mon regard se porta sur le lit. Il était recouvert d'un édredon vert chiffonné, comme s'il avait été refait à la hâte.

Je me retournai vers Chris.

— Quelqu'un a-t-il… ?

— Non, c'était déjà comme ça quand je suis venu, me dit Chris, devinant ma question.

— Et la lumière ? Tu es sûr de ne pas l'avoir laissée allumée ?

— Je croyais l'avoir éteinte, mais j'imagine que j'ai oublié. D'après Tom, je suis la seule personne, avec lui, à disposer d'une clé. Il voulait que je la garde au cas où il perdrait la sienne.

— Bien entendu, Tom aurait pu revenir et allumer lui-même la lumière, dis-je.

— Je sais, admit-il, mais ça n'a pas de sens. Pourquoi revenir sans le dire à personne ? Et pourquoi ne pas se présenter au boulot ?

— Je me demande s'il n'a pas des ennuis qui l'incitent à se cacher pendant un temps. Examinons les placards.

Chris ouvrit la porte de l'armoire qui grinça sur ses gonds, me faisant sursauter. J'attendis patiemment qu'il en fasse l'inventaire.

— Rien ne paraît avoir changé, déclara-t-il. Mais je ne connais pas assez bien ses affaires pour être formel. La seule chose dont je suis sûr, c'est que son sac de voyage n'est toujours pas revenu. C'est un vieux sac en cuir, du genre qu'on utilise pour les courts séjours. Je me suis dit que cela signifiait que, lorsqu'il est parti le samedi, il comptait s'absenter au moins pour une nuit.

— Ses parents ne lui auraient pas aussi légué un pied à terre en Floride, par hasard ? Je veux dire…

— Pas que je sache. Je sais qu'ils disposaient d'une sorte de maison de campagne, mais Tom l'a vendue cet été. Il disait que ce n'est pas le genre d'endroit où on a envie d'aller quand on est célibataire.

— Bon, voyons le reste de l'appart', proposai-je.

Chris et moi retournâmes vers le salon. Je remarquai cette fois que les murs étaient joliment agrémentés de frises en plâtre. Le salon était encore plus étonnant : une pièce spacieuse, avec des fenêtres de chaque côté, un canapé qui avait dû coûter une somme rondelette et deux fauteuils flanquant une cheminée en briques. Il y avait aussi plusieurs bibelots anciens. Seule erreur dans le tableau, un emballage de pizza oublié sur la table basse, avec une partie de son contenu.

— C'était… ?

— Oui, c'était déjà là quand je suis passé le week-end dernier, confirma Chris. Jusqu'ici, je ne vois rien qui ait changé.

— Je croyais que tu étais venu il y a une semaine.

— Je suis repassé, histoire de vérifier.

— Curieux endroit pour un acteur sans le sou, observai-je. Ses parents avaient de l'argent ?

— Apparemment, ils en avaient beaucoup moins qu'ils en avaient eu. Son père jouait en Bourse avec pas mal de succès. Mais Tom m'a dit qu'il avait fait de mauvais placements quelques années avant sa mort et y avait laissé pas mal de leurs économies. Cela dit, ses parents n'étaient pas dans la misère. Ils étaient propriétaires d'un appart' à New York et disposaient de quelques économies. Ils avaient aussi placé un bon paquet de fric sur un compte pour Tom. Mais ils n'étaient plus richissimes. Tom estimait que l'attaque cardiaque de son père était due au stress. Sa mère est morte d'un cancer deux ans après. Ça a fait un an cet été.

Nous poursuivîmes notre visite de l'appartement : la salle de bains (pas de brosse à dents en vue), le coin cuisine (frigo vide excepté quelques bières et un carton de lait entamé en train de se muer en fromage artisanal) et, enfin, une pièce contiguë à la cuisine qui à l'origine devait être une buanderie, mais qui désormais accueillait un lit simple, un bureau et plusieurs étagères de livres. Chris m'expliqua que c'était là qu'il avait dormi avant de trouver son propre appartement.

— Qu'est-ce qu'il y a ? demandai-je en voyant Chris subitement perturbé.

— L'exemplaire de *Backstage*, là, fit-il en indiquant un magazine sur un coin du bureau. Je sais que ça a l'air bête, mais je pourrais jurer qu'il se trouvait au milieu du bureau la dernière fois que je suis venu. Je me trompe certainement. Et je me trompe sans doute aussi sur la lumière. Pourquoi n'y aurait-il que ces deux trucs qui auraient changé ?

— Bah, s'il est venu simplement pour prendre quelques vêtements, il n'a pas dû déranger grand-chose.

Je jetai un coup d'œil derrière moi. Si Tom – ou quelqu'un d'autre – était passé par là, il pouvait revenir d'un moment à l'autre et nous trouver en train de fouiner. Je n'adorais pas l'idée de m'attarder dans cet endroit.

J'ouvris l'unique tiroir du bureau : stylos, crayons, enveloppes et le petit bazar habituel. Fermeture du tiroir, donc. Je passai aussi en revue le courrier posé sur le bureau : des factures, toutes datées d'avant le Labor Day [1]. L'une des factures portait l'en-tête d'un parking situé sur Houston Avenue et j'en relevai le nom et l'adresse.

— Il a quoi comme genre de voiture ? demandai-je.

— Une Audi noire.

— Et son agenda ? Je n'en vois pas ici.

— Il utilise un ordinateur de poche Sidekick. J'imagine qu'il l'a embarqué avec lui.

— Un ordinateur ?

— Il y a un portable, là, dans le coin. J'ai essayé différents mots de passe pour voir si je pouvais accéder à ses e-mails, mais sans succès.

Il y avait aussi une pile de papiers qui retint mon attention : un autre exemplaire de *Backstage* posé sur quatre ou cinq photos-portraits de Tom avec son nom, *Tom Fain,* inscrit en gros caractères.

— Donc, voilà à quoi il ressemble, fis-je en observant les clichés.

Si les photos étaient fidèles, Tom était aussi séduisant que Chris, mais dans un tout autre genre. Ses yeux étaient marron et il avait des cheveux blonds assez longs pour pouvoir les glisser derrière les oreilles. Sa peau était très pâle, comme celle d'un nouveau-né, mais ses traits étaient suffisamment matures pour que cela ne devienne

1. Fête du Travail célébrée le premier lundi de septembre (NdT).

pas un défaut. Si je l'avais croisé sur un trottoir avec une de mes copines, j'aurais sans doute émis un commentaire idiot du genre : « Pas maaaal ! »

Sa beauté n'était pas seulement due qu'à son physique. Sur la photo, il dégageait cette espèce de sophistication informelle que possèdent invariablement les élèves des écoles privées de New York et qui résulte sans doute du mélange improbable qui leur assure un foyer confortable, comblant tous leurs besoins, tout en leur imposant de se débrouiller par eux-mêmes dans la grande ville, notamment en prenant le métro tout seuls dès l'âge de quatorze ans.

— Oui, c'est une photo récente, me confirma Chris.

— A-t-il dû se couper les cheveux pour la série ?

— Non, ils préféraient qu'il les porte longs. Ils pensaient que c'est ce à quoi ressemble un type qui assure l'accueil à la morgue de New York.

— Tu crois que je peux en garder une ? Juste pour…

— Pas de problème. Il en a probablement tout un carton.

Mon doigt passa sur des agrafes au verso de la photo. En la retournant, je vis qu'un CV y était accroché. Celui-ci mentionnait non seulement des apparitions dans des feuilletons télévisés, mais aussi de nombreuses pièces de théâtre.

— C'est là que nous nous sommes rencontrés, m'indiqua Chris en mettant le doigt sur l'un des titres de pièces. Comme je te l'ai dit, Tom a fait beaucoup plus de théâtre que moi, mais j'ai aussi figuré dans cette pièce pour Stage Right Productions.

— *Jules César* ?

— Ouais. Mais il travaillait principalement dans ce petit théâtre du Village. Là, dit-il en indiquant le Chaps Theater. Ils programment une douzaine de pièces par an. Des classiques, mais aussi quelques créations. Il faisait partie de la compagnie.

Je glissai l'une des photos dans mon sac et allai me poster devant les étagères de livres. Il y en avait sur l'écriture de scénario et sur le travail d'acteur, ainsi que quelques bouquins de fac. Sur le haut du meuble, j'avisai une grosse boîte en plastique.

— Qu'est-ce qu'il y a dedans ? m'enquis-je auprès de Chris.

— Des photos. Je l'ai ouverte quand je suis venu, mais je n'ai pas regardé en détail.

Supposant que je voulais y jeter un coup d'œil, Chris attrapa la boîte pour la poser sur le bureau. J'y trouvai quelques photos en vrac et d'autres classées dans des enveloppes datées. C'était surtout des photos de famille que Tom avait vraisemblablement récupérées à la mort de sa mère. Je les parcourus rapidement. Nombre d'entre elles montraient Tom en compagnie de ses parents dans différents endroits de la planète. Sur l'une d'elles, un petit Tom d'environ douze ans se promenait avec sa mère, une séduisante blonde, sur une vaste pelouse devant la tour Eiffel. Au verso, une écriture féminine avait inscrit la date (1990) et cru bon de préciser le lieu (Paris). Un autre cliché représentait Tom et son père devant un immense glacier bleuté : « Alaska, 1991 ». Sur une troisième photo, on voyait les trois membres de la famille réunis au pied d'un mur de pierres sèches : « Andes, 1994 ».

— Manifestement, ils aimaient voyager, remarquai-je.

— Oui, Tom disait que son père adorait parcourir le monde. C'est ce qui lui avait été le plus difficile à abandonner, quand il lui avait fallu faire des économies. Ses parents avaient alors dû se restreindre sur les extras, comme les voyages. Pourtant, son père avait prévu de s'y consacrer après sa retraite.

Je ressentis soudain une grande tristesse. La famille Fain semblait heureuse et l'amour que se portaient ses membres était perceptible : sur l'une des photos, Tom enlaçait sa mère dans un geste de pure adoration. La perte de ses deux parents avait dû être très douloureuse. Mon propre père était décédé quand j'avais douze ans et je connaissais bien ce vide étrange que laisse la disparition d'un parent.

Je remis les clichés dans leur boîte et Chris la replaça sur l'étagère. Sans nous consulter, nous nous dirigeâmes vers la sortie, en passant par la cuisine et le couloir.

— Qu'en penses-tu, Tom est-il revenu dans cet appart' ? demandai-je à Chris.

Chris parcourut des yeux le salon, comme si la réponse était inscrite sur les murs.

— Je ne sais pas, finit-il par dire, les sourcils froncés. J'ai probablement laissé la lumière allumée. Quant au magazine, il était sans doute déjà à cette place, mais je ne l'avais pas remarqué. Qu'est-ce qu'on en a à faire, de toute façon ? Tom n'a toujours pas refait surface. Et il est enregistré comme déserteur au boulot.

— Je sais, mais s'il est repassé par ici, c'est qu'il respire encore. Simplement, il ne veut pas qu'on le trouve. Dans ce cas, nous ferions probablement mieux de ne pas insister.

Il secoua la tête :

— Alors, si tu me posais la question, je dirais qu'il n'est pas revenu. Tom est le genre de type qui laisse des traces. Comme l'emballage de la pizza.

— OK. Alors commençons par là. Tom s'est rendu quelque part il y a une semaine et demie et nous devons découvrir où.

— Qu'est-ce qu'on fait alors ?

— Tout d'abord, je veux parler au type que Tom devait aller voir dans les Hamptons. Je sais que tu dis qu'il a l'air clair, mais Tom pourrait lui avoir dit quelque chose d'intéressant. Je veux aussi rencontrer sa petite amie. Tu vois d'autres personnes de la série qui pourraient savoir quelque chose ?

— De la série ? Ça me paraît être une voie sans issue. Bien sûr, il y Harper et il s'entendait bien avec quelques membres de l'équipe, mais je suis à peu près sûr qu'il n'était lié à personne d'autre.

Nous reprîmes donc notre chemin vers la sortie. Je n'étais pas mécontente de quitter les lieux. Mais juste avant d'atteindre la porte, je m'immobilisai.

— Attends un instant, fis-je. Jetons un coup d'œil au panier de linge sale. C'est un truc qu'un flic m'a donné. Si Tom est revenu, il se peut qu'il y ait laissé quelques fringues.

L'objet en question était dans la chambre. Un vieux panier en plastique auquel il manquait une poignée. Je l'ouvris pour y découvrir une pile de vêtements passablement défraîchis qui le remplissaient aux trois quarts. Chris y plongea les mains et, ce faisant, libéra une odeur de sueur qui n'était pas de première fraîcheur. Plutôt celle d'un vestiaire de salle de gym en fin de saison.

— Nan, fit Chris. Ce sont surtout des fringues qu'il met pour courir et…

— Qu'est-ce qu'il y a ? demandai-je.

Je pouvais voir à l'expression de son visage que ses mains avaient rencontré quelque chose de bizarre.

— Il y a un truc dur au fond.

Il balança quelques shorts et tee-shirts sur le sol et lentement retira un récipient en plastique de la taille d'une boîte à chaussures. À travers le plastique, on pouvait distinguer des enveloppes. Un curieux frisson me parcourut.

Nous nous regardâmes, un peu médusés.

— On ferait mieux de l'ouvrir, affirmai-je. Puisqu'il l'avait cachée, on pourra peut-être en tirer quelque chose.

Tandis que nous rapportions la fameuse boîte dans le salon, mon frisson s'amplifia. Son contenu était-il lié à la disparition de Tom ? Allais-je y découvrir une longue liste de livraisons de cocaïne dans tout Manhattan ?

Chris plaça la boîte sur ses genoux et en souleva le couvercle pour y examiner les enveloppes.

— Ce sont surtout des lettres de nanas. Eh bien, on vient de tomber sur ses lettres d'amour.

— Bon. On ferait mieux de les remettre à leur place, lui conseillai-je.

— Attends, dit-il en saisissant un paquet d'au moins trente cartes postales liées entre elles par un gros élastique.

Il en prit une :

— C'est ce que je pensais, dit-il en examinant les mots griffonnés au bas de la carte. Celles-ci ont toutes été envoyées par cette actrice qu'il voyait avant Harper, Blythe, Blythe Hammell ou Hamlin, peut-être. Quand j'habitais ici, elle l'appelait sans cesse et ça le rendait dingue. Au bout d'un moment, il a fini par se contenter de la laisser parler au répondeur.

— Donc, elle ne le faisait pas vraiment vibrer ?

— Au début, sans doute. Tom est un gars plutôt secret, alors je ne sais pas tout ce qui s'est passé entre eux. Mais je crois que les premiers temps ont été assez rock'n roll. Et puis, elle a commencé à être très possessive. Il a essayé de rompre, mais elle a continué à le harceler. Si tu veux mon avis, elle avait l'air un peu piquée. Bon, c'est le cas de la plupart des actrices, et puis Tom voyait toujours le bon côté des gens.

— Ils se sont rencontrés sur un tournage ?

— Non, elle fait partie de la compagnie théâtrale à laquelle il appartient. Celle du Chaps Theater.

— Bon, si elle est effectivement un peu hystérique, on ferait mieux de creuser un peu, dis-je, tout en continuant à examiner quelques cartes postales.

Certaines de celles qui venaient de Blythe étaient des cartes de vœux diverses (des images idiotes avec des chatons ou des singes, ou des photos plus suggestives). Toutes étaient signées « Blythe » ou « B ». D'autres étaient de simples messages rédigés d'une écriture ample : *Tu me manques*, *Laisse-moi te préparer quelque chose de* délicieux *ce soir.* D'après le cachet de la poste, Tom avait reçu une carte tous les deux jours depuis le début de l'été, les envois ayant cessé six semaines plus tôt, soit environ un mois avant la disparition de Tom. La dernière carte représentait un petit chien avec, au verso, seulement quelques mots : *Pourquoi ne m'appelles-tu plus ? B.*

— Le 31 juillet, remarquai-je en indiquant le cachet. Tu penses qu'elle a baissé les bras à cette époque ?

— Oui, c'est fort possible. Je me souviens de l'avoir entendu dire qu'il avait finalement réussi à s'en débarrasser.

J'inscrivis sur mon carnet l'adresse qui figurait sur la carte. C'était sur la 5e Rue Est.

— Au fait, où donc se trouve le courrier qu'il a reçu au cours des deux dernières semaines ? demandai-je.

— Hein ? fit Chris, distrait.

Il continuait à observer quelque chose dans la boîte.

— Oh… il est à la poste, parce qu'il commençait à s'empiler. Bien entendu, personne d'autre que Tom ne peut aller le retirer.

— Qu'est-ce que tu regardes ? l'interrogeai-je, consciente que quelque chose le tracassait.

— Ça, répondit-il en saisissant une enveloppe bleue très épaisse, fleurant le luxe.

Il l'ouvrit et en retira une carte du même bleu, tout aussi luxueuse.

Elle ne comportait qu'une seule phrase, écrite à l'encre bleue, elle aussi : *Quand tu me baises, je mets une semaine à m'en remettre.* Puis un nom : *Bijou.*

— Manifestement, une femme qui ne mâche pas ses mots, dis-je, ironique.

— C'est Bijou Ford, dit sobrement Chris. La vedette de *Morgue.*

— Ah, vraiment ? Bijou ? C'est un surnom ?

— Non. Et ce n'est pas un nom de scène, non plus. Elle vient des Appalaches, d'un bled paumé et misérable. Il paraît que sa mère lui a donné ce prénom parce qu'elle voulait que sa fille ait un destin extraordinaire. Elle a fait des *soaps* pendant douze ans et la série lui ouvre les portes du *prime time*.

— Ce serait mal vu qu'elle sorte avec Tom ?

Je ne savais pas trop comment ça se passait sur le tournage, mais j'étais à peu près sûre que la meilleure des choses pour la star n'était pas de sortir avec un figurant, qui plus est chargé des petits boulots de la morgue.

— Mal vu ? Bah, son petit ami officiel – Alex Ottoson – est le producteur de la série et c'est lui qui lui a dégoté le rôle. Alors je dirais que ça serait *très* mal vu, non ?

— Aaah... Ce type a peut-être eu vent de leur petite histoire, d'où la fuite à l'anglaise de Tom. Il est possible qu'il se cache.

Nous examinâmes la correspondance de Tom pendant encore quelques minutes. Les dernières lettres avaient été envoyées par la mère de Tom, probablement peu de temps avant sa mort, si l'on en jugeait par leur écriture incertaine. Nous les reposâmes sans les lire. Une fois que nous eûmes remis la boîte à sa place, je me sentis honteuse d'avoir ainsi fouiné dans l'intimité de Tom. Cela dit, j'étais heureuse d'avoir mis la main sur sa cachette. Le message de Bijou avait peut-être son importance. Mais maintenant, il était grand temps de déguerpir.

Ce n'est qu'une fois dans la rue que je me sentis mieux. Mercer Street était bondée de passants qui se rendaient dans des bars ou des fiestas, et notre duo, quelque peu hébété de son aventure, fut bousculé à plusieurs reprises.

— Je te ramène chez toi ? proposa Chris.

Le ton de sa voix ne comportait aucun sous-entendu. Il n'avait clairement pas l'intention de monter jusque chez moi pour me compter sauvagement fleurette en souvenir du bon vieux temps. Même s'il paraissait épuisé de notre virée chez Tom – je l'étais moi-même –, j'en conçus une certaine déception.

Sur le chemin, je lui expliquai quels étaient mes plans pour le lendemain. J'allais passer quelques coups de fil, mais certains appels me semblaient plus urgents que d'autres : le copain de Tom dans les Hamptons, le flic, Harper, Blythe. Je devais me procurer les numéros correspondants. Chris sortit de sa poche la carte de visite du policier et y inscrivit le nom du type des Hamptons. Il n'avait pas le numéro de Blythe, mais pensait qu'on pouvait l'obtenir par les renseignements. Quant à Harper, il s'arrangerait pour que je la rencontre.

— Crois-tu que Bijou ait la moindre idée de l'endroit où est Tom ? demandai-je.

— Je n'en sais absolument rien, répondit Chris, et je ne vois vraiment pas comment lui poser cette question. Je veux retrouver Tom, mais je préférerais éviter de me tirer dans le pied.

Une fois devant mon immeuble, Chris m'embrassa comme il l'avait fait quelques heures plus tôt, mais, cette fois-ci, son geste me sembla brutal et maladroit. Subitement, il avait l'air ailleurs, comme si des milliers de pensées s'affolaient derrière ses beaux yeux verts. Il avait peut-être eu le béguin pour moi, mais, ce soir, sa flamme était visiblement vacillante. J'imagine que cette deuxième fouille de l'appartement de Tom n'avait pas dû apaiser le souci qu'il se faisait à son propos. Ou peut-être était-ce la révélation des frasques de son copain avec la vedette de la série ?

Je restai à le regarder jusqu'à ce qu'il tourne au coin de la rue, puis je me décidai à rentrer. Il avait eu l'air plutôt pressé. Mais sans doute cherchait-il seulement à traverser avant que le feu passe au vert. Bob, le concierge de mon immeuble, était de garde ce soir-là, et il m'accueillit avec chaleur, comme s'il était content que je rentre chez moi seule. Il ne m'avait jamais mise mal à l'aise, mais j'avais bien remarqué qu'il était attentif aux entrées et aux sorties de l'appartement 14B.

Rentrée chez moi, je décapsulai une bière et allai la déguster sur la terrasse avec un paquet de chips à peine périmées. J'imagine que mon appartement représente, en quelque sorte, le résidu de mes deux années de mariage à l'essai. Pourtant, je l'adore. Bien qu'il ne soit pas très vaste, avec une seule chambre et un tout petit coin cuisine, il possède deux caractéristiques essentielles : une grande terrasse en briques et la vue que celle-ci m'offre. Elle ne mérite pas vraiment le nom de panorama, mais elle reste magique parce qu'elle est typique de Manhattan. Orientée vers l'ouest, elle fait face à un horizon d'immeubles en briques rouges ou en béton, surmontés de pas moins de dix-neuf réservoirs recouverts d'écailles de bois. Quand il fait nuit noire et que les appartements sont illuminés, on dirait presque le décor d'une comédie musicale sur Broadway.

Je bus une longue gorgée de bière et m'allongeai dans un fauteuil, essayant de ne penser à rien pendant un moment. Bien qu'il fît chaud et que les géraniums dans leur pot fussent encore d'un rouge écarlate, je pouvais sentir que l'automne approchait. Tout comme des petits glaçons dans un lac, quelques courants d'air frais se mêlaient à la brise estivale, signalant qu'octobre et novembre n'étaient plus très loin.

Cette imminence d'un changement de saison aurait dû me ravir. Tout d'abord, j'allais devenir un auteur à part entière, avec la prochaine parution de mon livre *Hommes vicieux et femmes perverses*. Je venais par ailleurs de m'offrir une paire de bottes en cuir noir si exceptionnelles qu'elles m'avaient presque arraché un râle de plaisir lorsque je les avais essayées. Enfin, je ne pouvais oublier que cet été, à certains égards, avait été pourri et qu'il valait mieux que je le mette derrière moi.

Néanmoins, je me sentis soudain envahie par la mélancolie. Était-ce parce que j'avais misé beaucoup d'espoirs sur l'été et que ceux-ci avaient été assez pathétiquement déçus ? J'avais initialement prévu d'écrire plusieurs articles captivants, de passer un maximum de week-ends au soleil, de partir à l'assaut de Rome et de m'engager dans une histoire d'amour qui réchaufferait mon lit alors en phase de glaciation. Je sais que la vie réserve des surprises et, parfois, des mauvaises, mais *absolument rien* n'avait marché comme prévu. L'été que j'avais anticipé comme un festin de reine s'était rapidement transformé en sandwich de cantine : un goût dégueu et des taches de gras.

Pour commencer, il y avait eu l'humiliation de me faire jeter du poste que j'occupais depuis plusieurs années au magazine *Gloss*. Quand sa rédactrice, Cat Jones, avait fini par m'avouer que les ventes plongeaient et qu'elle envisageait de transformer l'hebdo (initialement positionné sur le créneau « sulfureux-épouses sexy ») en une compilation de recettes pour ménagères désespérées, j'avais essayé de faire preuve de compréhension. N'empêche que les pages consacrées à mes récits sur le crime allaient être remplacées par des articles du genre « Le pouvoir secret des sels de bain » et « En cas de déprime, songez à ranger votre placard à chaussures ». Génial. Heureusement, j'avais réussi à me recaser à *Buzz*.

Mais le point culminant de la catastrophe estivale avait été mon histoire avec Beau Regan, réalisateur de films documentaires et bourreau des cœurs documenté. Au début, j'avais cru qu'il allait m'offrir cette aventure torride dont j'avais rêvé, mais mon réveil avait été aussi brutal qu'un atterrissage sur Ouzbekistan Airlines. Je lui avais tout de suite annoncé qu'il me serait impossible de sortir avec lui s'il couchait avec d'autres filles. J'avais donc cru qu'il cesserait de voir la nana qu'il gardait sous le coude depuis quelque temps. Et puis, il avait dû partir en Turquie pour je ne sais quelle mission et m'avait expliqué qu'il ne pourrait pas me donner de réponse avant son retour, à la mi-septembre. J'avais néanmoins reçu une pauvre carte postale avec ce message ô combien langoureux : *J'espère que ton été se passe bien. Je pense à toi.* Oui, je sais, ça fait envie.

Ma collègue Jessie m'avait suggéré de lire un bouquin sur les schémas types d'échecs sentimentaux pour essayer de ne plus tomber amoureuse du mauvais numéro. Mais je ne considérais pas Beau comme un mauvais numéro ! Je l'avais juste rencontré au mauvais moment.

Et puis, il y avait aussi autre chose qui me rendait mélancolique : Tom Fain. Le fait qu'il avait perdu si jeune des parents aussi adorables m'attristait. Et d'abord, où était-il ? Filait-il une lune de miel impromptue à la campagne ? Faisait-il le gros dos en attendant que ses ennuis s'arrangent ? Mais alors, quel genre d'ennuis ? Argent ? drogue ? ou le type de problèmes associés au fait de coucher avec la copine officielle du producteur ? Une autre question devait également être envisagée : lui était-il arrivé un *malheur* ?

Quelque chose me disait que j'allais tout faire pour m'assurer que Tom allait bien. Sans doute parce que je voulais aider Chris, tout comme il m'avait lui-même aidée quelques mois auparavant, mais aussi parce que la perte prématurée de nos parents respectifs me rapprochait de Tom.

Soudain, un léger bruit me tira de mes pensées. Une feuille morte venait de se détacher de l'un de mes géraniums et glissait lentement sur la terrasse, poussée par une petite brise. L'automne arrivait, en effet. J'allais bientôt pouvoir chausser mes bottes. Mais, en fait, rien ne parvenait à me sortir Tom de l'esprit.

3

Le lendemain, j'étais à la maison, dans mon bureau, dès neuf heures du matin. Le terme « bureau » est un peu prétentieux, vu qu'il ne s'agit que d'un grand placard que j'ai converti en espace de travail se résumant à deux étagères et un plateau en bois pour poser mon ordinateur. Le tout a à peu près la taille de mon congélateur, mais là, au moins, je n'ai pas de sujet de distraction. Si je devais bosser dans ma chambre, je me lèverais constamment pour ranger des fringues ou replacer les franges du tapis.

Deux tasses de café m'ayant apporté ma dose vitale de caféine, je pouvais envisager de me consacrer à Tom. Au préalable, je voulais consulter quelques sites Internet – CNN, TMZ, Perez Hilton, Smoking Gun, Gawker, etc. – pour m'assurer que je n'étais pas en train de rater le crime du siècle dans le monde du show-biz. On ne sait jamais, des fois que de nouveaux esclandres de Nicole Richie m'imposent de quitter ma tanière. Après avoir vérifié que *Buzz* n'avait pas besoin de mes talents ce jour-là, je fis la liste des appels que j'avais à passer et me mis au travail.

Le premier coup de fil fut pour Gina, un flic que je connaissais et qui avait travaillé un temps pour le service des Personnes disparues. J'espérais qu'elle y avait encore des relations et qu'elle contacterait le policier auquel Chris avait parlé (Kevin O'Donnell, d'après la carte de visite) pour me faciliter la tâche et l'encourager à me tuyauter. Je ne parvins qu'à joindre son répondeur et lui demandai de me rappeler.

J'eus plus de chance avec John Curry, le copain de Tom dans les Hamptons. Je l'appelai à son bureau, une banque, et ce fut lui qui décrocha.

— Curry, répondit-il d'une voix laissant penser que, bien que la journée ne fît que commencer, il en avait déjà par-dessus la tête.

Je me présentai en expliquant que l'on m'avait demandé de localiser Tom et ajoutai que j'aurais été heureuse de pouvoir le rencontrer, lui, Curry, dès que possible.

— Me *rencontrer* ? s'exclama-t-il avec une irritation perceptible. En quoi cela pourrait-il vous aider au juste ?

— Eh bien, vous êtes la dernière personne à avoir parlé à Tom, expliquai-je en essayant de surmonter mon propre agacement.

— Écoutez, j'ai déjà parlé à son pote et à un flic. En plus, ma semaine est particulièrement chargée. J'ai du boulot à ne plus savoir qu'en faire ici.

— Pourriez-vous au moins me consacrer quelques minutes au téléphone ? plaidai-je. Je suis sûre que le sort de Tom vous préoccupe autant que nous.

J'espérais que ce dernier commentaire, et mon ton, lourd de sens, l'inciteraient à accepter.

Il soupira bruyamment, comme s'il soufflait ses bougies d'anniversaire.

— C'est juste que… Bon, je dispose de cinq minutes. Allez-y, posez-moi vos questions. Et pour votre gouverne, en ce qui me concerne, je ne suis pas inquiet au sujet de Tom. Il lui est déjà arrivé de disparaître comme ça par le passé.

— Pour quelle raison ?

— Tom a toujours eu des fourmis dans les jambes, même avant la mort de ses parents. Il adore bourlinguer.

— Vous a-t-il dit quoi que ce soit qui puisse vous laisser penser qu'il était tenté par une escapade ces derniers temps ?

Il fit une longue pause.

— Quoi ? le pressai-je.

— Pas vraiment. C'est juste que vous formulez les choses de façon légèrement différente de celle du policier. Lui m'a demandé si je savais où Tom pouvait être allé. Mais je n'y avais pas encore réfléchi en termes plus généraux : si Tom avait spécialement la bougeotte en ce moment. En fait, je n'en sais rien. On s'était un peu perdus de vue, Tom et moi, ces deux dernières années. J'ai passé beaucoup de temps à Singapour, pour ma banque. Nous avions renoué contact il y a quelques mois, mais je ne l'ai pas vu beaucoup.

— Pour quelle raison sa visite a-t-elle été annulée, l'autre week-end ?

Il poussa un nouveau soupir.

— C'est entièrement ma faute. Je voulais qu'il vienne voir notre nouvelle maison. Mais je n'avais pas prévenu ma femme, et quand je le lui ai annoncé à la dernière minute, elle m'a fait toute une salade parce qu'elle avait déjà invité sa névrosée de sœur et son beau-frère. Alors, j'ai demandé à Tom si ça ne l'embêtait pas de reporter sa visite.

— Vous avez mentionné la mort de ses parents. Tom en a-t-il été très affecté ?

— Je n'étais pas là quand ils sont morts, alors je n'ai aucune idée de la manière dont il a pris les choses à l'époque. Quand il me l'a annoncé, il n'a pas explosé en sanglots, mais je voyais bien que c'était dur pour lui.

— Vous vous êtes rencontrés au lycée ?

— Oui. J'étais dans la classe supérieure, mais on jouait ensemble au base-ball. Et puis, coup de bol, il a fini par entrer à Skidmore lui aussi. Il faisait partie du département Théâtre. Rien à voir avec ma filière, mais nous nous sommes vus assez fréquemment durant cette période.

— Que savez-vous de sa vie sentimentale ?

— Je crois qu'il voyait une fille, au début de l'été, mais ça n'avait pas l'air d'être la passion et elle a fini par comprendre. Dernièrement, il sortait avec une nana qui bosse pour la série. Pas une actrice, quelqu'un des coulisses. J'ai l'impression qu'il l'aime bien, mais le problème de Tom, c'est qu'il n'est pas vraiment mûr pour une relation stable, malgré l'insistance de toutes ses conquêtes.

Il soupira une fois de plus.

— Dites, ça fait deux fois que mon boss passe devant mon bureau en me jetant un regard assassin. Il faut que je vous laisse.

— Juste une dernière question. Connaîtriez-vous quelqu'un qui pourrait nous mettre sur la piste de Tom ? Quelqu'un auquel il pourrait s'adresser s'il avait des ennuis ?

— Il était assez proche d'un gars à Skidmore… un prof du nom d'Alan Carr. En fait, Tom m'en a parlé récemment. Il possède une sorte de manoir et y accueille pas mal de théâtreux. Mais, comme je vous l'ai dit, je ne pense pas que Tom ait des ennuis quelconques.

— OK, merci. Si vous pensez à autre chose…

— OK, sans problème, dit-il en raccrochant avant même que j'aie pu lui donner mon numéro.

En pianotant sur Internet, je finis par trouver les coordonnées d'une B. Hammell habitant à l'adresse mentionnée sur les cartes de Blythe. Je laissai un message lui demandant de rappeler Bailey Weggins pour une question importante. Sans parler de Tom.

Ensuite, je consultai le site Internet du Skidmore College et y relevai le numéro de téléphone et l'adresse e-mail du professeur Carr. Là encore, je dus me contenter de laisser un mot sur ses messageries vocale et électronique. M'avisant que la rentrée universitaire n'avait sans doute pas encore eu lieu, je tentai ma chance auprès des renseignements. À Saratoga, ville où se trouvait le Skidmore College, il y avait bien un Alan Carr sur Broadway Street. Encore une boîte vocale avec une annonce plutôt décontractée : *Salut, c'est Alan Carr. Laissez un message si vous y tenez, mais je ne relève pas mes messages très souvent. Si c'est urgent, essayez plutôt mon portable.* Pourquoi pas, mais à quel numéro ? Je fus donc contrainte de m'adresser à son répondeur, au cas où il le consulterait dans la journée.

Je venais de raccrocher quand mon téléphone sonna : Gina. Le bruit de fond donnait à penser qu'elle était dans une brasserie ou un café. Il me fallut donc élever la voix pour lui expliquer que je voulais obtenir des infos d'un policier affecté au service des Personnes disparues. Elle me dit qu'elle connaissait O'Donnell et qu'elle lui parlerait de moi.

— C'est un mec bien, hurla-t-elle. Je lui dit de t'appeler, OK ?

Quelques instants plus tard, mon portable se remit à sonner. C'était Chris, avec une mise à jour.

— Bonne nouvelle, m'annonça-t-il, Harper est sur le plateau aujourd'hui. Si tu peux te pointer fissa, je peux te présenter.

— Tu tournes à Chelsea Piers ?

— Non, on tourne en extérieur, au parc de Tompkins Square.

J'enfilai un caleçon noir, une tunique kaki et des chaussures plates avant de filer vers l'adresse en question. Le mieux était encore de m'y rendre à pied. Le parc (une oasis de verdure entre les 10e et 7e Rues et les Avenues A et B) est une enclave cossue dans ce quartier d'East Village connu sous le nom d'Alphabet City. Dans les années 1980, il regorgeait de SDF et de dealers, mais il venait d'être rénové et offrait désormais une « allée canine », des terrains de handball et une table intégrant un échiquier. Une foule assez hétéroclite profitait de l'ombre de ses arbres : on y trouvait à la fois de vieilles dames conversant en yiddish, quelques nécessiteux poussant des Caddie remplis de cannettes usagées, ainsi que des familles plutôt tendance avec des parents faméliques et des mômes vêtus de noir au lieu du traditionnel duo rose et bleu.

Chris m'avait dit de suivre une longue file de camions et de caravanes garés sur le côté est du parc, puis de chercher des gens avec des talkies-walkies, et enfin de demander où se trouvait Harper. Ses instructions m'avaient semblé vagues, mais il m'eût effectivement été impossible de rater les camions. Il y en avait au moins huit, de tailles diverses, garés le long de l'Avenue A. Tout près de là, dans le parc, un régiment de types en jean et tee-shirt était affairé à fixer des lumières et à déplacer du matériel. Sur le trottoir, d'autres personnes, visiblement membres de la même équipe, s'étaient réunies pour boire un café dans des gobelets en carton. J'informai l'une d'elles que j'avais rendez-vous avec Harper Aikins. Grâce à son talkie-walkie, celle-ci fit passer le message à quelqu'un et m'informa que Harper serait là sans tarder.

Je la vis arriver au bout de dix minutes. Je ne l'avais pas du tout imaginée comme ça. J'avais anticipé une fille petite et maigre, avec de longs cheveux fins, du genre qu'on voit à L.A. Harper n'était pas loin du mètre quatre-vingts avec des épaules de nageuse et des hanches de matrone. Ses cheveux châtain clair étaient courts et ramenés vers l'arrière, dégageant des yeux cuivrés si ronds que l'on aurait dit des pièces de monnaie. Elle portait une blouse rose avec des manches trois quarts, une jupe en toile et, malgré la chaleur, une paire de santiags. Malgré ce style si peu hollywoodien, elle respirait l'assurance. Le genre de fille à être passée par Princeton ou Yale et à toujours avoir obtenu la mention Très Bien.

— Salut, me dit-elle en me serrant énergiquement la main, même si elle ne semblait pas enthousiasmée de me voir. Faut-il que je vous conduise à Chris ? Il est dans la caravane de maquillage.

— À vrai dire, Chris pensait qu'il serait utile que nous nous parlions. Il vous a dit, n'est-ce pas, que j'essaie de l'aider à retrouver Tom ?

— Oui, il me l'a dit. Mais je ne vois pas trop comment je pourrais vous aider. Tom ne m'a fait aucune confidence sur ses projets de déplacements.

— Bah, je pense que ça m'aiderait quand même si vous pouviez m'accorder un instant. On pourrait peut-être se tutoyer ?

Elle haussa les épaules en signe d'indifférence.

— Mais soyons bien claires sur un truc, ajouta-t-elle. Je connais ton métier et tu dois me garantir que tout restera strictement confidentiel. Notre producteur, Alex Ottoson, n'aime pas trop les fouineurs. Et Bijou s'est fait coincer par *Buzz*.

— Ah bon ?

J'avais du mal à croire qu'une actrice de *soaps* comme Bijou ait pu ne serait-ce qu'apparaître sur les écrans radar de *Buzz*. Le magazine, et tout particulièrement sa section commérages intitulée « Croustillant et Juteux », se concentrait en général sur les jeunes vedettes dont parlait la planète entière. Les autres, ceux qui ne passionnaient pas les foules, comme Bijou, ceux qui avaient été célèbres et ceux qui ne le seraient jamais quoi qu'il advînt, n'avaient les honneurs du journal que s'ils mouraient d'overdose, laissaient échapper un sein lors d'un dîner de gala ou divorçaient de façon tapageuse pour des fautes non encore répertoriées dans le Code de la famille (*Attendu que le défendeur a exigé, à plusieurs reprises, que le demandeur prête son concours à des rapports sexuels contre nature que le susnommé organisait avec une prostituée prénommée Glamour…*).

— Ils se sont moqués de sa bouche. Un jour, ils ont écrit que ses lèvres étaient tellement bourrées de collagène qu'elles ressemblaient à un Zodiac.

— Tu as ma parole que je ne transmettrai aucun ragot au magazine. Je ne suis ici qu'en raison de mon amitié pour Chris, afin de l'aider à retrouver Tom.

Elle hésita entre la moue et la grimace, puis elle jeta un œil autour d'elle.

— Éloignons-nous un peu, proposa-t-elle brusquement en indiquant un banc à l'intérieur du parc.

Comme nous nous asseyions, elle appela quelqu'un avec son talkie-walkie et lui enjoignit, d'un ton qui ne supportait pas de réplique, d'avertir Chris que j'étais là et que je passerais par sa loge d'ici dix minutes.

— Tout cela doit un peu te tracasser, fis-je, dès qu'elle eut fini.

— Je ne sais pas quoi penser, admit-elle.

Deux larmes roulèrent sur ses joues, mais elle les essuya vivement.

— Parfois, je suis terrifiée à l'idée qu'il ait pu arriver quelque chose à Tom, et l'instant d'après je suis furieuse parce que je pense qu'il s'est tout simplement barré. Nous ne sortions ensemble que depuis deux mois, alors je ne le connais pas si bien que ça. Peut-être s'est-il effectivement enfui.

— Chris dit qu'il ne peut imaginer que Tom abandonne un boulot qu'il a mis si longtemps à obtenir.

— Chris en sait moins qu'il le croit. Tom n'était pas si content que ça d'être là.

— Tu veux rire ? m'étonnai-je. Pourquoi ?

— Ne dis rien à Chris parce que je pense qu'il ne le sait pas, mais Tom avait d'abord été choisi pour jouer le rôle de Chris. Tom est un type sympa – trop sympa – et dès qu'il a su qu'on envisageait de lui confier l'un des rôles principaux, il a parlé de Chris au type chargé du casting pour un plus petit rôle. Et puis voilà, la vapeur s'est inversée. Tom n'en a jamais voulu à Chris. Ce n'est pas son genre. Mais il a plutôt mal vécu le résultat des courses.

Sa révélation éclairait la situation d'une manière nouvelle. Tom avait peut-être effectivement laissé tomber.

— Et ce n'est pas tout, poursuivit-elle. Alex est *très* puissant. Il est à l'origine de près de 20 % de tout ce qui passe à la télé. Et il surveille cette série de très près. Deux jours avant que Tom disparaisse, Alex lui a volé dans les plumes à la fin d'une scène. Il a dit que Tom était trop « appliqué ». C'est le genre de problème auquel sont confrontés les acteurs qui ont fait beaucoup de théâtre – ils ont tendance à en faire trop devant la caméra, alors qu'à la télé, on favorise un jeu minimaliste et naturel. Mais sur la base de ce que j'ai vu au montage, ce n'était pas le cas de Tom. On aurait dit qu'Alex se défoulait sur lui sans raison.

Ce devait être le problème sur le tournage dont Chris m'avait parlé.

— Tom était en colère ?

— C'est difficile à dire parce que, cette semaine-là, j'étais à L.A. la plupart du temps et je ne suis rentrée que le dimanche. Je l'ai appelé sur son portable dès que j'ai pu me libérer cinq minutes et il avait l'air assez secoué, mais bon, pas au point de vouloir disparaître de la surface de la terre.

— Quand lui as-tu parlé pour la dernière fois ?

— Je lui ai téléphoné le vendredi soir. Il avait prévu de passer le week-end avec un de ses copains d'école, mais le type en question avait finalement annulé. Nous étions convenus de dîner ensemble le dimanche soir, à ma sortie de l'aéroport. Et après cela, je n'ai plus entendu parler de lui. Au début, j'ai pensé qu'il avait peut-être tout simplement oublié notre rendez-vous. Je n'ai commencé à me poser des questions qu'à partir du moment où il n'est pas venu travailler le lundi matin.

— Il ne t'a pas parlé de ses nouveaux plans pour le week-end ?

— Non, il a juste dit que ce n'était pas un problème. Il a quand même ajouté un truc un peu bizarre – oh, un truc insignifiant qui ne m'a pas choquée sur le moment, mais qui maintenant me turlupine.

— Oui… l'encourageai-je.

— Il a dit qu'il avait du boulot.

— Du boulot ?

— C'est ça, oui. Quand il m'a expliqué que son pote lui avait posé un lapin, je lui ai proposé plus ou moins sérieusement de me rejoindre à L.A. J'avais deux ou trois petites choses à régler professionnellement, mais je disposais d'une jolie chambre d'hôtel et il aurait pu profiter de la piscine pendant ce temps-là. Il a décliné en disant qu'il préférait rester à New York. Et puis il a ajouté « j'ai un peu de boulot à faire ». Bon, c'est aussi une expression et je ne l'ai pas relevée sur le coup. Mais, par la suite, après sa disparition inexpliquée, je me suis demandé ce qu'il avait voulu dire. On ne tournait pas ce week-end-là.

Je restai silencieuse, laissant les mots s'imprimer dans mon esprit. Je ne connaissais pas suffisamment la vie de Tom pour deviner ce à quoi il avait ainsi fait allusion.

— À propos de boulot, Tom s'était-il lié d'amitié avec d'autres personnes que Chris sur le tournage ?

Elle dut réfléchir.

— Il s'entendait plutôt bien avec deux machinistes, Danny et Deke. Surtout avec Deke. Comme il disposait de pas mal de temps libre, il avait pris l'habitude de jouer aux cartes avec eux, entre deux scènes. Une fois – c'était en juillet –, il est même parti en week-end à Atlantic City avec Deke. Je lui ai bien dit qu'il y avait mieux à faire que de traîner avec ce genre de type, mais Tom a toujours eu du mal à dire non.

— Et il s'entendait bien avec les autres acteurs, Bijou et les autres vedettes ?

Manifestement, elle n'avait aucune idée de l'effet cataclysmique qu'il avait sur Bijou. Mais je me demandais si elle avait pu soupçonner un petit flirt entre eux deux.

— Oui. Tu sais, Tom est le genre de mec sympa auquel tout le monde se confie. Je...

Elle hésita.

— Bon, si je te conduisais à Chris maintenant ? Je dois voir un reporter de *Time Out* dans quelques minutes et il faut que je me remette dans le bain.

— Où penses-tu qu'il pourrait être ?

— Dans un endroit où il panse ses plaies. Dès que tu trouves quelque chose, appelle-moi, s'il te plaît. Pour que je lui dise ma façon de penser.

Elle se leva brutalement, me faisant ainsi clairement savoir que si je ne la suivais pas, j'allais rester toute seule à regarder les écureuils jouer à cache-cache. Je la suivis donc jusqu'au quatrième camion auquel était arrimée une énorme caravane argentée munie d'une enfilade de portes. Elle frappa à l'une d'elles et Chris l'ouvrit presque instantanément.

— Ah, tu es là, me dit-il avec chaleur. Merci Harper.

Elle nous quitta sans commentaire en aboyant quelque chose dans son talkie-walkie.

Chris me saisit galamment par le coude afin de m'aider à monter dans le camion. Nous nous trouvions dans une petite pièce remplie de vêtements, de magazines, de gobelets en carton et de barquettes de nourriture.

— Bienvenue en mon humble garçonnière.

— Cet endroit t'est réservé ? lui demandai-je en regardant autour de moi.

— Yep. Mais quand tu es une star comme Bijou, tu as droit à tout le camion.

Je m'arrachai à ma contemplation pour lui adresser mon plus beau sourire :

— C'est plutôt excitant, non ?

— Oui, j'en viens à me dire que je n'aurai plus jamais à servir un autre whisky Coca à un connard, jusqu'à la fin de mes jours. Alors, comment s'est passée ton entrevue avec Harper ? Elle a un ascendant bulldozer, non ?

— Hum, possible. Ça plaît à Tom ?

— Une fois qu'elle lui a eu mis le grappin dessus, je crois qu'il n'a plus su comment s'en défaire.

— Au fait, j'ai parlé à son copain John qui n'est pas inquiet du tout. Il a dit que Tom adorait bourlinguer. Est-ce qu'on se ferait du mauvais sang pour rien ?

— Je n'en sais rien, concéda-t-il en secouant la tête. À certains moments, je suis vraiment inquiet, et à d'autres je suis en colère en me disant qu'il s'est tout simplement barré.

— C'est très exactement ce que m'a dit Harper.

J'aurais aimé partager avec lui les révélations que m'avait faites Harper, car elles justifiaient plus encore le départ de Tom, mais j'avais donné ma parole de ne pas en parler. Et cela n'aurait fait qu'amplifier les tourments de Chris.

Je lui fis un bref résumé de ma matinée : ma conversation succincte avec John Curry et ce que j'avais appris sur les liens unissant Tom au professeur Carr. Chris me prévint que son planning de tournage avait été un peu modifié et qu'il pouvait être appelé d'une minute à l'autre (il devait jouer une scène dans laquelle il découvrait le corps en décomposition d'une jeune femme dans le parc).

— Je ferais aussi bien d'y aller maintenant, dis-je. Je t'appelle si j'apprends quelque chose.

Tandis que je descendais les marches de la caravane, Chris, qui me précédait, posa sa main sur mon épaule.

— Regarde, murmura-t-il, c'est la fameuse Bijou. Elle est en train de parler avec le réalisateur adjoint.

Elle se trouvait à l'entrée du parc, là où j'avais vu les machinistes installer le matériel de tournage. Une toute petite chose de moins d'un mètre soixante, avec des cheveux blond platine courts, coiffés en bataille, et un teint de porcelaine. Malgré la distance qui nous séparait, je pouvais effectivement confirmer que sa bouche était énorme et proche de l'explosion.

Les gens qui l'entouraient semblaient comme paralysés, attendant qu'elle termine son entretien avec le premier assistant du réalisateur.

Il y avait là deux cameramen avec leur matériel, ainsi que deux autres types qui vérifiaient les objectifs. Il y avait aussi deux policiers – sans doute des acteurs –, et soudain je m'aperçus qu'à leurs pieds gisait un mannequin (ou peut-être un acteur en chair et en os) recouvert d'un drap blanc.

— J'ai l'impression d'avoir déjà vu Bijou, confiai-je à Chris à voix basse. Avait-elle les cheveux longs avant la série ?

— Oui. Je crois savoir qu'elle a même fait tout un foin pour ne pas les couper, mais ils lui ont rétorqué que le métier de son personnage – un enquêteur – ne paraissait pas compatible avec une chevelure de princesse.

Tandis que nous l'observions, un homme grand, d'une quarantaine d'années, rejoignit Bijou et le réalisateur adjoint. Il avait des cheveux blond cendré qu'il portait courts, un large front tanné par le soleil, une moustache et une barbe rase, le tout lui donnant un air scandinave très prononcé. Sa veste noire sortait sans aucun doute de chez Armani.

— C'est Alex, m'expliqua Chris. Réalisateur et... cocu.

— Il a l'air... comment dire... sévère ?

— Carrément. Je ne serais absolument pas surpris de le voir un jour débarquer en costume de Viking. C'est un vrai conquérant.

Chris m'annonça qu'il devait rejoindre sa loge et nous nous dîmes au revoir. Avant de quitter les lieux, j'allai observer Bijou d'un peu plus près. Elle s'exprimait avec intensité, visiblement irritée, mais tâchant de se contenir. « Si vous pensez que c'est vraiment indispensable » furent les seules paroles que je pus saisir. Dans la mesure où la série constituait un tournant inespéré dans sa carrière, j'imagine qu'elle s'efforçait de se montrer coopérative, mais elle semblait avoir toutes les peines du monde à refréner son petit côté diva. Comment le même homme pouvait-il être attiré à la fois par Harper et par Bijou ? Elles semblaient si différentes ! Tom ne savait-il simplement *jamais* dire non ? Et qu'est-ce qui avait séduit

Bijou chez Tom ? Elle sortait avec Alex, après tout. Pourquoi courir le risque de tout gâcher ?

Tout en quittant le parc, je consultai mon répondeur. Gina avait appelé pour dire qu'elle avait joint l'inspecteur O'Donnell et qu'il acceptait de me parler. Je m'arrêtai donc sous un porche pour lui téléphoner. Il avait un très léger accent irlandais, donnant à penser qu'il était né ici, contrairement à ses parents.

— J'aurais aimé pouvoir accorder un peu plus de temps à cette enquête, mais les circonstances ne m'y incitaient pas, admit-il après que je me fus présentée et lui eus expliqué les raisons de mon intérêt.

— Parce que c'est un homme jeune et que rien ne permet de soupçonner un problème de nature criminelle ? demandai-je.

— En partie, oui. Mais pas seulement. On a découvert qu'il a retiré sept mille dollars en liquide la veille du jour où il est allé chercher sa voiture. Il semble donc bien qu'il avait des projets.

4

Cette révélation changeait totalement la donne et j'en conçus un sentiment de soulagement, mêlé à de l'irritation. Tom était sans doute en excellente santé, les mains sur le volant et les cheveux dans le vent à quelques centaines de kilomètres d'ici. Reste qu'il ne s'était pas embarrassé de prévenir son entourage. Peut-être estimait-il que personne ne s'inquiéterait de sa disparition.

— Donc vous pensez qu'il a pris la route ? conclus-je. Vous avez une idée de sa destination ?

— Pas la moindre. Il a passé un coup de fil depuis son portable environ une heure après avoir repris son véhicule. Tout près du croisement de Newburgh Junction. On a pu relever son appel. Il était destiné au deuxième adjoint du réalisateur de la série. J'ai vérifié auprès du type en question, mais ils ne se sont pas parlé. Fain s'est contenté de laisser un message disant qu'il rappellerait plus tard.

— Peut-être voulait-il lui annoncer qu'il quittait la série ?

— Possible. Mais Fain n'avait pas travaillé le vendredi, alors il n'avait pas eu le planning du lundi. Ce type pense que Fain appelait pour savoir s'il avait une scène à tourner le lundi. Et là, je ne comprends plus. Pourquoi tenter d'obtenir le planning s'il avait décidé de partir ? Mais, comme vous l'avez suggéré, on peut imaginer qu'il appelait pour annoncer sa démission.

— Je me demande bien ce qu'il y a au croisement de Newburgh Junction.

— Il se peut qu'il soit seulement passé par là.

— Et ce fut son dernier appel ?

— Oui, et je n'aime pas trop ça non plus. Bien sûr, on ne peut pas exclure qu'il ait égaré son portable. Seul problème : je ne peux vraiment rien faire de plus. Gina m'a dit que vous étiez une amie de l'un de ses amis ?

— C'est exact. Chris Wickersham, l'acteur auquel vous avez parlé. Je suis journaliste et il m'a demandé de l'aider à suivre quelques pistes. Mais, jusqu'à présent, je n'ai rien trouvé.

— Pourriez-vous m'appeler si vous découvrez quelque chose ? Son retrait d'argent semble indiquer une simple escapade, mais j'ai un mauvais pressentiment sur cette histoire.

— Pas de problème. Et je vous serais très reconnaissante de m'informer de ce que vous pourrez trouver de votre côté. Puis-je vous demander ce qui vous a poussé à creuser un peu ce cas ? D'habitude, les disparitions concernant des hommes d'une vingtaine d'années ne donnent pas lieu à beaucoup de recherches... à moins que certains indices puissent laisser penser qu'il s'agit d'une affaire criminelle.

— L'exécuteur testamentaire de ses parents – un type du nom de Robert Barish – a contacté l'un de mes supérieurs et fait jouer ses relations. On m'a donc demandé de me pencher sur ce cas. Mais comme le prélèvement bancaire semble nous orienter vers un banal départ en voyage, je ne peux pas vraiment approfondir.

Après avoir raccroché, je hélai un taxi. Je ne savais que penser : tout allait bien pour Tom (il avait retiré une grosse somme d'argent afin de pouvoir tout laisser derrière lui), ou, au contraire, il avait des ennuis (même s'il avait décidé de déguerpir, pourquoi n'avait-il plus utilisé son téléphone portable depuis près de deux semaines ?). À moins que... Il était sain et sauf, simplement il n'avait pas décroché le rôle qu'il souhaitait et le producteur l'avait malmené, alors il avait préféré s'éloigner. Oui mais Tom voulait devenir acteur depuis la fac, alors pourquoi détruire la route qui le rapprochait de son objectif, même s'il était déçu par son rôle ?

Au lieu de rentrer directement à la maison, je demandai au taxi de me conduire au parking où Tom garait sa voiture, entre Essex et Ludlow. Deux gardiens guatémaltèques en assuraient l'accueil. Ils ne parlaient qu'un anglais de cuisine, mais avec mes rudiments d'espagnol je finis par comprendre que l'un d'eux était de garde le samedi où Tom était venu prendre son véhicule. À ses dires, Tom était parti très tôt, vers huit heures du matin, et il n'avait rien mentionné quant à sa destination ou à la date de son retour.

J'étais chez moi depuis à peine cinq minutes quand mon voisin, Landon, vint frapper à ma porte. Il portait un pantalon de toile et un polo Ralph Lauren bleu azur. Avec sa silhouette mince, ses yeux brun clair et ses cheveux argentés, c'était décidément le plus beau des septuagénaires que je connaissais.

— Je t'ai entendue revenir, ma chérie. Tu n'es pas à *Buzz de la Mort* aujourd'hui ?

Landon avait pris l'habitude de nommer ainsi le magazine depuis le meurtre de sa rédactrice en chef en juillet dernier.

— On dirait bien que c'est la trêve des conneries au pays des vedettes, cette semaine.

— Oh mon pauvre chou, ça va te poser un problème ? S'ils arrêtent de déconner, tu vas perdre ta place, non ? Tu ferais mieux d'appeler Winona Ryder pour lui glisser qu'une livraison de chez Marc Jacobs vient d'arriver chez Saks.

— Génial, fis-je en riant. Et toi ? Ton rendez-vous galant de l'autre soir ? Le mec était séduisant ?

— Oui, jusqu'à ce qu'il ouvre la bouche durant le dîner. À ce propos, je viens te demander si la perspective d'un tête-à-tête avec les plus délicieuses des côtelettes d'agneau printanières que tu aies jamais croisées te tenterait ce soir. J'ai invité un client à dîner, mais il vient d'annuler.

— Je ferais des bassesses pour une de tes côtelettes d'agneau, printanière ou pas. D'ailleurs, j'ai une histoire très intéressante à te raconter. Mais je t'en dirai plus ce soir.

Après avoir avalé un sandwich, je me mis en quête sur Internet d'une carte de l'État de New York qui me dirait où se trouvait exactement le croisement de Newburgh Junction. Comme l'avait dit O'Donnell, c'était à environ une heure de voiture, au nord de New York City. Encore plus troublant, c'était à proximité de l'autoroute du New York State Thruway. En suivant celle-ci sur environ deux cents kilomètres vers le nord, on arrivait à la ville de Saratoga, terre d'asile du Skidmore College. Bingo. Et si Tom avait décidé de revoir son ancienne école ? Pour y rencontrer son vieux prof. Et lui demander un conseil sur la manière dont il devait gérer sa fichue vie.

Je composai le numéro de bureau du professeur Carr, mais une fois de plus ce fut son répondeur qui m'accueillit. J'essayai alors le standard de l'école et demandai à être mise en contact avec le département Théâtre, sans mentionner Carr. Une femme au ton maternel me répondit.

— Le professeur Carr est-il là, s'il vous plaît ? m'enquis-je.

— Non, mon petit, il est parti il y a vingt minutes. Voulez-vous que je vous dirige vers sa messagerie ?

— J'y ai déjà laissé un message, je vous remercie. Savez-vous s'il a écouté sa boîte vocale ?

— J'imagine que oui. Je suis sûre qu'il vous contactera.

J'avais précisé dans mes trois messages – vocaux et électronique – que nous étions plusieurs à nous inquiéter du sort de Tom et que c'était urgent. Carr n'avait cependant pas réagi. Cela pouvait-il signifier que Tom était auprès de lui et qu'il le protégeait ? Apparemment, il n'y avait qu'un seul moyen de déterminer si Tom était désormais en résidence à Saratoga : prendre ma Jeep et y aller moi-même. Je calculai le temps que cela me prendrait. Environ trois heures, trois heures et demie, soit en tout six ou sept heures de route. Il fallait donc que j'y consacre toute une journée. On était loin des « quelques appels » que Chris m'avait demandé de passer. Cela dit, je n'avais pas des milliers de choses à faire pour *Buzz* cette semaine-là et, surtout, le sort de Tom me préoccupait de plus en plus, même s'il ne semblait pas être un ami très prévenant. J'appelai donc le garage pour avertir le gardien que je prendrais ma voiture à neuf heures le lendemain matin.

Durant le reste de l'après-midi, je restai sur ma terrasse à lire des documents en vue de la rédaction d'un article qu'il me fallait commencer incessamment. Mes lectures ne furent pas très profitables car mes pensées revenaient sans cesse à Tom.

Vers dix-neuf heures, j'allai frapper à la porte de Landon. À l'époque où j'avais emménagé dans mon appartement, peu de temps après mon mariage, je n'avais fait qu'échanger quelques plaisanteries de bon aloi avec mon voisin. Mais une fois ma rupture consommée et mon avocat de mari définitivement parti pour je ne sais quelle autre mégapole, Landon m'avait invitée à prendre un verre et nous étions devenus amis.

— Tes joues sont roses, me dit-il en m'invitant à entrer.

Landon n'avait aucune confiance dans les barbecues modernes et je pouvais sentir, depuis la baie vitrée donnant sur sa terrasse, la fumée épaisse que produisait son bon vieux charbon de bois.

— Je me suis un peu mise au soleil en fin de journée. Tiens, un petit merlot. Il paraît que c'est une excellente année.

Le dîner était succulent : les fameuses côtelettes d'agneau, des haricots verts et des pommes de terre sautées avec de la sauge. Je lui exposai au cours du repas toute la saga concernant Tom, en commençant par le coup de fil de Chris, pour terminer par ma décision de me rendre à Saratoga le lendemain.

— Maintenant que tu sais tout, donne-moi ton opinion, lui demandai-je. Estimes-tu qu'il y a quelque chose qui cloche ?

— Il est fort possible qu'il se soit juste éloigné, mais ça semble tout de même un peu étrange. Et tu sais ce qui m'intrigue encore plus ? Ton propre intérêt pour toute cette histoire.

— En fait, je me suis posé la même question. Crois-le ou non, j'ai fini par développer un petit faible pour Tom. D'après tout ce que j'ai entendu, il semble vraiment être un chic type… et ça me fait de la peine qu'il soit un peu seul au monde.

— Qu'en est-il de ton histoire avec Chris ? Est-ce que les flammes de la passion sont en train de se raviver ?

— Il est toujours aussi séduisant, mais je crois qu'il est venu me voir en ami. Rien d'autre.

— Et toi ? insista-t-il, les yeux brillants de malice.

— Bah, notre histoire n'a jamais vraiment commencé, alors j'imagine que ça ne donnerait rien. Et puis, d'après ce que je sais, il a une petite amie maintenant. Cela dit, une part de moi-même me chuchote que ce serait une excellente diversion après mon fiasco avec Beau Regan.

— Oh ma chérie, ne peux-tu donc pas te l'ôter de la tête ?

— Ça va de mieux en mieux. Aujourd'hui, je n'ai dû penser à lui que quarante ou cinquante fois. Il devrait rentrer prochainement et ça m'obsède. Je continue à me demander s'il va m'appeler dès son retour. Mais je me rends compte que s'il avait voulu tenter quelque chose avec moi, il aurait gardé le contact pendant son absence.

— Toi, tu as le genre de maladie qui requiert un peu plus de bordeaux, me dit-il en attrapant la bouteille de vin.

— Nan, il vaut mieux pas. Je dois être en forme demain.

⋆

⋆ ⋆

De fait, j'étais au volant de ma Jeep dès neuf heures précises le lendemain matin. Comme je sortais du garage, il m'apparut que c'était une excellente occasion pour passer également par l'appartement de Blythe. L'effet de surprise qu'engendrerait une visite pouvait même être plus profitable qu'une série de messages téléphoniques. L'immeuble de la 5e Rue était un bâtiment en briques. Le genre d'endroit qui devait abriter une foule d'artistes illuminés et de noceurs impénitents dont regorgeait le quartier. Le nom de Blythe était inscrit sur la boîte aux lettres, à côté d'un autre nom – T. Hardwick –, sans doute celui d'une colocataire. J'appuyai sur le bouton de l'Interphone.

Une voix féminine, mi-endormie mi-circonspecte, me répondit :

— Qui est-ce ?

— Blythe ? essayai-je.

Longue pause.

— Qui la demande ?

— Mon nom est Bailey Weggins et je suis une amie d'un ami de Blythe. Il s'est passé quelque chose dont elle aimerait sans doute être informée.

— Blythe n'est pas ici.

— Vous êtes sa colocataire ?

— Oui, et j'essaie de dormir.

— Quand doit-elle rentrer ?

— Je ne sais pas. Peut-être jamais.

Les poils de mes avant-bras se hérissèrent et mes canines se mirent à pousser.

— Écoutez, est-ce que je peux monter ? Il s'agit d'une affaire assez urgente.

Nouvelle longue pause. Finalement, elle m'annonça qu'elle allait descendre me rejoindre dans le hall.

Je m'attendais à une nouvelle actrice en mal d'engagements, mais la blondasse qui débarqua en fulminant dans le hall était tellement dépourvue de charme que son meilleur rôle avait clairement dû être celui d'un animal de ferme à l'occasion de la kermesse de l'école primaire. Elle portait un tee-shirt trop long sur un jean trop large. Ses yeux délavés disparaissaient quasiment derrière une paire de grosses lunettes à monture sombre et ses cheveux, tirant sur le roux (un cheval, peut-être...), étaient ramassés en une queue de cheval improbable (oui, définitivement un cheval...) dégoulinant d'une casquette de base-ball (de trait).

— Qu'y a-t-il de si important ? grommela-t-elle.

— Vous êtes T. Hardwick ? demandai-je en affichant mon plus beau sourire.

— Terry Hardwick. C'est à quel sujet ?

— Comme je vous l'ai dit, je suis Bailey Weggins et je cherche à joindre Blythe.

— Elle vous doit du fric ? Bonne chance.

— Non, je veux seulement lui parler. Elle a déménagé ?

— C'est une façon de présenter les choses, cracha-t-elle. Je pense qu'il vaudrait mieux dire qu'elle s'est envolée. Elle est partie avec un mec en prétendant qu'ils faisaient un film ensemble. Non seulement elle me doit du fric, mais en plus elle s'est barrée en emportant tous les tubes de crème solaire et un paréo qui m'a coûté au moins soixante-quinze dollars.

Sur la base de ce qu'elle venait de me dire, j'aurais pu croire que je venais de résoudre le mystère concernant Tom Fain.

— Elle est partie il y a environ dix jours ? demandai-je. Avec un certain Tom ?

— Vous êtes une copine de Tom ? s'enquit-elle en fronçant les sourcils.

— Non, seulement une amie de l'un de ses amis et j'essaie de savoir où il se trouve. Il a disparu.

Elle plissa les lèvres :

— Nan, ce n'était pas avec Tom – même s'il est passé par chez nous une ou deux fois. Le type en question avait un nom étranger. Je crois qu'elle l'a rencontré à Williamsburg. Et ils sont partis il y a plus de deux semaines, au début du mois d'août.

Ça correspondait à l'époque où avait cessé l'envoi massif de cartes postales ineptes. Donc, elle n'était pas avec Tom. Leur relation s'était manifestement refroidie avec l'arrivée d'un nouveau mâle dans le paysage.

— Savez-vous où ils sont partis… et si je peux la joindre ?

— Je n'ai aucune idée de l'endroit où elle se trouve, me répondit-elle avec dédain. Elle a téléphoné il y a quelques jours pour prendre ses messages et a mentionné la région de Miami. Mais c'est une foutue menteuse, alors rien n'est moins sûr. Comment ai-je pu lui faire confiance ?! Elle m'a fait sa tête de basset artésien en me demandant si – je t'en priiie – je pouvais lui avancer une autre semaine de loyer parce qu'elle venait de faire une pub pour Burger King et qu'elle allait bientôt toucher un gros chèque. Entre le loyer, la bouffe et les fringues qu'elle m'a piquées ou flinguées, elle me doit au moins mille dollars.

— C'est dégueulasse, tentai-je, en dépit de l'impossibilité où je me trouvais de développer une quelconque sympathie pour Terry.

C'était ce genre de fille totalement dénuée d'humour que l'on a envie de pincer. Blythe lui avait peut-être piqué sa crème solaire juste pour la faire suer.

— Comment en êtes-vous venues à partager un appartement ?

— J'ai passé une annonce. Ma mère m'a toujours dit que c'était une bêtise de partager mon appartement avec une actrice et je commence à croire que j'aurais dû l'écouter. Mes collègues ne sont sans doute pas aussi fun que Blythe, mais, au moins, ils n'avaleraient pas tout un sachet de mini-Mars en laissant les emballages dedans pour faire croire qu'ils ne l'ont pas touché.

Gros problème, en effet.

— Vous faites quoi au juste ?

— Je travaille pour une compagnie d'assurances. Bon, vous allez le trouver comment, votre Tom ?

— Je dois me rendre dans le nord pour vérifier quelques pistes. Croyez-vous que Blythe va rappeler ?

— Bah, elle a laissé quelques trucs dans l'appart', alors elle va peut-être repasser. Dans le cas contraire, je songe sérieusement à appeler la police.

Je lui tendis ma carte de visite, qu'elle empocha comme s'il s'agissait d'une chaussette usagée, en lui demandant de répéter à Blythe, si celle-ci refaisait surface, que je cherchais à la joindre. Cela dit, il était peu probable que Blythe puisse me renseigner sur l'endroit où se trouvait Tom. Elle avait apparemment déniché un Apollon plus sensible à ses charmes que Tom ne l'avait été, quelqu'un de manifestement peu sourcilleux sur la question épineuse des mini-Mars. Ma meilleure piste restait donc Skidmore et il était grand temps que je me mette en route.

Mon détour m'avait permis d'éviter la plupart des embouteillages du matin, mais il y avait encore quelques ralentissements à la sortie de Manhattan. Je mis donc bien une heure pour regagner l'autoroute du New York State Thruway. Alors que je quittais le péage, je fus prise d'une crise de foi : qu'on veuille bien m'expliquer pourquoi je m'apprêtais à passer la journée entière derrière un volant, à chercher un type que je n'avais jamais rencontré ? Parce que j'avais promis à Chris de l'aider. Parce que j'avais été émue par l'histoire de Tom. Mais si le gentil professeur ne pouvait m'apporter aucune aide, je ne voyais pas très bien ce que j'allais pouvoir faire de plus.

La deuxième partie du voyage se passa sans encombre. J'avais choisi un CD de Maria Callas (des arias) et mon parcours ne présentant aucune difficulté (New York State Thruway jusqu'à la sortie 24, puis Adirondak Northway jusqu'à Saratoga), je me laissais absorber par sa voix magique. Bientôt, j'eus dépassé la banlieue de New York et les montagnes des Catskills apparurent sur ma gauche dans un halo bleu lavande. Au moment d'aborder la sortie pour Albany, un léger accès de nostalgie me surprit. Je me souvins que j'avais travaillé deux ans pour le *Albany Times Union* à ma sortie de la fac.

J'atteignis Saratoga aux alentours de midi et demi. Bien que mon estomac criât famine, je décidai que je devais d'abord localiser le professeur Carr. J'avais visité Saratoga à différentes reprises à l'époque où je travaillais pour le journal d'Albany et n'avais donc pas besoin d'aide pour me guider dans la ville. La sortie de l'autoroute menait tout droit à la Grand Rue qui elle-même traversait le centre-ville pour se terminer sur Broadway Street. En passant, je jetai un coup d'œil au centre-ville, lequel était principalement composé d'immeubles de briques de trois ou quatre étages, datant du XIXe siècle. Bien que la saison des courses de pur-sang eût pris fin, une foule dense s'y promenait ou prenait du bon temps à la terrasse des cafés et des restaurants. Quelques bâtiments arboraient d'immenses drapeaux américains qui flottaient doucement au vent.

Je résolus de commencer par le domicile d'Alan Carr et, s'il n'était pas là, de rouler jusqu'à Skidmore. Broadway Street était une adorable petite rue bordée de superbes maisons anciennes qui avaient dû appartenir à de riches amateurs de chevaux comme les Vanderbilt. Leurs propriétaires n'y reviendraient qu'en août prochain pour la saison hippique et en repartiraient aussitôt celle-ci achevée, en laissant leur personnel recouvrir les meubles de grands draps blancs. La maison de Carr était l'une des plus modestes de la rue, mais elle était néanmoins fort coquette avec sa façade jaune et son porche en bois. Il était probable qu'il l'avait acquise en ruine et l'avait entièrement rénovée afin qu'elle retrouve son lustre d'antan.

C'était peut-être mon jour de chance. Une vieille Volvo occupait l'allée et la porte d'entrée était grande ouverte. Je sautai de ma Jeep et montai les quelques marches qui y menaient. Depuis ma position, je pouvais entendre une symphonie classique. Mozart, sans doute.

Je regardai au travers de la moustiquaire et, ne voyant personne, frappai quelques coups sur le chambranle. Rien. Mais il devait forcément y avoir quelqu'un si j'en jugeais par la musique et l'odeur de cuisine qui parvenait jusqu'à mes narines. Je frappai donc encore, un peu plus fort cette fois.

— C'est ouvert ! cria un homme pour couvrir le son de la musique. Je suis dans la cuisine.

J'entrai donc et attendis quelques secondes que mes yeux s'adaptent à la différence de luminosité. Je me tenais dans un hall d'entrée qui donnait sur deux pièces, celle de droite me semblant être un bureau-bibliothèque. De sombres meubles anciens occupaient l'endroit ; ils provenaient plus vraisemblablement d'une brocante que de la boutique d'un antiquaire, et les murs étaient décorés de simples affiches de musées. Suivant l'odeur alléchante et la musique, je finis par trouver la cuisine, laquelle semblait n'avoir pas changé depuis – au moins – les années 1970. Un homme long et mince avec une barbe brune se tenait devant une sorte de table roulante sur laquelle reposait une planche à découper. Il pouvait avoir entre trente-huit et cinquante ans, d'après mes plus fines estimations. Pour l'heure, il s'employait à émincer une impressionnante quantité de poivrons rouges. Il leva la tête quand j'entrai dans la cuisine. Vu son air ébahi, je n'étais manifestement pas la personne qu'il attendait.

— Que puis-je faire pour vous ? me demanda-t-il avec étonnement.

— Désolée d'arriver chez vous sans prévenir. J'ai essayé de vous joindre à plusieurs reprises. Je suis Bailey Weggins. Vous êtes Alan Carr ?

Il fit la moue, réfléchissant visiblement à ce que je venais de lui exposer.

— Oh, vous êtes la personne qui veut me questionner sur Tom. Désolé de ne pas vous avoir rappelée – je prépare un chili con carne pour un dîner de vingt personnes et j'ai, au bas mot, une bonne heure de retard. Vous n'êtes pas étudiante, n'est-ce pas ?

— Non, je vis à New York et j'en arrive tout juste. Je ferais mieux d'aller droit au but. Tom semble avoir disparu de la surface de la terre. L'un de ses amis m'a demandé d'essayer de le retrouver et, comme j'ai appris que vous aviez gardé le contact avec Tom, j'espérais que vous pourriez m'aider.

— Disparu de la surface de la terre ? répéta-t-il sobrement tout en s'essuyant les mains sur son tablier. Qu'entendez-vous par là ?

— Il n'est pas retourné à son appartement depuis près de deux semaines et il ne s'est pas présenté sur le plateau de la série qu'il est en train de tourner. Il a par ailleurs retiré une grosse somme d'argent. Tout cela me laisse penser qu'il a peut-être voulu s'éloigner pendant un moment. Je me demandais si vous l'aviez vu ou si vous lui aviez parlé récemment.

Il réfléchit quelques secondes avant de répondre.

— Non, pas que je me souvienne.

— Vous hésitiez.

— Oui, parce que je lui ai effectivement parlé assez récemment, mais maintenant que j'y pense, c'était plutôt il y a un mois ou deux. Peu de temps après le début du tournage de cette série, en fait. Il m'a appelé pour une mise à jour, en quelque sorte.

Absorbé par ses pensées, il alla éteindre la chaîne stéréo.

— Quand a-t-il été vu pour la dernière fois ?

— D'après mes informations, la dernière personne à l'avoir vu est l'un des gardiens du garage où il laisse sa voiture. Tom est allé la chercher très tôt le samedi matin, il y aura bientôt deux semaines de cela. Il a utilisé son téléphone portable pour la dernière fois ce même matin, depuis un endroit tout proche de l'autoroute qui mène à Saratoga. C'est ce qui m'a amenée à venir vous rendre visite.

— Non, nous n'avions pas prévu qu'il vienne ici. Ah, tout cela ne me dit rien qui vaille.

— Serait-il possible qu'il ait brutalement décidé de venir vous voir, sans prévenir ?

— Et qu'en chemin, il ait eu des ennuis, vous voulez dire ? Mon dieu, et s'il avait eu un accident ? S'il était tombé dans un ravin et que personne n'ait remarqué sa voiture…

Il se frotta le visage tout en secouant la tête.

— Tom n'est jamais venu sans prévenir par le passé, mais qui sait… peut-être avait-il décidé de me voir. Je sais que son personnage ne l'enthousiasmait pas vraiment. Il était censé décrocher un rôle beaucoup plus important et puis bam ! le tapis rouge s'est subitement dérobé sous ses pieds. Malgré tout, je ne l'imagine pas abandonnant son tournage. C'était quand même une porte d'entrée pour la télévision.

Je me massai les tempes en un effort ultime pour clarifier mes pensées. J'avais presque fini par me convaincre que Tom se trouvait ici ou que, du moins, ma visite à Saratoga m'apporterait des informations substantielles sur lui. Mais mes presque quatre heures de route m'avaient menée à une impasse.

— Pourriez-vous me dire quoi que ce soit qui puisse m'aider à le localiser ? soupirai-je en relevant les yeux vers lui. Connaissait-il quelqu'un dans le nord de l'État auquel il ait pu décider d'aller rendre visite ? Avait-il des problèmes quelconques dans la vie ?

— Voulez-vous une tasse de café ? me demanda-t-il en ouvrant un antique réfrigérateur aux articulations fatiguées.

Il en retira une bouteille de lait et la posa à côté des poivrons.

— Avec plaisir, répondis-je, déduisant de son invitation que j'avais aussi le droit de m'asseoir sur l'un des tabourets qui traînaient par là.

Carr prit tout son temps pour remplir les tasses et apporter le sucrier. Je sentais qu'il évaluait l'opportunité de me faire une révélation. Une fois qu'il eut tout préparé sur la table, il s'essuya une nouvelle fois les mains sur son tablier et me regarda droit dans les yeux.

— Êtes-vous – ou non – au courant du passage que Tom a fait en désintoxication ? finit-il par me demander.

Oh, oh…

— À quel moment ?

— Il y a environ un an.

— Cocaïne ?

— Non, antidépresseurs. Il a commencé à en prendre l'année dernière, juste après la mort de sa mère, en même temps que des somnifères. Et puis, il est devenu accro. Il a séjourné deux semaines dans une clinique du Massachusetts, puis il a débarqué ici pour quinze jours. Nous avons d'ailleurs passé un excellent moment. Il m'a aidé sur un projet et a travaillé tous les jours dans le jardin. D'ailleurs, il semblait en grande forme quand il est parti.

— Se pourrait-il qu'il ait replongé ? demandai-je en sirotant mon café.

— J'imagine que c'est possible. Mais Tom n'a pas vraiment le profil d'un drogué. Je vois cet épisode comme un incident isolé, entièrement lié à la dépression dans laquelle il a sombré à la mort de parents qu'il adorait.

Il hocha la tête en signe de frustration soucieuse.

— Non, ça ne m'inquiète pas trop. Je continue à redouter l'accident de voiture. Il faut que nous fassions quelque chose.

— Bien, je vais vérifier ce point dès que possible, le rassurai-je. Je vais appeler la police de l'État. Je vous promets de vous tenir informé de ce que j'apprendrai.

Je quittai Alan Carr quelques minutes plus tard, l'estomac vrillé par l'absorption d'un café presque à jeun et de nouvelles inquiétudes au sujet de Tom. Et s'il avait effectivement eu un accident ? J'avais hâte de reprendre la route, mais il fallait auparavant que j'avale quelque chose – et que je réfléchisse. J'allai garer ma voiture dans le centre-ville devant un petit restaurant. Avant d'aller m'y attabler, je fis un saut à la boutique pour touristes située juste en face, afin d'acheter une carte de l'État de New York. Je l'étalai sur la table du restaurant dès que j'eus commandé une salade.

Le coup de fil de Tom à l'assistant du réalisateur avait été passé à moins d'une heure de New York. Si Tom avait eu un accident dans les heures qui avaient suivi, il serait très difficile de localiser son véhicule dans la mesure où nous n'avions aucune idée de l'endroit où il se rendait. Il aurait pu vouloir aller à Saratoga, auquel cas il serait resté sur l'autoroute du New York State Thruway. Mais il aurait pu tout aussi bien prendre une sortie ou rejoindre l'autoroute du Massachusetts Turnpike à partir d'Albany pour se diriger vers Boston ou une autre ville de Nouvelle-Angleterre. Il aurait même très bien pu continuer vers le Canada pour ce que j'en savais. Je laissai mes yeux errer sur la carte. Au nord du croisement de Newburgh Junction se trouvaient les comtés d'Ulster et de Greene. Au nord-ouest, la région montagneuse des Catskills avec ses bourgades aux noms désuets, comme Margaretville ou Loch Sheldrake.

Soudain, je mis le doigt dessus. Je faillis m'étrangler. Il y avait là une ville nommée *Andes*. Dans un flash, je revis la photo de Tom et de ses parents avec le nom « Andes » inscrit au verso. Compte tenu de leurs nombreux voyages, j'avais spontanément songé au Pérou. Mais il pouvait tout autant s'agir de cet Andes-là. D'après Chris, la famille était propriétaire d'une résidence secondaire que Tom avait vendue durant l'année. Et s'il n'avait en fait pas encore trouvé d'acheteurs ? La bretelle d'autoroute pour Andes se situait au niveau du croisement de Newburgh Junction.

Ma salade arriva et je l'engloutis tout en composant le numéro de *Buzz*. Je demandai à la fille qui décrocha d'aller sur le site Internet que nous utilisions en général pour avoir des renseignements en matière de propriété immobilière, et de regarder si elle trouvait quelque chose appartenant à Tom Fain. Elle promit de me rappeler dès qu'elle l'aurait fait.

— Non, non. Je reste en ligne, lui affirmai-je péremptoirement.

Je pouvais l'entendre pianoter sur son ordinateur.

— Il y a plusieurs Tom Fain, bredouilla-t-elle. Je ne sais pas trop…

Je l'interrompis pour lui donner l'adresse de Mercer Street.

— Ah oui, je la vois, finit-elle par dire au bout d'une très longue minute. Il y a aussi une autre inscription. Tu la veux ?

— OUI !

— Dabbet Road, Andes, New York.

Elle prononça bizarrement Andes, mais je le lui pardonnai bien volontiers. J'avais du mal à y croire. Je calculai mentalement le temps qu'il me faudrait pour m'y rendre. Deux ou trois heures, tout au plus. Direction sud-ouest.

Quelques minutes plus tard, je sautais dans ma Jeep. J'évaluai mes chances de tomber sur Tom. Même s'il avait dit à Chris vouloir se débarrasser de cette maison, la vente avait peut-être échoué, ou il avait pu changer d'avis. Cela pouvait également expliquer pourquoi il avait cessé d'utiliser son portable. La réception était sans doute assez mauvaise dans les montagnes et il valait mieux recourir au téléphone fixe. J'appelai donc les renseignements. Il y avait bien un numéro au nom de Fain sur Dabbet Road, mais personne ne décrocha quand je l'appelai. *Pourquoi* Tom serait-il allé là-bas ? Pour occuper malgré tout son week-end après l'annulation de son plan dans les Hamptons ? Il avait dit à Harper qu'il avait du boulot. Est-ce qu'il devait bricoler dans la maison ? L'arranger en vue de sa vente ? Alors, pourquoi n'était-il pas rentré après ? Et pourquoi n'avait-il informé personne de l'endroit où il allait ? Peut-être avait-il tout simplement cherché à s'isoler pendant quelque temps.

Il était presque dix-huit heures quand j'arrivai à Andes et le soleil commençait à baisser. Même si, officiellement, nous étions encore en été, la nuit tombait désormais beaucoup plus vite. Je baissai ma vitre pour profiter de l'air des montagnes, mais sa fraîcheur m'incita à la remonter rapidement. Je pensais être de retour à New York à cette heure tardive et je n'avais pas pensé à prendre un vêtement un peu chaud.

Andes était une petite ville charmante et sans prétention. La rue principale était bordée de quelques boutiques, d'un supermarché et d'un minuscule café sur la terrasse duquel s'attardaient encore quelques personnes. Je me garai dans un parking et scrutai les alentours afin de trouver quelqu'un qui pût m'indiquer mon chemin. Une femme âgée, grande, avec des cheveux gris théâtralement remontés en chignon sur le haut du crâne, était en train de balayer le trottoir devant un magasin d'antiquités au nom éloquent : « Nid de Trésors ».

— Excusez-moi. Pourriez-vous m'indiquer le chemin pour aller à Dabbet Road, s'il vous plaît ?

— Vous cherchez la maison des Fain ? me demanda-t-elle.

Son ton de voix plutôt raffiné suggérait qu'elle avait passé la majeure partie de son existence à Manhattan avant de s'établir dans cette petite bourgade pour y mener une vie plus tranquille.

— Comment le savez-vous ? m'étonnai-je.

— Je n'ai pas grand mérite, c'est la seule maison sur cette route. Envisagez-vous de l'acheter ?

— L'acheter ? Mon Dieu non. En réalité je cherche Tom Fain. Mon nom est Bailey Weggins. Je suis une amie d'un ami de Tom.

— Oh, je ne m'étais pas rendu compte qu'il était là cette semaine. Bon alors, il va vous falloir retourner sur vos pas et tourner sur votre gauche vers Harrow. Vous trouverez Dabbet

Road sur votre gauche, juste avant de sortir de la ville. Dites-lui bonjour de la part de Beverly, voulez-vous.

— Bien sûr.

Quand je remontai dans ma Jeep, ma tête était au bord de l'explosion. Je n'avais pas voulu être trop indiscrète auprès de cette femme, mais il semblait bien que la vente dont Tom avait parlé à Chris soit tombée à l'eau. La maison se trouvait donc à nouveau sur le marché. Cette situation avait peut-être motivé le retour de Tom à Andes.

Il me fut facile de trouver Dabbet Road. Comme Beverly l'avait mentionné, elle n'était qu'à une courte distance du centre du village et j'imagine que Tom l'avait fréquemment parcourue à vélo quand il était enfant. En fait de route, Dabbet Road n'était qu'un chemin de terre, mais fort long (environ huit cents mètres), agréablement ombragé par de magnifiques érables et d'immenses sapins.

La première chose que j'aperçus fut une grange massive tout au bout de la route. Et puis, soudain, la maison surgit des arbres sur la droite. On pouvait distinguer un peu plus loin un petit cottage blanc tournant le dos à la route – sans doute une maison d'hôtes. Et garée devant, une Audi noire.

5

Je coupai le contact et restai immobile dans la voiture pendant quelques minutes en espérant que mon cœur n'explose pas. J'avais retrouvé Tom. Finalement, ça n'avait pas été si long, et l'enquête n'avait pas été particulièrement fastidieuse. Pourtant, hier encore, elle semblait vouée à l'échec. Je n'avais alors pour seul indice qu'un appel téléphonique passé près d'une autoroute et j'avais un peu l'impression de chercher une aiguille dans une botte de foin. Et voilà qu'il était là, à quelques mètres de moi…

Mes yeux s'embuèrent inexplicablement, tandis que m'envahissait un sentiment d'immense soulagement. À cela se mêlait une sensation étrange : qu'étais-je supposée faire maintenant ? Mon arrivée imprévue allait-elle irriter Tom ? Et si je le surprenais au beau milieu d'ébats langoureux avec une nouvelle conquête ? Mais il m'était impossible de repartir pour Manhattan sans l'avoir rencontré. En tout cas, pas avant de lui avoir signifié que Chris et Harper se faisaient du souci à son sujet. Et pas avant de m'être assurée qu'il était en bonne santé. Après tout, rien ne me prouvait que tout allait bien.

Je sortis de ma Jeep dont je claquai violemment la portière. Il valait mieux que je fasse un peu de bruit si je ne voulais pas le surprendre dans une situation délicate. Je pensais qu'il devait être dans le cottage puisque sa voiture était garée juste à côté. La grande maison lui avait-elle paru trop grande pour lui tout seul ou trop pleine de souvenirs ? Je respirai profondément avant de m'engager sur l'allée qui conduisait au cottage. De toute évidence, il n'avait pas passé son temps à désherber.

En suivant l'allée qui contournait le cottage, je pus voir qu'il faisait face à une forêt. Il ressemblait à une cabane de conte pour enfants avec son porche étroit courant le long de la façade et sa fragile porte bleue flanquée de deux minuscules fenêtres à rideaux blancs. En m'approchant je me rendis compte qu'il était plutôt décrépi. La peinture du porche s'écaillait largement par endroits et les deux fauteuils en rotin qui l'agrémentaient menaçaient ruine. Je jetai un œil à la maison principale dont la façade regardait également les bois. Elle semblait en plus mauvais état encore. On en avait enlevé tous les volets pour les entreposer le long d'un pignon. Même de loin, je pouvais voir qu'elle avait besoin d'un bon ravalement.

Je repris mon chemin vers le cottage et montai les quelques marches qui me séparaient de la porte. Leur craquement avait dû signaler ma présence, mais je frappai à la porte pour être bien sûre de ne surprendre personne. Une fois, deux fois, trois fois... Rien. Seul un oiseau – un rapace sans doute – me répondit depuis les bois.

— Tom, essayai-je. Hey, Tom.

Toujours pas de réponse hormis l'oiseau. Je scrutai les bois. La nuit n'allait pas tarder à tomber et la forêt s'assombrissait, formant une masse lugubre. Tom était peut-être en train de bricoler dans la grande maison.

Avant d'aller vérifier cette hypothèse, je frappai encore une fois à la porte du cottage et, bien entendu, parce que je suis une incorrigible curieuse et une incontrôlable fouineuse, j'essayai de faire jouer sa poignée. Oooh, elle n'était pas verrouillée. Et, bien entendu, parce que... etc., j'entrai à l'intérieur.

Je lançai encore une fois : « Hey, Tom. » Silence. Je tentai une variante : « Tom, êtes-vous là ? »

Toujours aucun bruit excepté le ronronnement d'un réfrigérateur, quelque part dans une autre pièce.

L'intérieur du cottage était aussi pittoresque que sa façade. Le genre d'endroit où il fait bon passer une journée d'automne pluvieuse. Il y avait une petite cuisine dans le fond de la pièce, mais la quasi-totalité du rez-de-chaussée était occupée par un salon entourant une cheminée en pierre. Son ameublement était assez éclectique : deux ou trois tables basses en bois sombre et quelques fauteuils fatigués recouverts d'un tissu fleuri délavé. L'une des tables retint immédiatement mon attention. Il y restait les reliefs d'un sandwich qui semblaient prouver que Tom Fain avait mangé à cet endroit. Je m'approchai pour les examiner de plus près. Dans l'emballage chiffonné, il y avait un morceau de jambon qui n'était plus de la première fraîcheur. Juste à côté, un journal à la date du samedi où Tom avait disparu. Mon angoisse commença à monter et je me souvins de l'expression d'un vieux journaliste avec lequel j'avais fait équipe : « Tout cela ne m'inspire rien de bon. »

« Tom ! » criai-je presque désespérée, ne comptant plus vraiment obtenir de réponse.

J'avisai une cage d'escalier qui menait à l'étage et en montai les marches quatre à quatre. Je trouvai deux chambres de part et d'autre du palier. Celle de droite était vide. Celle de gauche gardait les signes d'une visite récente : une paire de chaussures de marche et un tee-shirt posé sur une chaise. Le dessus-de-lit était bouchonné comme si quelqu'un avait refait le lit à la hâte.

En me retournant, je vis un sac de voyage en cuir marron posé derrière la porte. Il était ouvert, mais n'avait pas été vidé de son contenu et un jean en dépassait. Si Tom était là depuis douze jours, comment se faisait-il qu'il ait si peu changé de vêtements ? Cette chambre, comme le sandwich au rez-de-chaussée, donnait à penser que le temps s'était arrêté quelques jours auparavant.

Je dévalai l'escalier et m'engouffrai dans la cuisine où le réfrigérateur continuait à ronronner. Je ne parvenais pas à déterminer pourquoi la scène me rendait aussi mal à l'aise. Sur la table, je vis un sac en plastique qui avait dû contenir le sandwich, ainsi qu'une bouteille vide de Veuve Clicquot, plutôt incongrue dans ce paysage désolé.

Je sortis du cottage en trombe. Même si cette perspective me terrifiait, il allait bien falloir que j'aille explorer la maison principale. Quand j'atteignis son porche, je balayai la forêt du regard. Sur ma gauche, je pouvais distinguer les ruines d'un mur de pierres. Peut-être celui devant lequel Tom et ses parents avaient posé pour la photo. Au-delà, à travers l'épais rideau d'arbres, quelque chose brillait. Vraisemblablement la surface argentée d'un étang. Et si Tom était allé nager et avait été pris de crampes ? Et s'il reposait au fond de l'étang ? Il fallait que je bouge pour conjurer cette image.

La maison principale était encore plus décrépie qu'elle m'avait semblé l'être depuis le cottage : peinture écaillée, parterres envahis par les orties. Elle possédait également un porche, en aussi mauvais état que celui du cottage. Je t'en prie, Tom, montre-toi. À ma grande surprise, la porte d'entrée était grande ouverte. Cela devait-il me rassurer ? « Tom ? » répétai-je une nouvelle fois en m'approchant du seuil.

L'odeur me percuta avec la puissance d'un bulldozer. J'avais déjà eu l'occasion de sentir la mort à différentes reprises (la première fois alors que j'étais journaliste à Albany, à l'occasion d'une noyade, et je me souvenais encore de la nausée qui m'avait envahie), mais je n'étais pas préparée à celle qui émanait de l'intérieur de la maison. Un relent de putréfaction que je n'avais encore jamais expérimenté et qui semblait bizarrement mêlé à des effluves de bois carbonisé. Je me couvris le nez et la bouche avec mon tee-shirt. Il était évident qu'un cadavre m'attendait dans la maison.

Le hall d'entrée était très sombre, les derniers rayons du soleil ne l'éclairant que faiblement. En entrant, je commençai donc par chercher un interrupteur. Je finis par en trouver un sur ma gauche et le hall s'illumina. Je me trouvais dans une pièce assez vaste et presque vide. D'après ce que je pouvais en voir, il n'y avait d'ailleurs que très peu de meubles dans la maison. L'odeur était devenue presque insupportable et je me forçais à respirer par la bouche.

Je n'avais pas vraiment envie de m'attarder dans cet endroit. Plus exactement, j'aurais voulu prendre mes jambes à mon cou, quitte à laisser une tranchée dans la pelouse. Mais il fallait que je sache ce qui était arrivé à Tom, quelle que soit l'épouvantable vérité.

Je fis un rapide tour du rez-de-chaussée, en luttant contre mon envie de déguerpir sans plus attendre. Les pièces étaient spacieuses et, Dieu merci, il y en avait peu : sur ma droite, une vaste salle à manger, une cuisine et une véranda ; sur ma gauche, un salon qui donnait sur le porche ; au-delà du salon, une autre pièce qui me parut être une bibliothèque, mais dont les étagères étaient désormais vides. Il y avait dans celle-ci un imposant balai, une serpillière et un seau en plastique rempli d'eau sale. Un grand ménage était en cours, donc, ou, du moins, l'avait été.

Je n'avais toujours pas localisé la source de l'odeur. Il allait donc bien falloir que je visite l'étage.

Je commençai à gravir les marches de l'escalier qui partait du hall d'entrée. Je savais à quoi attribuer cette odeur – un cadavre – mais les effluves de brûlé qui s'y mêlaient m'intriguaient. Il avait dû y avoir un feu quelque part, mais *où* ? En haut des marches, deux couloirs prolongeaient le palier. L'un d'eux continuait vers l'est, l'autre, perpendiculaire aux escaliers, se prolongeait vers la façade au sud. L'odeur semblait venir de là, je choisis par conséquent de m'y engager. Je me mis à chercher frénétiquement un interrupteur, mais quand je l'eus trouvé, rien ne se passa. Je continuai malgré tout à avancer, à la lueur du jour finissant et de la lampe que j'avais allumée au rez-de-chaussée. La première pièce que j'atteignis était immense, sans doute la chambre à coucher principale. La faible lumière qui provenait de l'extérieur me permit encore de constater qu'il ne restait là qu'une table de chevet poussiéreuse, un téléphone et, près de la fenêtre, plusieurs pots de peinture. Et l'odeur, désormais insoutenable. Il y avait dans le fond de la chambre une porte ouverte qui devait probablement mener à une salle de bains. L'odeur ne pouvait venir que de là.

Par réflexe, je regardai par-dessus mon épaule et tendis l'oreille. Malgré mon angoisse, je finis par avancer vers la supposée salle de bains. L'odeur était si forte qu'elle parvenait à traverser le tissu qui couvrait mon visage, me donnant des haut-le-cœur que j'avais grand-peine à refouler. Je remarquai tout d'abord la casquette à l'effigie des Knicks sur le sol carrelé. Mes yeux se portèrent ensuite sur le lavabo que surmontait un miroir. L'un et l'autre avaient été comme aspergés d'une substance qui pouvait être du sang séché. Soudain, je saisis un mouvement sur le côté, dans la grande baignoire. Pivotant légèrement, je vis une forme de la taille d'un corps humain, partiellement carbonisée et en phase de décomposition avancée, le tout paraissant éminemment toxique. Curieusement, le visage – ou plutôt l'endroit où il aurait pu se situer – bougeait. Terrifiée, je m'approchai néanmoins de quelques pas pour constater que ce mouvement n'émanait pas du visage lui-même, mais d'un régiment d'asticots blanchâtres qui y avaient élu domicile.

Je sortis de la salle de bains aussi vite que me le permirent mes jambes flageolantes et mon cœur exsangue. Ce devait forcément être Tom dans la baignoire. Et cela faisait manifestement pas mal de temps qu'il y croupissait. Pourtant, j'avais l'impression que la maison n'était pas inoccupée ; c'était comme si quelqu'un m'épiait.

Prenant une courte inspiration, je me ruai hors de la chambre et dévalai les escaliers quatre à quatre en direction du jardin.

Le soleil était désormais couché et j'avais du mal à retrouver le sentier dans les hautes herbes. Comme j'arrivais à l'angle du cottage, une lampe éclaira subitement le porche. Mon cœur fit plusieurs saltos, avant que je comprenne qu'elle devait être connectée à un détecteur de présence. Quoi qu'il en fût, je ne m'attardai pas et courus me barricader dans ma Jeep.

Après en avoir bloqué toutes les portières, je pris plusieurs profondes respirations dans l'espoir de me calmer un peu. Il fallait que j'appelle la police, mais je ne voulais surtout pas rester à proximité de la maison en l'attendant. Je décidai donc d'appeler depuis l'intersection entre Dabbet Road et la route principale.

Lorsque je fus sortie de la propriété, ma terreur céda la place à un profond abattement. Le corps était absolument méconnaissable, mais ce ne pouvait être que Tom. Était-il mort brûlé vif ? Le carrelage dans l'angle du mur avait visiblement souffert du feu, mais la baignoire avait sans doute empêché les flammes de s'étendre. Pouvait-il s'agir d'un accident horrible, dû, par exemple, à l'usage d'un liquide inflammable ? Mais alors, comment expliquer le sang autour du lavabo ? Tom avait sans doute été assassiné. Quelqu'un avait dû l'assommer ou le poignarder puis mettre le feu à son corps. Le solvant utilisé pour la peinture avait pu permettre d'attiser le feu. À moins que Tom ait lui-même mis fin à ses jours, se tailladant les veines et s'immolant ensuite pour activer sa fin ? Fallait-il y voir la raison même de son retour à Andes ? Peut-être ne pouvait-il supporter la mort de ses parents ? Dans ce cas, le champagne était-il le vestige d'un dernier hommage ? Ou était-ce une façon d'alléger sa douleur ? J'avais la gorge nouée, et je savais que si je ne parvenais pas à effacer de mon esprit l'image de ce cadavre, je ne tarderais pas à vomir.

Le trajet me sembla interminable, mais je finis par apercevoir la route principale dans mes phares. J'arrêtai la Jeep et tirai mon

BlackBerry de mon sac. Le standard de la police décrocha après deux sonneries.

— Je veux déclarer un cadavre sur Dabbet Road dans la ville d'Andes, parvins-je à articuler. Il pourrait s'agir d'un homicide.

— Se peut-il que la personne soit encore en vie ?

— N...non, ânonnai-je.

Cette femme aurait tout aussi bien pu me demander si Coldplay risquait de donner un concert sur la pelouse ce soir-là.

Elle s'informa de l'adresse exacte de la maison, de mon nom et de l'endroit depuis lequel j'appelais. Puis elle me dit qu'elle m'envoyait une voiture de patrouille venant de la station de police du comté et qu'elle serait là dans une dizaine de minutes. Elle me conseilla de rester en ligne.

— Je ne peux pas, je n'ai presque plus de batteries, mentis-je. Je vais les attendre à l'intersection où commence la rue, d'accord ? J'ai une Jeep noire.

Je ne voulais pas rester en ligne. Il fallait que je parle immédiatement à Chris pour l'informer de ce que j'avais découvert. J'avais enregistré son numéro dans mon téléphone, mais mes doigts tremblaient tellement que je ne réussis à le joindre qu'après plusieurs tentatives. Une partie de moi-même avait terriblement besoin d'entendre le son de sa voix et de partager mon angoisse, l'autre redoutait de lui parler.

Il ne répondit pas immédiatement et son « Allô ? » était presque couvert par le brouhaha du restaurant ou du bar dans lequel il devait se trouver.

— Chris, va dans un endroit tranquille, lui dis-je. Il faut que je te parle.

— Une seconde, s'il te plaît.

Le bruit diminua progressivement jusqu'à disparaître.

— Là, c'est mieux, finit-il par dire.

— Mais où donc es-tu ?

— Oh, juste dans un bar avec quelques personnes de la production. Que se passe-t-il ?

— Chris, il faut que je t'annonce une horrible nouvelle. Je pense… je pense que Tom est mort.

— Quoi ? Qu'est-ce que tu entends par « je pense » ?

— Je suis allée à l'ancienne résidence secondaire de ses parents. Apparemment, Tom ne l'avait pas encore vendue. J'y ai trouvé un cadavre dans la maison principale. Il est impossible de dire de qui il s'agit, mais je suis à peu près sûre que c'est Tom.

— Bon sang, tu déconnes.

— Je suis désolée, Chris. Je…

— Une minute, où es-tu exactement ? Où tout cela se passe-t-il ?

— Je me trouve dans une ville qui s'appelle Andes. C'est dans les Catskills, à quelques heures de New York.

— Merde. Que lui est-il arrivé ?

— Chris, le téléphone n'est pas vraiment approprié pour ce genre de conversation. Bon… le corps était carbonisé. Je ne sais pas exactement de quoi il est mort, mais il est possible que quelqu'un l'ait assassiné. Une fois encore, je crois que c'est Tom, mais je n'en suis pas sûre à 100 %. Les flics devraient arriver d'une minute à l'autre, alors j'en saurai peut-être plus d'ici une heure.

— Mon Dieu ! c'est horrible, dit-il d'une voix étranglée par l'émotion. Il faut que je prévienne Harper.

— Je crois qu'il vaudrait mieux ne pas ébruiter la nouvelle pour le moment. Attends au moins demain. Et puis, ce serait idiot de le lui annoncer alors qu'il ne s'agit peut-être pas de Tom. En fait, mieux vaut ne rien dire à personne dans l'immédiat. Il va y avoir une enquête de police.

— Tu es seule là-bas, Bailey ? Ça va ?

— Oui, je suis seule mais j'ai quitté la maison, le rassurai-je, touchée qu'il s'en soit inquiété. C'était trop pour moi. Je suis un peu plus loin dans la rue, dans ma voiture, et j'attends les flics.

— Comment donc as-tu atterri là-bas ? Je veux dire, je ne savais même pas où était cette maison.

— Oh, une information en a entraîné une autre. Je crois qu'ils arrivent. Je t'appelle dès que j'en sais plus.

Je croyais que les phares que j'avais aperçus à travers les arbres appartenaient à une voiture de police, mais il ne s'agissait que d'une dépanneuse qui avait ralenti à la hauteur de Dabbet Road, avant de poursuivre son chemin vers une casse quelconque. Je vérifiai une fois de plus que mes portières étaient bien fermées. J'avais du mal à bannir de mon esprit la scène d'horreur de la baignoire. Fort heureusement, la voiture du shérif du comté du Delaware finit enfin par se garer à ma hauteur, quelques interminables minutes plus tard.

Elle ne transportait qu'une seule personne. Une femme d'une trentaine d'années. Une fois à ma hauteur, celle-ci abaissa sa vitre.

— Je suis le shérif adjoint Sue Dannon. Êtes-vous la personne qui a appelé la station de police ?

— Oui, je m'appelle Bailey Weggins. Je viens de découvrir un cadavre salement décomposé dans la maison, là-bas. Je pense qu'il s'agit de Tom Fain, le propriétaire de la maison.

Elle me regarda avec méfiance.

— Y a-t-il quelqu'un d'autre dans la maison actuellement ?

— Je n'en ai pas l'impression. Tom a disparu depuis presque deux semaines et on dirait bien que sa mort remonte à cette date. Voulez-vous que je vous guide ?

— D'accord, je vous suis.

Elle attendit que je fasse demi-tour, ce qui n'était pas vraiment facile sur cette route étroite. À mesure que nous approchions de la maison, mon rythme cardiaque s'accélérait. L'une des fenêtres, située sur l'arrière de la maison, était maintenant éclairée. Mais je réalisai qu'il s'agissait sans doute du plafonnier du hall dont la lumière illuminait le reste de la maison.

L'officier Dannon gara son véhicule derrière le mien et nous nous retrouvâmes sur la route. Tandis qu'elle venait vers moi, je notai que sa main effleurait instinctivement son arme de service. Elle n'était pas loin du mètre quatre-vingts, et probablement un peu plus âgée que moi. Il était difficile de déterminer si elle avait du charme, car ses cheveux disparaissaient entièrement sous son large képi et elle affichait cette expression très dure que l'on voit souvent chez les policiers.

— Le corps se trouve dans la grande maison ? demanda-t-elle en la désignant du menton.

— Oui, dans une salle de bains attenante à une chambre située à l'étage. Je préférerais ne pas devoir y retourner.

Elle s'apprêtait à ajouter quelque chose, mais je vis ses narines frémir. Le vent soufflait dans notre direction, emportant avec lui de vagues relents putrides. À son changement d'expression, on aurait pu croire qu'elle venait de se voir proposer une grillade de rat musqué.

— Bon sang, siffla-elle de façon éloquente.

— C'est plutôt moche. Vous avez un masque ?

— Restez là, s'il vous plaît, dit-elle en ignorant ma question et en se dirigeant vers la maison.

J'imagine qu'elle ne voulait pas me laisser voir qu'elle était impressionnée, mais tandis qu'elle traversait le jardin, je la vis sortir un mouchoir de sa poche et le placer sur son visage.

Je remontai dans ma Jeep et mis l'air conditionné à plein régime. Je savais qu'elle m'avait demandé de ne pas bouger, mais j'étais incapable de suivre ses instructions à la lettre. Je ne pouvais continuer plus longtemps mon apnée, surtout sachant que Tom en était la cause.

Je vis Dannon revenir moins de dix minutes plus tard. On aurait dit un spectre émergeant de l'obscurité. Elle parlait dans son talkie-walkie et demandait apparemment des renforts. Dès qu'elle l'eut refixé à sa ceinture, elle replaça le mouchoir sur sa bouche. Quelque chose me disait que son dernier repas avait fini dans la pelouse.

Je ressortis de ma voiture. Le vent devait avoir tourné parce que l'odeur était moins horrible, maintenant.

— Remontez dans votre véhicule, je vous prie, me dit-elle. J'aimerais vous poser quelques questions.

Elle se glissa sur le siège du passager. Maintenant que je pouvais l'observer de plus près, je voyais que son front était moite. Je savais par expérience que certains flics peuvent achever leur carrière sans avoir jamais approché un corps en décomposition. Il était donc fort possible que ce qu'elle venait de voir, là-haut, dans la maison, était la chose la plus répugnante qu'elle ait jamais dû affronter.

— Vous croyez que le corps peut être celui d'un certain Tom Fain ? me demanda-t-elle après une profonde inspiration.

Je le lui confirmai et lui résumai brièvement toute l'histoire, en laissant de côté certains détails concernant les différents acteurs de cette macabre pièce (j'omis ainsi de lui préciser que Tom s'envoyait en l'air avec la vedette de la série). Elle m'écouta attentivement en prenant des notes, mais maintint la distance méfiante qu'elle avait imposée dès nos premiers échanges. Cela dit, il était assez normal que mon histoire lui semble un peu tirée par les cheveux : sans même connaître Tom, j'avais parcouru la moitié de l'État pour le retrouver. Pour ce qu'elle en savait, il aurait été parfaitement possible que, l'ayant tué moi-même, je sois revenue sur la scène de mon propre crime.

Elle en était encore à me questionner quand j'entendis le ronronnement d'une voiture. Nous pivotâmes simultanément quand ses phares rencontrèrent ma Jeep : les renforts arrivaient.

— Veuillez m'attendre ici, s'il vous plaît, me dit-elle.

Dans mon rétroviseur, je la vis se hâter vers la voiture de police qui venait de se garer derrière nous. Elle disparut ensuite dans la lumière des phares. J'attendis pendant une dizaine de minutes en imaginant qu'elle s'était peut-être désintégrée. Puis la voiture de derrière éteignit ses feux de route et je pus l'apercevoir en pleine discussion avec deux hommes portant également le képi. Peu de temps après, plusieurs autres véhicules arrivèrent et la pelouse devant la maison fut criblée d'uniformes. Malgré toute cette effervescence et ma propre agitation, je faillis m'endormir à plusieurs reprises. J'étais épuisée, j'avais mal partout et le cœur au bord des lèvres. Une demi-heure plus tard, j'en étais toujours au même point : seule, dans ma voiture, à attendre que l'on veuille bien s'occuper de moi. Il était clair que je n'étais pas la vedette de la soirée.

Au bout d'un moment, l'officier Dannon vint cogner à ma vitre en me demandant de la suivre. La grande maison était maintenant complètement illuminée, de même que le jardin où l'on voyait s'activer de très nombreux uniformes. Dannon me conduisit jusqu'au porche de la maison où elle me présenta au shérif Schmidt, une sorte de colosse avec un torse de taureau et une moustache de cosaque si épaisse que je refrénai mon envie de l'embrasser sur les deux joues. Il semblait avoir une cinquantaine d'années et paraissait beaucoup plus serein que sa collègue.

— Merci d'avoir patienté, mademoiselle Weggins, dit-il. Veuillez vous asseoir, je vous prie.

N'étant pas, pour ma part, exactement détendue, je m'assis sur le bord de l'un des fauteuils disponibles, les bras croisés serrés sur la poitrine dans un vain effort pour me réchauffer, et lui présentai une version légèrement plus détaillée de ma saga : qui était Tom, pourquoi j'étais à sa recherche, comment j'avais abouti à Andes. Il hochait poliment la tête. Son expression était moins sévère que celle de son adjointe, mais la première question qu'il me posa me prouva qu'il n'en pensait pas moins.

— Ça fait quand même beaucoup de tracas pour quelqu'un que vous ne connaissiez même pas, lâcha-t-il.

— C'est vrai, mais Chris est un ami… un excellent ami, essayai-je. Et puis mon travail de journaliste *free-lance* me laisse pas mal de disponibilité. J'avais donc le temps de vérifier quelques pistes.

Bien qu'il m'observât comme quelqu'un qui s'attendait à de plus amples explications, je me forçai à me taire. S'il y avait bien une chose que j'avais retenue de mes diverses rencontres avec la police (en tant que journaliste, mais aussi à l'occasion des différents interrogatoires dont j'avais fait l'objet), c'est qu'un excès d'explications rend toujours les flics *très* suspicieux. Par ailleurs, plus on en dit, plus on risque de s'emmêler les pinceaux et de se tirer dans le pied. Tout d'un coup, on en vient à s'accuser d'avoir introduit dans le pays le virus du H5N1 ou d'avoir aidé Lee Harvey Oswald à s'échapper du bâtiment d'où sont partis les coups de feu fatals à JFK.

— Donc, vous n'avez jamais rencontré monsieur Fain ?

— Jamais, non. Mais je possède une photo de lui, précisai-je en sortant ladite photo de mon sac et en la lui tendant. J'imagine que ça ne vous sera pas d'un grand secours pour l'identifier, mais elle vous sera peut-être utile dans votre enquête.

Ayant examiné la photo, il la retourna et parcourut le CV qui figurait à son verso. Il fronçait les sourcils comme si je lui avais transmis un indice pouvant élucider le mystère de la Création. J'en profitai pour inscrire à son intention, sur un bout de papier, l'adresse de Tom ainsi que le numéro de téléphone de Chris. Les enquêteurs allaient sans doute bientôt visiter l'appartement de Tom pour d'éventuels indices. Et ils ne tarderaient pas à tomber sur le petit mot de Bijou.

Schmidt finit par relever la tête et continua :

— En suivant vos fameuses pistes, mademoiselle Weggins, avez-vous obtenu des informations qui nous seraient utiles pour notre enquête ? Monsieur Fain était-il déprimé, par exemple ?

— Vous pensez à un suicide ? lui demandai-je. Ça m'a traversé l'esprit, mais… comment expliquer tout ce sang ?

— Contentez-vous de répondre à mes questions, s'il vous plaît, mademoiselle Weggins.

— Il semble en effet que Tom ait eu un épisode dépressif. Juste après la mort de sa mère. Mais rien ne permet de penser qu'il avait replongé ces derniers temps.

— Des ennemis dont vous auriez connaissance ?

— Non, pas que je sache. Il y a cependant une chose qui me paraît importante : Tom avait apparemment retiré sept mille dollars en liquide, juste avant de venir ici. Je n'en connais ni la raison, ni le but.

Il sembla réfléchir à cette nouvelle information, mais s'abstint de la commenter. J'avais l'impression qu'il avait une autre question à me poser, mais soudain il m'annonça que je pouvais disposer. Il ajouta que ses services me contacteraient vraisemblablement au cours des prochains jours.

L'officier Dannon me raccompagna à ma voiture, ce qui me permit de me renseigner sur la direction que je devais prendre pour retrouver l'autoroute. Dès que j'eus atteint la route principale, j'abaissai toutes les vitres de ma Jeep afin de laisser le vent s'engouffrer à l'intérieur. L'air frais fouettait violemment mon visage, je pouvais enfin respirer.

Le retour vers Manhattan fut très éprouvant. Le sang battait dans mes tempes, j'avais des courbatures dans les jambes et je n'avais trouvé dans mon sac que des pastilles contre la toux qui n'allaient pas m'être d'un grand secours.

Je revoyais sans cesse les images de cette baignoire horrible que j'essayais de chasser de mon esprit en me concentrant sur la situation globale. Au cours des prochains jours, le département médico-légal allait sans doute confirmer que le cadavre découvert dans la maison était bien celui de Tom. Il y avait peu de chances qu'il s'agisse de quelqu'un d'autre, un artisan, par exemple, venu refaire les peintures : pourquoi, dans ce cas, les affaires de Tom, ainsi que sa voiture, se seraient-elles trouvées sur les lieux ? Par ailleurs, il était assez évident que la mort de Tom remontait au jour de son arrivée sur les lieux. Il avait passé son dernier appel ce jour-là, il avait à peine défait son sac et le journal sur la table de la grande maison était daté de ce même samedi. J'essayai de reconstituer sa journée : il avait acheté un sandwich (sans doute dans le petit bistrot de la ville) et l'avait avalé en lisant le journal. L'avait-il accompagné de champagne ? Cela me semblait un peu incongru. Avait-il partagé la bouteille avec quelqu'un ? Après son déjeuner, il était peut-être allé faire un tour de la propriété (les chaussures crottées) avant de s'accorder une rapide sieste (le lit défait). Seul ?

Peu avant le coucher du soleil, il s'était rendu dans la maison principale, sans doute pour s'attaquer au nettoyage de la salle de bains. C'était peut-être le boulot dont il avait parlé à Harper. Et puis, probablement peu de temps après, quelqu'un avait débarqué et l'avait tué. Un voleur qui avait cru la maison vide ? Mais qu'aurait-il pu espérer dérober ? Tom avait-il un ennemi à Andes, une personne avec laquelle il aurait eu des mots au cours de l'un des étés qu'il avait passés là ? Ou peut-être s'agissait-il de quelqu'un d'autre ? Quelqu'un de New York, qui avait appris où il se rendait et l'avait suivi jusque-là ?

Je ne pouvais pas non plus écarter l'hypothèse du suicide. Schmidt l'avait aussi évoquée à demi-mots. Mais elle ne cadrait pas vraiment : s'ouvrir les veines et se terminer en barbecue ? De plus, rien ne prouvait que Tom était dépressif *ces derniers temps*.

En approchant de New York, je me rendis compte que je n'avais même pas rappelé Chris. Je composai son numéro.

— Tu n'es plus là-bas ? me demanda-t-il immédiatement, d'une voix tendue comme un arc.

— Non. Je suis à moins d'une demi-heure de chez moi. Comment te sens-tu ?

— C'est pas la grande forme. Et toi ? Après tout, c'est toi qui t'es coltiné toute l'horreur. Comment ai-je pu te mêler à tout ça !

Sa voix était pleine d'affection.

— Oh, ça ira. La police m'a interrogée et il est évident qu'ils ne savent encore à peu près rien. Je leur ai donné ton nom et ton numéro parce qu'il faudra qu'ils fouillent l'appartement de Tom.

— Hmm, pas de problème.

— Pourrait-on se voir dès demain matin ? Je te résumerai la situation.

— Oui. Il faut absolument qu'on se voie. Je ne tourne pas avant dix heures demain, alors je peux venir dès huit heures.

Dès qu'il eut raccroché, je pris conscience du silence. Je n'avais même pas mis de musique pour le trajet du retour. De toute façon, le bruit m'aurait rendue encore plus hystérique. Je n'entendais que ma propre respiration et le ronronnement des autres véhicules. Je fis donc un bond sur mon siège quand mon téléphone se mit à sonner. Je pensais qu'il s'agissait encore de Chris qui avait omis de me poser une question.

— Allô ? dis-je.

Rien. Puis, difficile de dire s'il s'agissait d'un homme ou d'une femme, des sanglots profonds et violents.

— Qui est à l'appareil ? demandai-je avec intensité.

Seul le silence me répondit.

6

— Qui est-ce ? répétai-je avec insistance.

Toujours pas de réponse. Je regardai mon téléphone pour voir si le numéro de mon interlocuteur s'était affiché, mais il était en mode secret. Une seconde après, on raccrochait.

Je reposai mon BlackBerry sur le siège passager avec hésitation. J'étais troublée par ce que je venais d'entendre et je me demandais si la personne allait rappeler. Quelqu'un avait-il composé un mauvais numéro ? Se pouvait-il qu'il s'agisse d'une blague de mauvais goût ? L'espace d'un instant, je me demandai si l'appel pouvait provenir de Chris. S'était-il effondré après notre conversation ? Il m'aurait alors rappelée, mais aurait raccroché, honteux de s'être ainsi laissé aller ?

Je reportai mon attention sur la route. Le trafic s'intensifiait et l'approche du pont du Tappen Zee allait requérir toute ma concentration. J'atteignis Manhattan vers vingt-trois heures. En arrivant dans mon appartement, je commençai par enlever tous mes vêtements pour les fourrer dans le panier de linge sale. Puis je filai sous la douche. Il fallait que je me défasse de cette horrible odeur dont paraissaient imprégnés mes cheveux et ma peau. Je m'imposai donc quatre shampooings et me frottai le corps avec un gant de crin jusqu'à ce que je devienne intégralement écarlate.

Enveloppée dans un drap de bain, les cheveux dégoulinants, je me dirigeai alors vers la cuisine pour calmer mon estomac. Je n'avais rien mangé depuis la mi-journée et j'étais affamée, même si l'idée de la nourriture me rendait un peu nauséeuse. Prudemment, je me contentai donc d'une tasse de thé et de quelques toasts. Au moment même où la bouilloire se mettait à siffler, l'Interphone sonna. Je ne voyais vraiment pas qui pouvait débarquer ainsi à l'improviste, un jeudi soir, peu avant minuit.

— Un certain Chris demande à vous voir, me répondit immédiatement le concierge quand je décrochai.

— C'est bon, vous pouvez le laisser monter, fis-je, un peu surprise.

J'avais très envie de parler à Chris et j'étais impatiente de partager avec lui cette horrible histoire, mais je ne m'étais pas vraiment préparée à le faire cette nuit. J'enfilai un jean et un sweat-shirt, une paire de mules, et inspirai profondément à plusieurs reprises afin d'éviter de m'effondrer. Ça n'aurait rien arrangé, ni pour lui, ni pour moi.

Chris portait également un jean et un vieux polo vert, presque de la couleur de ses yeux. Sa mine ne faisait que me confirmer qu'il avait assez mal pris la nouvelle.

— Désolé de débarquer sans prévenir, me dit-il sans ambages. Je n'ai pas réussi à attendre demain.

— Oui, je comprends. Tu veux une bière ?

— J'en veux cinq.

Il se tenait debout dans le salon, les yeux rivés à mon vieux kilim. Quand je revins une minute plus tard avec son verre et une tasse de thé, il n'avait pas bougé d'un pouce. Je n'avais allumé qu'une lampe dans la pièce, celle qui se trouve près du canapé, mais elle me permettait néanmoins de voir son visage décomposé.

— Du nouveau depuis qu'on s'est parlé ? me demanda-t-il en prenant sa bière.

— Non, et je suis à peu près certaine que le bureau du shérif ne me fera part d'aucun développement sur cette affaire. Ce sera très difficile d'en savoir plus sur la progression de l'enquête.

— Tu disais que le corps était salement décomposé. Qu'est-ce qui te fait croire que c'est Tom ?

— D'abord sa voiture était là, et aussi son sac de voyage, dans le cottage attenant à la maison.

Je lui fis un descriptif précis de la propriété, mais je restai plus évasive sur la scène de la baignoire, lui épargnant les détails les plus macabres. Il écouta le tout avec une attention intense, sans dire un mot.

— Est-il possible que sa mort puisse être due à un accident stupide ? essaya-t-il.

— Je ne crois pas, non. Mais je ne peux pas le jurer sur la base de ce que j'ai vu. Le shérif a évoqué la thèse du suicide, mais…

— Un suicide ? s'exclama-t-il.

— Oui. Je n'y crois pas non plus. Il y avait du sang tout autour du lavabo et sur le miroir placé au-dessus. D'après moi – c'est juste une supposition –, il a été agressé avec un couteau ou un objet lourd, puis brûlé.

J'évitai de préciser qu'il avait peut-être été *brûlé vif.*

Chris agita la tête en signe de dégoût.

— Tu crois que… tu crois que quelqu'un de la série aurait pu l'assassiner ?

— C'est une éventualité.

Le nom d'Alex Ottoson me vint soudain à l'esprit. Et s'il avait appris que Bijou avait fricoté avec Tom ?

— Je m'en veux vraiment de t'avoir mêlée à tout ça, Bailey, me dit-il. Mais qui sait quand on aurait retrouvé Tom si tu ne l'avais pas recherché !

Je lui expliquai comment j'avais atterri à Andes et comment j'avais trouvé l'adresse de Tom sur Internet.

— Il ne t'avait jamais dit que c'était dans les Catskills ? lui demandai-je.

— Pas que je m'en souvienne. Je veux dire, il l'a peut-être mentionné, mais alors c'est entré par une oreille et ressorti immédiatement par l'autre. Je me rappelle l'avoir entendu dire qu'il avait eu un coup de mou après la mort de son père et qu'il était vraiment soulagé d'avoir vendu la maison. C'était au début de l'été, quand je vivais dans son appart'.

— Il semble bien que la vente n'ait pas abouti. Je vais essayer d'en savoir plus sur ce point.

J'hésitai :

— C'est bizarre qu'il n'en ait pas non plus parlé à Harper. Du moins, elle n'a jamais dit qu'il pouvait se trouver là-bas.

— En parlant de Harper, continues-tu à penser qu'il ne faut rien lui dire pour le moment ? demanda-t-il.

— En fait, j'y ai repensé. Comme il va se passer quelques jours avant que l'identité du cadavre soit confirmée, il va forcément y avoir des fuites. Ce serait mieux que Harper l'apprenne par nous plutôt que par un tiers. Pourquoi ne le lui dirais-tu pas demain ?

— Il faut sans doute aussi que je prévienne le producteur exécutif. Mieux vaut qu'il l'entende de ma bouche.

En buvant mon thé, je continuais à réfléchir.

— Tu te souviens, quand nous nous sommes parlé, un peu plus tôt dans la soirée… Quand j'étais sur la route du retour ? lui demandai-je. Tu ne m'a pas rappelée juste après, n'est-ce pas ?

— Non, pourquoi ?

— Mon téléphone a sonné et quelqu'un pleurait à l'autre bout du fil. Sans doute un mauvais numéro. Sur le moment, je me suis juste demandé…

— Non, ce n'était pas moi. Mais j'ai bien eu envie de pleurer, moi aussi.

— Oh, Chris, je suis tellement désolée.

Abandonnant ma tasse de thé, je posai ma main sur son bras. Je pouvais sentir la tension de ses muscles sous le fin coton de son polo. Dire que l'hiver dernier, il m'avait serrée dans ces bras-là à maintes reprises. Nous avions partagé quelques moments plutôt intenses sur mon canapé, mais nous n'étions jamais allés jusqu'à ma chambre à coucher. On ne peut pas exactement dire que j'étais rebutée par son visage angélique et sa plastique impeccable. Pas du tout, non. Mais je ne pouvais m'empêcher de l'associer à ma rupture avec Jack et, j'imagine, à sa douleur. Du coup, chaque fois que je ressentais l'envie violente de l'entraîner jusqu'à mon lit, j'étais assaillie par de furieux accès de culpabilité qui anéantissaient brutalement mes élans langoureux. Curieusement, ce soir, Jack me semblait à des années-lumière.

— J'ai bien de la chance d'être là, avec toi, ce soir, Bailey, me dit Chris avec un faible sourire. Ce serait horrible de devoir affronter ça tout seul.

Il posa son verre et me prit dans ses bras. C'était un geste d'affection amicale, comme celui qu'il avait eu lors de notre précédente rencontre. Mais tandis qu'il m'enlaçait, je laissai échapper un soupir et je sentis qu'il se détendait. Il me passa une main dans les cheveux, tout d'abord timidement, puis avec plus d'assurance. Ma gorge se noua un peu.

Chris desserra son étreinte et me regarda dans les yeux. Sa bouche effleura la mienne. J'avais presque oublié combien un baiser peut être agréable. Il m'embrassa plus fougueusement et je lui rendis sauvagement son étreinte. Il devenait clair qu'il n'y était pas du tout indifférent.

— Aaaah, Bailey, je veux te dévorer jusqu'au dernier doigt de pied !

— D'accord, susurrai-je timidement.

Je me rendais compte que j'étais en train de m'abandonner à ses baisers pour une foule de raisons : parce que personne n'aurait pu résister à ça, parce que je désirais Chris, sans culpabilité cette fois, et parce que je sentais, tout comme lui probablement, que le sexe balayerait la tristesse qui nous engourdissait.

J'éteignis la lampe et nous nous dirigeâmes vers ma chambre. Je me débarrassai de mes mules tandis que Chris ôtait son polo. Son bronzage s'était un peu estompé, sans doute le fait d'avoir travaillé tout l'été, mais ce teint plus clair mettait en valeur ses abdominaux. Je reconnus les deux caractères chinois tatoués sur son bras droit, pour stimuler la chance. Je m'approchais de lui et l'enlaçai tendrement.

Il se pencha vers moi pour m'embrasser. Cette fois, son baiser n'avait rien d'amical. Lovant sa main sur un de mes seins, il descendit vers mon cou.

— Te rappelles-tu les premiers mots que tu m'aies dits ? lui demandai-je. Quand tu faisais le barman à ce mariage.

Il secoua imperceptiblement la tête en signe de dénégation.

— Tu m'as demandé si je voulais commander un filtre d'amour.

Il sourit.

— Déjà à l'époque, j'avais du mal à cacher mon attirance pour toi.

Il continua à retirer mes vêtements tout en m'embrassant, ses mains parcourant mon corps. Ayant enlevé mon tee-shirt, il prit mes seins à pleines mains, les caressant voluptueusement sans interrompre ses baisers. Mon cœur battait à tout rompre et mes jambes me portaient à peine.

Faisant lentement glisser sa main, il l'appuya sur mon sexe, relâchant sa pression à intervalles réguliers. Je laissai malgré moi échapper un râle. Il défit alors mon jean et le retira, ainsi que tout ce qui pouvait s'opposer à son assaut. Je cherchai moi-même à déboutonner son jean, mais il me souleva pour m'allonger sur le plaid blanc qui recouvrait mon lit. Il ôta ses vêtements et sa nudité ne fit qu'augmenter mon désir. Ça devait être quasiment illégal de faire l'amour avec un type aussi superbe.

Durant l'heure qui suivit, il tint ses promesses en me dévorant jusqu'au dernier orteil. Il explora chaque parcelle de mon corps, m'arrachant des soupirs de plus en plus éloquents. La douleur qu'avait suscitée la mort de Tom décuplait sans doute sa fougue, et je ne suis pas sûre qu'en d'autres circonstances j'aurais eu droit à de tels hommages. Je m'en contrefichais, c'était trop délicieux, trop exquis, trop… exceptionnel. De toute façon, quand il me pénétra enfin, je n'étais déjà plus moi-même.

Je m'endormis presque instantanément dans ses bras, à bout de forces. Mais quand, une heure et demie plus tard, je me réveillai, je ne parvins pas à me rendormir. Je me levai donc pour me verser un verre de lait que j'allai siroter sur la terrasse. Même à cette heure avancée de la nuit, les immeubles environnants étaient éclairés. Des noceurs ou des insomniaques. Comme moi. Les deux années qui avaient suivi mon divorce n'avaient été qu'une longue suite d'insomnies qui s'étaient espacées jusqu'à presque disparaître, sept ou huit mois plus tôt. Du coup, la moindre difficulté à dormir me mettait en transe. J'espérais que mon réveil nocturne n'était lié qu'aux événements très particuliers que je venais de vivre : la mort affreuse de Tom, la petite mort délicieuse avec Chris, les souvenirs de Beau que tout cela avait fait resurgir. Sur la table basse, je pris l'exemplaire du *New York Times* daté de la veille et le feuilletai. Vers trois heures du matin, je finis par m'assoupir sur le canapé que je quittai deux heures plus tard pour ramper vers mon lit auprès de Chris.

★

★ ★

— Où donc es-tu partie hier soir ? me murmura Chris quand nous émergeâmes vers sept heures.

— Oh, juste une légère insomnie. Rien d'étonnant après tout ce qui vient de se passer. Tu veux un bagel ? Ils viennent du congélo, mais avec un centimètre de confiture, on ne s'en aperçoit presque pas.

— OK, fit-il en saisissant mes hanches.

Nous fîmes encore l'amour. Ce fut plus rapide, mais tout aussi sauvage que notre session nocturne. Pendant qu'il prenait sa douche, je fis du café et sortis les bagels du congélateur.

— Bon, et maintenant, qu'est-ce qu'on fait ? s'enquit Chris en s'affalant devant la table de nos agapes.

L'espace d'une seconde je crus qu'il parlait de *nous* – nous, en tant que couple. Mais je réalisai avec un certain soulagement qu'il ne parlait que de la disparition de Tom. Dans les deux cas, j'avais du mal à trouver une réponse.

— Eh bien, comme nous le disions hier soir, finis-je par répondre, tu devrais informer Harper et le producteur exécutif. Je vais de mon côté avertir ce type, Barish. Je ne sais pas exactement s'ils étaient très proches, mais j'imagine que ce ne sera pas une très bonne nouvelle.

— Mais comment saurons-nous s'il s'agit – ou non – de Tom ? Comme tu me l'as fait remarquer, les flics n'ont pas l'obligation de nous tenir au courant. On ne fait pas partie de la famille.

— J'ai ma petite idée sur la façon de rester dans la course, dis-je évasivement. Laisse-moi faire.

Chris avala une dernière gorgée de café et se passa la main dans les cheveux en guise de brushing.

— Écoute, Bailey, dit-il, nous sommes plusieurs de la série à nous retrouver le vendredi soir dans un pub qui s'appelle le Demi-Roi. Il s'agit surtout des membres de l'équipe technique et des petits rôles, mais ça va être la folie, ce soir. Tu veux venir ? Peut-être apprendrons-nous quelque chose au sujet de Tom. Et puis… j'aimerais bien te voir ce soir. Me pencher sur ton cas… si ça te va, bien sûr.

— Bien sûr, excellente idée, lui dis-je en souriant – et sans mentir.

— Je t'appelle dès qu'on a terminé. Ce ne sera peut-être pas avant vingt heures. Si tu es d'accord, je te retrouve directement au pub.

Après son départ précédé d'un tendre baiser, j'attrapai mon téléphone pour appeler l'inspecteur O'Donnell.

— Merde, finit-il par murmurer après que je lui eus fait part de la nouvelle. Je savais bien que quelque chose ne collait pas dans cette histoire.

Je lui décrivis toute l'horreur de la situation que j'avais découverte la veille et il me demanda une foule de détails. Je savais qu'il essayait de déterminer mentalement s'il aurait pu faire quelque chose pour éviter la mort de Tom.

— Je vais prendre contact avec le shérif et voir ce que je peux glaner, m'annonça-t-il. Les flics de l'État vont sans doute bosser sur cette affaire eux aussi et j'ai quelques contacts au siège, à New York.

— Je me disais que je ferais bien de téléphoner à monsieur Barish après notre coup de fil.

— Je vais le faire, si vous le voulez bien.

— D'accord, j'aime autant. Mais dites-lui bien qu'il peut me contacter s'il le souhaite.

Je lui demandai aussi s'il pouvait appeler le professeur Carr pour lui annoncer la mort de Tom. Cette perspective ne m'enthousiasmait vraiment pas. Il accepta et nota ses coordonnées.

— Puis-je vous appeler d'ici un jour ou deux pour voir si vous avez appris quelque chose du bureau du shérif ? tentai-je avant de raccrocher.

— Sans problème. Je vous ferai un résumé.

Ayant obtenu le numéro du « Nid de Trésors » par les renseignements, j'appelai le magasin d'antiquités devant lequel je m'étais arrêtée en arrivant à Andes. En cette heure matinale, je n'étais pas sûre qu'il soit déjà ouvert, mais une femme me répondit. C'était cette même voix un peu grave que celle qui m'avait aidée à trouver mon chemin vers Dabbet Road, la veille. Je lui demandai donc si elle était Beverly.

— Oui, c'est moi.

Elle semblait plutôt morose et quelque chose me disait que la nouvelle était parvenue jusqu'à elle.

— C'est Bailey Weggins, la personne qui vous a demandé le chemin de Dabbet Road, hier. Avez-vous appris ce qui est arrivé à Tom Fain ?

— Oh oui, mon Dieu. Quelqu'un m'a appelée il y a quelques minutes. C'est vous qui l'avez trouvé ?

— Oui, juste après vous avoir quittée. Je voulais vous téléphoner pour vous en informer puisque vous semblez être une amie de la famille.

— C'est très gentil de votre part. Je suis horrifiée – nous le sommes tous. Ils formaient une famille si sympathique ! C'est comme s'ils avaient fait l'objet d'une malédiction.

— Comment ça ?

— Eh bien, le père qui meurt, puis Margo. Et maintenant, c'est au tour du pauvre Tom. Ils disent qu'ils ne savent pas comment il est mort. Que quelqu'un l'a peut-être assassiné. Ils évoquent aussi un suicide. Que… que croyez-vous qu'il soit arrivé ?

— Je n'en sais vraiment rien. Est-ce que Tom avait eu des ennuis ou un différend avec quelqu'un d'Andes ou de la région ?

— Grand Dieu, non ! À vrai dire, il n'a passé qu'assez peu de temps ici à partir du lycée. Les mômes ont toujours l'impression qu'il n'y a rien à faire pour eux par ici. Margo a cessé de s'occuper de la maison après la mort de son mari et, quand elle est tombée malade, elle n'est plus revenue que très rarement. Il n'y a que Tom qui soit venu récemment, pour vendre la maison.

— Tom a dit à un ami commun qu'il avait vendu la maison au cours de l'été.

— Oui, il l'a bien vendue à un couple de yuppies – bon, on ne les appelle plus comme ça de nos jours. Mais, en fin de compte, ils n'ont pas réussi à obtenir de prêt et ils ont dû annuler. Il n'y a pas eu d'autres visites durant l'été, apparemment, et l'agent immobilier a dit à Tom qu'il aurait plus de demandes si la propriété était en meilleur état.

— Du coup, il essayait de la rénover lui-même ?

— Oh, il bricolait un peu par lui-même. Mais il a confié le gros des travaux à Barry.

— Barry ?

— Barry est une sorte d'artisan-homme à tout faire dans le coin. Tom lui avait demandé de faire quelques travaux dans la maison. Barry attendait que Tom lui donne le feu vert il y a deux semaines, mais il n'a plus jamais entendu parler de lui.

Je songeai immédiatement aux sept mille dollars.

— Il devait percevoir une avance ?

— Je suppose. C'est comme ça que ça marche en général.

Je la priai alors de bien vouloir vérifier auprès de ce Barry s'il aurait dû recevoir une avance en liquide de la part de Tom. Elle sembla hésiter, comme si elle regrettait d'en avoir dit autant.

— Beverly, Tom avait apparemment pas mal d'argent sur lui et je me demande s'il n'a pas été victime d'un vol. Je veux juste trouver qui a fait ça.

Cette précision parut la rassurer. Je lui promis de la rappeler d'ici un jour ou deux. Quelque chose me disait qu'elle constituerait une excellente source d'informations.

Puisque le *Times* nous annonçait encore quelques jours de beau temps, j'enfilai des vêtements légers : une minijupe couleur tabac et un top sans manches noir. Dix minutes plus tard, j'étais dans le métro en direction de *Buzz*. Tom Fain n'était pas vraiment une star, mais il jouait néanmoins dans une série en vue. Nash voudrait sans doute une petite brève sur sa disparition.

L'atmosphère est toujours assez fébrile à *Buzz*, le vendredi. Le bouclage a lieu le lundi et il faut donc achever les articles et accumuler quelques infos bien juteuses un peu avant : qui s'est fait jeter, qui couche avec qui et sur quel enfant Angelina Jolie a jeté son dévolu cette semaine. C'est notamment le vendredi qu'est finalisée la section ragots « Croustillant et Juteux ». (Ne vous faites jamais – au grand jamais – repérer par ses journalistes.) La plupart des histoires ne commencent d'ailleurs à prendre forme que le vendredi. Du coup, ce jour-là, rédacteurs et éditeurs s'agitent comme si Madonna venait de poser son vaisseau sur la lune.

Je déposai mes affaires sur mon bureau et scrutai la scène : Leo s'acharnait sur son ordinateur et le bureau de Jessie était vide, seules quelques miettes de muffin attestant son court passage dans les lieux.

— Jessie est encore en train de se faire retoucher le maillot ? demandai-je à Leo.

— Oh, peut-être. Aujourd'hui, elle n'a pas cessé d'aller et venir. Il y a eu un truc sur Usher.

L'une des missions de Jessie consistait à couvrir la scène musicale.

— Tu as l'air débordé.

— Ouais. Je suis censé faire une pleine page sur les mecs qui ont des gros culs et je n'en ai encore trouvé que quatre. T'as des idées ?

— Non, mais je vais ouvrir l'œil.

Je jetai l'autre œil en direction du bureau vitré de Nash Nolan. Il devait être débordé aujourd'hui, mais il fallait que je le voie. Bien que le reflet de sa vitre me gênât, je discernais un mouvement à l'intérieur de son bureau. Je décidai donc d'aller frapper à sa porte.

Nash était effectivement dans sa tanière où il s'entretenait avec Mary Kay, l'ancienne rédactrice en chef de la section ragots, aujourd'hui âgée d'une soixantaine d'années. Basée sur la côte Ouest, elle avait été engagée en qualité de consultante par la peu regrettée Mona Hodges. D'après la rumeur, la dernière info véritablement intéressante sur le show-biz qu'elle avait rapportée au journal était celle du remariage de Liz Taylor avec Richard Burton. Hier donc. Nash ne paraissait pas vraiment la porter dans son cœur, mais dans la mesure où des séries comme *ET* appréciaient ses commentaires – ce dont profitait le magazine –, son job n'était pas en danger dans l'immédiat.

Je cognai sur le chambranle de la porte, qui était ouverte. Mary Kay regarda par-dessus son épaule et me lança l'œillade qu'elle réservait sans doute aux pauvres maladroits qui venaient de lui broyer le pied.

— Tu as une minute ? lançai-je à Nash. Il faut que je te parle d'un truc.

— OK. Nous terminerons notre affaire un peu plus tard, Mary.

— D'accord Nash, mais il faut qu'on bouge rapidement, dit-elle en jetant un œil désapprobateur à mon allure générale.

Elle quitta la pièce dans un effluve capiteux, manifestement fière de son tailleur pêche, de sa mise en plis blond cendré et de ses jambes fuselées dans une paire de collants blancs évoquant une épuisette (d'ailleurs, tailleur pêche ou crevette ?). Elle considérait sans doute comme une faute de goût avérée le fait que je porte encore des vêtements d'été à la mi-septembre.

— Qu'y a-t-il, Bailey ? s'enquit Nash dès que Mary Kay eut passé la porte. Dis-moi que tu as un truc fumant, d'accord ? Je n'ai toujours rien pour la couverture de cette semaine.

J'aimais bien Nash. Il devait avoir un peu plus de quarante ans. Il était plutôt séduisant avec son visage buriné et sa carrure de lutteur. Ses cheveux grisonnants étaient toujours un peu trop longs et il avait constamment une paire de lunettes perchée sur le haut de la tête ou au milieu du nez. Radio-moquette disait qu'il avait eu plus d'une aventure dans l'enceinte du bureau, ce qui avait incité son épouse, lors d'une visite inopinée, à lui écraser son sac sur le nez.

Il est vrai qu'il fallait parfois lui rappeler que vos yeux se situaient un peu plus haut qu'il ne les cherchait, mais c'était un professionnel de premier ordre et un collègue sympathique.

— Oh, ça ne mérite pas la une, mais c'est quand même intéressant. Une nouvelle série est en train de se tourner à New York. Elle doit s'appeler *Morgue*. L'un des acteurs qui y joue un petit rôle vient de trouver la mort, sans doute assassiné.

Je lui expliquai comment j'avais eu vent de cette affaire et mon implication dans son dénouement, et lui en fis un résumé légèrement expurgé.

— Mon Dieu, c'est quoi ton problème, Bailey ? Avec toi, le mot *deadline* prend un sens nouveau.

— Est-ce que tu veux une brève ? demandai-je.

— Comment est-il mort ? s'informa-t-il en m'observant pardessus ses lunettes.

— Poignardé ou battu à mort, puis brûlé.

— Eh bien, tout ce que tu aimes. Dis-moi qu'il a déjà couché avec Lindsay Lohan et la une est à toi.

— Pas que je sache, non, murmurai-je, soudain honteuse de faire autant de bruit autour de Tom.

— Bon, tu as une colonne.

— OK.

— Hé, Bailey, dit-il alors que je franchissais la porte. Essaie d'éviter les ennuis, cette fois-ci, veux-tu.

Avant de demander au département Photo de me sortir un cliché de Tom, je passai par la kitchenette pour me faire un café. Un peu plus loin, Mary Kay pérorait, le menton en l'air, tout en se dirigeant vers l'un des bureaux réservés aux membres de l'équipe de L.A. en déplacement à New York. Elle était sans doute venue sur la côte Est pour rendre visite à ses contacts, comme elle le faisait chaque mois. Leo m'avait un jour confié que c'était surtout pour s'offrir une séance de ravalement dans le spa de son hôtel, aux frais de *Buzz*. Une visite mensuelle n'était donc pas un luxe, à mon sens. Leo m'avait précisé qu'elle tenait auparavant une chronique pour *Soap Opera Digest* et évoluait dans ce petit monde comme un poisson dans l'eau… Je passai la tête par la porte de son bureau.

— Désolée de t'avoir interrompue, Mary.

— C'était manifestement plus fort que toi, déclara-t-elle d'une voix aussi aigrelette que ce qu'elle voulait sous-entendre.

— Je voudrais te demander ton avis, si tu as une minute.

— D'accord, mais sois brève, s'il te plaît, Bailey. J'ai un plateau télé dans une demi-heure.

Je voyais en effet qu'elle était tout amidonnée. Son visage était recouvert de tant de couches de maquillage qu'on avait envie de gratter un peu pour exhumer les restes fossilisés d'une très ancienne espèce.

— Que sais-tu de Bijou Ford ? lui demandai-je.

— Bijou ? À mon avis, si tu t'y intéresses, c'est qu'elle a des soucis. Qu'est-ce qu'elle a fait ? Elle a été contrôlée positive au Botox ?

— Simple curiosité de ma part, répliquai-je de façon évasive. L'un de mes amis travaille dans sa nouvelle série. Elle a fait toute sa carrière dans les *soaps* ?

— Oui, et elle a un fan-club inouï. J'imagine qu'elle se prend pour la nouvelle Demi More : elle abandonne les *soaps* pour la vraie célébrité. Et puis, il y a le bouquin.

— Le bouquin ?

— Le *Guide de beauté de Bijou Ford*. Ça sort à l'automne et il y a une soirée chez Elaine à l'occasion de son lancement, demain soir. Alex l'a organisée pour elle.

J'archivai l'info pour plus tard.

— Quels bruits as-tu entendus à propos de la série ? continuai-je.

C'était une question un peu intéressée : j'étais curieuse de savoir ce qu'on disait de Chris.

— Oh, tout ce que touche Alex Ottoson devient un succès et Bijou est connue pour son ambition. Du coup, elle a gagné le gros lot en s'associant à Alex. Moi, même la perspective de sortir de l'anonymat ne m'aurait jamais suffisamment motivée pour ça.

— Que veux-tu dire par là ? fis-je, subitement en alerte orange.

— Oh, c'est un sale type. Il est tout miel quand on le rencontre, mais il a un fond cruel. La rumeur prétend qu'il distribue des baffes quand il est fou furieux.

7

— Tu crois que c'est vrai ? Tu penses qu'il est violent ?

— Oh, ne me dis pas que tu veux te servir de cette info, Bailey. Tout ce que je viens de te dire est entre nous.

Je contins un soupir d'exaspération.

— Je te l'ai dit : c'est juste par curiosité. J'ai un copain qui bosse sur la série.

— Eh bien, fais-moi le plaisir de ne pas me citer comme source, au cas où tu discuterais de tout ça avec ton ami. Et, bien entendu, si tu apprends quelque chose de nouveau, je compte sur toi pour m'en faire part. Maintenant, si tu n'y vois pas d'inconvénient, il faut que je me prépare pour mon plateau.

De retour dans mon bureau, je réfléchissais aux révélations qu'elle venait de me faire. Alex était un sale type. Alex était potentiellement violent. Et s'il avait eu vent du fricotage de Bijou avec Tom ? Se pouvait-il qu'il ait suivi Tom jusqu'à Andes et qu'il l'ait tué dans un accès de rage ?

Ce soir, j'allais pouvoir discuter avec les gens de la série, même si, d'après Chris, il n'y aurait que du menu fretin au pub. Il fallait surtout que je trouve un moyen d'assister à la soirée chez Elaine, demain soir. Ce serait l'occasion d'observer Bijou et Alex en direct. Il n'était pas question de demander à Mary Kay de m'aider, car elle ferait sans doute tout son possible pour me mettre des bâtons dans les roues. Je passai un coup de fil à la nana qui supervisait les articles beauté pour *Buzz* et lui demandai si elle pouvait me dégoter un droit de passage pour la soirée de Bijou.

— À vrai dire, je te donne volontiers *mon* invitation. Ce soir-là, il y a aussi une soirée en l'honneur des produits de beauté de Jessica Simpson, et je préférerais de loin y aller. Je te demande juste de m'avertir si quelque chose d'intéressant se passe lors de la fiesta de Bijou.

Durant l'heure qui suivit, j'écrivis un bref article sur la mort de Tom, sachant que j'aurais peut-être à le développer si je venais à en apprendre un peu plus. Comme promis, la journaliste de la section Beauté vint me déposer son invitation. Alors que je rangeais mes affaires avant de partir, Jessie arriva.

— Quoi de neuf ? me demanda-t-elle avec curiosité. Ne le prends pas mal, mais on dirait que tu n'as pas dormi depuis quatre jours.

Je lui proposai d'aller en discuter devant un café. Nous nous installâmes avec nos gobelets dans la salle de conférences et je lui fis le récit de toute mon histoire.

— Eh bé… siffla-t-elle, c'est du sérieux… Tu as une idée de l'identité du coupable ?

— Pas pour le moment. Mais ton aide est la bienvenue si tu veux. Il y a une soirée de lancement pour le livre de Bijou Ford, demain soir. Ce serait génial si tu pouvais m'y accompagner. Mieux vaut une paire d'yeux et d'oreilles supplémentaires.

— Pas de problème. J'ai un rancard, mais je cherchais une excuse pour ne pas y aller. Quand ce type commence à se déchaîner sur la piste de danse, il faut garder son téléphone à portée de main pour appeler police secours.

Une fois notre conversation terminée, je rentrai à la maison. Dès que j'arrivai, je me dirigeai vers la chambre pour m'affaler sur mon lit, totalement épuisée. Je rêvais d'une bonne sieste, mais le marchand de sable était aux abonnés absents. À sa place, c'était plutôt *Le Retour de Freddy* : je ne pouvais m'empêcher de revoir la soupe d'asticots ignoble qui macérait dans cette baignoire avec, en surimpression, l'adorable visage de Tom Fain. Il semblait effectivement que sa famille fût maudite, comme l'avait suggéré Beverly. Mes pensées allaient également à Chris. Avait-il été stupide de ma part de coucher avec lui, compte tenu des circonstances ? Allais-je prochainement regretter ma façon un tantinet exagérée de calmer la douleur ? De toute façon, le sursaut de mes sentiments pour Chris datait d'avant ma découverte macabre et notre étreinte ne pouvait en aucun cas se résumer à un choc post-traumatique. Beau me manquait encore et je souffrais de son absence, mais bon, il n'était pas vraiment en train de tambouriner à ma porte. Peut-être même était-il déjà rentré de Turquie. Arrête de gamberger un instant, Bailey ! Et puis, finalement, à bout de forces et de nerfs, je finis par plonger dans le sommeil. Quand je me réveillai, le soleil avait largement commencé sa descente et le réveil affichait dix-huit heures trente.

Vers dix-neuf heures trente, Chris m'appela pour me prévenir qu'il venait de terminer sa journée de travail et que nous pouvions nous retrouver au pub dans une heure. Après avoir raccroché, je laissai un message au shérif Schmidt pour lui dire que j'aurais aimé faire le point avec lui. Puis j'appelai Beverly, juste pour savoir où elle en était.

— J'allais justement vous appeler, ma chère, me dit-elle. Je viens de raccrocher avec Barry. J'ai mis la journée à le localiser. Vous aviez raison : Tom lui a demandé de faire quelques travaux dans la maison et il était censé lui verser une avance.

— Pour quel genre de boulot Tom avait-il engagé Barry ?

— Installer une nouvelle cuisine. Oh, pas une chose grandiose, juste quelques appareils neufs et un nouveau revêtement de sol. Il devait aussi jeter un œil aux peintures extérieures. Apparemment, Tom avait décidé de se charger lui-même des peintures intérieures.

— Super, merci Beverly. Appelez-moi si vous apprenez autre chose, voulez-vous ?

Je me demandai si elle avait vraiment eu l'intention de m'appeler.

Il y eut un long silence.

— Il paraît qu'ils ont trouvé le portefeuille de Tom dans les poches du mort, annonça-t-elle finalement, la voix tremblante. Il contenait un gros paquet de billets.

— Eh bien, je crois qu'il n'y a plus vraiment de doute, dis-je doucement. Je suis désolée Beverly. Je sais que c'est dur pour vous.

Après avoir raccroché, j'allai m'asseoir sur ma terrasse afin de profiter du coucher du soleil. J'étais contente de sortir ce soir. La perspective de nouveaux ébats avec Chris me réjouissait aussi. Au moins, je ne serais pas hantée par l'horrible histoire de Tom.

Comme je m'apprêtais à quitter mon appartement, le téléphone sonna.

— Vous êtes bien Bailey Wiggins ? tonna une voix masculine.

Direct, tendance autoritaire. Un chef-né, manifestement.

— Weggins, en fait.

— Ici, Robert Barish. L'inspecteur O'Donnell m'a donné votre numéro. Il a dit que vous aviez trouvé un corps, mais il n'est pas encore certain à 100 % qu'il s'agisse de celui de Tom. Dites-moi ce que vous savez, je vous prie.

Consciente qu'il avait besoin d'en savoir plus, mais aussi du retard que je commençais désormais à accumuler, je lui fis un résumé aussi concis que possible de mes découvertes, y compris celle concernant le portefeuille. Il réagit immédiatement avec un flot de questions – comment j'avais fait la connaissance de Tom, pourquoi je m'étais rendue à Andes, etc.

— Monsieur Barish, je ne demande qu'à vous aider, mais j'ai rendez-vous avec Chris, l'ami de Tom, et je suis déjà en retard. D'ailleurs, je dois également rencontrer un certain nombre de personnes qui travaillent sur la série. Elles m'apprendront peut-être quelque chose. Je pourrais vous rappeler demain, si vous voulez.

— Vous allez les voir sur le plateau de tournage ? questionna-t-il avec agitation. C'est ce que vous voulez dire ?

— Non, j'ai rendez-vous dans un pub sur la 23e Rue. Voulez-vous que nous parlions demain ?

Il préférait me rencontrer en personne et proposa que je vienne à son bureau vers seize heures, le lendemain. J'hésitai : l'idée de devoir me rendre du côté de Midtown un samedi ne m'enchantait guère. Mais je savais qu'un tel contact pourrait être tout à fait profitable. Dès que j'eus accepté et raccroché, je me ruai dehors, non sans avoir pris ma veste en jean car le fond de l'air devenait frais, lahiho.

J'avais entendu parler du Demi-Roi, mais je n'y étais jamais allée. L'endroit évoquait un mélange de bistrot du coin, de pub irlandais et de spot tendance. Il était déjà plein comme un œuf. La salle principale était éclairée par des lumières orange, il y avait au moins trois rangées de candidats devant le zinc et pas une table de libre. Chris n'était pas en vue. J'avisai une arrière-salle dans le fond du bar, ainsi qu'une autre pièce sur le côté, remplie de tables, qui me parut plus adaptée pour accueillir un groupe. Tandis que je jouais des coudes pour essayer de l'atteindre, j'aperçus Chris qui fendait la foule à ma rencontre. Il ne me quittait pas des yeux.

— Salut ! me cria-t-il par-dessus la forêt de têtes.

Son visage luisait encore de démaquillant et il portait un simple jean et un tee-shirt gris. Il m'enlaça de son bras solide et planta un affectueux baiser sur ma joue. Et voilà, je commençais déjà à frissonner.

— Toute la tribu est là ? m'enquis-je.

— Juste une quinzaine d'entre eux. Quelques techniciens, les assistants du réalisateur adjoint et deux ou trois acteurs…

— Et Bijou, à tout hasard ?

— Non, mais certains disent qu'elle doit passer. Je vais te commander un truc au bar, si tu veux. Ça prend des plombes de trouver une barmaid ici.

Il me prit la main et nous nous faufilâmes vers le bar. Une trouée miraculeuse s'ouvrit devant nous. Chris nous commanda deux bières. En les attendant, je pris conscience que l'endroit diffusait aussi de la musique. U2, peut-être. Difficile à dire, avec cette cacophonie. En revanche, il n'était pas difficile de remarquer que Chris attirait les regards féminins.

— Comment ça va, ce soir ? lui demandai-je, tandis qu'il me passait ma bière.

Comme il ne bougeait pas du comptoir, j'eus le sentiment qu'il voulait m'entretenir de quelque chose en privé.

— C'est pas le top. Mais la plupart des scènes que je devais jouer aujourd'hui exigeaient que j'aie l'air morose. Ça m'a facilité le travail.

— J'ai du nouveau, dis-je, et je lui expliquai l'histoire du portefeuille.

— Bah, ça confirme ce qu'on pensait, n'est-ce pas ?

— Il me semble que oui, même si le verdict final dépend des conclusions des recherches ADN. Et Harper ? Je suppose que tu lui as annoncé la mauvaise nouvelle.

— Je désirais le faire en personne et je ne voulais pas que ça se passe sur le plateau. Du coup, je l'ai appelée à son bureau pour lui proposer de venir prendre un café avec moi pendant ma pause. Comme elle se doutait de quelque chose, elle m'a bombardé de questions sur les raisons de mon appel. Elle me criait quasiment dessus. Et quand je lui ai dit qu'un corps avait été découvert, elle est devenue totalement silencieuse. Ça a duré au moins trente secondes. J'imagine qu'elle s'était persuadée que Tom avait juste décampé. Et puis elle s'est mise à pleurer. Ça a dû être très dur pour elle.

— D'autres personnes sont au courant ?

— Je l'ai annoncé à l'un des producteurs chargé de la supervision et Harper l'a dit à d'autres. De toute façon, les flics se sont pointés.

— Ceux du bureau du shérif ?

— Non, les mecs de la police d'État. J'imagine qu'on leur a refilé le bébé pour la partie qui concerne New York. Ils m'ont cuisiné pendant au moins une demi-heure. D'après leurs questions, ils avaient dû également visiter l'appartement de Tom. Je présume que le concierge les a laissés entrer. Du coup, ils ne m'ont pas demandé de leur donner la clé.

— As-tu une idée de ce vers quoi ils s'orientent ?

— Pas vraiment. Ils m'ont demandé s'il était dépressif. Et s'il avait des ennemis.

— Attends-toi à ce que les choses tournent mal quand ils découvriront le message de Bijou.

Chris pinça les lèvres en regardant ailleurs.

— Quoi ? m'étonnai-je.

— J'y suis retourné après t'avoir quittée ce matin et… j'ai pris la lettre.

— Quoi ! Mais pourquoi as-tu fait ça, Chris ? m'exclamai-je. Il s'agit de preuves, bon sang !

— Oh, Bailey, ça va. Nous savons tous les deux que Bijou n'est pas allée là-bas et n'a pas aspergé Tom d'essence avant de craquer une allumette. Je doute même qu'elle sache que l'autoroute se poursuit au-delà de New York. Je voulais simplement éviter des problèmes inutiles – pour elle et la série.

— Elle n'est peut-être pas coupable, mais tu pourrais avoir de très gros ennuis si l'on apprend que tu as fait disparaître des preuves. Promets-moi d'y penser. Tu peux encore la leur rendre.

— OK, j'y penserai, me dit-il tout en me décochant un de ses sourires déconcertants qui avaient le don de me faire rendre les armes.

— Puisque nous en sommes aux confessions, je dois te dire que j'ai écrit un court article sur Tom, aujourd'hui. J'aurais rendu compte de sa mort, même si je n'avais jamais entendu parler de lui, de toute façon. Mais je n'ai rien évoqué de ce dont nous avons discuté. C'est entre toi et moi.

— Wow, je n'y avais même pas pensé. J'imagine qu'il va tout simplement falloir que je te fasse confiance, dit-il d'une voix sombre.

— Et tu peux, le rassurai-je. Il vaut mieux ne pas révéler à tes collègues ce que je fais, mais je préférerais éviter de mentir comme un arracheur de dents. Tu n'as qu'à dire que je suis écrivain, si on te le demande.

— Sois sans crainte. Les gens du show-business s'intéressent très rarement à ce que font les autres mortels.

— Allons les rejoindre, tu veux ?

L'équipe de *Morgue* se trouvait tout au fond de la salle, devant plusieurs tables mises bout à bout. Chris me précéda jusqu'à l'une d'elles et m'offrit une chaise près de ce qui semblait être sa place. Quelques-uns des convives regardèrent dans notre direction. Le moral ne semblait pas à son apogée, même si la conversation était suffisamment animée pour que Chris ne puisse me présenter qu'à nos voisins de table directs : une dialoguiste prénommée August qui ne paraissait pas avoir plus de vingt et un ans, un type du nom de Steve qui jouait le rôle d'un certain Brad dans la série et possédait des dents aussi blanches qu'un frigo flambant neuf, et, pour finir, une superbe jeune femme noire, Amy, qui portait une blouse rose froufroutante ainsi que d'énormes créoles en or.

— Est-ce que Deke est là ? chuchotai-je dans l'oreille de Chris.

— Deke ? Pourquoi ?

— Harper dit que Tom copinait avec lui.

— Oui, c'est le gars un peu empâté, là-bas. Celui avec le tee-shirt qui dit « Fête de la Boue 2004 », me répondit-il à voix basse en m'indiquant discrètement un type assis à l'autre bout de la tablée.

Deke campait devant un énorme bock de bière en écoutant son voisin – sans doute lui aussi membre de l'équipe technique.

Consciente que quelques personnes s'étonnaient un peu de nous voir chuchoter ensemble, je reportai mon attention sur le groupe en lui offrant un sourire que je voulais amical et engageant.

— Vous avez bien fait de commander au bar, dit Amy. Je fais durer mon Martini parce qu'il a mis près d'une heure à se matérialiser.

— Amy bosse à la com' – avec Harper, m'expliqua Chris.

Je présume qu'il cherchait à me dire qu'Amy avait à peu près des yeux et des oreilles partout.

— Comment la série est-elle accueillie pour le moment ? lui demandai-je.

— Super bien. On a fait notre cocktail de présentation presse sur le plateau – tu sais, dans la morgue – et les gens se sont complètement lâchés.

— Ce doit être particulièrement intéressant de faire la communication d'une telle série, continuai-je.

— Ça l'a été… jusqu'à aujourd'hui, du moins. Si tu es une copine de Chris, il a dû te dire pour Tom Fain.

— Oui, Vous avez déjà reçu des appels à ce propos ?

— Quelques-uns. L'histoire commence tout juste à s'ébruiter. J'attends que quelqu'un finisse par évoquer une sorte de mauvais sort. Tu vois le truc : tu travailles sur *Morgue* et tu finis dedans.

— Tu connaissais Tom ? lui demandai-je.

— Pas si bien que ça. Mais Harper m'a dit que c'était vraiment un mec bien.

Je m'aperçus soudain que Chris, qui parlait jusque-là avec Steve, s'était levé pour retirer un téléphone portable de sa poche. Il l'écouta quelques instants, puis s'éloigna vers le fond de la pièce, près d'une issue donnant sur une terrasse intérieure.

— C'est exactement ce que m'a dit Chris : un sacré chic type, confirmai-je. On a du mal à croire que quelqu'un ait pu l'assassiner.

Je laissai ma remarque en suspens, espérant qu'elle avait un tuyau à partager.

Elle secoua la tête, ses boucles dansant au bout de ses lobes d'oreilles.

— C'est tout simplement incroyable. Mais, tu sais, le week-end où il a disparu, Harper l'a quasiment pressenti. Je veux dire, elle *savait* que quelque chose ne tournait pas rond.

Amy avait donc bien un tuyau.

— Comment ça ?

J'essayai de conserver un ton aussi dégagé que possible. Je craignais qu'une attitude un peu trop pressante l'incite à s'envelopper d'un blindage que les attachés de presse ont la réputation d'avoir presque breveté.

— Tu connais ces histoires qu'on raconte sur les gens qui ont de mauvaises vibrations avant de monter dans un avion et qui finissent par changer leur vol ? C'est un truc comme ça. On était à L.A. avec un groupe de la prod' et après que Harper a parlé à Tom le vendredi, elle a eu le curieux pressentiment qu'il y avait un truc qui n'allait pas. Elle a fini par prendre le vol du vendredi soir, au lieu de ne rentrer que le lendemain, comme c'était prévu.

Je me repassai mentalement ma conversation avec Harper. Elle n'avait peut-être pas *dit* qu'elle était rentrée le dimanche, mais elle m'avait laissé entendre que c'est ce qu'elle avait prévu, sans mentionner qu'elle avait changé ses plans. Menteuse, grosse menteuse. Pas bien.

— Alors elle a pu voir Tom avant qu'il parte, ajoutai-je d'un ton que je voulais toujours aussi léger.

J'avais l'impression de marcher sur un fil électrique.

— Non, je crois qu'il était parti entre-temps.

Afin de me laisser un temps de réflexion, je lui offris un visage apitoyé du genre « c'est-dingue-la-vie-tout-de-même ». Et si Tom avait exposé à Harper ses plans pour la journée du samedi en lui disant exactement où il voulait aller ? Elle connaissait peut-être très précisément le genre de « boulot » auquel il devait s'atteler. Elle aurait alors pu prendre le dernier vol au départ de L.A., sauter dans une voiture et rouler vers Andes. Elle avait appris l'incartade avec Bijou, et avait fait une scène terrible à Tom pour finir par l'assommer avec un outil qui traînait par là. Ou alors, elle l'avait suriné. Ensuite, elle avait mis le feu. Cela dit, l'info était un peu maigre pour être communiquée à la police. Harper risquait d'avoir des ennuis pour rien. Mais il fallait que je lui parle pour tirer au clair les raisons de son demi-mensonge.

Ce fut alors que Chris revint. Il s'affala sur sa chaise.

— C'était Harper, me dit-il en soupirant. Elle dit qu'elle erre dans les rues, pas très loin d'ici. Elle a l'air complètement à côté de ses pompes.

— Y a-t-il quelque chose que l'on puisse faire ? s'enquit Amy.

— Si c'est le cas, elle ne semble pas arriver à le formuler. Oh oh, Bijou et Alex arrivent.

Je levai les yeux sur un couple qui se tenait debout devant la plus éloignée des tables. Ils étaient manifestement entrés par une autre issue que moi. Bijou affichait un air détendu et une allure glamour, malgré l'intense journée qu'elle avait dû vivre. Elle portait un jean qu'on aurait dit cousu sur elle, des bottes de cuir et un col roulé rose fuchsia (lui aussi très moulant) avec, au bout du bras, un sac Birkin également fuchsia. Alex prit un siège, mais Bijou poursuivit vers l'autre extrémité de la table, en saluant chacun des convives. Si elle était submergée par le chagrin, elle le cachait parfaitement.

Son parfum la précéda de près de cinq minutes – un mélange quasi toxique de patchouli et de vanille. Quand elle finit par arriver à notre hauteur, Chris se leva pour l'embrasser. J'étais beaucoup plus près d'elle que la dernière fois que je l'avais vue et je pouvais distinguer de très légères ridules sur son visage. Mais les premières marques du temps ne parvenaient pas à faire oublier ses autres avantages : des cheveux platine, d'immenses yeux bleus et une peau aussi blanche et lumineuse que de la nacre. Bon, il y avait bien les lèvres... D'une certaine façon, elles ressemblaient à ces faux seins surdimensionnés : elles avaient des proportions insensées, mais on ne parvenait pas à en détacher son regard.

— Bailey, me dit-elle après que Chris nous eut présentées.

Ses yeux s'attardèrent sur mon visage, comme si on lui avait demandé d'y trouver une erreur.

— Comment peut-on avoir un nom pareil ?

Elle me cherchait manifestement et me fixait avec intensité. Était-il possible qu'elle me connût ? Il fallait brouiller les pistes.

— Oh, c'est juste un de ces noms qui se transmettent dans certaines familles, de génération en génération, sans que l'on se préoccupe de savoir s'ils sont destinés à une fille ou un garçon. Je crois que ça signifie quelque chose comme « le mur du château ».

Elle fronça le nez en un signe qui pouvait s'apparenter à de la désapprobation.

— Votre propre nom n'est pas banal, répliquai-je en espérant engager une brève conversation. D'où vient-il ?

— Ça, il faudra le demander à ma maman, fit-elle d'un ton signifiant qu'elle me congédiait.

Elle pivota pour saluer Amy et je vis qu'en passant, elle posait la main sur l'épaule de Chris.

Tandis que nous nous rasseyions, elle regagna le bout de table où s'était installé Alex. Je me penchai vers Amy en espérant reprendre notre conversation, mais le portable de Chris se mit à nouveau à sonner. Les seules paroles que je l'entendis prononcer furent : « Je te retrouve juste devant. » Tout cela ne me disait rien de bon.

— C'était encore Harper, me glissa-t-il à l'oreille. Elle est devant le bar. Je vais aller lui parler quelques minutes et peut-être l'emmener sur la terrasse, voir si je peux lui remonter le moral. Ça ne te dérange pas ?

— Non, bien sûr.

Je n'aimais pas du tout cette perspective, mais que pouvais-je y faire ? J'avais tout un tas de questions à poser à Harper, mais ce n'était ni le moment ni l'endroit pour le faire.

— Tu peux rester encore un peu ?

— En fait, je viens de terminer ma bière, alors je vais aller m'en commander une autre au bar.

Amy s'était déplacée vers le milieu de la tablée et je ne semblais pas lui manquer outre mesure. En me levant pour aller vers le comptoir, je vis que Bijou murmurait quelque chose à l'oreille d'Alex. Il tourna alors son regard dans ma direction, son grand front éclairé par les lumières orange. Était-ce une simple coïncidence ? Une fois encore, j'avais la sensation qu'elle me connaissait. M'avait-elle identifiée comme appartenant à l'équipe de *Buzz* ?

Ayant enfin réussi à atteindre le bar, je commandai une Guiness. Juste au moment où le barman me la tendait, une table se libéra. Je décidai de m'y installer en attendant le retour de Chris. Depuis cet endroit, j'apercevais la salle où s'était fixée l'équipe de *Morgue* et je pouvais en voir les allées et venues.

Durant les dix minutes qui suivirent, je sirotai mon verre de bière. Hormis la visite de deux raseurs, je fus laissée à mes réflexions.

Par hasard, je levai les yeux au moment même où Chris passait la porte avec Harper. Ils se tenaient devant l'entrée principale et elle secouait la tête avec véhémence, tandis qu'il tentait de la calmer. Cette scène me mit un peu mal à l'aise. C'était le type avec lequel je venais de passer la nuit et qui avait annoncé qu'il voulait me dévorer toute crue. Je savais bien que Harper était en plein désarroi et qu'elle l'avait appelé à la rescousse, mais ce que j'étais en train d'observer n'était pas sans évoquer une bonne scène de ménage. Peut-être était-il en colère parce qu'il avait appris qu'elle avait flirté avec un autre. Peut-être lui faisait-elle une scène parce qu'il n'avait pas appelé. Je ressentais ce curieux tiraillement au fond de mon estomac. Celui qu'on expérimente quand le type avec lequel on vient de passer la nuit remet son pantalon à cinq heures du matin en expliquant qu'il a un rendez-vous très tôt et que s'il le rate, ce sera la faillite de la Banque fédérale, voire la fin de la civilisation occidentale. Tandis que je les regardais, Harper parcourut le bar des yeux jusqu'à tomber sur moi. Chris suivit son regard. Ses yeux semblaient implorer ma patience.

— Où donc s'est tiré ton rancard ? Il t'a abandonnée ou quoi ?

M'attendant à un énième raseur, je pivotai sur ma chaise pour me trouver nez à nez avec Deke. Il sentait la sueur, les oignons et la graisse et il me dévisageait comme si je venais d'achever un strip-tease. Ça m'aurait bien plu de le désintégrer dans la minute, mais il m'offrait en fait une occasion inespérée : celle d'apprendre ce qu'il savait sur Tom.

— Il parle avec Harper pour le moment, lui répondis-je. Elle n'a pas vraiment la pêche… tu sais, avec la mort de cet acteur, Tom Fain.

Je me dis que j'allais tenter ma chance et voir ce qu'il en ressortait.

— Ah, ouais. Ça fait vraiment chier. Au fait, je m'appelle Deke. Deke Jacobus. Et voici Danny De Mateo, ajouta-t-il en désignant son acolyte d'un mouvement de la tête.

— Bailey Weggins, répondis-je en serrant la main de Deke, laquelle me parut au moins aussi épaisse qu'un gant de boxe et aussi rugueuse qu'un papier émeri.

Je serrai également la main de Danny, pour faire bonne mesure. Il était grand et maigre avec des lunettes sans monture qui lui donnaient des yeux si gros qu'on aurait dit un insecte.

— Alors tu es actrice ? demanda Danny.

— Mon Dieu, non ! répondis-je. La dernière fois qu'on m'a vue sur les planches, je jouais un pèlerin dans la pièce de fin d'année de mon collège. Ma plus fameuse scène a consisté à porter une citrouille.

Je ponctuai ce talentueux mot d'esprit d'une œillade équivoque, bien que flirter avec ces deux nases m'apparût comme une forme de pénitence.

— Bah, comment tu connais Jared, alors ?

— Pardon ?

— Chris, *alias* Jared. Le mec qui est censé faire concurrence au docteur McDreamy.

Il dit cette dernière phrase de façon sarcastique.

— Nous sommes de vieux amis, expliquai-je. Je connais aussi Harper. C'est tellement atroce ce qui lui arrive – je veux dire, ce qui est arrivé à Tom.

À ce stade, Danny s'était éloigné pour commander un verre au bar. Deke ne releva pas ma remarque.

— Tu connaissais bien Tom, non ? insistai-je.

— Ouais… enfin aussi bien qu'on puisse jamais connaître un acteur quelconque sur un plateau.

— Mais je croyais que vous jouiez aux cartes ensemble. Harper m'a dit que vous êtes même allés passer un week-end à Atlantic City.

Il m'observa avec dureté.

— Harper n'a toujours pas digéré notre excursion là-bas, hein ?

— Elle ne voulait pas que Tom traîne dans les casinos ?

— Oh, c'est pas ça. Harper et Tom venaient de commencer à sortir ensemble, mais lors de ce week-end, il a emmené une autre minette – une actrice.

Était-ce Blythe ? Juste avant qu'elle devienne carrément pénible ?

— Tom était joueur ? Tu crois que ça pourrait expliquer sa mort d'une manière ou d'une autre ?

— Mais t'es quoi au juste ? Une Miss Marple miniature ?

— Simple curiosité.

— Je n'en sais vraiment rien, me répondit-il de façon laconique avant de continuer son chemin en me bousculant presque.

Il rejoignit son copain Danny devant le comptoir, un peu plus loin.

Quelque chose ne tournait pas rond. Il était évident que Tom n'était pas le sujet de conversation favori de Deke. Je me tournai vers l'entrée du bar, espérant saisir le regard de Chris. Il me semblait apercevoir un bout de son tee-shirt, mais il était dissimulé par la foule désormais encore plus compacte. Je ne voyais plus Harper. Je n'aimais pas trop la tournure que prenait cette soirée. Je jetai un œil dans la salle du fond : l'équipe de *Morgue* s'était clairsemée et Bijou et Alex étaient debout, visiblement sur le point de partir. Bijou regarda dans ma direction, vers la sortie, et l'espace d'un instant elle me fixa droit dans les yeux, avant de s'intéresser à autre chose. J'aperçus du coin de l'œil quelque chose qui attira mon attention : Amy se tenait près de la porte donnant sur la terrasse et me faisait signe de la rejoindre. Je laissai ma veste sur ma chaise afin de marquer mon territoire, puis je la rejoignis en fendant la foule.

— Qu'y a-t-il ? lui demandai-je.

— C'est quoi le plan avec Harper ? Je viens de la voir au bout du comptoir il y a quelques minutes.

— Apparemment, elle ne va pas très fort. Elle s'est pointée ici et Chris est en train d'essayer de lui remonter le moral.

— Je sais que ça va te sembler dégueulasse, mais j'espère qu'elle sera capable de bosser la semaine prochaine. On n'est plus qu'à deux semaines de la première.

— Je suis sûre qu'elle va se ressaisir, la rassurai-je, même si je n'avais pas la moindre idée de la façon dont ça évoluerait.

Amy soupira et décampa après m'avoir dit au revoir. Je m'aperçus alors que mon portable était en train de sonner.

— Hey, c'est moi, Chris. Harper est aux toilettes. Dès qu'elle sortira, je la ramènerai chez elle en taxi. Ça ne te pose pas de problème ?

— Bien sûr que non, répondis-je, même si je commençais à en avoir assez que Chris fasse du baby-sitting.

— Veux-tu m'attendre ici pendant que je la dépose ?

— Ça te prendra combien de temps, à ton avis ?

— Pas très longtemps : quinze ou vingt minutes au plus. Elle n'habite pas très loin d'ici, près de Gramercy Park.

— Écoute, appelle-moi quand elle est chez elle. Si ça ne dure pas trop longtemps, je t'attendrai, sinon je rentrerai chez moi. Tu peux m'y rejoindre si tu veux…

— OK, génial.

Les toilettes pour femmes étaient juste à l'angle et, avant de retourner à ma table, je m'y arrêtai, pour voir… Harper se tenait devant le lavabo et s'observait dans le miroir.

— Harper… Je suis tellement d…

— Tu crois qu'il a souffert ? me demanda-t-elle.

Les billes marron de ses yeux me fixaient avec intensité.

— Je ne sais pas… j'espère que non, fus-je seulement capable de lui offrir.

Elle sortit en trombe des toilettes comme si ma réponse l'avait irritée au dernier degré.

Deux minutes plus tard, je regagnai ma table. À côté de moi, une horde de filles – jeans taille basse et minijupes – s'interpellaient bruyamment en scannant la pièce comme des oiseaux de proie. Deke et Danny n'étaient plus en vue. Je me replongeai dans ma bière, tâchant de décider si je devais partir ou non. Je me demandais si j'avais raison de réagir aussi mal. Si Chris voulait juste ramener Harper chez elle, pourquoi ne pas m'avoir proposé de partager leur taxi ? Une fois Harper chez elle, nous aurions pu conserver la voiture pour aller jusqu'à mon appart'. Je décidai finalement de lever le camp, laissant mes voisines s'approprier ma table comme une marée blonde.

Je m'aperçus alors que ma démarche était légèrement incertaine et que j'avais l'impression de m'observer depuis le plafond. Bailey, mon petit, je crois bien que tu es pompette.

8

La première chose dont je me rendis compte était que la température avait carrément fraîchi. Il faisait presque froid et je frissonnais. Je croisai les bras pour me réchauffer et agitai mes jambes. Ces simples mouvements m'épuisèrent et je me pris la tête entre les mains. Je pouvais voir mes cuisses, mais mes pieds restaient dans un épais brouillard. J'avais un mauvais goût dans la bouche. Je relevai la tête et m'assis sur le perron d'un immeuble éclairé seulement par de lointains réverbères et par les rares lumières qui émanaient du bâtiment lui-même. Je regardai à droite, puis à gauche ; le sang battait dans mes tempes. Je n'avais pas la moindre idée de l'endroit où je me trouvais, ni de la manière dont j'y étais arrivée. La rue était déserte, il devait donc être fort tard.

Je fus prise d'une intense envie de déguerpir, de détaler comme un lapin loin de cette rue lugubre. Mais j'avais à peine la force de bouger. Mes bras et mes jambes étaient comme lestés de ciment. Je pris une profonde inspiration dans l'espoir de me calmer – et de parvenir à réfléchir. Quelle était cette rue et qu'étais-je venue y faire ? Malgré la pénombre, je pouvais voir que le quartier était coquet avec ses deux rangées d'arbres et ses petits immeubles en briques. J'étais à peu près sûre de ne pas me trouver dans le Village où les rues étaient beaucoup plus étroites. Et puis les perrons ne comportaient que quelques marches, comme ceux de l'Upper West Side.

Je jetai un nouveau coup d'œil sur ma gauche : encore des immeubles, l'un d'eux en briques blanches, et puis le croisement. C'était une avenue, mais laquelle ? La longueur des rues transversales pouvait évoquer Chelsea. *Chelsea.* Et soudain, dans un flash, je revis le Demi-Roi sur la 23ᵉ Rue. J'y étais allée avec Chris et nous avions parlé à diverses personnes, puis Chris était parti, me laissant seule.

Mes mains cherchèrent frénétiquement mon sac. Il était là, posé à côté de moi sur les marches. J'en retirai mon téléphone pour regarder l'heure : 3 h 47. Mince… J'étais arrivée au pub juste avant vingt et une heures. Je ne me souvenais pas d'en être partie, mais je me rappelais avoir dit au revoir à Chris à l'intérieur du bar. C'était à peu près tout.

Un bruit dans la rue me fit sursauter. Un rat de la taille d'un chat venait de quitter son repaire, sous une voiture, pour traverser la rue. J'avais extrêmement mal à la tête et il fallait que je résiste à l'envie de sangloter. Je voulais partir d'ici aussi vite que possible, mais mes jambes étaient en coton. Je n'avais aucune idée de la façon dont j'allais pouvoir réactiver mes fonctions motrices.

Je m'obligeai à repenser à ce qui s'était passé un peu plus tôt. Pourquoi Chris m'avait-il laissée seule ? *Harper.* Oui, c'était ça, il l'avait raccompagnée chez elle. Mais il était revenu me chercher, non ? Et puis, cela me revint. J'avais décidé de m'en aller, mais je me sentais pompette. À vrai dire, plutôt carrément bourrée. Pourtant, je n'avais bu que deux bières. Subitement, la vérité me heurta comme un marteau : quelqu'un avait mis quelque chose dans mon verre. Un somnifère, peut-être.

La peur m'envahit, gênant ma respiration. Quelqu'un avait-il cherché à abuser de moi ? J'observai mes vêtements. Tout était en place. Mais où donc avais-je passé les heures précédentes ?

Pendant un instant, j'envisageai d'appeler police secours. Mais il faudrait bien au moins un quart d'heure avant qu'une voiture de patrouille arrive, et il n'était pas question que je reste ici une minute de plus. Je tâchai d'agiter mes pieds dans l'espoir d'un miracle. Je fus sans doute exaucée puisqu'ils paraissaient maintenant plus légers. En tout cas, suffisamment pour que je puisse envisager de bouger. Désormais plus optimiste, j'essayai le même remède sur mes bras et mes jambes.

C'est alors que mon téléphone sonna. Dans ma surprise, je le laissai échapper comme si j'avais reçu une décharge électrique. Ça ne pouvait être que Chris. Il avait dit qu'il repasserait me chercher. Il devait être paniqué.

— Allô ! fis-je dans un souffle.

Le son qui me parvint était horrible. C'était un rire. Ni masculin ni féminin. Plutôt quelque chose d'inhumain et de démoniaque. Puis la communication fut coupée.

Je restai assise, de nouveau paralysée, en regardant mon portable. J'entendis encore un bruit en provenance des voitures garées un peu plus loin sur ma gauche, de l'autre côté de la rue. Était-ce encore le rat ? Y avait-il quelqu'un qui m'épiait, dissimulé derrière l'un des véhicules ?

Je repris tant bien que mal une profonde inspiration, saisis mon sac et m'arrachai au perron. Je me mis à courir dans la direction opposée à celle d'où le bruit était venu. Au début, j'eus un mal fou à mouvoir mes jambes, comme si elles avaient été de plomb, mais au bout de quelques foulées, elles retrouvèrent leur force. Mon cœur battait si vite qu'il me semblait qu'il allait arriver au bout de la rue avant le reste de mon corps.

En quelques secondes, j'aperçus le croisement où circulaient quelques voitures. Quelle était donc cette avenue ? Allais-je y trouver une boutique ouverte ? un taxi ? Je ralentis juste assez pour pouvoir regarder derrière moi. Il n'y avait apparemment personne, mais la rue était si sombre que je n'aurais pu le jurer. Je trébuchai en me retournant et, comme je tentais de retrouver mon équilibre, une douleur fulgurante me transperça le flanc gauche. Je ralentis un peu en me frottant les côtes afin de faire disparaître mon point de côté. Quand la douleur se fut atténuée, je repris ma course de plus belle.

J'avais presque atteint le croisement. À ma droite se trouvait un petit immeuble : un hôtel dont le rez-de-chaussée était éclairé et la porte ouverte. Je titubai jusqu'à la réception où un homme d'une cinquantaine d'années feuilletait un journal, assis sur une banquette. Il sursauta quand je passai la porte.

— J'ai l'impression que quelqu'un me suit, bafouillai-je en présumant qu'il valait mieux éviter de lui raconter les détails de ma mésaventure (le somnifère, mon amnésie, etc.).

De toute façon, il paraissait avoir une furieuse envie de me jeter dehors. Fronçant les sourcils, il pencha la tête afin de regarder la rue, derrière moi.

— Écoutez, mademoiselle, je ne peux vraiment pas vous aider, déclara-t-il d'une voix rocailleuse. Ici, c'est un hôtel. Il faut que vous vous adressiez à la police.

— Où suis-je ? lui demandai-je. Je veux dire, je sais que je suis à New York, mais quelle est cette rue ?

— 22e Rue, énonça-t-il, comme à regret.

— Alors, là, c'est la 9e Avenue ? continuai-je en indiquant la gauche.

— Oui. Comme je vous l'ai dit, pourquoi n'appelez-vous pas les flics ?

— Oui, oui. Merci de votre aide. Il est bon de savoir que le quartier de Chelsea continue à promouvoir un tel esprit de chevalerie.

Une fois ressortie de cet abri ô combien réconfortant, je balayai la rue des yeux. Personne en vue. Je me hâtai jusqu'au coin de la rue et m'engageai sur l'avenue. Je ne voyais aucune voiture à proximité, mais un peu plus loin j'aperçus les phares de plusieurs véhicules arrêtés à un feu. Tremblante, je jetai un coup d'œil derrière moi. Personne. Après ce qui me sembla être des heures, le trafic reprit son mouvement. J'avisai un taxi libre et le hélai. Il n'était pas encore à l'arrêt que j'ouvrais déjà la portière pour m'engouffrer à l'intérieur.

Quand j'eus enfin regagné mon appartement, la fatigue me submergea de nouveau, d'une façon différente toutefois : mes membres n'étaient plus aussi lourds, mais une immense lassitude m'avait envahie. Je retirai mes vêtements et observai mon corps, y cherchant des marques de coups ou de brutalité. J'avalai ensuite deux aspirines et engloutis quelques toasts destinés à faire disparaître ce mauvais goût dans ma bouche. J'avais une envie folle de m'allonger et de dormir, mais je devais au préalable alerter le docteur Paul Petrocelli, un médecin urgentiste qui exerçait près de Boston et que j'avais eu l'occasion d'interviewer et de consulter pour mes articles. Je ne connaissais pas son planning actuel, mais je savais qu'il préférait travailler de nuit. À mon grand soulagement, il décrocha son téléphone et m'assura que, oui, il pouvait me consacrer un peu de temps.

— Personne n'a essayé de passer au travers d'un arbre, ce soir… pas encore, ironisa-t-il. Vous n'avez pas l'air en très grande forme.

— En fait, je me sens atrocement mal. Il y a quelques heures, je me trouvais dans un bar et je suis presque sûre que quelqu'un a glissé quelque chose dans mon verre.

— Avez-vous été agressée ? me demanda-t-il.

Ses paroles étaient professionnelles, mais une légère inquiétude perçait dans sa voix.

— Non, je ne pense pas. Je veux dire, je n'ai pas de bleus ni d'hématomes et rien ne me permet de croire que l'on m'a violée.

Paul était une source intarissable sur à peu près n'importe quel sujet, depuis le poison jusqu'au traumatisme crânien, mais il était tout à fait inhabituel que je lui parle de mon propre corps.

— Bon, dites-moi ce qui s'est passé – encore que, j'imagine, vous n'en ayez qu'une assez vague idée.

— À vrai dire, je ne me souviens de *rien*. La dernière chose que je me rappelle, c'est d'avoir pris une gorgée de bière au bar et de m'être soudain sentie complètement ivre. Quelques minutes avant, quelqu'un m'avait fait signe pour que je vienne lui parler et, stupidement, j'ai laissé ma bière sans surveillance. On aurait pu verser la drogue à…

— Bon sang, Bailey, s'il y a quelqu'un qui devrait savoir qu'il ne faut pas laisser son verre sans surveillance, ce devrait être vous.

— Je sais, je sais. Quoi qu'il en soit, quand j'ai repris conscience, il était quatre heures du mat', j'étais assise sur le perron d'un immeuble et je n'y voyais pas à trois mètres. J'avais la tête comme une pastèque et, si j'en juge par l'horrible goût dans ma bouche, j'avais sans doute vomi. Pensez-vous qu'il puisse s'agir d'un somnifère ?

— Combien de verre avez-vous descendus ?

— Pourquoi ?

— Ne le prenez pas mal, mais il n'est pas inhabituel que les femmes croient avoir avalé un somnifère, alors qu'elles ont simplement trop bu. Elles imaginent qu'on les a droguées parce qu'elle n'ont plus aucun souvenir, mais il ne s'agit en fait que d'un banal coma éthylique.

— Franchement, je n'ai pris que deux bières. Je n'ai même pas terminé la seconde.

— Votre trou de mémoire porte sur combien de temps environ ?

— Près de six heures.

— Avez-vous repris conscience assez rapidement – comme si vous vous réveilliez en sursaut ?

— C'est exactement ça ! Vous avez une idée ?

— Je pense que quelqu'un vous a administré du GHB. Ses effets durent en général moins longtemps que ceux d'autres drogues du viol et on se réveille subitement.

— Faut-il que j'aille aux urgences pour une prise de sang ?

— Ce n'est détectable que dans les urines et il faut faire l'analyse dans les douze heures qui suivent. Vous avez encore un peu de temps devant vous, mais sans aucune autre preuve d'agression, la plupart des médecins refuseront de vous faire une analyse.

Je le remerciai de ces renseignements et promis de le tenir au courant. Sur la base de ce qu'il m'avait dit quant à mes chances de bénéficier d'une analyse, je décidai d'oublier l'hôpital. Je vérifiai alors mon portable. L'auteur du rire démoniaque m'avait appelée vers quatre heures moins dix. Mon portable rapportait « Appelant inconnu », tout comme pour l'appel que j'avais reçu alors que je rentrais d'Andes – celui des sanglots. Était-ce la même personne ? J'avais tendance à le croire. Et ce maniaque du téléphone était-il aussi celui qui m'avait droguée ? Ce rire m'avait paru si cynique, comme si celui – ou celle – qui appelait savait alors parfaitement que je me trouvais seule, terrifiée dans l'obscurité, et qu'il voulait se moquer de moi. Même s'il ne pouvait me voir, j'étais convaincue qu'il connaissait ma vulnérabilité. Mais pourquoi s'en prendre à moi ? S'agissait-il du meurtrier de Tom ? Avait-il appris que je menais ma propre enquête ?

Et puis, mon téléphone me révéla aussi autre chose : je n'avais reçu aucun appel de Chris. S'il était effectivement retourné au bar pour me retrouver, mon absence aurait dû lui sembler bizarre, voire préoccupante. Alors pourquoi n'avait-il pas même essayé de me localiser ? Je me levai péniblement du canapé pour aller vérifier mes messages sur mon téléphone fixe. *Nada.* Mais bon sang, pourquoi Chris ne s'était-il pas inquiété à mon sujet ? Il était sans doute chamboulé par sa soirée auprès de Harper, mais... Y avait-il quelque chose entre eux deux ?

En plus de tout le reste, j'avais désormais l'impression d'avoir pris une grande claque. En principe, je n'avais rien contre les aventures sans lendemain. Mais je supportais difficilement que le type avec lequel je venais de passer la nuit prétendît que c'était important, alors qu'il n'en avait rien à battre. Dans ces cas-là, le réveil était brutal et très, très déplaisant.

J'allai me rallonger sur le canapé, cette fois-ci avec une couverture. Pour une raison curieuse, ce coin moelleux me semblait bien plus accueillant que mon lit. Sans doute parce que je pouvais m'y blottir. Or, c'est ce dont j'avais plus que jamais besoin à cet instant précis.

À mon réveil, trois heures plus tard, il faisait grand jour et j'avais encore la migraine. Je repris donc une aspirine et ouvris la baie vitrée donnant sur ma terrasse afin de profiter de l'air frais. J'avais très envie de retourner m'affaler sur le canapé et de passer la journée en position fœtale. Le malaise qui me torturait me semblait pire encore que ma gueule de bois. Mais j'avais désormais beaucoup trop de tâches à accomplir pour m'apitoyer sur mon sort.

Après avoir fait du café, je m'attablai devant mon ordinateur pour voir ce que Google pouvait m'apprendre sur le GHB (ou, officiellement, gamma-hydroxybutyrate, voire, par extension fort appropriée, « grievous bodily harm[1] »). D'après Internet, ses effets secondaires étaient très exactement ceux que m'avait décrits Paul. À petite dose, cette drogue engendrait un sentiment d'euphorie et atténuait les inhibitions. À dose plus forte, elle pouvait générer toutes sortes de désagréments : nausées, maux de tête, somnolence, étourdissements, amnésie et perte de contrôle musculaire. Enfin, à dose de cheval, elle entraînait une perte de conscience, une détresse respiratoire, voire la mort. Génial !

Bien que cette drogue fût illégale dans plusieurs États, il ne devait pas être difficile d'en trouver. Apparemment, elle était très appréciée des clubbeurs, des fans de rave party, des violeurs occasionnels, des strip-teaseurs et des bodybuildeurs (qui lui attribuent

1. « Coups et blessures » (NdT).

le pouvoir de contrer les effets négatifs des stéroïdes). Selon un site, il suffisait d'aller dans une salle de sport pour s'en procurer.

Et il avait été tout aussi facile d'en mettre dans mon verre – idiote ! En outre, cette drogue était incolore et quasiment inodore, quoique très légèrement salée. Il était donc impossible de la repérer dans un verre d'alcool, qui plus est dans un bock de bière. Je frémis en lisant que la consommation de GHB avec de l'alcool accroissait les risques de décès. Heureusement que je n'avais pas terminé mon deuxième verre…

Tout comme Paul me l'avait appris, les effets du GHB duraient environ six heures et disparaissaient assez brutalement. Un site mentionnait aussi que le GHB pouvait vous donner l'impression de sortir de votre corps, et je me souvins de cette sensation que j'avais eue de m'observer depuis le plafond du bar.

Bon, j'en savais assez pour le moment. Il fallait maintenant que je m'active pour trouver les réponses aux innombrables questions que je me posais. Et puis, j'étais censée suivre l'affaire Tom Fain pour le compte de *Buzz*. Cette mission s'ajoutait donc à mes motivations personnelles et à l'intérêt désormais tout à fait égoïste que j'avais à vouloir identifier son meurtrier. Après tout, quelqu'un cherchait à me nuire, et selon toute vraisemblance il s'agissait du tueur. Il fallait que je le – ou la – démasque avant qu'il m'arrive quelque chose de plus grave qu'une gueule de bois.

Je me fis frire deux œufs, refis du café et allai déguster le tout sur ma terrasse. J'emportai aussi un stylo et un cahier quadrillé. Quand je travaille sur un reportage important, surtout quand celui-ci fourmille de détails et soulève une foule de questions, j'aime noter mes idées dans un cahier d'écolier à mesure qu'elles se présentent. Comme au bon vieux temps, quoi.

Je commençai par établir une chronologie globale de l'affaire Tom Fain, puis je l'enrichis des détails que j'avais recueillis (les projets de Tom ainsi que les différents acteurs de son histoire). Je fis ensuite une liste de questions, en commençant par les plus évidentes : qui avait tué Tom ? Pourquoi ? S'agissait-il de quelqu'un d'Andes ? Beverly ayant mentionné qu'il n'y était pas revenu depuis très longtemps, il était fort peu probable que ce fût le cas. À moins qu'un étranger... un rôdeur qui serait entré dans la maison en pensant qu'elle était vide, et serait tombé sur Tom en pleine séance de peinture ? Mais un voleur mettrait-il le feu à un cadavre ? Cela paraissait assez invraisemblable.

Bien que le crime eût été commis à Andes, il semblait beaucoup plus logique de se concentrer sur les relations que Tom entretenait à New York City, surtout parmi les membres de la production de *Morgue*. Il y avait Alex Ottoson, le conquérant viking potentiellement violent. Alex avait-il eu vent de l'aventure entre Bijou et Tom ? Avait-il voulu se venger ? Il avait été injuste avec Tom au cours d'une prise récente. Était-ce parce qu'il se doutait de quelque chose ? Mais encore aurait-il fallu qu'il sût que Tom se rendait à Andes ce samedi-là. Or, même si Chris en avait eu connaissance, comment Alex l'aurait-il appris ?

Et puis il fallait aussi considérer le cas de Bijou la Lippue. Elle avait – ou avait eu – une aventure avec un type qui couchait avec un autre membre de la série. Certes, il arrivait que des femmes tuent par jalousie, mais Bijou avait-elle été vraiment folle de rage en apprenant la nature des relations unissant Tom et Harper ? Après tout, Alex lui garantissait la gloire et la fortune. Elle aurait donc voulu, en quelque sorte, ajouter les miches de la crémière au beurre et à son argent. En plus, si Bijou avait fait savoir à Tom qu'elle appréciait peu sa relation avec Harper, Tom aurait pu à son tour lui reprocher ses liens avec Alex. Et je ne voyais pas comment Bijou aurait pu accepter de se priver d'une telle manne. Elle savait que, sans l'aide d'Alex, tout le Botox et le collagène du monde n'auraient pas suffi à lui ouvrir les portes du *prime time*.

Certes, son côté diva aurait pu l'inciter à exiger que non seulement Alex, mais aussi Tom, n'aient d'yeux que pour elle seule. Ce qui soulevait une autre question : et si Tom était tombé fou amoureux de Bijou et l'avait menacée de révéler leur aventure si elle refusait de quitter Alex ? Ooouh, Bijou n'aurait pas du tout – du tout – aimé ça.

Alex et Bijou étaient toutefois loin d'être les seuls à susciter mon intérêt. Je n'avais aucune raison de soupçonner Deke, mais je ne l'aimais pas. Ma rencontre avec lui dans le bar avait fait son chemin dans mon esprit et la sensation générale qui en résultait n'était pas à l'avantage de Deke. D'ailleurs, il avait manifestement cherché à éviter le sujet Tom. Je réfléchis aux autres éléments dont je disposais sur lui. J'avais évoqué le week-end à Atlantic City et il avait spontanément mentionné la présence de cette autre actrice – qui pouvait tout à fait être Blythe. Selon Deke, Harper l'avait appris et n'en avait pas été ravie. Si je parvenais à joindre Blythe, j'en apprendrais peut-être plus sur ce voyage.

Le fait d'évoquer Harper me remit à l'esprit quelque chose que j'avais archivé dans ma mémoire : Amy avait dit que Harper était rentrée à New York le vendredi, et non le dimanche. D'accord, elle semblait aujourd'hui totalement dévastée par la mort de Tom – et pleurait abondamment sur l'épaule de Chris –, mais ça ne suffisait pas à l'éliminer comme suspecte. Quand je travaillais comme journaliste dans un quotidien, j'avais eu l'occasion de suivre une affaire dans laquelle la personne qui semblait la plus effondrée s'était révélée être l'assassin. En l'occurrence, elle avait tué son petit ami parce qu'il la trompait, mais cela ne l'empêchait pas d'être désespérément amoureuse de lui et accablée par sa mort.

Les quatre personnes qui figuraient sur ma liste des suspects se trouvaient au pub, la veille au soir. Chacun d'eux aurait pu verser la drogue dans mon verre quand j'avais rejoint Harper dans les toilettes, y compris Harper puisqu'elle en était sortie avant moi. Il me semblait que l'adepte du GHB et l'assassin n'étaient qu'une seule et même personne. Mais pourquoi s'en prendre à *moi* ? Harper savait que je fouinais un peu autour de Tom et Deke m'avait comparée à une Miss Marple miniature. Il me paraissait évident que quiconque cherchait à me nuire voyait en moi un détective amateur.

Il fallait donc que je continue mes investigations, à moins que je veuille bien jouer le rôle de proie vivante. À seize heures, je devais rencontrer monsieur Barish ; peut-être m'en dirait-il un peu plus sur Tom, sa vie et son œuvre. Il y avait aussi la soirée chez Elaine qui me donnerait l'occasion d'approfondir utilement le comportement de Bijou. Dans l'intervalle, j'avais du pain sur la planche.

Tout d'abord, je voulais essayer de compléter le puzzle qu'était ma soirée de la veille. À onze heures, j'appelai le pub, comptant sur le fait qu'on y servait sans doute à déjeuner et que le personnel serait par conséquent sur place. Je savais qu'il fallait éviter d'agresser les serveurs en clamant que j'avais été droguée. En ma qualité de journaliste, j'avais appris que les gens travaillant dans les bars ou les restaurants ont tendance à se fermer comme des huîtres et à se serrer les coudes quand quelqu'un vient leur faire une réclamation. Je devais agir sous un angle différent.

Au pub, une fille, plutôt jeune d'après sa voix, décrocha.

— Vous savez, le barman avec les cheveux roux qui était de service hier soir ? Il voulait que je lui communique un numéro de téléphone, mentis-je. Puis-je lui laisser un message ?

— Vous parlez de Rusty ? demanda-t-elle après un moment d'hésitation.

— Les cheveux roux, plutôt costaud ?

— Oui, ça ressemble à Rusty.

— Pourriez-vous prendre un message à son intention ?

J'étais à peu près sûre que ça l'enquiquinerait.

— Il reprend son service à treize heure. Pourriez-vous l'appeler à ce moment-là ?

Hé hé.

— Bien sûr.

Mais au lieu de l'appeler, j'irais au pub afin d'observer sa réaction quand il me parlerait. Je vérifiai l'heure et décidai de ne pas trop tarder à me mettre en marche.

Étape suivante : un coup de fil à Harper. Là encore, je devais éviter de l'acculer à une impasse quand je l'interrogerais sur ses plans de voyage, le week-end au cours duquel Tom s'était rendu à Andes. En pratique, elle ne m'avait pas menti. Elle m'avait seulement amenée à croire qu'elle se trouvait à L.A. durant tout le week-end. Je pouvais donc choisir de revenir sur cet épisode avec elle, lui poser des questions plus précises et voir si, cette fois, elle me mentait délibérément. Ce n'est que dans ce cas que je passerais à la confrontation.

Quand elle répondit d'une voix ensommeillée, j'eus l'impression que je la sortais du lit. Je visualisai immédiatement Chris, nu comme un ver, étendu à ses côtés. Avait-il investi plus qu'une simple épaule dans la consolation de Harper ? Se déshabillait-il chaque fois qu'une femme éplorée le sollicitait ? Était-ce la – très mauvaise – raison pour laquelle il ne m'avait pas appelée la veille et n'était jamais revenu me chercher ?

— Bonjour Harper, c'est Bailey Weggins, fis-je d'une voix que je voulais dégagée, mais qui était un peu trop aiguë pour être honnête.

Je me demandais si elle sentirait les angoisses que je venais d'avoir.

— Comment vas-tu aujourd'hui ?

— C'est la grande forme, répliqua-t-elle avec sarcasme. Peux-tu me rappeler un peu plus tard ? Je n'ai pas beaucoup dormi la nuit dernière et je voudrais essayer de récupérer un peu.

— Bien sûr. En fait, pourrait-on se voir dans la journée ?

— Pour quoi faire ?

— Je voudrais juste discuter de tout ce qui vient de se passer.

Elle soupira bruyamment.

— Je n'ai pas vraiment envie d'en parler… Ça ne fera que rendre les choses encore plus difficiles.

— Je comprends, mais il y a des détails concernant Tom dont je voudrais parler avec toi.

C'était plutôt indélicat de ma part, mais il était hors de question qu'elle se défilât. Le silence qui s'ensuivit me dit que j'allais obtenir ce que je voulais.

— Alors pas avant demain, dit-elle finalement. Il y a une soirée de lancement pour le bouquin de Bijou, ce soir, et c'est moi qui en assure la logistique.

— Celle qui a lieu chez Elaine ?

— Comment sais-tu cela ?

— Eh bien, en fait, j'y vais. L'une de mes collègues m'a demandé de l'y accompagner.

Je n'allais pas lui confesser que j'avais fait des pieds et des mains pour décrocher cette invitation. D'ailleurs, à partir de maintenant, mieux valait que j'en dise le moins possible.

— Je te verrai là-bas, alors !

— Je n'aurai aucun moment à te consacrer, répliqua-t-elle presque grossièrement. Que veux-tu dire par « détails concernant Tom » ? À t'entendre, on pourrait croire qu'il était mêlé à un truc louche.

— Oh, je ne voulais pas dire ça. Bon, je ferais mieux de te laisser te rendormir. De toute façon, on se voit ce soir !

Harper n'aurait sans doute que peu de temps à elle durant la soirée, mais j'essaierais quand même de l'accaparer quelques minutes. Cette soirée m'offrait aussi une chance d'observer Bijou et Alex en pleine action. Mais comment en savoir un peu plus sur Deke ? Chris pourrait peut-être m'aider. Le simple fait de penser à lui me serrait le cœur. Je ne savais absolument pas ce que j'attendais de lui ou, plus exactement, ce que je ressentais à son égard, mais je n'admettais pas la façon dont il m'avait traitée la veille. Il allait pourtant falloir que je le revoie puisque j'avais besoin de son aide. Mais, dans l'immédiat, je n'avais aucune envie de l'appeler.

Je rampai jusqu'à la douche et y comatai pendant une demi-heure, sous des cascades d'eau brûlante. J'avais besoin d'évacuer ce sentiment de malaise que je traînais depuis la veille. En me séchant, il me vint une idée. Blythe avait peut-être rappelé sa colocataire. Je pourrais essayer d'obtenir des renseignements utiles sur le voyage à Atlantic City si, comme je le supposais, elle y était allée avec Tom. Je décidai donc d'appeler Terry. Je devais de toute façon l'informer du meurtre de Tom. Cela l'inciterait à harceler Blythe pour qu'elle me rappelle, si toutefois celle-ci finissait par refaire surface.

Elle décrocha au bout de trois sonneries et, d'après sa voix, elle était d'humeur tout aussi plaisante que la fois où je l'avais rencontrée dans le hall de son immeuble. Je commençai par lui révéler la fin tragique de Tom.

— Oh mon Dieu, gémit-elle, mais il était évident que cet événement allait agrémenter son week-end. Blythe va en mourir quand elle l'apprendra.

— Vous n'avez toujours pas entendu parler d'elle depuis notre dernière conversation ?

— Non. Je n'arrive pas à y croire. Ils savent qui a fait ça ?

— Pas à ma connaissance. Mais vous comprenez maintenant qu'il est important que je puisse contacter Blythe. Il faut vraiment que je lui parle.

Je lui donnai mes numéros de portable et de fixes, personnel et professionnel, car je me doutais bien que la carte de visite que je lui avais remise le jour de notre entrevue avait fini dans une poubelle.

— Si elle m'appelle, je vous promets de lui demander de vous contacter. Comment vont-ils faire pour la série dans laquelle il jouait ?

— Je n'en sais rien. Blythe vous a-t-elle dit qu'elle était allée à Atlantic City avec Tom ?

— Atlantic City ? Oui, elle y est allée avec lui. En juillet dernier, je crois. Elle s'est acheté là-bas une petite robe noire en espérant que ça lui donnerait un air de James Bond Girl. Comme si Atlantic City, c'était Monte-Carlo ! De toute façon, toutes les autres femmes qu'elle a vues là-bas étaient en survêt' avec des fesses énormes.

— Ils y sont allés avec un autre type, non ? Un certain Deke ?

— Je ne connais pas son nom, mais, oui, il y avait un autre gars avec eux. D'ailleurs, il a gâché leur week-end.

Je retins ma respiration.

— Ah oui ? Comment ça ?

— Il a emprunté à Tom une énorme somme d'argent. Et puis, il a refusé de le rembourser.

9

— Quel genre de montant, vous le savez ? lui demandai-je, haletante.

— Oh, un gros paquet de fric… au moins deux mille dollars. Ils étaient à la table de black jack, ou à la roulette, je ne sais plus, et ce type – dont le nom m'échappe – a demandé à Tom de lui prêter de l'argent. Il disait qu'il était en veine et qu'il ne voulait pas perdre la main en quittant la table pour aller au distributeur. Et pour finir, il a presque tout perdu. Il devait lui rester moins de deux cents dollars. Tom et ce mec se sont salement pris la tête, et puis Blythe et Tom sont rentrés à New York plus tôt que prévu. Blythe était furieuse que ce type ait ruiné leur week-end.

— Vous savez si Tom a pu récupérer son argent ?

— Comment le saurais-je ? Vous pensez que c'est lui le meurtrier – le gars qui lui a emprunté de l'argent ?

Je lui répondis que je n'en savais rien, mais, en raccrochant, je savais pertinemment que je tenais désormais un mobile en ce qui concernait Deke. S'il n'avait effectivement pas remboursé le prêt, Tom avait dû le harceler, voire le menacer d'en parler à ses employeurs. Il allait falloir que je creuse un peu dans ce sens.

Pour l'heure, je devais me concentrer sur la meilleure façon de découvrir ce que j'avais fait la nuit précédente. Comme je voulais convaincre le barman, Rusty, que je n'étais ni une dingue échappée de l'asile, ni une emmerdeuse en mal d'auditoire (et comme je devais aller directement à mon rendez-vous avec Barish depuis le pub), je choisis une robe bleue et verte plutôt habillée que je réservais habituellement aux déjeuners avec ma mère. En regardant mon armoire pour en sortir aussi une veste, je me rendis compte que le blouson en jean que je portais la veille manquait. Il n'était donc pas rentré à la maison avec moi.

Dès que le taxi m'eut déposée devant le Demi-Roi, mon estomac commença à se vriller. Je n'avais absolument aucun souvenir de ce qui s'était passé au pub après, disons, vingt et une heures trente ou vingt-deux heures. Pourtant, le simple fait de me trouver là me serrait le ventre.

Le service du déjeuner était presque terminé, mais quelques clients traînaient encore en terrasse, au soleil, devant moult bouteilles de pinot grigio et d'eau gazeuse. Je pénétrai malgré tout à l'intérieur et mes yeux durent s'accoutumer à la semi-pénombre qui y régnait. Il y avait peu de monde dans la salle – une ou deux tables dans la pièce principale et, depuis mon point d'observation, quelques tables sur la terrasse à l'arrière. Je jetai un œil au comptoir. Une fille se tenait derrière. Elle observait une addition d'un air perplexe. Pas de Rusty à l'horizon. Mais alors que je m'apprêtais à demander à la barmaid s'il était là, il débarqua dans la salle avec une caisse de Guiness sur l'épaule. Je lui souris, espérant ainsi commencer du bon pied.

— Vous êtes Rusty, n'est-ce pas ? lui demandai-je en m'approchant.

La lumière du jour lui donnait au moins dix ans de plus.

— Yep, que puis-je faire pour vous ? dit-il en posant la caisse sur le bar, pas très loin de l'endroit où je m'étais assise la veille.

Comme il se tournait vers moi, je vis une lueur dans son regard indiquant qu'il me reconnaissait. Du moins, mon visage ne lui était pas inconnu.

— J'étais ici hier soir avec tout un groupe de gens qui travaillent sur cette nouvelle série, *Morgue*, expliquai-je en souhaitant que la mention de la série me donne un certain crédit. Nous étions assis dans l'autre salle, mais je suis venue dans celle-ci un peu plus tard avec quelques autres personnes et j'ai commandé une bière au bar.

— D'accoooord... fit-il en prolongeant la dernière syllabe de façon ironique comme s'il essayait de relancer le récit d'un enfant de trois ans.

Il ne semblait pas d'humeur à bavarder.

— Il s'est passé un truc hier soir et j'aurais besoin de votre aide. Je vous promets que ce ne sera pas long.

— Hey, s'il y a un problème, il faut que vous vous adressiez au manager. Il sera là à trois heures.

— Je préférerais en discuter avec vous. Ce ne sera vraiment pas long, insistai-je.

Le plongeur-éplucheur-homme de ménage émergea de la cuisine et se mit à balayer la salle. Après avoir regardé dans sa direction, Rusty leva une main démesurée :

— OK, allez-y.

— Est-ce que vous vous souvenez de moi ? commençai-je. J'étais de ce côté du bar, devant un demi.

— Oui, je me souviens.

— On a mis une drogue dans mon verre et je voudrais juste savoir si vous avez remarqué quelqu'un qui aurait pu le faire.

— Oh là... C'est exactement le genre de truc dont vous devriez parler au manager.

— Je ne veux causer aucun ennui et, de toute façon, la police ne pourrait pas faire grand-chose. Je crois que la personne qui a fait ça fait partie de mon entourage et je me suis dit que, si vous aviez votre petite idée sur la question, je pourrais au moins faire attention, la prochaine fois que je la croise.

Il soupira, puis passa derrière le comptoir. Sans effort apparent, il fit glisser la caisse de bières jusqu'au frigo situé sous le comptoir et se mit à y ranger les bouteilles.

— Vous étiez toute seule, n'est-ce pas ? Mais vous avez parlé avec plusieurs personnes à un moment donné.

— C'est exact. Pensez-vous que l'une d'elles aurait pu le faire ?

— Sais pas. C'était carrément bondé hier soir. Ce dont je me rappelle, c'est que, tout d'un coup, vous avez eu l'air complètement à côté de vos pompes.

— Est-ce que je vous ai parlé ? ou à quelqu'un d'autre ?

— Pas à moi. Il y avait un groupe de nanas surexcitées près de vous, mais vous ne leur avez pas adressé la parole. Vous avez parlé avec la fille black, après avoir fait un tour aux chiottes. Au fait, vous aviez laissé votre sac sur le bar.

— Mais quand je discutais avec elle, nous étions près de la porte donnant sur la terrasse, dis-je en pointant le menton dans cette direction.

— Celle à laquelle je pense est venue vous rejoindre au bar… après que vous êtes sortie des gogues en titubant. Vos cheveux étaient trempés, du moins ceux qui étaient autour de votre visage, comme si vous l'aviez plongé dans le lavabo.

Ça devait être Amy. Peut-être mon comportement l'avait-il surprise et elle était venue voir si tout allait bien. Je fermai les yeux pour essayer de raviver ma mémoire. Allez… Je me rappelai cette sensation d'eau éclaboussant mon visage, mais il était possible que ce prétendu souvenir ne résultât que de la suggestion de Rusty.

— Et puis, que s'est-il passé ? le pressai-je.

— Bah, je présume que vous vous êtes dit au revoir. Quand j'ai regardé à nouveau, quelqu'un d'autre était assis à votre place. Et, non, vous n'avez pas laissé de pourboire.

— Avez-vous une idée de l'heure à… ?

À ce moment-là, mon portable se mit à sonner. Quand je l'ouvris, je vis avec surprise que c'était un appel de Chris. Je demandai à Rusty de m'excuser un instant. Il haussa les épaules en signe de totale indifférence.

— Hey, tentai-je en m'éloignant du bar.

Maintenant que Chris appelait, je ne savais plus trop quelle attitude adopter.

— Tout va bien ? demanda-t-il avec une certaine inquiétude.

Curieuse question de la part d'un gars qui m'avait abandonnée comme un vieux sous-bock dans un bar, la veille.

— En fait, pas très bien. Quelqu'un a drogué ma bière, hier soir.

— Quoi ? Ça va ? Est-ce que… quelque chose t'est arrivé ?

— Rien de grave d'après ce que je sais. Mais il en ressort énormément de questions auxquelles je m'efforce de trouver des réponses. Je suis en ce moment même au Demi-Roi pour essayer d'en glaner quelques-unes.

— Pourquoi ne m'as-tu pas appelé ?

— *T'appeler* ? Tu étais censé revenir me chercher et je n'ai plus entendu parler de toi.

— Mais c'est toi qui m'as dit de ne pas revenir ! s'exclama-t-il.

— Quoi ? Quand on s'est parlé au téléphone, juste avant que tu quittes le bar, tu m'as dit que tu serais de retour dans le quart d'heure.

— Mais j'ai reçu un SMS de ta part quand j'étais dans le taxi avec Harper. Il disait que tu voulais rentrer chez toi pour dormir. Du coup, après avoir déposé Harper, je suis aussi rentré chez moi.

Mes jambes me soutenaient à peine, comme si mes os étaient en train de fondre.

— Lis-le-moi, veux-tu ? lui demandai-je. J'ai besoin de savoir très exactement ce qu'il dit.

Je n'avais pas programmé mon BlackBerry pour qu'il enregistre les SMS. Il allait donc falloir que je croie Chris sur parole.

— *Je rentre. Besoin dodo. T'appelle demain.*

Je n'avais aucun souvenir d'avoir envoyé un tel message, mais vu que je n'avais aucun souvenir *du tout*... Pourtant, je ne pensais pas l'avoir envoyé. D'abord, parce qu'il ne me ressemblait pas. Ensuite, parce que j'aurais plutôt appelé, au lieu d'envoyer un SMS.

— Je ne pense pas t'avoir envoyé ça. Quelqu'un a sans doute fouillé dans mon sac. Il aurait pu entendre notre conversation et trouver ton numéro dans mon portable puisque tu étais la dernière personne à laquelle j'avais parlé.

— Bon sang, j'aurais dû me douter de quelque chose. Qui a pu faire ça ? Un de tes ex ?

Je coupai court à cet intéressant développement en lui expliquant que je devais poursuivre ma conversation avec le barman et que je l'appellerais un peu plus tard.

— Ce soir ? s'enquit-il.

— Je dois aller à la soirée de lancement du bouquin de Bijou. Je voudrais voir si je peux m'entretenir avec elle d'autre chose que de l'absurdité de mon prénom.

— Je ne pensais pas y aller, mais puisque tu seras là-bas, je passerai... si tu es d'accord. Peut-être pourrions-nous dîner ensemble après ?

— Avec plaisir, m'entendis-je répondre. Je me sens vraiment mieux. Je n'arrivais pas à comprendre pourquoi tu n'avais pas cherché à me joindre.

— Je ne t'aurais jamais laissée là-bas comme ça, Bailey. Je ne suis carrément pas fier de ce qui s'est passé.

Une fois notre conversation terminée, je retournai vers le comptoir où Rusty continuait de s'activer. Il en était à essuyer ses énormes mains sur son tablier et ne semblait pas particulièrement ravi de constater que je ne l'avais pas oublié.

— Encore une toute petite question, le rassurai-je. Avez-vous une idée de l'heure à laquelle j'ai quitté le pub ?

— Non, désolé. Je dirais aux alentours de vingt-deux heures. Sans garantie.

Je me dis qu'Amy en saurait peut-être plus. Elle serait très vraisemblablement chez Elaine, ce soir. Je la coincerais donc à ce moment-là.

— Merci de votre aide !

Je voyais à l'expression de Rusty que sa patience venait de trouver sa limite et qu'il était temps de lever le camp.

— Vous savez… ? hésita-t-il alors que je m'éloignais.

— Quoi ?

— Oh, rien.

— Si si, dites-moi.

— Vous êtes sûre que vous n'étiez pas tout simplement un peu pompette ? Parfois les filles s'affolent en croyant qu'on les a droguées, alors qu'en fait elles ont juste avalé un verre de trop.

— Merci du tuyau, répliquai-je sarcastiquement avant de me hâter vers la sortie.

Durant l'heure qui suivit, j'arpentai les rues de Chelsea en commençant par la 22e Rue. Au grand jour, celle-ci se révéla tout à fait charmante. Le pâté de maisons était constitué de vieux bâtiments en briques et les trottoirs étaient plaisamment ombragés par de grands arbres. En arrivant près de la 10e Avenue, j'eus la quasi-certitude d'avoir retrouvé le perron qui m'avait accueilli la veille au soir. Mais, ç'aurait pu tout aussi bien être le perron voisin. Une femme arrivait à ma hauteur. Elle s'adressait d'une voix stupide et un peu trop forte à un bambin assis dans une poussette.

« C'est une réponse *trèèèès* intéressante, disait-elle. Tu es un garçon *très très très* intelligent. » Je ne savais pas comment elle réagirait si je lui demandais à brûle-pompoint : « À tout hasard, m'auriez-vous aperçue en train de vomir tripes et boyaux dans le quartier, la nuit dernière ? » Enfin, bon, j'avais ma petite idée.

Je parcourus systématiquement chacun des pâtés de maisons situés entre les 8e et 10e Avenues, depuis la 25e Rue jusqu'à la 21e. J'espérais qu'en pratiquant ainsi, la mémoire me reviendrait, mais rien n'attira particulièrement mon attention. En tout cas, je n'y retrouvai pas mon blouson en jean (et si je l'avais effectivement laissé là, il avait sans doute déjà fait le bonheur de quelqu'un depuis longtemps). En me dirigeant vers le nord, je finis par atteindre le quartier où habitait Beau Regan. Aucune chance que j'aille plus loin. De toute façon, j'étais à peu près sûre que je n'étais pas venue dans ce coin-là la veille. Si ça avait été le cas, je crois que je m'en serais souvenue.

Bien que le ciel fût d'un bleu éclatant et la température aussi agréable que la nuit précédente, je me sentais glacée. Dans ce pub, quelqu'un m'avait non seulement droguée, mais il avait fouillé dans mon sac et utilisé mon BlackBerry pour envoyer un message.

Mais était-ce vraiment le cas ? Et si, comme Rusty l'avait galamment suggéré, j'avais tout simplement abusé de l'alcool ? J'avais commandé des bières pression et les pintes étaient plutôt grandes. D'habitude, je ne buvais que de la bière en bouteille, j'avais donc peut-être dépassé ma dose. Et si j'étais effectivement ivre, il était tout à fait possible que j'aie envoyé paître Chris, dans la mesure où les soins qu'il apportait à Harper commençaient à me porter sur les nerfs. Bon sang, j'avais l'impression que quelqu'un cherchait à me rendre dingue. Une seule chose m'empêchait de hurler : le fait que Chris n'avait en fin de compte pas agi comme un abruti.

Vers quinze heures trente, je jetai l'éponge. Il était temps que j'aille rencontrer Robert Barish. Après avoir parcouru le quartier de Chelsea à pied, je n'avais vraiment plus le courage de prendre le métro, je hélai donc un taxi et lui demandai de me déposer sur la 43e Rue Est.

L'immeuble de Barish était situé dans une de ces rues étroites et un peu sombres, entre Madison Avenue et Vanderbilt, juste à l'ouest de la gare de Grand Central. Le quartier était quasi désert, de même que le hall de l'immeuble. Un gardien en chemise blanche profitait de l'air climatisé en feuilletant distraitement le *Daily News*. Après m'avoir fait signer le registre des visiteurs, il me dit que je devais prendre l'ascenseur jusqu'au douzième étage. L'intérieur du bâtiment sortait tout droit d'un film noir des années 1940 : hall d'entrée en marbre, ascenseur d'époque avec un boîtier en bronze indiquant le numéro des étages. Le douzième ne paraissait pas plus récent, rien ne semblant avoir évolué depuis au moins soixante ans. Je m'engageai dans le large couloir, m'attendant presque à voir Sam Spade ou Philip Marlowe sortir de l'un des bureaux vitrés auxquels il donnait accès.

La suite 1236 se trouvait au bout du couloir. Tout était si tranquille que l'étage semblait complètement désert. J'en vins à me demander si Barish n'avait pas oublié notre rendez-vous, mais je frappai néanmoins à sa porte. J'entendis quelques pas se rapprocher, puis un homme en pantalon de toile et chemise d'un bleu céruléen ouvrit la porte. Il se présenta comme étant Robert Barish. Il faisait presque un mètre quatre-vingt-dix et avait de jolis traits, mais son visage était empâté et il avait du ventre. Tout à fait le genre de type qui pouvait soudain devenir écarlate sur le cours de squash et décéder dans l'ambulance l'emmenant à l'hôpital.

— Bonjour Bailey. Puis-je vous appeler par votre prénom ?

— Certainement.

— Je vous suis reconnaissant de vous être déplacée jusqu'ici, poursuivit-il en me précédant dans un petit couloir tapissé de mauve. Je dois avoir une conférence téléphonique aujourd'hui, avec l'un de mes clients, et il faut que j'aie facilement accès à son dossier.

— Vous êtes avocat ? lui demandai-je.

Nous nous trouvions maintenant dans une grande salle scindée en plusieurs postes de travail et nous nous dirigions vers une porte qui s'ouvrait sur un bureau spacieux, meublé en bois blond. Aux murs, des photographies montraient Barish en train de serrer la main à différents types baraqués dont l'identité m'était inconnue.

— Non, je suis consultant financier. Je conseille mes clients sur tous leurs placements, depuis les produits boursiers jusqu'aux achats immobiliers.

— Tom Fain était l'un de vos clients ?

— Non, ses parents l'étaient. Mais je suis aussi l'exécuteur testamentaire des Fain et j'ai ainsi dû passer pas mal de temps avec Tom. Nous ne nous étions pas vus depuis longtemps, mais c'était un jeune homme que j'appréciais et, comme vous pouvez l'imaginer, je suis atterré par ce qui vient d'arriver. Asseyez-vous, je vous prie.

Bien qu'un canapé et deux fauteuils nous tendissent les bras au fond de la pièce, il m'indiqua le siège placé devant son bureau avant d'aller s'installer derrière celui-ci. J'avais l'impression de passer un entretien d'embauche, m'attendant à tout moment à ce qu'il m'expose les avantages du système de retraite complémentaire de son entreprise.

— J'ai finalement réussi à joindre le bureau du shérif, dit-il. J'en sais donc un peu plus que lorsque nous nous sommes parlé hier soir, mais pas beaucoup. Vous avez trouvé le corps dans la grande maison ?

— Oui, dans ce que je présume être la salle de bains principale.

— Que pouvez-vous me dire sur les circonstances de la mort de Tom ?

— C'était assez moche. Il a dû être poignardé ou tabassé – il y avait pas mal de sang –, puis on a mis le feu à son corps dans la baignoire.

— Mon Dieu ! s'exclama-t-il. Il y a vraiment des malades, dans notre pays.

Il pivota pour regarder par la fenêtre – le panorama n'offrait pourtant rien d'intéressant – et se gratta le menton. Son physique ne présentait aucune aspérité notable : des cheveux clairs, tirant sur le roux, des yeux marron et un visage un peu rougeaud. Dix minutes après l'avoir quitté, j'allais probablement oublier à quoi il ressemblait.

— Dans la mesure où le crime a eu lieu au nord de l'État, je ne sais pas le temps que la police consacrera à la vérification des éléments localisés à New York, remarquai-je. J'ai bien peur que ce crime soit prochainement classé.

— « Des éléments localisés à New York », s'étonna-t-il en fronçant les sourcils. Qu'entendez-vous par là ?

— Eh bien, à moins que Tom ait eu maille à partir avec quelqu'un d'un village où il n'allait presque plus, son meurtrier fait nécessairement partie du cercle de relations qu'il entretenait ici.

— Insinuez-vous que le mobile n'était pas le vol ?

— Si c'était le cas, son meurtre serait le plus brutal dont j'aie jamais entendu parler en de telles circonstances – si toutefois on peut tenter une gradation en la matière. Pourquoi un voleur se serait-il donné tant de mal, si vous me pardonnez l'expression ?

Il leva les yeux et s'adossa à son siège – un modèle de course qui lui permettait la position quasi allongée.

— D'accord. Je vois où vous voulez en venir, dit-il. Des idées sur l'identité du coupable ?

— Non, pas pour le moment.

Il n'était pas question que je partage avec lui ma liste de suspects.

— Comment avez-vous abouti à Andes ? me questionna-t-il.

Je lui expliquai comment j'avais mis bout à bout les informations dont je disposais après que Chris m'eut demandé de l'aider. Il m'écouta avec attention, en scrutant mon visage avec une pointe de scepticisme, me semblait-il, comme si certains des détails de mon histoire lui paraissaient bizarres. Il pouvait constituer une source d'informations très intéressante et je ne voulais pas me le mettre à dos. Je me fendis donc d'un petit compliment.

— Mais, bien sûr, c'est en grande partie grâce à vous que j'ai retrouvé Tom.

— Que voulez-vous dire ?

— Si vous n'aviez pas alerté le département des Personnes disparues, nous n'aurions sans doute jamais découvert que Tom s'était rendu dans le nord.

— Fort heureusement, j'ai pu faire jouer certaines de mes relations. Après avoir appris de ce garçon, Chris, que Tom était porté disparu et que la police ne s'intéressait en général pas trop aux disparitions d'hommes jeunes – malgré tout ce qu'on voit à la télévision –, j'ai contacté l'un de mes clients qui travaille dans les médias, et il a appelé la bonne personne. Ma contribution à cette affaire est donc assez limitée. C'est vous qui avez eu l'heureuse initiative de la creuser. Je veux vous remercier pour ce que vous avez fait. Aussi horrible qu'ait pu en être le résultat, vous devez être soulagée que ce soit de l'histoire ancienne, désormais.

— À vrai dire, je n'en ai pas encore fini avec cette affaire. Je continue à m'y intéresser.

— Pensez-vous que cela soit très sage ? demanda-t-il. La personne à laquelle vous vous attaquez semble être un véritable monstre.

— Comme je vous l'ai dit, je ne connais pas le temps et les efforts que le bureau du shérif consacrera à ce cas. Et puis, je compte bien être très prudente !

Bien entendu, je ne lui parlai pas de mon aventure de la veille. Pas question de lui révéler que, quelques heures auparavant, j'errais dans les rues de Chelsea totalement amnésique.

— Je l'espère.

Barish m'étudia encore un instant avant de se lever. J'en déduisis que notre entretien venait de prendre fin.

— Si vous le permettez, j'aimerais vous poser une question, à mon tour. Si vous n'y voyez pas d'inconvénient, bien sûr, m'empressai-je d'ajouter.

— Mais certainement. Cependant, je dois bientôt participer à ma conférence téléphonique. Alors, si vous pouviez être brève…

— Vous vous occupiez de questions financières pour Tom. Vous a-t-il jamais confié qu'un machiniste travaillant sur la série, un homme prénommé Deke, lui avait emprunté plusieurs milliers de dollars et ne l'avait pas remboursé ?

— *Récemment*, vous voulez dire ? s'exclama-t-il, totalement étonné.

— Non, au début de l'été.

— Oui, j'avais eu vent de cet incident. Tom était assez en colère à ce sujet et il m'avait appelé pour savoir s'il disposait d'un recours. Je lui avais répondu que, malheureusement, il n'avait aucun fondement juridique pour agir. Maintenant que j'y pense, c'est l'une des dernières conversations que nous ayons eues. Je pense que c'était en juillet. Savez-vous s'il a jamais pu récupérer son argent ?

— Pas à ma connaissance.

— Voilà donc un joli mobile, n'est-ce pas ? fit-il en inclinant la tête.

— Possible, dis-je.

Une autre question me vint soudain à l'esprit. Une chose à laquelle j'aurais dû penser plus tôt.

— Il y a autre chose, dis-je alors que Barish se dirigeait vers la porte.

— Parlons-en pendant que je vous reconduis, voulez-vous ?

Nous retraversâmes donc la salle en *open space*. Sur ma droite, je vis qu'il y avait d'autres bureaux et qu'une jeune femme blonde était installée devant l'un d'eux, les yeux rivés sur un écran d'ordinateur. Elle nous regarda tandis que nous la dépassions. Quelle veinarde de pouvoir passer la journée au bureau un samedi !

— Quand vous avez parlé aux gens des Personnes disparues, pourquoi ne pas avoir mentionné que Tom pouvait se trouver à Andes ? demandai-je à Barish.

Il stoppa net et se tourna vers moi.

— C'est très facile à expliquer, répliqua-t-il avec froideur. Tom m'avait dit qu'il avait vendu la maison. La signature était censée avoir eu lieu en juillet. Je n'ai appris le fin mot de l'histoire qu'après avoir parlé au shérif.

— Comment se fait-il que Tom ne vous ait pas tenu au courant ? Et qu'il ne vous ait pas dit qu'il devait retirer une grosse somme pour effectuer les travaux dans la maison ?

— Comme je vous l'ai déjà dit, Tom n'était pas mon client et il tenait lui-même ses comptes. Par courtoisie, je répondais occasionnellement à ses questions d'ordre financier – comme pour ce prêt stupide –, mais mes services s'arrêtaient là. Bien sûr, en ma qualité d'exécuteur testamentaire, je suivais par ailleurs les investissements liés à son héritage.

— Qui va hériter l'argent de Tom ? continuai-je.

Barish me lança un regard plein de pitié, comme s'il se désolait que l'on pût poser des questions aussi naïves.

— Vous imaginez bien que je ne peux pas discuter de cela avec vous.

— Ma question est totalement désintéressée. Du moins, je ne cherche qu'à expliquer le meurtre de Tom.

— Je comprends.

Il me fit alors un sourire pincé :

— Entre nous, le gros de l'héritage doit aller à des œuvres de charité – ses parents ont voulu qu'il en soit ainsi. Et veuillez croire que j'apprécie tous vos efforts. J'espère que vous me tiendrez au courant.

Bien sûr, en sa qualité d'exécuteur testamentaire, il aurait sa part du gâteau.

Je lui demandai de mon côté de me tenir informée des arrangements concernant les funérailles.

Je pensais reprendre le métro à Grand Central, mais, dans l'ascenseur qui m'emmenait vers la sortie, la fatigue et un curieux malaise eurent raison de moi, comme si la gueule de bois de la veille se réveillait. Je choisis donc de prendre un taxi pour rentrer chez moi. Dès que j'y arrivai, je me fis couler un bain brûlant avec beaucoup de mousse, et me plongeai dedans. Je plaçai aussi une serviette chaude sur mes yeux dans l'espoir que cela m'aiderait à apaiser mon esprit, mais en vain. Qui avait tué Tom et pourquoi ? Qui donc m'en voulait ? Je n'avais pas retiré grand-chose de mon entretien avec Barish, mais le fait qu'il avait confirmé l'existence de la dette de Deke était un point important. De même que la colère que cela avait engendré chez Tom, un garçon pourtant connu pour son désintéressement et sa bonhomie. Mon métier de journaliste m'avait appris que l'argent tourmente tout le monde, sans distinction.

Par conséquent, je ne pouvais croire que Tom ait simplement baissé les bras. Sur le tournage, Deke devait être extrêmement gêné en présence de Tom et la situation avait dû vraiment s'envenimer si Tom l'avait menacé d'ébruiter l'affaire sur le plateau. Deke semblait plutôt sanguin et prompt à s'énerver – je me souvenais du regard très hostile qu'il m'avait lancé au Demi-Roi lorsque j'avais essayé de lui tirer les vers du nez. Je le soupçonnais d'avoir extrêmement mal pris la menace de Tom. Un ultimatum de ce genre avait dû le rendre dingue. Était-il devenu violent quand Tom avait refusé de faire machine arrière ? Et puis, il avait une autre bonne raison de rouler jusqu'à Andes et de tuer Tom : les sept mille dollars que Tom avaient emportés. Deke avait peut-être appris que Tom avait du liquide sur lui. Un motif supplémentaire pour le tuer, donc.

J'étais presque certaine que Deke ne serait pas à la soirée de Bijou. Je ne voyais pas celle-ci l'inclure dans sa liste d'invités. Il faudrait donc que je trouve un autre moyen d'examiner son cas. Ce soir, je voulais surtout parler avec Harper, observer Bijou et Alex et interroger Amy qui détenait peut-être quelques réponses quant à mes heures d'absence. J'observai mon corps nu dans la glace. Où te trouvais-tu hier soir ? Cette question me hantait. Chaque fois que je repensais à mon amnésie, la tristesse m'envahissait. Une nuit avec Chris parviendrait-elle à chasser ma mélancolie ?

Dès que je me fus séchée, j'appelai Jessie pour lui proposer de me rejoindre une demi-heure avant la soirée, afin que je lui fasse part de tous les développements intervenus depuis notre dernière conversation. Si, comme prévu, elle m'assistait dans mes investigations de ce soir, je devais la mettre au parfum. Elle me proposa de la retrouver dans un bar à vin situé non loin de chez Elaine. Les prévisions météo ayant annoncé un nouveau rafraîchissement, j'enfilai une paire de *leggins* sous ma minijupe et passai une veste courte par-dessus une blouse légère. Une tenue de fin d'été ou de début d'automne, selon l'humeur.

Jessie ayant adopté plus ou moins la même solution vestimentaire, nous éclatâmes de rire quand nous nous retrouvâmes dans le bar à vin. Je constatai néanmoins qu'elle s'était apprêtée un peu plus que moi : lèvres corail, regard charbonneux et chignon savamment décoiffé laissant échapper de lourdes mèches brunes.

— Tu es bien jolie pour une simple soirée de lancement de bouquin, remarquai-je. Tu as prévu de m'aider ou de faire progresser tes propres affaires ?

— J'avoue que je ne refuserais pas de galantes propositions. Pourtant, les perspectives ne sont pas brillantes. As-tu entendu parler de cette nouvelle théorie sur les mâles new-yorkais ? Eh bien, il semble qu'il y ait un âge biologique, mais aussi un âge new-yorkais, soit environ quatre ou cinq ans de moins. Tu rencontres un gars d'une trentaine d'années, mais, en fait, il agit comme un mec de vingt-cinq ans. Du coup, pour lui, le vrai bon moment consiste à raconter à ses copains la dernière gâterie que lui a faite une nana alors qu'il roulait à cent cinquante kilomètres à l'heure sur l'autoroute.

— Mince, Chris est encore loin de la trentaine. Alors, ça lui fait quoi, seize ans ? Ça veut dire que je suis bonne pour la prison pour détournement de mineur !

— Bon, alors, quelles sont les nouvelles ? me demanda Jessie.

Je lui résumai tout ce qui s'était passé depuis que nous nous étions parlé la veille, y compris la drogue dans mon verre. Elle ouvrit à plusieurs reprises la bouche pour poser une question, mais se ravisa comme si elle était trop absorbée par mon récit pour m'interrompre.

— Mon Dieu, fit-elle quand j'eus fini mon histoire en lui racontant ma pathétique chasse aux souvenirs dans les rues de Chelsea. Ça me fait penser à ces horribles blagues. Tu sais : la bonne nouvelle, c'est que tu es cul et chemise avec un play-boy qui joue dans une série télé super en vue ; la mauvaise nouvelle, c'est qu'on te suit, qu'on te drogue et qu'il y a peut-être un contrat sur ta tête.

— Et c'est la raison pour laquelle j'ai besoin de ton aide. Fricote avec qui tu veux ce soir, mais je voudrais que tu gardes les yeux et les oreilles bien ouverts. J'aimerais que tu me préviennes si tu vois quoi que ce soit de bizarre entre Bijou et Alex. Je vais les avoir à l'œil, mais je ne pourrai pas le faire très longtemps.

Nous nous présentâmes chez Elaine vers dix-neuf heures trente, soit une demi-heure environ après l'heure officielle. Il y avait au moins quinze paparazzi devant la porte. Certains d'entre eux nous photographièrent au cas où nous aurions pu, contre toute attente, être *quelqu'un*, mais la plupart ne saisirent même pas leur appareil photo à notre arrivée. Je me demandais si Chris allait bientôt devoir se tailler un passage parmi des centaines de flashs crépitants et des hordes de reporters criant son nom.

À l'intérieur, il y avait foule. Elaine était un restaurant new-yorkais traditionnel, souvent comparé à une pépinière, où célébrités et intellectuels aimaient à se montrer. Ses murs sombres, éclairés faiblement par de rares lumières ambrées, disparaissaient sous de vieilles affiches (des photos en noir et blanc et des couvertures encadrées de livres écrits par les clients habituels), le tout évoquant le salon privé d'un night-club très *people*. Je me faufilai au milieu d'un groupe de personnes rassemblées près de la porte (dont Mary Kay !) et passai en revue la pièce principale. Aucun signe de Chris, mais Bijou et Alex se tenaient un peu plus loin sur la gauche, devant le bar, avec un parterre de courtisans à leurs pieds.

— Regarde, ils sont là-bas à faire salon, indiquai-je à Jessie.

— Oui, j'ai vu. En fait, j'ai suivi une série dans laquelle elle jouait – jusqu'à ce que son personnage soit kidnappé par des terroristes et décide alors de devenir médecin.

Je proposai à Jessie de circuler à sa guise pendant que je prenais le premier quart. Nous nous séparâmes et, munie d'un verre de vin saisi au passage sur un plateau, je me dirigeai vers l'extrémité du bar, en faisant bien attention à ne pas attirer le regard de Bijou. Elle était tout affairée à se pavaner devant ses admirateurs, tandis qu'Alex se consacrait à d'autres invités, et je pus m'approcher d'eux sans éveiller leur attention. Depuis ma position, je pouvais entendre des bribes de leur conversation.

— J'organise déjà un déjeuner pour les magazines spécialisés dans l'esthétique, mais Alex pensait que ce serait sympa. Une bonne vieille soirée de lancement de livre !

Quelqu'un lui posa une question que je ne pus entendre.

— Le plus important ? minauda-t-elle. Pas de soleil, quoi qu'il arrive. Cet été, à East Hampton, je n'ai quasiment pas quitté ma burka, même pour aller faire mon marché.

Alex scruta la foule, cachant difficilement le total désintérêt que suscitait chez lui ce genre de conseils de beauté. Il saisit le coude de Bijou comme s'il était impatient de changer de secteur :

— Que dirais-tu d'un autre verre ? lui demanda-t-il, mais sa question était plutôt une requête.

— Avec grand plaisir, mon chéri, répondit-elle.

Un barman passait par là avec un plateau croulant sous les flûtes de champagne, mais Alex préféra s'adresser à la personne derrière le bar :

— Une coupe de Veuve Clicquot, je vous prie.

Je mis bien deux secondes avant de réagir, mais quand la connexion se fit, mon sang se glaça : Veuve Clicquot, la marque de la bouteille qui se trouvait dans le cottage de Tom Fain.

Alors que Bijou saisissait la flûte qui lui était présentée, Alex resserra un peu plus son étreinte pour l'éloigner du groupe qui assiégeait le bar. Je me retournai vivement, afin qu'ils ne me voient pas.

Ce faisant, je tombai nez à nez avec Beau Regan.

10

Comme si je le voyais pour la première fois de ma vie, la même pensée que celle qui avait surgi dans mon esprit lorsque j'avais croisé son intense regard brun, quelques mois plus tôt, me percuta : *je vais épouser ce type.* Bon, cette pensée fut assez fugace et aussitôt remplacée par une autre réflexion, non moins évidente : *espèce de salaud.* Beau était donc de retour à New York et il ne m'avait pas appelée. Il était clair que j'étais le cadet de ses soucis.

— Bailey ! s'écria-t-il, manifestement aussi étonné que moi. Je… Qu'est-ce que tu fais ici ?

— J'essaie juste de glaner quelques tuyaux de beauté de Bijou Ford, fis-je. J'ai entendu dire qu'elle détenait la recette d'un masque à l'avoine et à l'abricot qui te donne l'air d'avoir cinq ans de moins.

Ha, ha, ha, Bailey, ce que tu es drôle. J'avais plutôt envie de crier, mais il ne semblait pas que ce fût une option envisageable. J'étais si nerveuse que ma langue me paraissait peser trois tonnes. Pour ce que j'avais à dire, de toute façon…

— Tu ne couvres pas cet événement pour le magazine, quand même ?

— Non, non, je continue à m'occuper des crimes et délits de la jet set pour *Buzz.*

Ça ne répondait pas vraiment à sa question, mais je m'en tapais.

En fait, pas tant que ça. Sa seule apparition m'avait complètement retournée. Il portait un pantalon noir et une chemise d'un bleu profond qui seyait parfaitement à son teint hâlé. Ses cheveux sombres étaient plus longs et légèrement plus clairs, sans doute décolorés par le soleil de Turquie.

Il aurait sans doute fallu que je m'étonne à mon tour de le voir à la soirée de lancement du livre de Bijou Ford, mais je n'avais plus aucune énergie pour ce genre de mondanités lourdingues. S'il voulait s'en expliquer, libre à lui. Ce qu'il fit.

— Son agent littéraire est un copain à moi. Je suis rentré hier et il pensait que cette soirée constituerait une bonne thérapie de réinsertion. Mais je n'en suis pas si sûr, à vrai dire.

— Je doute qu'une soirée dans laquelle les paparazzi sont plus nombreux que les invités puisse constituer une bonne thérapie.

Super, voilà que je jouais au psy, maintenant. De toute façon, j'étais incapable de dire quoi que ce fût de spirituel, la totalité de mes neurones se perdant en conjectures conflictuelles sur la situation. J'avais très envie de lui prouver que j'étais forcément la femme de sa vie, mais, par ailleurs, je désirais ardemment me protéger et me sortir de cette situation impossible.

— En tout cas, c'est chouette de te revoir, Bailey, continua-t-il avec chaleur. J'avais prévu de t'appeler cette semaine. J'aimerais vraiment…

Il stoppa net, son attention se focalisant sur quelque chose qui paraissait se situer au-dessus de mon épaule droite. Avant même que j'aie pu regarder de quoi il s'agissait, je sentis un bras puissant m'enlacer. De tels biceps ne pouvaient appartenir qu'à un seul homme. Il y avait donc un Bon Dieu, songeai-je, alors que cette étreinte divine se précisait.

— Te voilà donc ! fit Chris. Je t'ai cherchée partout.

— Je viens d'arriver.

Je regardai Beau à nouveau. Je me trompais peut-être, mais je crus voir dans ses yeux l'ombre de la déstabilisation, sentiment qu'il n'avait pas dû ressentir depuis l'âge de trois mois.

— Oh, désolée. Voici Beau Regan… et Chris Wickersham. Chris travaille avec Bijou.

— Vous faites partie de sa maison d'édition ? demanda Beau.

N'importe quoi. J'imaginais Chris appeler Bijou pour lui annoncer qu'elle devait revoir des épreuves tout juste sorties de l'impression.

— Non, nous bossons ensemble sur *Morgue*. Vous la connaissez ?

— En fait, non. Ce soir, je ne suis qu'un pique-assiette.

Beau paraissait relativement décontracté, mais je voyais bien qu'il passait Chris au peigne fin.

— Et c'est quoi, *Morgue*, au juste ? Un nouveau *soap* ?

— À vrai dire, il s'agit plutôt d'une série dramatique pour adultes. Cela vous ennuie si je vous emprunte Bailey ? Il faut que je lui parle d'un truc important.

Sa main glissa de mon épaule vers ma nuque où elle s'attarda en une caresse langoureuse. Tout à fait le genre de geste qui signifiait qu'il avait passé la nuit avec moi la veille et/ou qu'il avait bien l'intention de le faire, le soir même. Beau fronça légèrement un sourcil. Involontairement sans doute.

— Bien sûr, se contenta-t-il d'ajouter. Heureux de t'avoir vue, Bailey.

Il pivota et se fondit dans la foule. Chris me prit la main et me conduisit dans une pièce attenante un peu moins surpeuplée. Nous nous y installâmes dans un coin.

— Excuse-moi de t'imposer ça, me dit Chris. J'imagine que ce n'était pas la conversation la plus importante de ta vie, n'est-ce pas ?

— Effectivement, fis-je avec une sorte de moue dédaigneuse.

— J'ai eu vraiment peur pour toi. Quand tu m'as raconté ton histoire de verre drogué, j'ai d'abord cru qu'un type t'avait repérée. Et puis, j'ai réfléchi cet après-midi, et je me suis demandé si cette histoire n'était pas liée au meurtre de Tom.

— Je me pose exactement la même question, lui avouai-je.

Je lui exposai les détails de la nuit dernière – ce dont je me souvenais et ce dont Rusty m'avait parlé – ainsi que ce que j'avais appris sur le GHB. Je constatai que la description de ma fort déplaisante expérience dans les rues de Chelsea le faisait bouillir.

— Putain, Bailey, ça devient salement dangereux ! s'exclama-t-il. Je pense qu'il est grand temps que tu te mettes un peu en retrait. Je ne veux plus t'exposer à des situations aussi risquées.

— De toute façon, c'est trop tard maintenant. Si celui – ou celle – qui m'a droguée et qui m'a téléphoné est bien le meurtrier, il sait que je mène ma petite enquête. Dans ces conditions, mieux vaut que je découvre son identité avant qu'il tente autre chose.

— Et sur la base du coup de fil que tu as reçu, tu pourrais dire s'il s'agit d'un homme ou d'une femme ?

— Non, c'est très curieux. Le rire comme le sanglot semblaient issus d'une sorte de créature androgyne. Mais, Chris, tu pourrais peut-être m'aider, ajoutai-je. Il est plus que probable que mon verre a été drogué alors que tu te trouvais dans le pub. J'ai bu un peu plus de la moitié de ma bière et ça allait. Puis je suis allée parler avec Amy et, après, je me suis rendue dans les toilettes pour voir Harper. Te souviens-tu d'avoir vu quelqu'un près de ma place ? Parce que c'est à cet instant-là que la drogue a dû être versée.

Il se frotta le menton et réfléchit pendant un temps. Puis il secoua la tête en signe de découragement :

— Je n'ai vraiment rien remarqué. Il y avait tellement de monde.

— Je ne vois plus qu'Amy qui puisse m'aider. Sais-tu si elle est ici ce soir ?

— Oui. La dernière fois que je l'ai vue, elle se trouvait plutôt dans le fond de la pièce, avec Harper.

— Rejoignons-nous un peu plus tard. Je dois parler avec Amy et Harper – et, éventuellement, avec Bijou. Oh, j'allais presque oublier l'autre chose troublante.

Je lui racontai qu'Alex avait commandé une coupe de Veuve Clicquot pour Bijou.

— Ça ne prouve pas vraiment qu'elle était là-bas, chez Tom, dit-il en fronçant les sourcils. Beaucoup d'autres gens boivent cette marque de champagne.

— Je sais, c'est juste une coïncidence curieuse, mais je ne crois pas trop aux coïncidences.

— Il peut y avoir un lien, mais pas celui auquel tu penses. Puisque Tom avait eu une aventure avec Bijou, il aurait pu lui aussi commencer à boire cette marque de champagne, pour l'impressionner.

— Peut-être, concédai-je. Mais ça vaut le coup d'archiver cette info. Une autre question : savais-tu que Deke avait emprunté plusieurs milliers de dollars à Tom et avait refusé de les lui rembourser ?

— Tu veux rire ? Tu en es sûre ?

— Absolument. Deux personnes m'en ont parlé.

— Quel connard ! Je... Tu sais, maintenant que j'y pense, j'avais l'impression que l'atmosphère s'était un peu rafraîchie entre eux deux, mais je me disais que c'était parce que Harper ne cessait de conseiller à Tom de ne pas trop traîner avec l'équipe technique. Un soir – une semaine ou deux avant la disparition de Tom –, on a tous décidé d'aller boire un verre et, au dernier moment, Deke a décidé de venir avec nous. Eh bien, Tom a finalement invoqué une excuse bidon pour ne pas se joindre à nous. Je n'avais jamais fait le rapprochement avec Deke jusqu'à ce soir.

— J'ai parlé brièvement avec Deke hier soir et je l'ai trouvé plutôt agressif.

— Tu penses qu'il aurait pu tuer Tom ?

— C'est une possibilité. Si Tom l'avait menacé de le dénoncer, il a pu décider de lui clouer le bec définitivement. Il ne voulait peut-être pas le tuer, mais le ton est monté. Et Deke se trouvait tout près de mon verre hier soir.

— Et tu sais quoi ? Tu m'as dit hier que les salles de gym constituaient une très bonne source d'approvisionnement pour le GHB. Eh bien, Deke fait énormément de musculation.

— Il faut que je trouve un moyen de lui parler directement, aussi déplaisant que cela puisse être. Pourrais-tu m'arranger cela, Chris ?

— J'essaierai. Mais tu dois me promettre d'être prudente.

Je lui souris et lui proposai de le retrouver un peu plus tard dans la soirée. J'empruntai un couloir pour rejoindre la pièce principale. Là aussi, les gens étaient au coude à coude. Rien que du très beau linge, en conversations animées ou en quête d'interlocuteurs toujours plus glamour. Je finis par localiser Amy et Harper dans le fond de la salle, mais avant d'aller à leur rencontre, je jetai un coup d'œil vers l'entrée. Jessie se tenait accoudée au bar avec – rien que ça – Alex *himself* et un autre type. Beau n'était pas très loin de là, en compagnie d'un homme – peut-être son copain – et de deux super-pin-up, mais ses yeux balayaient la salle comme un radar. Est-ce qu'il me cherchait ? Que s'apprêtait-il à me dire quand Chris était arrivé ? « J'aimerais vraiment... » Quoi ? Me parler ? Qu'on sorte ensemble ? M'expliquer ? De nouveau, mon cœur se serra. De toute façon, j'avais beaucoup trop de pain sur la planche pour me laisser aller à de telles conjectures.

Lorsqu'elle m'aperçut, Amy eut l'air préoccupé. Elle devait imaginer que je me remettais très difficilement d'une gueule de bois qui aurait mérité de figurer dans le *Livre des records*.

— Tu as une minute ? lui demandai-je en haussant la voix pour couvrir la musique.

— Bien sûr. Ça va mieux aujourd'hui ?

— Pas vraiment.

— Je sais. J'aurais dû m'assurer que tu étais bien rentrée chez toi. Mais il était si tôt que j'ai cru…

— Écoute, tu crois sans doute que j'étais ivre morte, mais ce n'était pas le cas. Quelqu'un a versé une drogue dans mon verre de bière.

Elle me regarda incrédule :

— Quoi ?

— Je t'expliquerai les détails un peu plus tard, mais pour le moment, j'ai besoin de trouver les réponses à toutes les questions que je me pose, vu que je ne me souviens de rien, ou presque. Le barman m'a raconté que tu étais revenue pour me parler – je veux dire, après notre conversation près de la porte. Qu'est-ce que je faisais à ce moment-là ?

— Tu étais juste assise au bar. Je venais de m'apercevoir que Harper était partie et je t'ai demandé si tu en savais plus. Dès que tu t'es mise à parler, je me suis dit… bah, j'ai pensé que tu avais un sacré coup dans le nez. Tes cheveux étaient mouillés et tu avais du mal à articuler.

— Qu'est-ce que j'ai dit ?

— Tu m'as dit que Harper et Chris venaient de partir.

— Et puis ?

— Pas grand-chose. Je t'ai demandé si tu voulais que je te trouve un taxi et tu m'as dit que tu préférais marcher un peu pour prendre l'air. Et puis tu es partie. Il était encore tôt, alors j'ai pensé qu'il n'y aurait pas de problème. Personne ne t'a agressée, dis-moi ?

— Non, non. Mais si tu te souviens d'autre chose, pourrais-tu m'en faire part ?

— Certainement, dit-elle avec solennité.

Elle semblait un peu gênée et devait culpabiliser de son attitude au pub. C'était un sentiment dont je pourrais peut-être tirer parti en temps voulu. Quant à ma nuit d'amnésie, j'avais l'impression que je ne parviendrais jamais à en reconstituer les épisodes. Apparemment, j'étais allée aux toilettes pour tenter de me remettre les idées en place, puis j'avais quitté le pub. J'aurais alors erré sans but dans l'espoir de retrouver mes esprits.

Harper était ma cible suivante, mais je pouvais constater à sa mine déconfite que j'étais bien la dernière personne à laquelle elle souhaitait parler ce soir.

— Comment ça va ? lui demandai-je en m'approchant.

Elle se tenait auprès d'une femme avec un bloc-notes et il était manifeste qu'elles étaient de service.

— Ce n'est pas le bon moment, me répondit-elle aussitôt.

Elle s'était visiblement pomponnée et portait une petite robe cocktail noire ainsi que de lourds pendants d'oreilles en argent. Mais son visage traduisait une intense fatigue et les cernes bleutés sous ses grands yeux bruns me confirmaient qu'elle venait de passer une nuit d'insomnie. Si c'était elle qui avait tué Tom, pourquoi semblait-elle dans tous ses états seulement maintenant, et pas deux semaines plus tôt ? La découverte du corps lui avait-elle permis de « matérialiser » les choses ? À moins que la toute récente implication de la police dans cette histoire la tourmentât ?

— Quand, alors ? insistai-je.

— Demain. Appelle-moi demain.

Elle se retourna vers la femme au bloc-notes.

Je rassemblai donc mon énergie afin de fendre la foule de plus en plus compacte. Je n'avais progressé que d'un mètre au plus, lorsque je sentis une main saisir mon bras. Je pensais que c'était Chris, mais je constatai qu'il s'agissait de Jessie qui me regardait avec une expression espiègle.

— Tu l'a vu ? Beau Regan est ici.

— Oui, j'ai failli terminer sous une tente à oxygène.

— J'ai mis au moins deux minutes à mettre un nom sur son visage. Je ne l'ai vu qu'une seule fois à une soirée dans les Hamptons. Si ça peut te consoler, je me suis concentrée pendant dix minutes pour lui filer le mauvais œil. Je crois que ça a marché parce que quelqu'un vient de renverser un verre de vin sur sa chemise.

— Grand merci ! Pourrais-tu réessayer avec une bassine d'huile bouillante ? Ça me ferait vraiment plaisir.

— Ne te retourne pas, mais je peux te dire qu'il est en train de te mater. C'est marrant, il ne sait pas que je le connais et il a l'air complètement ahuri. Tu crois que tu pourrais recommencer quelque chose avec lui ?

— Ça m'étonnerait. Tu as quelque chose d'intéressant sur Bijou et Alex ?

— Ils semblent roucouler comme deux tourtereaux. Mais s'il continue à lui serrer le coude de cette manière, elle va finir aux urgences.

Dans la demi-heure qui suivit, nous fîmes un petit tour de la salle afin de prendre la température ambiante. Je n'avais en réalité qu'une idée en tête : saisir l'opportunité qui me permettrait d'approcher Bijou. Il était toutefois très agréable d'assister à cette soirée en pure observatrice, sans avoir à s'inquiéter de croiser une connaissance ou de tenir une conversation. J'observai donc : les embrassades hypocrites, les minauderies ampoulées, les intérêts totalement feints et les rires forcés. Le tout largement arrosé. Épisode cocasse : le bracelet de l'une des invitées s'était malencontreusement pris dans la braguette de son interlocuteur et, proche de la crise de nerfs, elle essayait en vain de s'en détacher. Ayant perdu toute trace de Beau, je commençais à croire qu'il avait quitté les lieux. De son côté, Chris était au centre d'un groupe visiblement fasciné qui semblait bien l'avoir promu Nouvel Homme du Moment : des types tirés à quatre épingles qui pouvaient être des producteurs ou des agents, et des nanas – des tas de nanas – incluant de jeunes midinettes emperlousées avec des sacs à main à trois mille dollars, mais aussi de vieilles routardes, un peu trop fardées, qui n'auraient pas craché sur une aventure sans lendemain avec Monsieur Muscle. Toutes ces femmes semblaient comme aimantées par Chris. Si j'en jugeais par ma réaction un tantinet agacée, il était clair que mes sentiments pour lui allaient au-delà de la simple passade.

Malheureusement, Bijou se trouvait, elle aussi, assiégée par des hordes d'admirateurs et Alex la marquait à la culotte, la main toujours scotchée à son coude. Un peu avant vingt-deux heures, soit juste avant que la soirée prît officiellement fin, je me rendis aux toilettes en songeant à tout ce qu'il me restait à faire. Peut-être faudrait-il que je m'en remette à Chris pour ce qui était de Bijou. Mais cela se révéla finalement inutile. Tandis que je fouillais dans mon sac à la recherche de mon tube de gloss, j'entendis la porte s'ouvrir et, avant même d'avoir pu lever les yeux, je sentis cet immanquable effluve de vanille et de patchouli qu'affectionnait Bijou. Mademoiselle Ford, présentement Star de *Morgue* et Gourou de l'Esthétique, venait de faire son apparition au petit coin. Lorsqu'elle entra, ses yeux se portèrent immédiatement sur le miroir. Elle ne se rendit donc compte de ma présence qu'après quelques secondes.

— Magnifique soirée, fis-je. Félicitations.

— Merci, lâcha-t-elle avec suffisance, en me regardant dans la glace. Eh bien, vous allez former le couple de l'année avec Chris.

— En fait, je suis venue avec une amie, lui répondis-je.

Tout en apposant mon gloss, je considérais la stratégie à adopter pour tâcher de maximiser le résultat de notre tête-à-tête. Je décidai d'y aller franco.

— Pourtant, ça doit être dur pour vous ce soir, dis-je en lui offrant un sourire repeint de frais.

— Que voulez-vous dire par là ? siffla-t-elle.

Elle semblait ne pas apprécier que d'autres personnes qu'elle-même tentassent de l'analyser.

— Eh bien, vous devez participer à cette magnifique soirée pour votre livre, mais je présume que vous pleurez dans le même temps la mort de Tom. J'ai appris que vous étiez très… *proches*.

C'était une sacrée bonne actrice, je devais au moins lui accorder cela. Son visage ne trahit aucune émotion particulière, mais je vis qu'elle vérifiait d'un imperceptible coup d'œil si les WC derrière nous étaient occupés.

— Qui vous a dit cela ? dit-elle en cherchant mes yeux dans le miroir.

— Quelqu'un de bien informé.

À cet instant, deux aspirantes starlettes prépubères firent irruption dans les toilettes en pouffant devant une photo qui s'affichait sur le portable de l'une d'elles. Pour la première fois, le visage de Bijou exprima une certaine tension. Elle voulait connaître l'étendue de mes informations et elle n'allait pas pouvoir obtenir immédiatement satisfaction. Elle ouvrit la porte des toilettes et me fit signe de la suivre dans le couloir. Elle souhaitait apparemment que nous y poursuivions notre conversation.

Mais Alex se tenait devant la porte, rigide et impatient.

— Que se passe-t-il ? l'interrogea-t-il quand il comprit que nous étions en train de parler.

— As-tu fait la connaissance de la petite amie de Chris, mon chéri ? demanda-t-elle avec enthousiasme, en minaudant comme une collégienne. Elle s'appelle Bailey.

— Non, je n'ai pas eu ce plaisir, dit-il d'un ton glacial, même si je voyais bien à ses yeux qu'il m'avait reconnue.

Il me salua de la tête, sans me tendre la main. Je lui rendis son sobre salut. En matière de comédie, je ne possédais pas le talent de Bijou et je me demandais s'il se doutait, à ma mine, que nous n'étions pas en train de discuter de la dernière collection de Jimmy Choo, tout en nous repoudrant le nez.

— Nous sommes attendus, Bijou, ajouta-t-il. Nous devons y aller.

Il saisit pour la énième fois son coude afin de la guider vers la sortie. Aucun des deux ne m'adressa une autre parole.

Mince. J'avais l'impression que Bijou était sur le point de me dire *quelque chose* – une confession, peut-être, ou les prémices d'une confession –, mais du fait du débarquement des deux Lindsay Lohan en devenir, je pouvais aller me rhabiller.

Impatiente de retrouver Jessie, je décidai de l'appeler sur son portable plutôt que d'essayer de la localiser au milieu de la foule. Alors que je composais son numéro, un mouvement attira mon regard. En regardant sur ma droite, je vis que Beau était toujours là.

— Tu fais ta commande de crème à l'abricot ? fit-il avec ironie.

— Oui, les premiers clients recevront en plus le livre de Kevin Federline. Je ne vais plus avoir de place sur ma table de nuit.

Toujours aussi désopilante, Bailey. Il allait falloir que je songe à en faire un métier.

— Comment s'est passé ton été ? me demanda-t-il, l'air inquisiteur – comme si ça l'intéressait *vraiment*.

Ses yeux bruns me faisaient toujours autant d'effet et mon pouls commençait à s'affoler, comme après une injection de Red Bull. Dans le même temps, un autre sentiment refaisait surface : la colère. Beau était rentré de son voyage et ne m'avait pas appelée, estimant que la fin de notre relation ne valait même pas un coup de fil. Et voilà qu'il insistait pour que je lui fasse la conversation.

— Aussi bien que possible, j'imagine, répondis-je platement. Je suis allée à Cape Cod – ma mère y a une maison. Et j'ai mangé plein de coquillages.

— Je suis désolé de ne t'avoir envoyé qu'une ou deux cartes postales, Bailey. C'était un peu la folie en Turquie. On travaillait parfois quatorze heures par jour.

— Une.

— Pardon ?

— Une. Tu m'as envoyé *une* carte postale. Mais ça n'a aucune importance. Au moins, quand on reçoit une seule carte, on sait à quoi s'en tenir.

Ma remarque sarcastique le laissa bouche bée. Il parvint finalement à se composer un pauvre sourire.

— Bah, manifestement, tu n'as pas mis longtemps à t'en remettre, répliqua-t-il avec le même cynisme.

Les deux nymphettes ressortirent soudain des toilettes, toujours en pouffant. Avant que les choses s'enveniment entre Beau et moi, je décidai de battre en retraite.

— Bon, je ferais mieux d'y aller, dis-je. Passe une bonne soirée.

— Toi de même, me lança-t-il avec froideur, tandis que je m'éloignais.

Au total, je n'étais pas mécontente de cette petite entrevue, voire, je jubilais franchement. Il n'était pas désagréable de savoir que Beau était désormais fixé sur la nature de mes relations avec *la* star de la série *Morgue*. Mais ma joie ne dura pas. Jusqu'alors, j'avais pu me faire un film et imaginer que, une fois rentré de son périple turc, Beau s'apercevrait que je lui avais terriblement manqué et viendrait tambouriner à ma porte pour me confesser son amour dans une étreinte sauvage. Maintenant, j'étais bien forcée de considérer la réalité : notre histoire était bel et bien finie.

Pendant que je me faisais ces reflexions, la foule des convives s'était clairsemée. Voyant que les vedettes quittaient les lieux, les autres avaient dû comprendre que la fête prenait fin. À mon grand émoi, Chris se trouvait au bar en compagnie de deux gravures de mode, mais dès qu'il me vit il s'excusa auprès d'elles pour me rejoindre. Dans le même temps, Jessie arrivait elle aussi. Je lui présentai Chris et je pus voir à son visage qu'elle prenait grand plaisir à le regarder.

— Je suis tombée sur des copains de *People* et on s'est dit qu'on irait bien écouter un peu de musique. Ça vous tenterait ? proposa-t-elle.

Chris me regarda, dubitatif :

— Ça te tente, Bailey ? Les dernières vingt-quatre heures n'ont pas vraiment été de tout repos pour toi.

— C'est vrai. On pourrait aller manger quelque part ou je peux préparer un petit dîner chez moi.

— Ça me paraît beaucoup plus raisonnable.

Après avoir salué Jessie, nous sautâmes dans un taxi. Direction : 2e Avenue. Position : entre les grands bras de Chris.

— Comment ça va ? me demanda-t-il avec douceur. Tu as vraiment envie de te mettre aux fourneaux ?

— Ce serait une bonne thérapie… Mais je ne peux rien promettre quant à la qualité du repas.

J'avais appris à cuisiner assez tardivement. Durant mon mariage, mes rares tentatives s'étaient limitées à quelques escalopes de poulet grillées car mon ex insistait toujours pour que nous dînions au restaurant. Nous avions essayé quantité de bistrots, brasseries et bar à sushis, et j'avais fini par comprendre pourquoi : il avait déjà commencé à accumuler pas mal de dettes de jeu et le fait de quitter l'appartement le rassurait. Dans ces lieux publics, il pensait pouvoir déjouer les embuscades qu'auraient pu lui tendre ses nombreux créanciers. Après notre divorce, je m'étais offert plusieurs livres de cuisine et même si je n'étais toujours pas Jaime Oliver, je connaissais désormais suffisamment de recettes pour faire illusion sur un malentendu.

Mes placards étaient quasiment vides, mais il restait des lardons dans le congélateur. Je préparai donc des *spaghetti alla carbonara*. Un plat de base certes, mais toujours apprécié, surtout lorsqu'il s'accompagne, comme le conseille Hannibal Lecter, d'un excellent chianti. L'air s'étant rafraîchi, je dressai la table à l'intérieur, mais laissai ouverte la baie vitrée donnant sur la terrasse. Ce changement de température me convenait parfaitement parce qu'un dîner italien sur la terrasse m'aurait trop rappelé mes dernières soirées avec Beau. J'avais décidément du mal à le chasser de mes pensées.

— Tu m'as caché beaucoup de choses, l'hiver dernier, me dit Chris. Je ne savais pas que tu cuisinais si bien.

— J'aime bien garder quelques atouts dans ma manche, répondis-je en riant.

— C'était donc ça, fit-il en se penchant vers moi pour me décoiffer. Je croyais que tu cherchais à me torturer.

— Ce n'était pas intentionnel.

— À propos de torture, as-tu appris quelque chose à cette soirée ?

Je lui racontai ma conversation dans les toilettes avec Bijou.

— Il est évident qu'elle cache quelque chose, dis-je.

— Bah, nous savons qu'elle dissimule sa liaison avec Tom, soupira Chris, presque exaspéré. Ça ne veut pas dire qu'il y ait autre chose. Le fait que Tom buvait le même champagne qu'elle ne signifie pas nécessairement qu'elle soit allée à Andes ou qu'elle l'ait… tué.

— Comment peux-tu en être aussi sûr ? fis-je, surprise par sa réaction.

— C'est juste que je ne la vois pas faire ça. Quel serait son mobile ?

Je m'apprêtais à établir la liste des raisons qui faisaient de Bijou un suspect de premier choix, mais je me ravisai. Cette perspective semblait ne pas du tout plaire à Chris et je n'avais aucune envie de batailler. Je passai donc à Deke.

— Penses-tu pouvoir m'arranger une entrevue avec lui un jour prochain ? Sur le plateau de tournage, peut-être ?

— On tourne dans le quartier de Chelsea lundi, me dit Chris. Je pourrai peut-être t'obtenir un laissez-passer.

Il m'aida à débarrasser, puis nous prîmes la direction de la chambre à coucher, sans même nous embarrasser de préliminaires câlins sur le canapé du salon. Cette fois-ci, nos ébats prirent une tournure différente – moins impatients, mais tout aussi plaisants. Un peu plus tard, Chris me fit rire en me racontant comment, quand il était adolescent, il devait parfois partager son lit avec son petit frère, fan de football et redoutable dribbleur nocturne.

Enfin, je m'endormis dans ses bras. Mais il était à peine une heure du matin quand je me réveillai en sursaut. Il venait de commencer à pleuvoir et j'entendais le tambourinement de la pluie sur le dallage de la terrasse. Je refermai les yeux, pensant me rendormir aussitôt, mais il devint vite évident que le sommeil m'avait définitivement abandonnée.

Je me dégageai donc de l'étreinte de Chris et me dirigeai vers la cuisine pour y essayer la désormais fameuse thérapie lactée. Pour la deuxième nuit consécutive, je compris rapidement que les vertus apaisantes du lait ne me seraient d'aucun secours. Le fait d'avoir revu Beau m'avait ébranlée et l'intermède amoureux que je venais de partager avec ce type superbe qui me plaisait vraiment n'avait rien arrangé. Qu'avait donc voulu dire Beau quand il avait bredouillé « J'aimerais vraiment… » ? Avec le missile que je lui avais balancé, il y avait peu de chance pour que j'en sache plus un jour.

Alors que je reposais mon verre dans l'évier, mon téléphone sonna, me faisant sursauter. Je craignais qu'il ne s'agît encore de mon horrible correspondant nocturne qui connaissait désormais le numéro de mon domicile. Je décrochai néanmoins aussi vite que possible afin d'éviter de réveiller Chris.

— Je suis bien chez Bailey Weggins ? fit une voix au bout du fil.

— Elle-même.

Je regardai l'heure : une heure et quart.

— C'est Bijou Ford.

Il me fallut reprendre ma respiration.

— Salut, répondis-je simplement.

Il paraissait évident qu'elle avait désormais quelque chose à me dire et je ne voulais pas risquer de la faire changer d'avis en l'interrompant.

— Il faut que nous parlions, dit-elle froidement.

— Maintenant ?

— Non, pas maintenant. Demain.

— D'accord. Quand ?

— Seize heures, à mon appartement.

Elle me donna ses coordonnées sur Central Park Ouest.

— C'est près de la 70e Rue ?

Mais elle avait déjà raccroché.

Quand je me glissai dans le lit, quelques minutes plus tard, Chris s'étira :

— Encore des insomnies ?

— Malheureusement oui.

— Je peux peut-être t'aider…

— Je veux bien essayer ta méthode.

— J'ai entendu la sonnerie du téléphone, dit-il en m'attirant vers lui, prêt à l'action.

J'allais lui raconter ma conversation avec Bijou, mais je me ravisai, sans bien savoir pourquoi.

— Mauvais numéro, mentis-je.

11

Cette fois, je dormis d'une traite jusqu'au matin pour ne me réveiller qu'avec la lumière du jour qui transperçait mes volets roulants. Je sentis que Chris s'étirait à côté de moi. Il était étendu sur le ventre, ses deux bras enserrant l'oreiller placé sous sa tête. Qu'il était agréable de le sentir auprès de moi, et quel contraste entre cette nuit et la veille !

— Hey, bonjour ! me dit Chris, dans un demi-sommeil, mais déjà souriant.

— Bonjour toi-même ! Tu as faim ?

Il fit une pause, comme s'il délibérait.

— Je dirais que oui, dit-il en ouvrant les yeux. J'ai une faim de loup.

Vu le regard qu'il me lançait, je n'étais pas absolument certaine qu'il me parlât de son estomac. J'en eus d'ailleurs la confirmation assez rapidement. Je sentais bien que nous devenions de plus en plus complices, mais je ne savais absolument pas où tout cela nous menait. Alors que nous reposions l'un contre l'autre, Chris proposa de préparer le petit déjeuner :

— S'il te reste des œufs, je vais te concocter une omelette dont tu te souviendras.

Après avoir mis en route un café, je lui tendis donc mon tablier et allai me rallonger pendant qu'il s'affairait au milieu des casseroles.

— Il doit y avoir du cheddar… quelque part, l'informai-je.

— Trouvé. Je suis aussi tombé sur des petits oignons qui m'ont tout l'air d'avoir fait la guerre. Tu crains le botulisme ?

— Non, juste les brûlures d'estomac.

Tout en mettant la table du petit déjeuner, je l'observais du coin de l'œil. Il avait enfilé son pantalon dans lequel il avait coincé un torchon jaune, comme un vrai chef. Le torse nu – et superbe –, il fredonnait, s'interrompant de temps à autre pour lancer un « Yesssss » victorieux indiquant que la préparation de notre omelette suivait une procédure impeccable. On aurait dit un gamin devant le kit du petit chercheur en herbe, travaillant à la réalisation d'une mixture qui ferait décoller la cuisine vers Mars. Il ne s'agissait pas tant de son âge – il avait à peine vingt et un ans – que d'une capacité quasi enfantine à s'enthousiasmer et d'une imagination fertile. Il me semblait que, toute sa vie, Chris resterait ce même adolescent ouvert, généreux et drôle. Contrairement à Beau, rien dans sa personnalité ne suscitait le mystère, même si je n'aurais pu affirmer que je connaissais Chris par cœur.

Il apporta les assiettes en annonçant avec emphase :

— Je suis Brent, ton esclave du jour. Cette omelette a été préparée à partir d'œufs de poules élevées en plein air et de cheddar vieilli en fût de chêne.

Combien de filles auraient fait des bassesses pour pouvoir profiter d'un tel traitement ? J'avais détesté cet essaim de courtisan(e)s qui l'avait entouré la veille, chez Elaine. Durant notre brève aventure de l'hiver dernier, je m'étais déjà rendu compte de sa beauté et de la façon dont les autres femmes le dévoraient des yeux, mais cela ne m'avait pas véritablement gênée. Avec le succès, toutefois, ce phénomène allait forcément s'amplifier. Quelle serait alors ma place ? Chris ne serait-il pas tenté de butiner toutes ces jolies fleurs qui s'offraient à lui, surtout celles de son âge ? Était-il prudent que je m'implique dans une relation avec un acteur de dix ans mon cadet ?

— Ça va ? me demanda-t-il. Tu as l'air songeuse.

— J'étais en train d'admirer le festin que je vais dévorer.

Puis, après une bouchée :

— Waow, quel talent ! Tu es vraiment un amoureux de grand luxe.

— Oui, je sais, fit-il en riant. J'adore cuisiner et j'aimerais bien m'améliorer – préparer de bons petits plats pour mes amis. Mais je ne veux surtout plus avoir à remettre un uniforme pour servir à dîner à des inconnus.

— Oh, il me semble que ces années-là sont révolues. La prochaine fois que tu devras enfiler un costume de pingouin, ce sera sans doute pour participer aux Golden Globes.

— Dans ce métier, on n'est jamais sûr de rien. Des types comme Patrick Dempsey ou George Clooney ont passé des milliards d'auditions avant que leur carrière décolle. Imagine un peu le nombre de fois où ils ont dû se dire « ça y est, c'est bon », et puis, rien. Pire, imagine le nombre de personnes qui se sont dit la même chose et qui sont effectivement toujours en train de galérer.

— Crains-tu que la série ne connaisse qu'un succès mitigé et que tu sois contraint de retourner faire la danse du ventre à L.A. ?

— Bien sûr. J'ai eu un gros coup de bol en décrochant ce rôle aussi rapidement. Au lieu de m'en réjouir, je me dis que ça a été trop facile.

Je l'interrogeai sur les quelques mois qu'il avait passés à L.A. parce que, hormis les courts instants que nous avions partagés dans ce bar, le mardi précédent, je n'avais pas vraiment eu le temps de m'y intéresser. Il me décrivit la folie des séries saisonnières, les auditions à répétition, les rendez-vous incessants, les mondanités incontournables et les excursions régulières à la plage pour entretenir son bronzage. Il me fit hurler de rire en imitant les tics de langage et les attitudes des agents et des directeurs de casting. C'était la première fois depuis son retour que nous discutions d'autre chose que de Tom. La disparition de son ami, puis la découverte de sa mort, nous avaient totalement accaparés jusqu'à présent, et j'appréciais vraiment de pouvoir l'oublier un moment.

Cette trêve fut de courte durée. Comme Chris en venait à me raconter ses auditions pour *Morgue* et son bout d'essai avec Bijou, je me souvins de ce que Harper m'avait révélé : à l'origine, Tom avait presque décroché le rôle principal, mais il l'avait perdu au profit de Chris, après avoir tuyauté celui-ci sur la série. Si Chris venait à le découvrir, il en serait sans doute effondré.

— D'ailleurs, à propos de *Morgue*, il vaudrait mieux que je débarrasse tout ça et que je file là-bas, annonça Chris. J'ai pas mal de texte à apprendre aujourd'hui. Et Alex n'apprécie pas trop les trous de mémoire.

— Il assiste souvent au tournage ?

— Au début, à ce qu'il paraît. J'ai entendu dire qu'il a l'habitude de tout régler d'emblée, dans le moindre détail, puis de se mettre en retrait une fois qu'il est assuré du succès de la série.

— Lui est-il déjà arrivé de te malmener ? Harper a dit qu'il avait été très dur avec Tom à plusieurs reprises.

— Dieu merci, non. Il s'en est pris à Tom en public et ça n'était pas en douceur. Même le réalisateur en a été choqué.

— Peut-être savait-il que quelque chose s'était passé entre Tom et Bijou ?

— Ou peut-être Tom était-il à côté de ses pompes parce qu'il couchait avec Bijou et que son jeu s'en ressentait ?

— C'est une explication plausible. Mais, en ce qui me concerne, je continue à considérer Bijou et Alex comme des suspects. Ils ont tous les deux un mobile.

— Pour être franc, je ne vois vraiment ni l'un ni l'autre se donner la peine d'éliminer Tom, dit-il.

J'aurais pu, à cette occasion, mentionner l'appel téléphonique de Bijou et son insistance pour me parler, mais une fois de plus je décidai de rester silencieuse sur ce point. Pour une raison inconnue, Chris ne semblait pas vouloir imaginer Bijou en meurtrière.

— Alors, dans l'intérêt de la série, souhaitons qu'ils soient innocents.

— Je croyais que Deke faisait partie de tes principaux suspects, en ce moment, remarqua Chris en se levant de table.

Il débarrassa nos assiettes et se dirigea vers la cuisine.

— Tom n'était pas un excité, mais il ne se serait pas laissé marcher sur les pieds comme ça. Je parie qu'il était furieux contre Deke et je peux tout à fait imaginer qu'ils se soient pris de bec.

— Oui, Deke est toujours sur ma liste. Il faudra que j'aie un entretien avec lui pour voir comment il réagit. J'aimerais vraiment que tu puisses me faire entrer sur le plateau demain.

J'entendais Chris mettre nos assiettes dans le lave-vaisselle. Il revint dans le salon avec un air songeur.

— Ils veulent bien qu'on vienne avec un copain ou un parent à condition que cela n'interfère pas avec le tournage. Je crois que je pourrai t'arranger ça. Mais je t'appellerai un peu plus tard pour te le confirmer. Il faut que je me mette d'abord les assistants de production dans la poche.

— Super. Et maintenant, va vite te préparer. Je ne voudrais pas qu'Alex abîme ta jolie gueule.

Un souvenir me revint tandis qu'il m'embrassait avant de quitter l'appartement : Chris m'avait avoué qu'il avait dérobé le message de Bijou à Tom afin que les flics ne tombent pas dessus. Je lui avais conseillé de le remettre à la police et il fallait que je suive cette affaire de près. Mais ce n'était pas vraiment le moment.

— Bon, je t'appelle plus tard à propos de cette visite, dit-il. J'adorerais te voir ce soir, mais j'essaie de me coucher tôt le dimanche. Tu serais libre demain soir ? Si je peux me libérer pas trop tard ?

— Yep.

J'étais un peu déçue. Je commençais à apprécier les bienfaits que m'apportait notre relation.

— Appelons-nous demain.

— Oh, je pensais à autre chose qu'un coup de fil... dit-il en souriant de manière entendue.

Il me donna un nouveau baiser, long et tendre.

Il partit vers neuf heures trente. Il était encore trop tôt pour appeler Harper sans risquer de l'énerver plus que je l'avais déjà fait. J'attrapai mon sac de sport et me mis en route pour la salle de gym. La demi-heure de StairMaster que je m'imposai me parut plus longue que d'habitude, mais, une fois douchée, séchée et rhabillée, je pris conscience que, pour la première fois depuis le vendredi précédent, je me sentais à nouveau moi-même. Cette séance m'avait sans doute permis d'évacuer les derniers résidus de la drogue qu'on m'avait administrée.

Avant de rentrer chez moi, je pris le temps de m'accorder un cappuccino. Sur University Avenue, je tombai sur Landon qui marchait d'un bon pas, dans un costard plutôt chic.

— Tu fais un défilé de mode pour businessmen ? lui demandai-je ironiquement.

— J'aimerais bien ! Non, j'ai un client très déplaisant qui a insisté pour que nous prenions un petit déjeuner ensemble, très tôt ce matin. En fait, je m'apprêtais à sonner à ta porte. Alors, quelles nouvelles ?

— As-tu déjà dépassé ta dose de caféine ? Tu ne pourras pas croire la moitié de ce que j'ai à te raconter, mais ton avis me serait très utile.

Il accepta avec enthousiasme et nous allâmes nous installer dans un petit café non loin de notre immeuble. Je lui exposai l'ensemble des événements intervenus depuis notre dernière conversation, y compris mes mésaventures nocturnes du vendredi.

— Grand Dieu, Bailey ! Les démineurs ont un métier moins dangereux que le tien ! Tout cela me fait une peur bleue.

— J'admets être assez mal à l'aise. Jusqu'à présent, j'ai toujours réussi à me sortir de situations scabreuses, mais je n'avais encore jamais été droguée. C'est une expérience très désagréable. C'est pourquoi je dois absolument découvrir qui a tué Tom. Qui que soit son meurtrier – homme ou femme –, il joue avec moi au chat et à la souris. Pour le moment, il s'est contenté de chercher à m'effrayer, mais il pourrait passer à la vitesse supérieure.

— Des idées sur son identité ?

— Quelques-unes. Mais il faut aussi que je te parle d'autre chose. Devine qui se trouvait à la soirée d'hier ? Je te le donne en mille… Beau Regan, tout juste rentré du souk de Constantinople.

— Oh, oh… Comment as-tu réagi ?

— Pas trop mal. Enfin bon, aussi bien que si un semi-remorque avait embouti ma Jeep. Franchement, j'ai passé un mauvais moment quand je me suis rendu compte qu'il ne m'avait pas appelée malgré son retour. Son silence radio n'a fait que confirmer l'humiliation d'une relation manifestement unilatérale. Crois-moi, si on parvenait à concentrer un tel sentiment dans un bocal, on détiendrait une nouvelle arme de destruction massive.

— Depuis quand est-il rentré ?

— Un jour ou deux, je présume.

— Bah, ce n'est pas un drame. Il a fort bien pu vouloir prendre contact avec toi quand…

— À vrai dire, il a commencé à m'expliquer quelque chose dans le genre. Il a dit « J'avais prévu de t'appeler cette semaine. J'aimerais vraiment… »

— Vraiment quoi ?

— Je ne sais pas ! Chris est arrivé à ce moment-là et m'a sauté dessus comme un ours sur un pot de miel. Je ne saurai jamais ce qu'il allait dire.

— Tu pourrais le lui demander.

Je lui racontai alors ma dernière conversation avec Beau et ses remarques sarcastiques sur le fait que je ne l'avais pas attendu trop longtemps.

— Ça règle définitivement la question, non ? Je ne vois pas comment aller plus loin.

— Que souhaites-tu au juste ? Je croyais que tu avais le béguin pour Chris en ce moment ?

— Oui, je l'aime... beaucoup. Mais, curieusement, je ne parviens pas à me sortir Beau de la tête.

— Alors, à ta place, je lui passerais un coup de fil, dit-il en tournant sa cuillère dans son café. Demande-lui ce qu'il avait l'intention de te dire.

— Ce serait plutôt humiliant, non ?

— Oui, mais, comme tu le sais, je considère que l'amour est suffisamment important pour qu'on oublie un peu son orgueil. De plus, tu n'as pas grand-chose à perdre. S'il s'intéresse vraiment à toi, tu lui donnes une seconde chance. Dans le cas contraire, tu en seras à peu près au même point que si tu ne l'avais pas rappelé – hormis un petit accroc à ta fierté, bien sûr.

Plus tard, après avoir regagné mon appartement, je réfléchis à ses recommandations. C'était exactement le genre de conseil que je souhaitais entendre, le genre de conseil que vous donne un ami parce qu'il sait que c'est ce que vous voulez entendre. Cela dit, au bout du compte, on se retrouve comme une idiote à appeler un type qui se souvient à peine de votre prénom. Je tâchai de penser à autre chose et me mis au travail.

Je commençai par appeler Harper, mais je n'obtins que sa messagerie. Je lui laissai donc un message en insistant sur l'urgence de notre conversation. J'essayai ensuite le shérif Schmidt sur son portable, puis, n'obtenant pas de réponse, à son bureau. La femme qui me répondit me dit qu'il était indisponible mais qu'elle lui transmettrait le message. Enfin, je joignis Beverly à sa boutique d'antiquités. Sa voix était maussade et il était clair que la mort de Tom n'y était pas pour rien.

— Les équipes du shérif ont interrogé les gens d'ici, me dit-elle. Je sais qu'ils ont parlé avec Barry et avec l'agent immobilier, mais si j'en juge sur les questions qu'ils posent, ils n'ont pas dû progresser beaucoup. À votre avis, que va devenir la maison s'il n'y a pas d'héritiers ?

— D'après mes informations, il semble que les biens des Fain iront à des œuvres de charité. Mais je ne sais pas si Tom a légué ses biens propres à quelqu'un en particulier. Vu son jeune âge, il est très probable qu'il n'ait pas rédigé de testament.

Elle resta silencieuse pendant quelques secondes et je sentais qu'elle était en pleine réflexion. Elle se lança finalement :

— Ce serait tout de même dommage que la pièce ne puisse pas être jouée.

— La pièce ?

— Tom avait écrit une pièce de théâtre et il comptait la monter et la diriger dans une petite salle des environs. Il avait l'intention d'y consacrer une partie des produits de la vente de la maison.

— Pourquoi ne pas utiliser l'argent qu'il avait déjà ? Je veux dire, il n'a pas eu de difficulté à trouver du liquide pour donner une avance à Barry.

— Oh, Tom avait besoin de beaucoup plus pour monter sa pièce. Initialement, il pensait puiser dans son héritage, mais il y a apparemment eu des complications de ce côté-là.

Voilà donc une nouvelle question pour monsieur Barish.

Je la remerciai de son aide et de nouveau la priai de m'appeler si elle avait du nouveau, même s'il ne s'agissait que d'une rumeur.

Il me restait un peu de temps libre avant l'heure de ma convocation par Bijou. J'inscrivis quelques notes dans mon cahier – des résumés de mes entretiens avec Barish et de la soirée chez Elaine. Durant les deux heures suivantes, je me rappelai que j'étais aussi journaliste pour *Buzz* et qu'il fallait que j'avance un peu l'article que j'avais en cours.

Quand il fut temps de penser à mon rendez-vous près de Central Park, je consacrai énormément de temps – beaucoup plus que je l'aurais souhaité – au choix de mes vêtements. Je savais que Bijou allait me détailler des pieds à la tête, puis me toiser avec arrogance, pour enfin hausser légèrement le sourcil afin de suggérer que j'avais une affreuse tache sur mon pantalon. Or, je ne voulais certainement pas lui accorder le plaisir de me troubler. Je finis par me décider pour un pantalon et un pull noirs (rapport aux taches) et des chaussures rouge sang (vu l'ambiance, sans doute). J'y ajoutai les boucles d'oreilles en diamant que ma mère m'avait offertes après mon divorce, afin de remplacer les bijoux que mon ex-mari avait mis au clou pour rembourser ses dettes de jeu.

Comme je m'y attendais, l'immeuble sur Central Park Ouest dans lequel Bijou habitait faisait partie de cette série de bâtiments en pierre, extrêmement imposants, qui résisteraient aisément à une attaque nucléaire. En revanche, son appartement dépassait de loin ce que j'avais imaginé. J'avais bien entendu supposé qu'elle partageait avec Alex un endroit spacieux et très classe (qu'attendre d'autre ?). Mais, une fois qu'elle m'eut invitée à entrer dans un hall à peu près aussi grand qu'une salle de spectacle, force me fut de constater que j'avais largement sous-estimé la magnificence du logis. Outre ses dimensions régaliennes et la hauteur vertigineuse de ses plafonds, l'appartement était meublé avec un luxe inouï.

— Petit changement de plan, m'annonça-t-elle avant même que j'aie pu la saluer. Alex vient d'appeler. Il a terminé sa partie de golf plus tôt que prévu et je ne veux pas qu'il vous trouve ici.

— Et si nous sortions prendre un café ? lui proposai-je.

Je n'allais pas la laisser me priver des petits secrets qu'elle avait eu l'intention de me dévoiler.

— En fait, j'ai pensé que nous pourrions aller prendre un verre à Central Park. Ça me permettra de sortir le chien.

Elle pivota sur la droite pour se diriger vers un couloir qui paraissait donner sur les chambres. Arrivée au milieu de ce couloir, elle tapota sur sa cuisse à plusieurs reprises en appelant « Pu-puce ! » Inattendu, n'est-ce pas ?

Comme elle entrait dans la chambre à la recherche du fameux chien qui devait avoir la taille d'un chou-fleur, j'en profitai pour jeter un coup d'œil au salon. Il était bien évidemment gigantesque avec trois alcôves distinctes, des tissus chatoyants qui avaient dû coûter une fortune, une cheminée monumentale pouvant accueillir un bœuf et une vue à couper le souffle sur Central Park. Par une large porte située au fond de la pièce, je pouvais voir une immense salle à manger donnant elle aussi sur le parc. Je comprenais qu'elle pût hésiter à se séparer de tout cela.

Un aboiement suraigu me sortit de ma contemplation. En fait, le chien avait plutôt la taille d'un artichaut, un truc blanc, tout vaporeux, avec des yeux très noirs. Je savais qu'il ne s'agissait ni d'un yorkshire ni d'un chihuahua, mais j'étais bien incapable d'identifier plus avant la race de cet asticot. D'ailleurs, je m'en tapais. Bijou s'était enturbannée la tête dans un foulard Hermès et avait mis des lunettes de soleil géantes. Avec son pantalon cigarette jaune et son chemisier blanc immaculé, on aurait dit la réincarnation de Jackie-O.

Ayant traversé l'avenue, nous entrâmes dans le parc. Durant les vingt minutes que dura notre marche, Bijou ne dit pas un mot, préférant sans doute que nous fussions assises pour commencer notre entretien. (Son silence lui permettait par ailleurs de se concentrer sur « Pu-puce » et d'éviter qu'il aille fourrer sa truffe dans n'importe quel postérieur canin.) Des têtes se tournaient sur notre passage, les promeneurs reconnaissant Bijou, malgré le heaume dont elle s'était parée – ou présumant qu'un tel camouflage ne pouvait qu'abriter une star.

En arrivant au salon de thé, presque de l'autre côté du parc, elle nous emmena jusqu'à la terrasse, à une table située au bord de l'eau. Il y avait encore beaucoup de rameurs sur le lac, dont de nombreux débutants, si j'en jugeais par leur maladresse. L'eau était d'un vert sombre et semblait presque solide, avec quelques taches de couleurs çà et là, indiquant la présence de poissons. Les saules et les érables bordant le lac avaient visiblement souffert de la sécheresse estivale, mais ils étaient pourtant toujours d'un vert éclatant, comme si l'automne ne devait atteindre Central Park que bien plus tard.

— Pourquoi avez-vous souhaité me voir ? demandai-je à Bijou après que nous eûmes passé notre commande.

Elle tenait son toutou sur ses genoux, comme un poudrier surdimensionné. Je venais de me coltiner une petite demi-heure de marche en silence et ma patience avait atteint le point de fission.

— J'aimerais savoir ce que vous tentiez d'insinuer hier soir, sur moi et Tom.

Malgré son arrogance, elle parvenait difficilement à conserver un ton de voix égal à l'évocation de Tom.

— Je n'insinuais rien du tout, répliquai-je.

Elle poussa un soupir, visiblement déstabilisée par ma réponse.

— Pourtant, vos paroles ressemblaient clairement à des insinuations. J'ai une réputation à préserver et je ne peux pas laisser les gens faire des remarques inconséquentes sans réagir.

— En réalité, je n'ai fait qu'appeler un chat un chat : je *sais* que vous avez eu des relations sexuelles avec Tom.

Elle portait encore ses lunettes noires – ce qui ne me facilitait pas la tâche –, mais je pouvais néanmoins percevoir une certaine inquiétude au travers de ses verres fumés.

— Comment osez-vous ! siffla-t-elle, furieuse.

Un jeune homme à une table voisine regarda dans notre direction. Il n'avait probablement pas entendu ses paroles, mais il avait dû voir son corps se tendre et sa bouche se tordre de rage. « Pupuce » paraissait lui aussi ressentir sa fureur car il releva sa truffe minuscule. Pourvu qu'il ne lui vienne pas à l'esprit de me sauter au visage !

— Bijou, cessons de jouer, voulez-vous ? Je sais et vous savez que je sais. C'est la raison pour laquelle vous vouliez me rencontrer.

— De quoi s'agit-il ? De chantage ?

— Non. Je veux simplement des faits. Je sais que vous étiez à Andes le jour où Tom est mort. Je veux que vous me disiez ce qui s'est passé ce jour-là.

J'y allais à l'instinct, sur la seule base de la bouteille de Veuve Clicquot et du lit défait.

— Vous sortiez avec Tom ou quoi ? Je croyais que vous étiez avec Chris.

— Je suis une *amie* de Chris et je me suis intéressée à la disparition de Tom à cause de lui. Maintenant, j'essaye de découvrir qui l'a tué.

— Juste pour le plaisir ? fit-elle d'un ton sarcastique.

— Non. Simplement parce que je crains que la police locale ait beaucoup de difficultés à enquêter sur un meurtre qui a eu lieu dans le nord de l'État, mais qui trouve très probablement ses origines à New York. Alors, parlez-moi de votre excursion à Andes.

Elle avait ouvert la bouche et je criais presque victoire lorsqu'une jeune femme en blanc, affublée de la panoplie complète de la joueuse de tennis, s'approcha de notre table.

— Puis-je vous demander à quelle race appartient votre chien ? J'adorerais avoir le même.

Quelque chose dans ses manières disait qu'elle avait reconnu Bijou et je soupçonnais que sa question stupide procédait d'une stratégie non moins inepte pour approcher une célèbre actrice.

— C'est un pitbull et il est très féroce, lui répondit Bijou, manifestement excédée.

La jeune femme prit un air offusqué et battit en retraite jusqu'à une table placée derrière la nôtre. J'espérais que cette interruption n'avait pas tout fichu par terre.

— Dois-je répéter la question ? demandai-je.

— Pourquoi devrais-je vous en parler ? répliqua-t-elle.

— Parce que si votre explication est satisfaisante, je serai peut-être en mesure de préserver la confidentialité de notre conversation. Dans le cas contraire, il faudra que je prenne d'autres mesures.

Elle réfléchit pendant un moment, les doigts de sa main droite comprimant – difficilement – ses lèvres prêtes à exploser.

— Il faut d'abord que vous m'expliquiez comment vous en êtes venue à développer votre petite théorie, exigea-t-elle. Si vous disposez de certaines informations, qu'elles soient vraies ou non, d'autres personnes les ont peut-être aussi.

— Personne ne connaît les infos que j'ai en ma possession, mentis-je. Cela ne signifie pas, bien entendu, que personne n'a pu avoir vent de votre aventure avec Tom par un autre biais. Tom est arrivé à Andes samedi matin et je suppose que vous l'avez rejoint dans l'après-midi.

Bijou soupira bruyamment.

— D'accord. Je suis effectivement allée voir Tom cet après-midi-là, avoua-t-elle enfin. Je passais le week-end chez des amis qui habitent à une heure au sud d'Andes et je suis allée en voiture jusque chez Tom pour y passer l'après-midi. Mais il était on ne peut plus vivant quand je l'ai laissé. Je peux vous le certifier.

— Alex aurait-il pu apprendre la nature de votre relation avec Tom ?

— Certainement pas, déclara-t-elle indignée.

Mais je voyais à sa tension soudaine que cette éventualité avait traversé son esprit.

— Comment pouvez-vous en être aussi sûre ?

— Il travaillait ce jour-là – à New York. Les choses se passent très bien entre nous et il ne se doute de rien.

— Et Harper ? poursuivis-je. Aurait-elle pu découvrir que vous et Tom étiez amants ?

Elle leva la main qu'elle avait posée sur le dos de « Pu-puce » pour prendre une gorgée de thé.

— C'est possible, admit-elle en reposant sa tasse. Harper a mis un peu la pression sur Tom ces derniers temps. D'après son comportement, je dirais qu'elle souhaitait que leur aventure devînt plus sérieuse. Mais Tom n'était pas prêt à une relation à long terme, avec qui que ce fût, et encore moins avec elle.

— Et vous ? Auriez-vous aimé approfondir votre relation avec Tom ?

Elle ricana :

— Vous n'êtes pas sérieuse, n'est-ce pas ? Je me suis démenée pour sortir d'un trou paumé de Virginie et arriver là où j'en suis aujourd'hui. Je ne vais pas tout remettre en cause pour un homme, quelles que puissent être ses qualités au lit. Tom était pour moi un divertissement tout aussi agréable que je l'étais pour lui. Disons que nous nous réconfortions mutuellement.

— Et Deke ? Saviez-vous que Tom avait eu un problème avec Deke ?

— Deke ? Je ne sais absolument pas de quoi vous voulez parler. Croyez-le ou non, notre aventure n'impliquait qu'assez peu de *paroles*. Je ne suis pas le genre de femmes à avoir besoin de papoter.

— Et…

— Écoutez, je voudrais bien savoir qui a tué Tom, mais je n'en sais rien. Vous m'avez demandé de vous dire ce qui s'était passé cet après-midi-là et je l'ai fait. J'ai rempli ma part du contrat et j'espère que vous remplirez la vôtre.

— À quelle heure avez-vous quitté Andes, cet après-midi-là ?

— Vers seize heures. Il fallait que je rentre chez mes amis.

— Quels sont les derniers mots que Tom vous ait dits ?

— Je vous demande pardon ?

C'était une question un peu stupide, mais je voulais mettre sa sincérité à l'épreuve. Cela me donnerait une idée de l'état de Tom – mort ou vif – quand elle l'avait quitté.

— Vous m'avez bien entendue.

— Il m'a raccompagnée à ma voiture et m'a dit au revoir, puis il m'a embrassée.

— Et c'est tout ? Il ne vous a pas parlé de ses projets pour le reste de la journée ?

— Non, répondit-elle, mais je voyais qu'elle hésitait.

— Quoi ? insistai-je.

Elle regarda autour d'elle. La fille en jupette de tennis lisait un magazine. Il n'y avait plus qu'un seul bateau sur le lac, les autres ayant rallié la rive. Du coin de l'œil, j'aperçus une tortue qui pointait sa tête hors de l'eau.

— J'ai parlé à Tom un peu plus tard, au téléphone, finit-elle par lâcher. Il voulait s'assurer que j'étais bien arrivée chez mes amis, alors je l'ai appelé. Il était à peu près dix-sept heures trente.

— Son portable n'a pas enregistré d'appel à cette heure-là.

— J'ai appelé sur la ligne de la maison. Il m'avait donné le numéro parce que son portable captait très mal à cet endroit.

— À ce moment-là, vous a-t-il parlé de ses projets ?

— Non, il a juste dit qu'il devait raccrocher parce qu'une voiture venait d'arriver.

12

Un jour, le rédacteur d'un journal dans lequel je travaillais ratura le terme « abasourdi » dans un article que j'avais rédigé, au motif que ce terme était excessif et inadéquat. Mais à cet instant précis, je ne voyais pas de mot plus adapté à ce que je ressentais. *Espèce de stupide blondasse botoxée !* J'avais envie de hurler : cette conne était en possession d'une information cruciale pour la police et elle restait assise là sans rien faire, uniquement préoccupée par sa misérable carrière de merde.

Pourtant je m'abstins. Je ne voulais pas risquer de la brusquer et perdre ainsi toutes mes chances d'en savoir un peu plus.

— Une voiture venait d'arriver ? répétai-je. Il a employé ces mots ?

— Oui. Il m'a dit qu'une voiture venait d'arriver.

— Il n'a pas dit de qui il s'agissait ?

— Non. Et je ne le lui ai pas demandé. Je ne me mêlais pas des affaires de Tom.

— Et quand vous l'avez appelé, il se trouvait où ?

— Je ne sais pas. Il a juste mentionné qu'il était en train de bricoler – de peindre.

— A-t-il dit autre chose ? N'importe quoi ?

Elle réfléchit quelques secondes.

— Il a ajouté une phrase bizarre qui pourrait être une citation – d'une pièce ou d'un poème. Il a dit qu'il devait… attendez… qu'il ne devait pas « se laisser désarmer par quelques malheureux mots ».

— On dirait effectivement du Shakespeare, fis-je, interloquée.

Chris m'avait récité quelques vers du *Marchand de Venise* lors de notre première rencontre et il serait intéressant de lui soumettre cette expression. Mieux encore, Alan Carr pourrait sans doute me renseigner.

— L'aviez-vous déjà entendu prononcer cette phrase, dans le passé ?

— Non, jamais.

— Bijou, insistai-je, même si Tom n'a mentionné aucun nom, cette information est essentielle pour la police. C'est la preuve que Tom connaissait la personne qui l'a tué.

— Mais la personne qui conduisait cette voiture ne l'a pas forcément tué, répliqua-t-elle vivement, désormais sur la défensive. J'ai entendu dire que la police n'était pas sûre de l'heure de sa mort. Elle peut tout aussi bien dater du lendemain.

— Ne s'agirait-il pas, dans ce cas, d'une énorme coïncidence ? Tom est allé se cacher pour le week-end dans un trou perdu où il n'avait pratiquement plus aucune relation et, d'après ce que je sais, vous êtes l'une des rares personnes qu'il ait informée de ses projets. Subitement, quelqu'un débarque en voiture et Tom vous dit qu'il va devoir affronter sa colère. Cela s'est *nécessairement* passé juste avant son assassinat. Il est essentiel que vous transmettiez cette information à la police.

— C'est hors de question ! s'exclama-t-elle avec violence, révélant subitement un léger accent qui trahissait ses racines sudistes. Je ne veux absolument pas qu'Alex apprenne que j'étais là-bas.

— Bijou, il s'agit d'une enquête criminelle.

Le soleil avait amorcé sa descente derrière les immeubles qui entouraient Central Park. Bijou retira ses lunettes de soleil et les posa sur la table. Son regard exprimait à la fois l'angoisse et la rage.

— J'imagine que vous allez me dire que si *je* ne le fais pas, *vous* allez le faire.

— Non, je ne vais pas vous dire cela. Ce n'est pas nécessaire. Parce que la police finira de toute façon par l'apprendre et par vous interroger à ce sujet. Ce n'est qu'une question de temps. Je considère simplement qu'il serait beaucoup plus intelligent de reprendre le contrôle de la situation et de prendre contact avec les flics avant qu'ils débarquent sur le plateau.

Elle prit une profonde inspiration, ouvrit la bouche, mais s'arrêta brusquement. Elle reprit une gorgée de thé comme pour rassembler ses forces.

— D'accord, je vais le faire, finit-elle par annoncer en reposant fermement sa tasse sur la table. Mais je dois choisir le bon moment. Je ne peux pas le faire quand Alex est collé à mes basques. Je ne tourne aucune scène mardi. Ce sera le meilleur moment. J'appellerai l'inspecteur auquel j'ai parlé – il m'a donné sa carte.

Elle mijotait quelque chose. Quelque chose qui semblait la rassurer. Mais je n'arrivais pas à deviner quoi.

— D'ailleurs, je n'ai pas besoin de mentionner que j'avais une aventure avec Tom, ajouta-t-elle. Je peux me contenter de leur dire que je l'ai appelé à propos de la série ou d'une scène que nous devions tourner.

C'était donc ça. Laissons-la donc se rassurer avec ce petit mensonge. Ce qui importait, c'était qu'elle raconte à la police sa conversation téléphonique avec Tom. Les flics étaient suffisamment malins pour remplir les blancs.

Bijou demanda l'addition et je la laissai payer puisqu'elle semblait pleine aux as. Après avoir rangé son portefeuille, elle me regarda droit dans les yeux.

— Vous vous dites sans doute que je suis d'une froideur inouïe, n'est-ce pas ? En vérité, j'aimais vraiment Tom. Après m'avoir retenue pour jouer le rôle principal, ils m'ont fait faire un bout d'essai avec Tom – il jouait alors le rôle qui a finalement été attribué à Chris. À partir de là, nous avons développé une réelle complicité.

— J'ai cru comprendre que Tom avait bien failli décrocher le rôle masculin principal. Savez-vous pourquoi il a été donné à Chris en fin de compte ?

— Oui – mais vous devez absolument garder ça pour vous. Ils ont trouvé Tom excellent et ils s'apprêtaient à lui faire une proposition pour ce rôle, mais ils ont découvert qu'il avait fait un passage en cure de désintoxication – pour une dépendance aux antidépresseurs. Ils n'ont pas voulu prendre de risques. Je pense qu'il n'a jamais compris pourquoi il avait été écarté. En tout cas, je ne lui en ai jamais parlé.

— Est-ce que Tom allait continuer à travailler sur la série ? J'ai entendu dire que ça ne marchait pas si bien que ça pour lui.

— Je ne sais pas. Après avoir perdu le rôle de Jared, il ne s'est pas vraiment investi dans le tournage. Il gardait un œil sur ce qui se passait ailleurs.

Elle regarda sa montre, un modèle de chez Chanel cerclé d'une double rangée de diamants. Une babiole, donc.

— Écoutez, il faut que j'y aille, déclara-t-elle avec irritation.

Son ton de voix m'informait qu'elle venait de reprendre son costume de diva.

— Je ne veux pas qu'Alex s'étonne que j'aie sorti le chien aussi longtemps. On y va Pu-puce ?

Il était assez clair qu'elle ne souhaitait pas m'avoir sur les talons quand elle retraverserait le parc. Par conséquent, après un bref au revoir, je restai assise à notre table afin de terminer mon thé et de réfléchir un peu.

Elle avait très bien pu inventer certaines parties de son récit pour se protéger. L'idée de mentir aux flics ne semblait pas l'émouvoir outre mesure, alors je ne voyais pas pourquoi elle se serait embarrassée de vérité avec moi. Elle avait peut-être effectivement tué Tom et l'histoire de sa conversation téléphonique avec lui n'aurait alors visé qu'à appuyer sa version des faits. Cela dit, elle paraissait oublier que les relevés téléphoniques pouvaient toujours confirmer ou infirmer son histoire.

J'avais néanmoins tendance à la croire. Elle avait certes pu chercher à se protéger en me racontant des bobards, mais le passage sur la citation shakespearienne semblait tellement incongru qu'il donnait du poids à son récit.

Mais alors, si Bijou n'avait pas tué Tom, qui était le coupable ? Qui donc était arrivé en voiture, tard dans l'après-midi, en amenant Tom à prédire « quelques malheureux mots » ? Harper pouvait tout à fait correspondre au profil. Disons qu'elle était rentrée plus tôt que prévu de la côte Ouest et avait débarqué à Andes dont Tom lui avait déjà parlé. Elle avait très bien pu apercevoir la voiture de Bijou et attendre son départ (d'ailleurs, elle n'aurait eu qu'à suivre l'odeur de son patchouli). La situation avait pu dégénérer en scène de ménage sanglante.

Deke constituait aussi un coupable de choix. Si Tom l'avait menacé d'ébruiter leur différend auprès de la direction de la série, Deke avait pu décider de réagir. Pas pour le tuer, mais pour le faire changer d'avis. Là encore, la situation avait très bien pu dégénérer.

Et puis il y avait Alex. Le fait qu'il s'en était pris à Tom peu de temps auparavant pouvait laisser supposer qu'il avait eu vent de son aventure avec Bijou, ou, du moins, de l'attirance qu'exerçait Tom sur sa vedette. Il aurait pu filer Bijou ce jour-là. Mais si Tom avait vu arriver Alex, ne l'aurait-il pas mentionné à Bijou ? Pas nécessairement. Il aurait pu vouloir éviter de l'alarmer avant de connaître les véritables raisons de la visite d'Alex.

Tout en terminant ma tasse de thé, je jetai un œil autour de moi. Il ne restait presque plus personne dans le salon de thé et les derniers canots avaient été ramenés sur la rive et cadenassés. Je pris mon sac et sortis dans le parc où quelques joggeurs et cyclistes achevaient leur dernier tour de piste. J'attrapai un métro au coin de Lexington et de la 68e Rue, jusqu'à Astor Place.

Je fis un saut à l'épicerie du coin où j'achetai quelques escalopes de poulet, de la salade et des tomates cerises en vue de la préparation d'un poulet à la milanaise. Avant de rentrer dans mon appartement, j'écrivis un petit mot à l'intention de Landon sur une vieille enveloppe qui traînait dans mon sac et le glissai sous sa porte. La mélancolie des dimanches soir commençait à me gagner et il serait agréable de pouvoir partager un dîner avec lui, surtout s'il venait avec une de ces bouteilles de vin toscan dont il me gratifiait toujours quand je lui promettais un repas italien.

Chris avait cherché à me joindre pendant mon entretien avec Bijou. Son message confirmait qu'il avait pu m'obtenir un ticket d'entrée pour le plateau de Chelsea Piers et que je devais l'y retrouver à neuf heures trente, le lendemain. Jessie aussi m'avait appelée et je la rappelai dès que j'eus déposé mes emplettes dans le frigo. Elle voulait tout savoir sur ce qui s'était passé chez Elaine après son départ et, pour la citer, sur le « sordide triangle amoureux » au milieu duquel je me trouvais désormais.

— Je n'ai jamais été une flèche en géométrie, lui déclarai-je en riant. Mais, si je me souviens bien, un triangle a obligatoirement trois côtés. Beau ne se souciant absolument pas de moi, il n'en reste donc que deux.

— Puisque je te dis qu'il n'a pas cessé de te mater ! Ces deux nanas essayaient désespérément de lui faire la convers', et il faisait semblant de regarder dans le vague en cherchant ses réponses, mais, en fait, il regardait toujours vers toi – il te matait !

— De toute façon, j'ai flingué toutes mes chances de le revoir un jour.

Et je lui racontai ce qui s'était passé entre nous à la sortie des toilettes.

— Aïe… Mais j'aime bien ta sortie sur la carte postale unique. Excellent.

— Tu crois que je peux encore arranger ça ? Landon dit que je devrais tout simplement l'appeler et lui demander ce qu'il a voulu dire. Il affirme que je n'ai rien à perdre en le faisant.

— N'importe quoi ! s'exclama-t-elle. Landon est complètement à côté de ses pompes. Si tu rampes devant Beau comme une couleuvre, tu auras l'air de la fille totalement désespérée. Il faut que tu représentes un challenge pour Beau. Il faut lui donner envie de se battre pour te reconquérir.

— La star de la série se love autour de moi comme un boa constrictor. Ça devrait constituer un bon challenge, non ?

— Trop difficile. Les mecs n'aiment pas les défis qu'ils ne peuvent pas gagner.

Je soupirai.

— Donc, tu confirmes que je ne peux rien faire.

— Mais non, je n'ai pas dit ça. Il faut que tu tentes ce que j'appelle la stratégie miel-piment. Si je t'en parle, c'est que je pense que Beau a le béguin pour toi. Sinon, ça n'aurait aucun intérêt.

— Vas-y, balance.

— Appelle-le à un moment où tu sais qu'il ne sera pas disponible. Ne lui parle pas directement. Dis-lui qu'il n'est pas nécessaire qu'il te rappelle, que tu voulais juste t'excuser d'avoir été un peu désagréable. Ne t'appesantis pas – il faut que ce soit léger et drôle. Mais sans ironie à ses dépens, Bailey ! Souhaite-lui bonne chance pour son projet et dis-lui que tu seras ravie d'aller le voir quand il sortira.

— Et où sont le miel et le piment dans tout ça ? lui demandai-je.

— La partie miel, c'est celle où tu es sympa – pas acide comme hier soir. La partie piment est celle où tu deviens un peu fuyante – il n'a pas besoin de te rappeler et tu iras voir son projet quand il sera terminé, soit pas avant une bonne année, quoi. Tu entrebâilles la porte juste assez pour qu'il puisse l'ouvrir s'il le désire.

— D'accord, d'accord. Merci, fis-je, un peu dubitative.

— J'ai une seule exigence. Si tu finis par sortir avec Beau, tu dois m'arranger le coup avec Tad Hamilton. Il est à se damner.

Après avoir raccroché, je ne méditai pas très longtemps sur tous ces bons conseils. J'appelai Harper une fois encore, mais sans plus de succès. Je lui laissai donc un énième message disant qu'il fallait *vraiment* que nous parlions. Puis, je me préparai à composer un numéro qui me brûlait les doigts : celui du professeur Alan Carr.

— Qui a fait ça à Tom ? me demanda-t-il avant que j'aie pu prononcer plus de trois mots. Vous le savez ?

Il était assez évident qu'il avait bu. Il articulait clairement ses mots, mais leur flot saccadé suggérait qu'il n'en était pas à son premier verre.

— Je n'en sais rien, mais je vais tout faire pour le découvrir.

— Comment a-t-on pu lui faire ça ? C'était le type le plus gentil de la planète. Tom n'aurait pas fait de mal à une mouche.

— Je suis désolée.

— C'était peut-être ça son problème : trop gentil.

— Que voulez-vous dire ?

— Il ne savait pas dire non aux gens. Putain, je n'arrive pas à le croire.

— J'ai une question pour vous, professeur Carr. Comme je vous l'ai dit, j'essaie d'exploiter toutes les pistes pour élucider le meurtre de Tom. Peu avant sa mort, il a dit à quelqu'un qu'il ne devait pas « se laisser désarmer par quelques malheureux mots ». Savez-vous si ce sont des vers tirés d'une pièce ? Et avez-vous une idée de ce que cela pourrait vouloir dire ?

Il se tut un moment pour réfléchir, au point que je finis par me demander si la communication n'avait pas été coupée.

— Profess…

— « Se laisser désarmer par quelques malheureux mots »… Ce sont des paroles de Baptista dans *La Mégère apprivoisée.*

— Dans quelles circonstances les prononce-t-il ? lui demandai-je.

J'avais dû étudier cette pièce quand j'étais au lycée... mais je ne l'avais pas relue depuis.

— Petruchio est certain qu'il saura dompter Katherina parce qu'il est aussi obstiné qu'elle-même est réputée l'être. Baptista lui souhaite bonne chance, mais lui prédit quelques difficultés. Il dit donc à Petruchio *« Puisses-tu lui faire la cour, et puisses-tu réussir ! Mais ne sois pas désarmé par quelques malheureux mots. »*

— Tom aurait-il pu attribuer à ces vers ou à la pièce elle-même une signification particulière ?

— Quand il était ici, il a joué l'une des scènes de la pièce dans le cadre d'un de mes cours. Pas cette scène-là, mais il a joué le rôle de Petruchio. Je m'en souviens très bien parce qu'il y était excellent. Par la suite, il m'a dit qu'il avait joué la pièce à New York, dans un théâtre avant-gardiste. À moins qu'il l'ait jouée à l'occasion d'un atelier dramatique quelconque.

— Mais pourquoi aurait-il choisi ces vers en particulier ?

— Je n'en sais rien. Tom adorait Shakespeare. Il aimait tout spécialement citer ses pièces.

— À propos de pièces, Tom vous a-t-il jamais confié qu'il en avait écrit une ?

— Oui, il a effectivement écrit une très bonne petite pièce de théâtre qu'il espérait monter. La police tient-elle quelques pistes ? Cette situation nous rend tous dingues.

Je lui expliquai que la police ne partageait pas vraiment ses informations avec moi, mais je lui promis de lui faire part de tout ce que pourrais découvrir.

Après avoir raccroché, je fis le point sur ce que je venais d'apprendre. Puisque Tom avait l'habitude de citer Shakespeare, il devait fréquemment recourir à ces vers lorsqu'il était confronté à des situations de tension. Mais il était possible que ces vers aient eu une signification très particulière. Il fallait que je découvre le lieu où Tom avait joué cette pièce et à quel moment. J'avais remis son CV au shérif d'Andes, mais Chris en saurait peut-être plus sur Tom-Petruchio.

Landon ne vint pas frapper à ma porte. Peut-être était-il parti pour toute la journée. Je mis donc l'une des escalopes de poulet dans le congélateur, en prévision d'un autre dîner. La deuxième, je la fis sauter à la poêle, dans un peu d'huile d'olive, après l'avoir panée. Je lavai et essorai la salade, y ajoutai quelques tomates cerises et l'assaisonnai avec une vinaigrette au citron. Il flottait dans ma cuisine une odeur très appétissante et je me versai un verre de pinot grigio pour accompagner mon festin, tout en fredonnant un air de Maria Callas. Qu'aurais-je pu souhaiter de plus ? En réalité, je me disais que j'aurais pu être l'héroïne d'un documentaire idiot sur les nanas célibataires qui se préparent des banquets pour un seul couvert, s'offrent de la vaisselle de luxe et profitent de la vie au maximum, tout en sachant qu'elles auront peut-être envie d'un homme un jour, mais que, fondamentalement, elles n'en ont pas besoin. Seule ombre au tableau : je ne pouvais pas ne pas sentir que la dépression me guettait.

Mon dîner en solitaire sur ma terrasse n'améliora pas vraiment mon moral. La température imposait désormais de porter une petite laine, mais la nuit était incroyablement claire. Tout à fait le genre de soirée qu'il eût été agréable de partager à deux. Ma solitude se trouvait amplifiée par les éclats de rire et les bruits de fête provenant de la cité universitaire de NYU située à un bloc de là. Les étudiants n'avaient apparemment pas été prévenus que le dimanche soir était en principe une soirée de repos, à passer en pyjama et à consacrer à la préparation de la semaine à venir. Sales gosses !

Tout en terminant mon repas et surtout en l'arrosant, je me rappelais comment, deux mois auparavant, Beau m'avait permis d'échapper à cette mélancolie du dimanche soir. À l'époque, ma spécialité culinaire était les *spaghetti alle vongole*. Il avait frappé à la porte de mon appartement, avait dévoré une assiette de pâtes, puis m'avait séduite dans ma minuscule cuisine. Le pouvoir des sucres lents, sans doute.

Je me demandais si le plan de Jessie pourrait marcher. Je n'avais rien à perdre à laisser un message sur la boîte vocale de Beau. Sur ce point au moins, Landon avait raison. Si, faute de s'intéresser à moi, Beau choisissait de ne pas me rappeler, ma situation serait la même qu'à l'heure actuelle. Cela dit, je ne voyais pas pourquoi j'aurais laissé un message (qui plus est, totalement anodin) à un type qui m'avait traitée avec tant de légèreté. Comme disait mon vieil ami Shakespeare, « là était la question ». D'ailleurs, même si j'aurais adoré savoir ce que Beau avait voulu dire ce soir-là, je ne pouvais supporter l'idée de lui cirer les pompes.

Et puis j'aimais beaucoup Jessie, mais j'avais détesté ce qu'elle avait dit à propos de « Tad Hamilton » – que je lui arrange le coup ! Certes, je ne parvenais pas à me sortir Beau de la tête, mais j'aimais vraiment beaucoup Chris et j'avais du mal à l'imaginer dans les bras d'une autre.

*

* *

Quand je hélai un taxi le lendemain matin à neuf heures pour me rendre à Chelsea Piers, ma tête bouillonnait encore. Dans un effort désespéré pour éviter l'insomnie, j'avais descendu la bouteille de vin et m'étais réveillée avec un tel mal de tête que je m'étais attendue à ce qu'Alien sorte de l'une de mes oreilles tandis que je me brossais les dents.

Je connaissais les studios de Chelsea Piers pour m'y être déjà rendue. Il s'agissait d'une série de bâtiments construits sur les quais, à l'endroit où la 20e Rue rencontre l'Hudson River. Dans les premières années du XXe siècle, ce quartier avait été extrêmement animé puisque les grands paquebots y accostaient entre deux traversées de l'Atlantique. Un panneau indiquait que le *Titanic* lui-même devait accoster au quai n° 59 et que des centaines de personnes s'étaient retrouvées là, après son naufrage, dans l'espoir de recueillir quelques informations sur leurs proches. Et puis les quais avaient fini par être laissés à l'abandon pendant des dizaines d'années, avant d'être sauvés de la ruine et rénovés. Aujourd'hui, rien n'y manquait, depuis les bowlings jusqu'aux restaurants en passant pas les studios photo. L'un des immeubles aux allures d'entrepôt abritait les plateaux de tournage de plusieurs séries télévisées se déroulant à Manhattan.

Chris m'avait dit que l'entrée des studios se situait au coin du bâtiment et le taxi s'apprêtait à le dépasser quand je lui criai : « Arrêtez-vous là ! » Je m'introduisis à l'intérieur de l'immeuble et me retrouvai dans un hall désert plutôt décrépi dont la moquette était maculée de diverses substances allant du vieux chewing-gum à la tache de graisse. Les murs toutefois me confirmèrent que j'avais atteint ma destination puisqu'ils étaient tapissés de dizaines d'affiches des séries qui y étaient tournées. Il y avait même une affiche de *Morgue* sur laquelle on pouvait voir Bijou au milieu d'un petit groupe d'enquêteurs, les sourcils froncés dans un effort louable pour faire triompher la justice. Chris se tenait à sa droite, beau comme un ange malgré un brushing audacieux. Continuant à m'en remettre aux indications de Chris, je pris les escaliers jusqu'au premier étage.

J'y trouvai une sorte de salle d'attente ainsi qu'une réceptionniste absorbée dans un roman de Nora Roberts. De là partaient différents couloirs d'où parvenaient les échos d'une activité fébrile, sans rapport avec le calme presque oppressant du rez-de-chaussée. Alors que je m'apprêtais à donner mon nom à la réceptionniste, quelqu'un arriva derrière moi et me héla :

— Bailey ?

Je fis volte-face et me retrouvai devant une curieuse créature aux cheveux très noirs coiffés en pétard, arborant moult piercings depuis le sommet du front jusqu'au menton.

— Je suis Cara, me dit-elle après que je lui eus confirmé mon identité. Chris m'a demandé d'être votre guide. Je peux vous conduire jusqu'à lui maintenant.

Une fois que la réceptionniste m'eut remis un badge pour visiteurs je suivis mon guide dans le dédale des couloirs. Nous longeâmes toute une série de portes qui, en toute logique, vu le peu d'intervalle qui les séparait, devaient s'ouvrir sur des loges. Un homme habillé en policier émergea de l'une d'elles et je pus voir que l'espace était presque totalement occupé par un énorme fauteuil en Skaï.

— Ce sont les loges des figurants, ceux qui n'ont presque pas de texte, m'expliqua Cara en voyant que je regardais à l'intérieur. Chris est de l'autre côté, avec les acteurs.

Chris n'était pas dans sa loge. Après avoir frappé à sa porte, Cara entra et, bien que la pièce fût vide, m'invita à y pénétrer.

— Il m'a dit que s'il était au maquillage, vous pouviez l'attendre ici. Mettez-vous à l'aise. Je doute qu'il en ait pour très longtemps.

La loge qu'il avait ici était plus grande que celle que j'avais visitée dans la caravane et, excepté un tas de fringues sur un fauteuil, elle était mieux rangée : des piles de livres et de magazines, une chaîne stéréo flambant neuve et plusieurs bouteilles d'eau minérale. J'y trouvai même un Rubik's Cube qui me fit patienter pendant quelque temps.

— Oh, garde-le s'il te plaît. Ce genre de truc me rend dingue, me dit Chris en arrivant dans sa loge.

— Je ne t'imaginais pas en joueur de Rubik's Cube.

— Ma mère me l'a envoyé après que je lui ai expliqué que le métier d'acteur consistait à courir, puis à attendre.

Il portait un jean et une chemise blanche. Il était légèrement maquillé, comme lorsque j'étais allée le voir sur les lieux de son tournage quelques jours auparavant. Il se pencha vers moi et m'embrassa.

— Comment ça va, ce matin ?

— Malgré un épouvantable mal de tête, j'ai l'impression que mon corps a fini par évacuer la drogue. J'ai un peu abusé du vin hier soir.

— Raconte, me dit-il avec une mine étonnée.

— Oh, il n'y avait que moi et la bouteille, sur la terrasse, m'empressai-je d'expliquer. Je me suis enivrée sans m'en apercevoir, en contemplant les lumières de la ville.

Je me sentais curieusement coupable. Sans doute à cause des nombreuses pensées que j'avais eues pour Beau. Sans doute aussi parce que je n'avais pas l'intention de lui révéler les propos de Bijou puisque j'avais donné ma parole à la diva de *Morgue* de les garder pour moi seule.

— Eh bien, j'arriverai peut-être à sortir suffisamment tôt ce soir pour que tu ne boives pas en solitaire, dit-il.

Il souriait, mais il paraissait préoccupé. Je savais bien qu'il devait être tendu à cause du tournage et que ma présence dans les studios n'était pas faite pour le détendre.

— Ah, ce programme me paraît excellent, dis-je. Maintenant, parle-moi du planning de ce matin.

— Je dois tourner une scène avec Bijou – dans les bureaux de la morgue. Cara sera ton ange gardien et s'assurera que tu ne trébuches pas dans les câbles… et qu'on ne t'oublie pas dans l'un des tiroirs de la morgue.

— Pardon ? m'écriai-je.

Chris se mit à rire.

— Quand on ouvre les tiroirs pour les besoins d'une scène, ce sont de vraies personnes à l'intérieur. Ils ont recours à des figurants parce qu'ils ont l'air plus vrais que des mannequins. Cela dit, même si j'ai le droit de recevoir des visiteurs, essaie de ne pas te faire remarquer. Alex rôde et j'aimerais autant qu'il ne se demande pas ce que tu es venue faire ici.

— Pas de problème. Même si je meurs d'envie de te voir tourner une scène, mon objectif premier est de questionner Deke sur l'histoire du prêt pour voir sa réaction. Où est-il censé se trouver ?

— Il est dans les parages, pas loin des caméras. Il bosse sur les décors. Tout est déjà en place, mais il doit rester dans le coin au cas où ils décideraient de changer quelque chose.

— Je n'ai pas une folle envie de m'entretenir avec lui, mais il faut bien que quelqu'un s'y colle.

— Essaie simplement de ne pas faire de vagues. Si Alex apprend que…

— Je sais, je sais.

Quelqu'un frappa légèrement à la porte et Cara passa sa tête par l'ouverture après avoir été invitée à entrer.

— Ils t'attendent, Chris.

— OK, j'arrive.

Il attendit qu'elle referme la porte.

— Tu ne vas pas me croire, mais la production insiste pour que les vedettes soient escortées de leur loge jusqu'au plateau. On pourrait penser qu'ils ont organisé ça parce que certains acteurs ont pété un câble et se sont enfermés dans une pièce au hasard.

— Tu as déjà eu ce genre de pulsion ?

Il leva les yeux vers le plafond d'un air songeur avant de me regarder en souriant :

— Non. Je veux dire, il y a bien des moments ces jours-ci – maintenant que le succès semble à portée de main – où la pression est incroyablement forte et où je me pose quelques questions. Mais je n'ai aucune envie d'envoyer tout promener. C'est pour cela que je ne peux croire que Tom ait simplement tout laissé tomber.

— Bon, est-ce que je te suis ?

— Non, Cara va m'accompagner sur le plateau, puis elle reviendra pour te chercher d'ici quelques minutes.

— Juste une chose avant que tu y ailles. Sais-tu où et quand Tom a joué *La Mégère apprivoisée* ?

— Pourquoi me poses-tu cette question ? me demanda-t-il, totalement ébahi.

— C'est juste une petite piste que je veux creuser.

— Il a joué dans tellement de pièces... Certaines dans le petit théâtre dont je t'ai parlé, mais, en fait, il a joué un peu partout.

Il regarda distraitement dans le miroir et lissa sa chemise.

— Avait-il un agent que je pourrais contacter ?

Chris s'immobilisa.

— Un agent ? Pourquoi voudrais-tu parler à un agent ?

— Pour me renseigner sur la pièce.

— Il n'avait pas d'agent attitré. Il utilisait les services d'agents *free-lance* de temps en temps. Dis, je dois y aller. C'est bon ?

Il quitta la loge, plus songeur encore qu'à son arrivée, et je m'avisai, un peu tard, que j'aurais dû éviter de l'ennuyer avec cette affaire juste avant le tournage.

Durant les quelques minutes qui suivirent, je tâchai de me décontracter un peu, puis, par ennui plus que par curiosité, je sortis de la loge. Quelques techniciens en jean et tee-shirt froissé erraient dans les couloirs. Soudain, une femme, sans doute maquilleuse (avec un énorme sac autour de la taille), passa en courant comme si elle venait d'entendre une alarme incendie. L'une des lèvres de Bijou avait peut-être fini par exploser ! Comme je la regardais passer, j'aperçus Deke au bout du couloir. Je vis qu'il m'avait reconnue, mais il m'ignora résolument et passa devant moi en sirotant une canette de Coca.

— Salut, Deke, fis-je, saisissant ce qui serait peut-être mon unique chance. Tu aurais une minute ?

— Pas vraiment, me fit-il d'un ton peu enjoué en me regardant avec méfiance.

— C'est vraiment important. Vraiment.

— Tu as très exactement trente secondes. C'est à quel sujet ?

Il s'approcha de moi et me regarda avec intensité de ses yeux ardoise. Je vis avec dégoût que des poils épais lui sortaient du nez.

— Tu te rappelles notre discussion sur Tom ? J'ai découvert que tu lui avais emprunté une grosse somme d'argent et que tu avais refusé de le rembourser.

J'y allais plutôt fort. De toute façon, si c'était Deke qui avait drogué mon verre, il devait déjà avoir des soupçons à mon égard et ma tactique n'allait pas changer grand-chose à ma situation.

Il soutint mon regard, mais il ne put s'empêcher d'humecter ses lèvres nerveusement.

— Alors tu te prends vraiment pour Miss Marple, n'est-ce pas ?

— J'essaie juste de rendre service, répondis-je.

— Eh bien, pour formuler les choses poliment, ce ne sont absolument pas tes oignons. Mais si tu tiens vraiment à le savoir, j'ai remboursé Tom dans la semaine qui a précédé sa mort. Tout allait très bien entre nous, merci.

— Vraiment ? l'interrogeai-je, incrédule. Alors, je présume que ça figure sur ses relevés de compte bancaire ?

— Il ne m'avait pas chargé de gérer son patrimoine, répliqua-t-il goguenard.

J'en étais à penser à l'attitude que je devais adopter quand Cara m'appela depuis le fond du couloir en me faisant signe de me dépêcher. J'aurais bien voulu poursuivre ma conversation avec Deke, mais ça n'allait pas être possible.

Je rejoignis donc Cara qui m'emmena au pas de course vers un escalier que nous descendîmes. Lorsque nous fûmes arrivées à l'étage inférieur, elle me guida jusqu'à une porte surmontée d'une lumière rouge.

— Votre portable est éteint ? me demanda-t-elle devant la porte.

— Bonne question, fis-je en fouillant dans mon sac.

Une fois que je l'eus éteint, elle ouvrit la porte et nous entrâmes dans une pièce faiblement éclairée et spacieuse où se trouvaient déjà au moins trente personnes. Il y avait là beaucoup de techniciens, vêtus de l'uniforme habituel – jean et tee-shirt –, et certains y avaient ajouté des ceintures de travail d'où pendaient divers outils. Étaient également présents quelques types en costard qui restaient à l'écart.

Sur ma gauche se trouvait une vaste salle d'autopsie avec des tables en inox, des éviers et même une odeur de désinfectant, sans doute destinée à mettre les acteurs dans l'ambiance. Seules les fenêtres étaient factices puisque chacune donnait sur un faux mur de briques simulant un immeuble. Je supposais que les téléspectateurs n'y verraient que du feu.

Toujours sur ses talons, je suivis Cara dans la deuxième partie de l'étage qui hébergeait une scène, fortement éclairée, ainsi qu'une sorte de salle de travail défraîchie accueillant une douzaine de bureaux. Chris était assis sur l'un d'eux et regardait le plafond. Bijou se tenait juste devant lui et étudiait le scénario, tandis qu'un coiffeur s'affairait autour de sa tête. Quelques techniciens s'agitaient sur le plateau, suivant les instructions qu'un type d'une quarantaine d'années leur aboyait. Alors que la scène du parc avait été filmée au moyen de caméras mobiles, celle-ci l'était avec deux caméras fixes.

Cara m'indiqua un endroit sur le côté du plateau où se trouvaient déjà quelques membres de l'équipe technique attendant qu'on ait besoin de leurs services. De là, je pouvais voir un groupe de plusieurs personnes, toutes assises sur des chaises de producteur et placées devant des écrans-moniteurs. Au milieu d'elles, j'aperçus Alex, en grande discussion avec quelqu'un que j'identifiai comme le réalisateur. Et soudain je vis Deke. Il avait dû prendre un autre chemin que le nôtre. Tâchant de me faire discrète, je reculai de quelques pas afin de me placer dans l'ombre d'une paroi mobile qui se trouvait derrière moi.

La tension qui régnait dans la pièce était palpable, comme si tous étaient sur des charbons ardents en attendant une information quelconque. Quelqu'un annonça : « Dernière prise ! » La maquilleuse que j'avais aperçue un peu avant sortit vivement de l'ombre pour repoudrer les lèvres de Bijou et se retira aussi vite.

— On y va, dit la même voix. Eeeet... action !

Cara plaça son index devant ses lèvres pour me signaler qu'il ne fallait plus faire un bruit, puis, concentrée sur ce que quelqu'un lui disait dans son oreillette, elle s'éloigna.

Bijou parla en premier.

— Mais la mort est intervenue avant minuit, Jared. L'autopsie le prouvera.

Chris secoua la tête.

— Il faut tenir compte de la chaleur de la pièce, dit-il. Ça change tout.

Il paraissait tellement à l'aise, tellement décontracté, malgré tous ces gens autour de lui ! J'oubliai Deke, Tom et tout le reste pour me laisser happer par cet échange entre les deux acteurs.

Puis, subitement, je ressentis une sensation étrange sur le cou-de-pied. Je baissai la tête pour essayer de distinguer, dans la pénombre, ce dont il s'agissait : un immense serpent noir rampait sur mon pied. Ma respiration se bloqua dans ma poitrine. Je fis tout ce que je pus pour ne pas crier, mais ce fut plus fort que moi. Je laissai échapper un long hurlement digne de la bête du Gévaudan, puis je fis un bond en arrière.

13

Le serpent poursuivit son chemin jusqu'au mur, puis je le perdis de vue. Je pris conscience que les murmures dans la pièce avaient cessé en une fraction de seconde et que les deux acteurs s'étaient arrêtés de jouer. Je regardai autour de moi. Cara se précipitait sur moi et tout le monde m'observait ou cherchait encore à déterminer d'où avait pu venir le cri.

— C'est quoi, ce bordel ?! rugit le réalisateur.

Je restai silencieuse, comme paralysée, espérant sans doute qu'il ne s'agissait que d'une exclamation purement formelle et que le tournage allait reprendre dans les toutes prochaines secondes, comme si de rien n'était. Alors, je pourrais tout simplement murmurer à l'oreille de Cara ce qui s'était passé et m'éclipser en la laissant se débrouiller avec le reste.

Mais le réalisateur s'obstina :

— J'ai posé une question ! C'est quoi ce bordel ?

Ce qui signifiait certainement qu'il fallait que je me porte volontaire pour donner une réponse. La surprise et la répulsion que m'avait inspirées le serpent avaient aussitôt laissé place à un sentiment d'humiliation totale et impitoyable. Je ne m'étais pas sentie aussi mal depuis la maternelle, lorsque ma culotte avait glissé à terre tandis que je sautillais dans ma plus belle robe rose. Mon malaise empira encore lorsque je croisai le regard vraiment consterné de Chris. Son visage était devenu blême.

— Je… je suis désolée, bafouillai-je. Mais il y avait un énorme serpent près de moi sur le sol. Il… il est parti par là.

Quand ils entendirent le mot « serpent », les gens qui se trouvaient sur le plateau poussèrent des cris d'effroi en scrutant le sol avec angoisse.

— Un serpent ? dit le réalisateur d'une voix cassante en quittant son fauteuil. Il n'y a pas de serpent ici.

Il marcha vers moi, suivi, à mon grand désarroi, par Alex.

— Eh bien, aujourd'hui, il y en avait un, m'entêtai-je. Je crois que vous devriez le chercher. Il pourrait être dangereux.

— J'ai une peur bleue des serpents, annonça Bijou d'une voix aiguë. Il faut le trouver – ou je ne pourrai pas continuer le tournage.

Le réalisateur arriva à ma hauteur.

— Quel genre de serpent ? demanda-t-il. Vous parlez d'une couleuvre ?

Je remarquai qu'Alex se tenait silencieusement derrière lui, la bouche pincée. Son visage me donnait à penser qu'il n'aurait vu aucun inconvénient à ce qu'un python géant broie la totalité de mes os avant de m'avaler toute crue.

— Non, rien à voir avec une couleuvre, dis-je en tâchant d'avoir l'air aussi calme et aussi saine d'esprit que possible. Il faisait au moins un mètre cinquante et il était noir avec des rayures blanches.

— Vous en êtes sûre ? Et vous dites qu'il a disparu derrière le plateau ? insista-t-il en désignant du menton cette direction.

Puis il me regarda à nouveau et posa la question que je redoutais le plus :

— Mais d'abord, qui êtes-vous ?

Que faire ? Je ne voulais causer aucun ennui à Chris.

— Je m'appelle Bailey Weg...

— Voilà ce qu'elle a vu ! cria brusquement une voix masculine derrière moi.

Simultanément, nous nous retournâmes. La voix appartenait à mon bon vieux pote Deke. Il était accroupi, ses deux énormes bras reposant sur ses cuisses de bœuf, et désignait du doigt un câble noir, partiellement enroulé sur le sol :

— Voilà son serpent !

— Oh, bon sang, fit le réalisateur en soupirant bruyamment, avant de retourner vers son fauteuil.

— Ce *n'*est *pas* ce que j'ai vu ! hurlai-je en essayant de refouler la crise de nerfs. Je suis absolument certaine d'avoir vu un serpent avec des marques blanches.

— Vous devez quitter le plateau, décréta Alex, d'une voix basse mais étonnamment déterminée, comme s'il était prêt à me tordre le bras si je n'obtempérais pas. Immédiatement.

Il n'était pas question que je m'attarde. De toute façon, rien de ce que j'aurais pu dire n'aurait réussi à les convaincre, et je n'avais qu'une envie : décamper. Quant au serpent, peu m'importait qu'il s'en prît à eux – sauf à Chris, bien sûr. Je n'osais pas le regarder. Je baissai donc la tête et me hâtai vers la sortie, avec Cara à mes trousses. Elle devait sans doute essayer de faire croire qu'elle agissait en bon soldat, déterminé à remplir sa mission quoi qu'il lui en coûtât. Cela dit, alors que nous passions près des loges, elle me fit connaître le fond de sa pensée.

— Je vous laisse seule pendant deux secondes et vous foutez la merde sur tout le plateau. Je pourrais me faire virer pour ça.

— Et qu'auriez-*vous* fait si un énorme serpent était venu s'installer sur *votre* pied ? Vous auriez pris la chose en souriant et en gardant votre calme ?

— S'il s'agissait bien d'un serpent ! Qu'est-ce qu'un serpent viendrait bien faire ici ?

— C'est à vous de me le dire. Y a-t-il une scène qui inclue un serpent ?

— Sur le plateau des *Experts*, ils pourraient très bien faire sortir un serpent d'un cadavre, en pleine autopsie. Mais notre série est beaucoup plus réaliste.

— Écoutez, dis-je, comprenant que je ne parviendrais pas à la convaincre, je suis désolée de vous avoir causé un problème. Pouvez-vous aussi dire à Chris que je suis très embarrassée ? Je l'appellerai plus tard.

Par chance, un taxi était en train de déposer un client devant l'immeuble et je pus donc m'engouffrer dedans. Affalée sur le siège en skaï, j'avais le plus grand mal à retrouver mes esprits.

— Vous allez me donner une adresse ou quoi ? grommela le chauffeur en arrivant au croisement. J'avais surtout envie de lui demander de me laisser dans un bar du Village où je pourrais noyer mon humiliation dans la margarita, mais je devais me rendre au bureau pour y terminer mon article sur Tom.

Je ne cessais pas de me repasser mentalement la scène que je venais de vivre. Était-il possible que mon imagination m'ait joué un tour, me faisant prendre le câble pour un serpent ? Un technicien aurait tiré dessus, le faisant glisser sur mon pied, et la pénombre du plateau aurait fait le reste ? D'ailleurs, peut-être était-ce Deke qui avait tiré sur ce câble afin de me faire peur ? La dernière fois que je l'avais aperçu, il était très loin de moi sur la droite, mais il avait très bien pu se rapprocher pendant que je me concentrais sur la scène que jouait Chris.

Non, j'en étais quasi certaine, j'avais bien vu un affreux serpent tout à fait vivant. Il avait des marques blanchâtres sur le dos, ce qui n'était pas le cas du câble électrique. Et puis j'avais nettement entraperçu une tête de reptile, un genre de triangle qui aurait paniqué n'importe qui.

Mais que pouvait donc bien faire un serpent sur le plateau ? Était-il possible qu'il ait appartenu à Deke et que celui-ci l'ait relâché quand il m'avait vue arriver sur le plateau ? C'était tout à fait le genre de mec à aimer cette sorte d'animal de compagnie. Ou alors, le serpent avait élu domicile dans l'immeuble pour une raison inconnue. Chris en apprendrait sans doute plus dans la journée et pourrait me renseigner. L'évocation de Chris me retournait l'estomac. Pourquoi n'était-il pas venu à mon secours ? J'aurais tellement voulu qu'il leur dise que j'étais l'une de ses amies et que je n'étais pas sujette aux hallucinations. Mais tout s'était passé si vite. Je ne pouvais pas vraiment lui en vouloir de ne pas être intervenu.

Quand j'arrivai dans les locaux de *Buzz*, l'agitation était à son comble, comme si quelqu'un venait de répandre quelques milliers de punaises sur le sol. Le lundi était toujours une journée de grande effervescence et parfois de pure folie en cas d'événement spécialement important (par exemple, quand un couple de stars rompait ou qu'une célébrité était surprise avec son pantalon sur les chevilles). Ce jour-là, il semblait bien qu'un scoop dans le genre avait été annoncé.

— Que se passe-t-il ici ? demandai-je à Jessie en arrivant dans mon bureau. On dirait qu'on vient d'entrebâiller la porte de l'enfer.

Comme je m'installais, j'aperçus Nash dans son bureau vitré qui secouait vivement la tête en parlant à Valerie et à plusieurs autres rédacteurs.

— Il semble que Nash ait décidé de modifier la couverture. Du coup, c'est l'affolement général, m'expliqua Jessie, philosophe. Et toi, qu'est-ce que tu as ? Tu fais une mine de trois pieds de long comme si tu venais de te coincer le dos en montant les escaliers.

Je lui fis le récit de mon aventure cauchemardesque à Chelsea Piers. Leo, qui jusqu'alors nous écoutait d'une oreille distraite, se rapprocha pour en savoir plus.

— Un serpent ?! s'étonna Jessie. Tu te fiches de moi ?

— On dit que si tu rêves de serpent, c'est qu'il est grand temps que tu t'envoies en l'air, ajouta Leo. Ou, attends… c'est plutôt que tu as peur du sexe. Je ne sais plus très bien.

— Je n'ai pas *rêvé* de serpent, Leo ! insistai-je, exaspérée. J'en ai vraiment *vu* un !

Il haussa les épaules et retourna à son ordinateur. Jessie, de son côté, me pressa de lui donner d'autres détails.

— Et Chris ? demanda-t-elle. Il était là pendant tout ce micmac ?

— Oh, oui ! Et d'après la tête qu'il faisait, on aurait pu croire que je venais de me lancer dans un strip-tease sauvage, persuadée qu'il s'agissait d'une audition pour la pin-up de la semaine. Il avait l'air totalement catastrophé.

— Tu as pu lui parler après l'incident ?

— Non, il était en plein tournage. Je l'appellerai plus tard. Je suis sûre que tout va bien se passer.

Mouais… pas si sûre.

Il fallait que je me mette au boulot, mais je devais avant tout partir à la chasse au serpent. J'affichai Google à l'écran – section « Grands serpents » – et y trouvai divers sites consacrés à ces charmantes créatures. Je ne mis pas longtemps à en repérer une qui correspondait à mon « agresseur » : *Lampropeltis getulus*, plus connu sous le nom de serpent-roi. Présent dans la plupart des régions méridionales des États-Unis (ce qui ne m'expliquait pas comment il avait atterri à Chelsea Piers), avec une taille allant de soixante centimètres à un mètre soixante. De couleur noire ou brun foncé avec des marques blanches ou jaunâtres. Bonne nouvelle pour ceux qui étaient restés sur le plateau : il n'était pas venimeux et suivait un régime à base de serpents, même venimeux. Hum, on en mangerait…

Après avoir pris un café, je me rendis au département Photo afin de voir ce qu'ils avaient pu préparer pour mon article sur Tom. Ils avaient décidé d'utiliser la photo d'identité que je leur avais donnée ainsi qu'un cliché que la production de la série avait dû leur fournir puisqu'il représentait Tom assis derrière son bureau de la morgue, brandissant une liasse de papier. L'article ne faisait que quelques paragraphes, ce qui était plutôt court selon les standards de *Buzz*. Je trouvais assez attristant que le magazine accordât plus d'importance à un changement de coiffure de Jessica Simpson qu'à la mort de Tom, mais je n'y pouvais pas grand-chose. De toute façon, je soupçonnais que Tom aurait préféré ne jamais apparaître dans les colonnes d'un hebdomadaire du type de *Buzz*.

De retour à mon bureau, je relus le texte que j'avais soumis le vendredi précédent. Je devais le mettre à jour en fonction des développements de l'enquête et cela me fournissait une excuse toute trouvée pour rappeler le shérif Schmidt. Cette fois-ci, je tombai directement sur lui et je crus bon de lui préciser que mon appel était strictement professionnel.

— Pourquoi ne pas me l'avoir dit plus tôt, me dit-il, manifestement très en colère.

— Je suis désolée, m'excusai-je afin de ne pas l'irriter plus encore. Mais, à l'époque, je ne savais pas que je devrais écrire un article sur la mort de Tom. Si j'ai essayé de le retrouver, c'était pour rendre service à un ami, et non en qualité de journaliste.

— De toute façon, je n'ai pas grand-chose à vous dire. Nous savons aujourd'hui que le cadavre est bien celui de Tom Fain et que la mort résulte de coups répétés, portés avec un objet pointu. Nous continuons à interroger les gens dans la région d'Andes et, avec l'aide du bureau new-yorkais de la police d'État, ceux qui le côtoyaient à New York City. À ce jour, nous n'avons aucun suspect.

Je sentais à sa voix que l'enquête n'avait pas vraiment progressé, même s'il n'en conviendrait jamais.

— Pensez-vous que Tom puisse avoir été tué par quelqu'un qui travaillait avec lui sur la série ? demandai-je avec candeur.

Tout en sachant que je n'obtiendrais aucune information du shérif Schmidt, j'étais néanmoins curieuse de sa réponse.

— À ce stade, je ne suis pas en mesure de discuter vos hypothèses.

Je ne pouvais m'empêcher de ressentir une certaine culpabilité en songeant aux informations que je détenais : la visite de Bijou à Tom et sa révélation concernant l'arrivée d'un visiteur inconnu. Mais je lui avais donné ma parole de ne pas dévoiler ses propos à la police. Si, le lendemain, elle ne le faisait pas elle-même, il serait encore temps pour moi de prendre les choses en main.

Il y avait cependant un élément que je pouvais révéler au shérif Schmidt et je me dis que le moment était opportun. Je lui racontai donc qu'en effectuant des recherches pour mon article (légère distorsion de vérité), j'avais découvert que Tom avait prêté plusieurs milliers de dollars à l'un des techniciens travaillant sur la série et qu'il avait apparemment eu quelques difficultés à en obtenir le remboursement. Jusqu'à présent, j'avais hésité à jeter Deke en pâture aux lions, mais il me semblait désormais clair que le type en question était une pourriture.

Schmidt resta silencieux pendant un instant durant lequel je n'entendis que sa respiration.

— Oui, nous sommes au courant de cet élément, finit-il par déclarer.

Je me demandais bien comment il avait pu l'apprendre.

— Oh, monsieur Barish a dû vous en parler, dis-je.

Il ne répondit rien, sans doute parce que j'avais visé juste.

— Y a-t-il d'autres informations que vous souhaiteriez partager avec moi ?

— Non, c'est tout, m'empressai-je d'ajouter, consciente que ma voix frisait les aigus.

Il aurait sans doute été furieux d'apprendre de ma bouche la petite excursion de Bijou dans les Catskills.

— Je compte sur vous pour me communiquer tout élément intéressant que vous viendriez à connaître.

— Bien entendu, lui répondis-je.

Mon article pour *Buzz* me donnait également un excellent alibi pour contacter Harper. Elle pouvait toujours me la jouer surbookée quand je l'appelais à titre personnel, mais, en sa qualité de responsable de communication pour *Morgue*, elle pourrait difficilement refuser de réagir au message que je m'apprêtais à lui laisser.

— Harper, c'est Bailey Weggins. *Buzz* doit faire paraître un court article sur la mort de Tom et je souhaiterais savoir si la production et les acteurs de *Morgue* entendent faire une déclaration officielle à ce sujet.

Bon, il ne lui serait pas trop difficile de concocter le message de condoléances habituel (« Nous avons l'immense douleur… »), mais en bonne communicante, elle voudrait nécessairement revoir l'article avant qu'il soit mis sous presse et avoir ainsi la possibilité de le modifier selon ses intérêts.

Durant la demi-heure suivante, je continuai à travailler sur mon article afin d'y intégrer ce que j'avais pu apprendre du shérif. Je voulais aussi ménager un peu de place aux révélations éventuelles que pourrait me faire Harper. Mon papier décrivait Tom comme un jeune acteur plein de promesses et mon cœur se serrait en pensant à tout ce qu'il aurait pu faire.

Après avoir transmis mon projet à Valerie (avec quelques blancs indiquant que j'étais dans l'attente de nouvelles informations), je m'accordai une tasse de café afin de réfléchir aux prochaines étapes qui m'attendaient. Je venais de rédiger une annonce sur le décès de Tom, mais il me restait à découvrir son meurtrier. Sur ma liste, Deke et Alex étaient définitivement nominés et Harper était jeune espoir féminin. Mais pour le moment, aucun élément ne me permettait de retenir l'un d'entre eux.

Une seule de mes pistes restait à explorer : celle des vers tirés de *La Mégère apprivoisée* que Tom avait cités. Je devais à tout prix savoir où et quand il avait joué cette pièce et ce qu'elle pouvait signifier pour lui. Chris ne connaissait pas le nom de l'agent auquel Tom avait recours, mais Barish le saurait peut-être. Je lui téléphonai donc.

— Il me semble que mes archives mentionnent effectivement un nom, me dit-il après que je lui eus posé la question.

Je l'entendis ouvrir un tiroir.

— Oui, c'est cela : Buddy Hess.

Et il me donna son numéro.

— Merci ! Je vous tiens au courant. J'ai parlé au shérif aujourd'hui. J'ai cru comprendre que vous lui aviez touché un mot du prêt impayé.

— Oui, je vous remercie de m'y avoir fait penser. Ce pourrait tout à fait être un mobile et je veux qu'ils se penchent sur le cas de ce Deke.

— Je l'ai vu aujourd'hui sur le plateau et il m'a dit qu'il avait remboursé Tom dans la semaine qui a précédé sa mort. Pourriez-vous vérifier si le relevé bancaire de Tom fait bien état d'un tel dépôt ?

— Je vais voir ce que je peux trouver, mais il pourrait très bien avoir décidé de s'en servir comme réserve de liquide.

Exact. De même que Tom aurait très bien pu utiliser ces fonds pour faire l'avance promise à Barry, l'homme qui devait lui faire les travaux dans la maison d'Andes. Pourtant, je restais très incrédule quant au remboursement de ce prêt.

— Bien, merci de me tenir au courant, ajouta Barish. Je dois vous laisser. J'ai un client qui m'attend.

— Juste par curiosité, poursuivis-je avant qu'il raccroche. Tom essayait-il de monter une pièce qu'il avait écrite ?

— Qui vous a dit cela ?

— Plusieurs personnes m'en ont parlé.

— C'est exact. Bon, il ne visait pas Broadway, bien sûr. Il envisageait quelque chose de plus confidentiel.

— On m'a dit que ce projet était l'une des raisons pour lesquelles il souhaitait vendre la maison – afin de le financer.

— J'imagine que c'est ce qu'il comptait faire.

— Pourtant, il avait déjà pas mal d'argent à sa disposition. Pourquoi ne pas avoir simplement retiré de l'argent sur son compte bancaire ?

— Parce que le coût de tout cela était bien supérieur à ses réserves en banque. Même une production modeste coûte une petite fortune.

— Aurait-il pu retirer des fonds des placements que lui avaient légués ses parents ?

Barish soupira comme si je venais de suggérer que la Terre était plate.

— De toute façon, la maison était un gouffre financier et Tom voulait s'en séparer. Par ailleurs, j'aurais manqué à mes obligations si j'avais laissé Tom puiser dans son capital. Ses parents souhaitaient qu'il retirât de ces placements une rente jusqu'à sa mort. Maintenant, si vous voulez bien m'excuser…

Barish m'ayant signifié mon congé, j'appelai le numéro qu'il m'avait donné pour Buddy Hess. Plutôt que de m'identifier comme journaliste pour *Buzz* – ce qui m'aurait assuré une fin de non-recevoir –, je dis à la réceptionniste arrogante qui décrocha que je détenais d'importantes informations sur le meurtre de Tom Fain. Hess fut au bout du fil en moins d'une minute.

— Tout d'abord, puis-je vous demander qui vous êtes ? me dit-il avec courtoisie.

Je lui expliquai comment j'en étais venue à enquêter sur la disparition de Tom et comment je cherchais aujourd'hui à découvrir l'identité de son assassin.

— Tout cela est vraiment tragique, me dit-il d'un ton emprunté. Tom était un amour et il n'y en a pas beaucoup dans ce métier. Mais quelle est cette information que vous souhaitiez me communiquer ?

— En fait, j'espérais que *vous* auriez des informations à me transmettre. J'examine actuellement différentes pistes liées à la mort de Tom et j'aurais bien besoin de votre aide.

— N'est-ce pas là le travail des policiers ? s'étonna-t-il.

— Sans doute, mais ils sont dans le nord de l'État et ne disposent apparemment pas de moyens suffisants pour effectuer leur enquête. Comme vous le disiez, Tom était un amour et il m'est insupportable d'envisager que son meurtrier puisse s'en sortir indemne.

— Très bien. Alors que puis-je faire pour vous ?

— Tom a joué dans *La Mégère apprivoisée*, ici, à New York. Sauriez-vous où et quand ?

— *La Mégère apprivoisée* ? Cela me rappelle vaguement quelque chose. Maddy, pouvez-vous me trouver une copie du CV de Tom Fain, s'il vous plaît ? Vous devez savoir que je ne représentais les intérêts de Tom qu'en *free-lance*, alors il m'est difficile de connaître son parcours sur le bout des doigts.

— En quoi ce système diffère-t-il de vos relations avec les autres acteurs dont vous êtes l'agent attitré ?

— Eh bien, acteur et agent sont dans ce cas liés par un contrat. Mais on ne le propose que lorsqu'on est raisonnablement sûr qu'un tel contrat profitera aux deux parties. En pratique, je suis la carrière de tout un groupe d'acteurs, et lorsque j'entends parler d'un travail qui pourrait leur convenir, je soumets leur photo à des agents de casting sur une base *free-lance*. J'ai fait cela pour Tom concernant un petit rôle sur *Morgue* et ils l'ont tellement apprécié qu'ils l'ont auditionné pour le rôle principal. Il a bien failli le décrocher, mais ils se sont rétractés à la dernière minute et il a fini par obtenir le rôle pour lequel il avait initialement postulé.

— Je crois savoir qu'il en était assez déçu.

— C'est vrai. Mais comme je le lui ai dit, ce n'était pas si mal que cela. C'est… c'était un bon acteur et il avait un physique très avantageux. Je pense qu'il aurait de toute façon fini par réussir. À ce stade, je lui ai proposé de signer un contrat, mais il m'a semblé subitement réticent. Je crois qu'il me soupçonnait d'être responsable de son échec concernant le rôle principal… Ah, voyons voir… Il a fait *La Mégère* en février dernier, au Chaps Theater, sur la 13e Rue Ouest.

— C'est le théâtre dont il était sociétaire, n'est-ce pas ?

— En effet. Il s'agit d'un théâtre très avant-gardiste. Petit, mais j'ai un peu travaillé pour eux et l'équipe m'a paru très honorable.

— Je vous remercie. À propos, est-il vrai que Tom n'a pas eu le rôle de Jared parce que les producteurs ont découvert qu'il avait suivi une cure de désintoxication ?

— D'où tenez-vous cela ?

— On me l'a dit durant mon enquête.

— Oui, une sale histoire. J'ai essayé de faire comprendre au producteur que cela avait eu lieu dans des circonstances très particulières – la mort de ses parents, etc. Je ne voyais absolument aucune raison d'en faire un problème. Mais ils n'ont voulu prendre aucun risque.

— Mais comment l'ont-ils appris ? Ils ont fait une enquête ?

— Ils vérifient effectivement les CV, mais, dans ce cas, j'ai eu l'impression que quelqu'un les avait tuyautés.

Un frisson me parcourut.

— Vous voulez dire que quelqu'un lui a taillé un costard ?

— En quelque sorte, oui. Ce métier n'est pas toujours rose. Avez-vous vu *Rosemary's Baby* ? Son mari fait un pacte avec le diable pour décrocher un rôle. Eh bien, je peux vous dire que ce n'est rien en comparaison de ce que j'ai pu voir.

Après avoir raccroché, je me dirigeai vers la kitchenette pour y prendre un autre café, puis j'allai m'installer avec ma tasse dans l'une des salles de conférences situées au bout de l'étage. Je fermai la porte et m'affalai dans un fauteuil, loin de la cacophonie de ce jour de bouclage. J'avais une sensation étrange, mais je ne savais pas à quoi l'attribuer. Il s'agissait peut-être du contrecoup de tout ce que j'avais vécu ces derniers jours. Et puis, je prenais conscience que, plus j'en apprenais sur Tom, plus son histoire m'émouvait. C'était comme si on avait effectivement jeté un sort à ce pauvre garçon : d'abord, il avait perdu ses parents, puis le rôle de ses rêves, et, enfin, il avait été victime d'un assassinat. Sa propre personnalité pouvait d'ailleurs partiellement expliquer sa mort. Tom était un chic type, gentil et généreux, mais aussi assez influençable. Et cet aspect de son caractère lui avait nui en différentes occasions. Il avait du mal à dire non à des types comme Deke qui en voulaient à son argent, mais aussi à des filles qui en voulaient à son corps. À ma connaissance, Blythe, Harper et Bijou étaient toutes allées le chercher.

Après cette pause, je regagnai le grand bazar qu'étaient devenus les bureaux. Des gens s'agitaient dans tous les sens, aboyant au téléphone et se hurlant des réponses d'un bureau à l'autre. D'après ce que je savais, Tom Cruise venait de disparaître avec Paris Hilton, et Nash avait décidé d'en faire sa couverture. Tout cela ne me faisait pas vraiment vibrer.

Alors que je finissais de revoir mon article, Harper m'appela.

— Alors, maintenant, tu as la casquette d'une journaliste de *Buzz*, c'est ça ? lança-t-elle d'un ton aussi sarcastique que ses paroles.

— Je n'ai jamais eu d'autre casquette, et tu le savais.

— Mais je ne savais pas que tu couvrais cette histoire. Tu étais censée te contenter d'aider Chris.

— Écoute, Harper, dis-je en tâchant de dominer mon intonation, je te jure que je n'ai pas travesti la situation. On fait simplement une petite brève sur l'histoire de Tom. Peux-tu me donner une déclaration que je pourrais utiliser ? Simplement un truc sympa sur Tom de la part des acteurs et de la production.

— « La mort de Tom nous affecte terriblement. C'était un merveilleux acteur et un rouage essentiel de la série. Il nous manquera énormément. » Voilà, c'est tout ?

— En fait, non. Je voudrais discuter avec toi de ta relation avec Tom – complètement entre nous, s'entend. J'ai essayé de le faire durant tout le week-end.

— Je n'ai vraiment rien à te dire à ce sujet. Ce qui se passait entre nous était d'ordre privé.

— À vrai dire, ma question n'a rien à voir avec votre vie intime. Je suis seulement curieuse de savoir pourquoi tu m'as laissé entendre que tu n'étais rentrée que le dimanche soir, le week-end durant lequel Tom a trouvé la mort. Si je ne me trompe pas, tu as pourtant pris le dernier avion du vendredi soir, n'est-ce pas ?

— Je ne vois vraiment pas ce que ça change. Nous avons fini plus tôt que prévu et j'ai juste… Tu n'es pas en train de suggérer que j'aurais tué Tom, dis-moi ?

— Savais-tu qu'il possédait une maison à Andes ?

— Non, même si ce ne sont pas tes affaires. Je ne peux croire que tu puisses imaginer ça. Quel mobile aurais-je bien pu avoir à ton avis ? Tom et moi nous sortions ensemble. Nous nous aimions.

— Et si tu avais appris que Tom voyait quelqu'un d'autre ?

— De quoi parles-tu ?

— Disons que tu aurais appris que Tom avait une liaison avec une autre femme. Quelqu'un de la série, par exemple. Ça aurait pu te mettre hors de toi, non ?

J'avais un peu l'impression d'avoir lancé une boule puante, mais c'était peut-être le seul moyen de déclencher une réaction.

— De qui es-tu en train de parler ?

— Personne en particulier. Je développe juste une théorie.

— Écoute, tu as ta déclaration officielle, alors fous-moi la paix. Et je ne veux plus te voir sur le plateau – jamais. Tu m'as bien comprise ?

— Ce n'est pas à toi d'en décider, n'est-ce pas ?

— Non, tu as raison, je n'ai pas ce pouvoir. Mais Alex ne veut plus jamais revoir ta tronche. Et j'imagine que Chris n'en a pas non plus très envie. Tu l'as complètement humilié.

— Je...

Mais elle avait raccroché.

Mince, qu'avait-elle donc bien voulu dire ? Je n'avais pas encore appelé Chris et j'espérais qu'il m'appellerait le premier. Il allait peut-être falloir que je prenne la température ambiante. Je composai le numéro de son portable et laissai un message lui demandant de me joindre.

Durant les heures suivantes, j'attendis bien sagement à mon bureau en espérant que mon histoire s'éclaircirait. J'appelai le Chaps Theater, mais le numéro dont je disposais correspondait à une messagerie centrale. Il faudrait donc que je me déplace jusque-là. Finalement, vers dix-neuf heures, j'étais prête à m'en aller. Presque tous mes collègues, pauvres otages de Hollywood, étaient encore devant leur bureau, à l'exception des journalistes de mode et beauté.

Il faisait déjà nuit quand j'arrivai chez moi. Après avoir troqué mes vêtements de bureau pour un jean et un pull à manches courtes, je décidai d'aller faire un tour. Je voulais certes jeter un coup d'œil au Chaps Theater qui n'était pas très éloigné de mon appartement, mais je désirais surtout prendre l'air afin d'oublier la tourmente. J'achetai une part de pizza devant la fac de NYU et mis le cap sur le nord-ouest. Bien avant d'atteindre le théâtre, je vis qu'il était fermé – pas une lumière n'éclairait le trottoir devant sa façade. Une fois devant le bâtiment, je regardai à travers les portes vitrées dans le petit hall d'entrée qui apparemment n'était pas de toute première jeunesse. Une seule lumière éclairait une vitrine qui abritait les photos et les articles concernant les pièces précédemment montées. Un panneau annonçait que les représentations de la pièce du moment, un drame intitulé *Le Pensionnat de l'enfer*, avaient lieu du mercredi au dimanche inclus.

Je poursuivis donc ma balade. Je m'arrêtai dans une boutique pour m'offrir une glace au chocolat – je la méritais bien – et, à partir de là, je pris la direction du nord. Je marchais depuis environ dix minutes, en essayant de penser à des situations très éloignées de Chris, de Tom, de Bijou et de Harper, quand je m'aperçus que… j'étais en train de me diriger tout droit vers l'immeuble de Beau Regan.

14

« Ne fais pas l'idiote », me commanda une petite voix intérieure. J'avais l'impression de regarder un film d'horreur dont l'héroïne, réfugiée dans une vieille maison branlante perdue dans la campagne, aurait entrepris de déterminer l'origine d'un bruit provenant de la cave ou du grenier, alors que l'orage, à l'extérieur, menaçait à tout moment de faire sauter l'électricité.

Pourtant je ne parvenais pas à rebrousser chemin. Je savais seulement que je ne me dirigeais pas vers l'appartement de Beau pour y tester l'une des stratégies de reconquête que m'avaient suggérées Landon et Jessie. Je ne l'intéressais pas et aucune de mes tentatives n'y changerait grand-chose. En réalité, je me rendais chez Beau pour y achever un travail que j'avais laissé en plan. Le samedi précédent, je m'étais bien amusée en lui décochant ma flèche sur sa pauvre carte postale, mais ce petit coup de griffe ne m'avait pas permis de lui faire comprendre combien son comportement m'avait déçue. Par conséquent, je voulais sonner à sa porte et, s'il était chez lui, m'excuser d'avoir été si chipie. Ensuite, je comptais abuser de quelques minutes de son précieux temps pour lui exposer clairement ce que j'avais ressenti. D'ailleurs, tous les magazines féminins soulignaient l'importance d'une véritable rupture, n'est-ce pas ?

Il était vingt heures trente quand j'arrivai en vue de son immeuble. Il y avait assez peu de chance pour qu'il soit chez lui. Mais il avait très bien pu repasser par son appartement pour prendre une douche rapide et se changer, ou attraper une maxi-boîte de préservatifs avant de sortir pour la nuit. Il se pouvait aussi qu'il soit là, mais avec une fille. Bon sang, ma démarche était-elle vraiment si judicieuse ? De toute façon, mes jambes avançaient toutes seules, comme dans un film de Disney où le gentil toutou a perdu son maître et traverse les montagnes Rocheuses pour le retrouver.

Je parvins à son immeuble et pénétrai dans le hall d'entrée. Après avoir inspiré profondément, j'appuyai sur son interphone. J'attendis quelques très longues secondes, puis je réessayai par pur plaisir masochiste. Toujours pas de réponse. Alors, étonnamment soulagée, je me dirigeai vers la sortie. Mais, comme j'allais atteindre la porte, la voix de Beau grésilla dans l'interphone, me faisant sursauter au moins aussi violemment que si j'avais marché sur un câble à haute tension.

— Oui ?

Il semblait sortir de son lit.

— Hum... salut Beau, c'est Bailey. Je suis en bas, dans le hall... euh, évidemment... et je... je me demandais si tu serais d'accord pour prendre un café ou un verre.

Il y eut un long silence, puis l'évidence m'apparut : il était effectivement avec une nana. Il venait sans doute d'achever un hors-d'œuvre coquin et s'était traîné jusqu'à l'interphone en la laissant pantelante dans sa couette en plumes d'oie, le temps de dire son fait au connard qui venait d'interrompre leur nuit d'ivresse.

— Oh, salut ! Avec plaisir. Mais pourquoi ne monterais-tu pas, le temps que je passe quelque chose.

Génial. Voilà qu'il comptait me la présenter.

— Oh, je ne voudrais pas interrompre ce que tu faisais. J'étais dans le coin et...

— Aucun problème. Je faisais une petite sieste, mais maintenant, je suis bien réveillé.

Il m'ouvrit et j'entrai, la bouche pâteuse et les jambes en coton, désormais beaucoup moins vaillante que le fidèle toutou dans ses montagnes Rocheuses.

Entre-temps, Beau s'était habillé – une chemise à rayures bleues rentrée à la hâte dans un jean. Il avait les cheveux en bataille et ses yeux étaient encore pleins de sommeil. Tout cela me rappelait quelques souvenirs…

— Désolée de te tirer du lit, fis-je en essayant de me donner une contenance.

— Oh, je suis content que tu l'aies fait. Je suis encore un peu en décalage horaire. Entre. Tu ne veux pas qu'on prenne un verre ici ?

— Non, non. Je ne veux pas te déranger.

En réalité, j'aurais adoré rester dans cet endroit tranquille, *son* antre, mais cela ne me semblait pas être une très bonne idée.

— Je pensais que nous pourrions aller boire un verre dans le coin. Dans un café.

— OK, laisse-moi juste trouver des chaussures.

Il repartit vers sa chambre et j'en profitai pour regarder autour de moi : des piles de papier sur le canapé, comme s'il venait de dépouiller la tonne de courrier qu'il avait reçue durant son voyage en Turquie. Une odeur légèrement musquée flottait dans la pièce et je fus prise d'un accès de panique en me rendant compte que ce ne pouvait pas être le parfum de Beau.

Il revint en moins d'une minute, chaussé de tongs. J'imaginais bien qu'il devait se demander les raisons de ma visite, mais il ne laissait rien filtrer, aussi impassible qu'à son habitude.

Nous remontâmes vers l'avenue en slalomant entre les piétons. Je lui demandai s'il souffrait habituellement du décalage horaire.

— Non, c'est rare.

De son côté, il s'étonna de me voir aussi tôt en dehors du bureau, un jour de bouclage. Je lui expliquai donc qu'exceptionnellement, je n'avais qu'une seule affaire à suivre.

Voilà, voilà. Si notre conversation continuait à ce rythme, nous allions pouvoir jouer dans un film de Bergman.

Une fois arrivés sur l'avenue, je pensais qu'il allait m'emmener au petit café où nous avions l'habitude de prendre nos petits déjeuners, mais il me guida vers un restaurant aux lumières tamisées et aux boiseries sombres.

— On peut s'asseoir au bar, dit-il. Tu peux même commander un cappuccino si tu veux.

Je mourais d'envie de prendre un verre de vin, ne serait-ce que pour me décrisper, mais je me disais qu'il pourrait en conclure que je m'apprêtais à lui sortir le grand jeu. Alors, va pour le cappuccino. Lui-même commanda une bière. En s'installant sur son tabouret, sa jambe frôla la mienne. Mon cœur fit un bond.

— Alors, comment c'est, la Turquie ? dis-je, avant d'enchaîner précipitamment sur ce que je voulais vraiment lui demander. Et, euh, comment s'est passé ton film ?

— Je ne fais que commencer à le monter, mais il me semble que le tournage s'est bien passé. Aphrodisias est réellement un site magnifique. Les Européens n'ont pas eu le temps de le saccager comme ils ont fait à Éphèse. Les journées étaient très chaudes, avec beaucoup de poussière, alors le boulot était difficile, mais c'était globalement génial.

Bien entendu, il devait y avoir une fille. Une de ces étudiantes en archéologie, dorée comme un brugnon et complètement fascinée par l'arrivée d'un ténébreux documentariste sur le site.

— Je suis heureuse que ça se soit bien passé, ajoutai-je très spirituellement, alors que le barman lui servait sa bière.

Beau regarda dans le miroir qui nous faisait face l'espace d'une seconde, puis se tourna vers moi, avec une expression d'attente.

— Bon, qu'est-ce que je peux faire pour toi ? s'enquit-il.

Direct.

Il n'était plus question pour moi de repousser l'épreuve.

— D'abord, je voulais m'excuser pour mon commentaire idiot, lors de la soirée. Je n'avais pas réellement l'intention de te dire cela.

— Il est agréable de savoir que tu ne penses pas trop de mal de moi.

— Je n'ai pas dit ça, le corrigeai-je, à demi ironique.

— Aaaah, fit-il en haussant un sourcil.

— Ne crains rien. Je ne suis pas là pour te couper en morceaux. Je veux juste clarifier les choses. Je regrette d'avoir été désagréable l'autre soir, mais j'avais quelques raisons de l'être. Ça m'a vraiment fait de la peine que tu la joues silence radio. J'aurais pu l'accepter si tu m'avais avertie, avant de partir, que tu ne voulais pas t'engager plus avant. Tu ne m'avais pas vraiment caché ta situation, mais tu es parti en disant que la discussion restait ouverte. Et puis, je n'ai plus entendu parler de toi.

Il se frotta le menton, choisissant manifestement ses mots avec soin :

— Bailey, je n'ai aucune excuse qui pourrait te satisfaire. Comme je te l'ai dit quand nous nous sommes rencontrés, je suis tombé de ma chaise en te voyant, la première fois. Mais j'étais alors dans une situation compliquée et je n'avais pas vraiment envie de m'investir dans une relation sérieuse. Je pensais que la Turquie me permettrait de réfléchir à tout cela. Mais quand je suis arrivé là-bas, j'ai eu l'impression que New York appartenait à une autre planète et il m'est apparu que ce n'était ni l'endroit ni le moment de prendre une décision. Et plus je tardais à t'écrire, plus cela devenait difficile de le faire. Je suis désolé de m'être comporté de la sorte.

— OK, au moins, maintenant, j'en sais un peu plus, alors merci.

Ma voix tremblait un peu et je sentais une petite boule qui faisait le yo-yo dans ma gorge. Je m'étais déjà fait une raison quant au peu d'intérêt qu'il me portait, mais c'était la première fois que son indifférence était ainsi verbalisée.

— J'espère que tu ne me considéreras pas toute ta vie comme un horrible salaud, ajouta-t-il.

— Non, je ne crois pas avoir jamais suggéré cela.

On venait de me servir mon cappuccino et j'en pris une gorgée.

— Je trouve simplement que c'est injuste de ta part de m'avoir laissée dans l'attente plutôt que de m'exposer la situation clairement. Fin de l'explication.

Il releva encore un sourcil.

— Pourtant, l'autre soir, tu me m'a pas semblé avoir attendu trop longtemps.

— Ce n'est pas parce que j'ai passé un peu de temps avec un autre homme que je n'ai pas souffert de ton silence.

— De quoi parle cette série, déjà ? Des corps musclés qui trouvent des corps sans vie ?

— En quelque sorte, répondis-je en souriant. C'est sur la morgue de New York.

— Et où peut-on rencontrer un acteur quand on n'est pas du métier ? Dans une salle de gym ?

Oh, oh… Il me semblait bien chaud sur le sujet. L'impassible Beau aurait-il perdu de sa zenitude ?

— Nous nous sommes rencontrés il y a un an, lui expliquai-je, en ignorant volontairement sa petite pique. Et récemment, il m'a demandé de l'aider à retrouver un ami.

Je lui fis un résumé succinct de toute l'histoire de Tom, de la découverte de son cadavre et de l'enquête qui en avait résulté.

— Mais c'est horrible, dit-il. Tu as des pistes ?

— Je suis en train d'en examiner quelques-unes.

Je jetai un coup d'œil à ma montre. Il me semblait qu'il était temps de bouger. Je lui avais dit ce que j'avais à lui dire et je préférais que la nuit ne s'éternise pas dans des bavardages sans intérêt.

— Bon, je ferais bien d'y aller, fis-je. J'imagine que tu as pas mal de choses à faire aussi.

— Comme tu veux, fit-il en cherchant son portefeuille.

— Non, laisse, c'est moi qui t'ai sollicité, insistai-je en fouillant dans mon sac.

— Écoute, la prochaine fois que l'on prendra un verre, c'est toi qui m'inviteras, d'accord ?

— Cela fait-il partie du traditionnel « Quoi qu'il en soit, restons bons amis » ? Pourquoi ne pas plutôt s'en tenir à « Gardons des relations amicales », au cas où nous serions amenés à nous recroiser lors d'une autre soirée en l'honneur de Bijou ? Ça me paraît être un objectif plus réaliste.

— Comme tu voudras, répondit-il en m'offrant un sourire un peu contrit.

Nous nous retrouvâmes dans la rue. Je ressentais une curieuse nostalgie à mesure que je prenais conscience que notre histoire était bel et bien finie et que c'était la dernière fois que je voyais Beau.

— Je ne sais pas très bien comment tu le prendras, mais tâche de faire attention, me dit Beau. Ton histoire ne me paraît pas sans danger.

Pourtant, il ne connaissait que la moitié de mon aventure – j'avais évité de lui parler de la drogue dans mon verre, des appels téléphoniques bizarres et du serpent.

— Bien sûr. Je ferai attention. Bon, au revoir. Prends soin de toi.

— Au revoir, Bailey.

Il se pencha pour déposer un baiser sur ma joue. Je sentis alors pleinement le parfum musqué qu'il portait. Je me retournai vivement et partis en me demandant s'il était resté sur le trottoir pour m'observer ou s'il s'était hâté de rentrer chez lui, enfin libéré de cette banale séance de rupture.

Après quelques centaines de mètres, je fus prise d'une furieuse envie de sangloter. Mais, bien sûr, je m'interdis un tel laisser-aller. Si Beau était incapable d'admettre que nous avions une vraie complicité, je ne pouvais pas l'y forcer. De toute façon, il y avait Chris, Chris qui me faisait rire et paraissait si attentionné et si protecteur. Pas un de ces bellâtres mystérieux.

D'ailleurs, je devais vérifier mon portable pour voir s'il n'avait pas cherché à me joindre. Rien. Je lui laissai donc un nouveau message : *Chris, j'aimerais qu'on se parle. Appelle-moi, s'il te plaît.*

Une fois chez moi, je m'offris le verre de vin tant attendu et allai le siroter sur le canapé, au milieu de la pile des journaux et des magazines qui s'étaient accumulés au cours des derniers jours. On prévoyait un ouragan sur la Floride. Ah bon.

Vers vingt-deux heures trente, j'en étais à mon deuxième verre de vin et je grignotais un morceau de cheddar quand Chris appela enfin. Quel soulagement d'entendre sa voix !

— Désolé de ne pas t'avoir appelée plus tôt, me dit-il, moins empressé qu'à l'accoutumée. J'ai travaillé beaucoup plus tard que prévu. Je ne pense pas qu'on pourra se voir.

— D'accord, répondis-je en me demandant toujours pourquoi il ne m'avait donné aucune nouvelle avant. Pour ce matin, je suis vraiment désolée. J'espère que je ne t'ai pas causé d'ennuis ni déstabilisé pour le tournage de ta scène.

— Bon sang, Bailey, c'était quoi ce cirque ? s'exclama-t-il avec une pointe d'irritation dans la voix. Je t'avais dit qu'il ne fallait pas te faire remarquer.

— C'était quoi ce cirque ?! m'indignai-je. Un énorme serpent a fait une promenade sur mes chaussures et, pour ce que j'en savais, il pouvait très bien être venimeux.

— Deke dit que tu as vu un câble, pas un serpent.

— Deke est un con et je suis surprise de tu privilégies sa version.

Je repris ma respiration pour tâcher de calmer le jeu.

— J'ai fait une recherche et je sais que ce reptile était un serpent-roi ordinaire. Sais-tu s'ils ont prévu d'utiliser un serpent pour l'un des épisodes ?

— Non, aucun épisode ne fait intervenir une bestiole de ce genre.

— Pourtant, il doit bien y avoir une explication. Je suis tout à fait sûre qu'il ne s'agissait pas d'un câble.

— Excuse mon humeur. Ce matin déjà, Bijou était super-nerveuse. Mais quand tu t'es mise à hurler qu'il y avait un serpent, elle est devenue complètement incontrôlable. Du coup, Alex nous a tous tyrannisés après ton départ.

— Eh bien, je voulais juste te parler pour avoir une chance de t'expliquer ce qui s'était passé.

— Pendant que tu étais là-bas, tu as pu progresser ? Je sais que ça n'a pas duré longtemps, mais...

— J'ai reparlé à Deke. Il prétend avoir remboursé Tom au cours de la semaine qui a précédé sa mort, mais j'ai de sérieux doutes. Et de ton côté, du nouveau ?

— Pas vraiment. Plutôt maussade comme journée.

Il marqua une pause comme s'il avalait une gorgée de bière.

— Bon, je ferais mieux d'aller me coucher. Le réveil sonne à cinq heures, demain matin.

Impressionnant. Si je poursuivais ce rythme, j'allais bientôt battre le record du plus grand nombre de râteaux à l'heure.

— Alors bonne nuit, fis-je laconiquement.

— La semaine qui vient va être assez dure, mais on pourrait peut-être se voir mercredi ou jeudi. Comment est ton emploi du temps ?

— Plutôt calme cette semaine.

— OK. Je t'appelle demain.

Sur la fin de la conversation, il m'avait semblé avoir retrouvé sa personnalité habituelle, mais pas à 100 %. Sa froideur n'était-elle due qu'à l'incident de ce matin ?

Complètement déprimée, je me traînai jusqu'à mon lit pour y concocter mon programme du lendemain. Je devais vérifier auprès de Bijou qu'elle avait bien pris contact avec la police. Il fallait aussi que je trouve le moyen de confirmer que Deke avait effectivement remboursé le prêt que lui avait fait Tom, et de déterminer si celui-ci comptait utiliser les fonds au paiement de Barry, l'homme à tout faire. Le Chaps Theater ne rouvrirait pas avant mercredi. Il me faudrait donc attendre un peu pour continuer à creuser du côté de *La Mégère apprivoisée*. Ma liste comportait toujours les noms de plusieurs suspects, soulignés en rouge, mais je ne voyais pas comment j'allais distinguer le meurtrier parmi eux. J'avais fait de mon mieux pour les faire sortir de leur trou, mais la seule qui m'avait craché quelque chose de valable était Bijou (et je n'étais pas sûre qu'elle m'ait dit la vérité sur tous les aspects de sa visite à Tom). Si j'avais été un flic, j'aurais été capable de valider les infos essentielles que j'avais rassemblées : l'emploi du temps de Harper le samedi, par exemple, après son retour de L.A. ; le compte bancaire de Deke qui avait – ou non – été débité d'un montant équivalent à la somme qu'il devait à Tom. Mais je ne disposais pas des mêmes moyens. Il ne me restait plus beaucoup d'éléments à creuser et je n'avais pas la moindre idée de la suite des événements.

Je m'endormis tout habillée sur mon lit, un livre sur la poitrine. Je fus réveillée par la sonnerie de mon téléphone portable que j'avais laissé sur ma table de nuit. En jetant un coup d'œil à mon réveil, je vis qu'il était un peu plus de minuit. Mes correspondants étaient décidément des noctambules.

Je décrochai, mais seul le silence me répondit. L'angoisse commença à monter car je savais que mon interlocuteur mutant appréciait tout particulièrement ce genre de silences.

— Allô, insistai-je d'une voix rauque.

J'entendis alors l'horrible rire qui m'avait déjà fait frémir auparavant.

— Qui est-ce ? questionnai-je machinalement, sachant que je n'obtiendrais pas de réponse.

Et puis, on raccrocha.

Je m'assis sur mon lit, un peu secouée. Il y avait derrière ce rire la même malveillance que la fois précédente. Et il était toujours aussi asexué : impossible de l'attribuer à un homme ou une femme.

Je quittai mon lit pour aller dans le salon. Lors des deux appels précédents, mon correspondant m'avait donné l'impression qu'il savait où je me trouvais et connaissait ma vulnérabilité, comme s'il m'avait suivie. Et chaque appel semblait tomber à point nommé. Que pouvait donc signifier ce dernier coup de fil ?

Alors que je m'apprêtais à retourner au lit, mon téléphone sonna une nouvelle fois. J'inspirai profondément avant de décrocher. Je mis un temps à reconnaître la voix qui me parlait : c'était celle de Caleb Hossey, un flic de Manhattan qui me tuyautait de temps en temps quand je travaillais pour un autre magazine.

— Tu couvres toujours les magouilles et les crimes du showbiz ? me demanda-t-il la bouche manifestement pleine.

— Oui, qu'est-ce que tu as dans tes tiroirs ? répondis-je tout en m'installant dans mon lit.

— J'ai un cadavre dans Central Park. Quelqu'un de connu. J'en ai jamais entendu parler, mais j'ai des collègues qui voient qui c'est : Bijou Ford, vedette de *soap*.

Ma main étouffa un cri.

— Mon Dieu… Il y a un suspect ? Dis-m'en plus !

— Sais pas. Ça pourrait être une agression sexuelle ou un vol à la tire qui a mal tourné. L'info vient de tomber, vers vingt-trois heures trente, et j'ai pensé à toi.

— Où cela s'est-il passé exactement ?

— Près de l'étang, côté est. Tu n'as qu'à aller jusqu'à la 72e Rue et chercher les caméras.

Je le remerciai vivement de son tuyau avant de raccrocher. Je tremblais quasiment. Je n'aimais pas beaucoup Bijou, mais j'étais vraiment secouée par l'annonce de son assassinat. Comme nous étions à New York, il était possible qu'elle se soit fait agresser alors qu'elle baladait son asticot à poil dans Central Park. Mais je penchais plutôt pour un autre scénario : quelqu'un de sa connaissance l'avait suivie dans le parc, où il l'avait tuée. Quelqu'un qui avait appris qu'elle comptait livrer à la police, dès le lendemain, une information capitale. Aurais-je dû contraindre Bijou à contacter la police immédiatement ? Ce délai lui avait peut-être coûté la vie.

Et il me semblait évident que la personne qui venait de m'appeler était son meurtrier. La coïncidence était trop énorme. Quelque chose d'autre me turlupinait, mais je n'arrivais pas à identifier ce que ce pouvait être.

J'appelai immédiatement Nash sur son portable pour lui révéler la nouvelle, ainsi que mes soupçons concernant l'existence d'un lien entre les meurtres de Bijou et de Tom.

— Ça c'est de l'info. Dans combien de temps peux-tu te rendre sur les lieux ?

— Je peux prendre un taxi dans cinq minutes. Peut-on encore ajouter un article dans le numéro qui doit sortir ?

— Je suis au bureau et on peut encore déchirer la une actuelle pour la remplacer par une photo de Bijou. Voyons voir… On pourrait réduire la section Mode, ce qui te libérerait une bonne page. Et on intégrerait l'histoire de ton acteur au reportage sur Bijou. Du moment qu'on boucle le tout avant huit heures, c'est bon. Et bien sûr, on va mettre tout ça sur le Web.

J'enfilai un pantalon, un pull et une veste et me ruai dehors. En sortant de mon immeuble, je regardai autour de moi. Le meurtrier était-il en train de m'observer, comme j'en avais eu l'impression le vendredi soir précédent ? La 9e Rue me semblait pourtant presque déserte.

Il y avait beaucoup de taxis en maraude sur Broadway. J'en hélai un et lui demandai de m'emmener jusqu'à Central Park. Une fois à l'intérieur, j'appelai Chris tout en avalant quelques gorgées de Red Bull. Ce fut évidemment sa messagerie qui m'accueillit. Il y avait peu de chance qu'il soit déjà au courant, mais une personne de la série l'avait peut-être appelé. C'était toutefois suffisamment peu probable pour que je tente de le contacter moi-même. Les conséquences de la mort de Bijou sur la production de *Morgue* allaient sans doute être dévastatrices et j'avais mal au cœur en imaginant les répercussions que cela aurait nécessairement sur la carrière de Chris. Essaieraient-ils de remplacer Bijou en la faisant mourir une deuxième fois pour les besoins de la série ? Ou bien mettraient-ils tout simplement un terme à l'ensemble de ce projet ? Mon appel visait à assurer Chris de mon indéfectible soutien, mais je voulais aussi, très égoïstement, qu'il me rapporte ce qu'il savait sur les dernières heures de Bijou sur cette terre.

Je demandai au taxi de me laisser au niveau de la 72e Rue, près de plusieurs camions de télévision munis d'antennes paraboliques sur leur toit. Je m'attendais à une couverture médiatique plus importante, mais il est vrai que l'annonce de la mort de Bijou était intervenue à une heure trop tardive pour que les chaînes de télévision pussent mobiliser toute leur puissance de feu. En général, les caméras que l'on trouvait sur une scène de meurtre nocturne appartenaient à des équipes *free-lance* que l'un de mes copains journalistes qualifiait de « déterreurs de cadavres ». Certaines de ces équipes emportaient même des cônes de circulation rouge et blanc et du ruban jaune comme celui qu'emploie la police, afin de recréer l'ambiance de la scène devant leurs caméras, au cas où la police aurait déjà déserté les lieux.

Arrivée dans le parc, je me dirigeai vers l'ouest. Je n'étais pas très loin du salon de thé où Bijou et moi-même avions passé un moment, ce dimanche. La présence des camions de télévision m'avait laissé supposer que le parc grouillerait de monde, mais ce n'était pas vraiment le cas et je finis par me retrouver toute seule sous les grands arbres. En temps normal, j'étais suffisamment fine pour éviter une promenade en solitaire dans Central Park à cette heure tardive, mais les circonstances n'étaient justement pas très ordinaires. L'inquiétude me gagnant, je m'arrêtai à un moment pour regarder autour de moi. Allez, Bailey, du nerf ! Un peu plus loin sur ma gauche, à travers le feuillage, je pouvais apercevoir le crépitement de flashs appartenant sans doute à la police. Je me mis à courir dans cette direction.

L'ambiance des scènes de crime est toujours sinistre et celle-là ne faisait pas exception à la règle. L'endroit était violemment éclairé, comme s'il s'était agi d'un plateau de tournage, et l'on pouvait entendre le ronronnement des générateurs alimentant toutes ces lumières. La police avait isolé le lieu au moyen de ses habituelles bandes jaunes, et à l'intérieur du cercle ainsi délimité une horde de flics formait comme un rempart autour du corps. Je ne pus qu'entrevoir un morceau de drap blanc entre d'épais buissons assez éloignés du chemin. Je grimaçai en imaginant que Bijou reposait là, sans vie, sa peau translucide probablement souillée et meurtrie. Pourquoi s'était-elle aventurée aussi loin du chemin ? Avait-elle laissé son fichu clébard s'égarer dans les taillis ? Avait-elle été attirée là par quelqu'un qu'elle connaissait et qui l'aurait étranglée ou tabassée ?

Il y avait assez peu de badauds (quelques promeneurs de chien, une poignée de reporters et plusieurs équipes de télévision), mais l'atmosphère était très tendue. Juste devant l'espace sécurisé, je reconnus un journaliste de la chaîne 5, un homme d'une soixantaine d'années avec lequel j'avais travaillé quelques années auparavant. Il avait commencé sa carrière en couvrant la guerre du Golfe, mais son esprit aventureux avait dû le quitter en même temps que ses cheveux et il se contentait désormais de reportages locaux, couvrant les crimes, les inondations et les décès de personnes âgées consécutifs à la canicule.

— Salut Stan ! l'appelai-je en m'approchant.

Il me gratifia de son typique sourire chaleureux et néanmoins inquiet.

— Qu'est-ce que tu foutais ? me demanda-t-il, ironique.

Bien qu'il eût arrêté de fumer quelques années auparavant, il avait encore la voix rocailleuse.

— Tu n'as plus accès aux mises à jour instantanées de l'activité criminelle dans le canard où tu bosses maintenant ?

— Non, mais je peux te décrire très exactement les pompes que portait Nicole Richie ce soir. Allez, raconte s'il te plaît.

— Bah, j'imagine que tu as appris qu'il s'agit du cadavre de Bijou Ford, sinon tu ne serais pas là. Apparemment, elle promenait son chien – plutôt tardivement – et quelqu'un l'a butée. On ne sait pas s'il y a eu viol ou pas. Les équipes médicales sont là depuis un moment, mais rien n'a encore filtré.

— Qui l'a trouvée ?

— Un autre promeneur de chien. Il a entendu le clébard de Bijou pleurnicher dans les buissons et il est allé voir ce qu'il y avait.

— Son petit ami est déjà sur place ?

— Alex Ottoson ?

Il secoua la tête.

— Mon bureau m'a dit qu'ils n'avaient toujours pas réussi à le localiser. C'est mauvais signe en général. Tu as entendu parler de l'autre décès, non ? Je la bouclerais si tu appartenais à la chaîne 4, mais à toi je peux bien le dire. Un autre mec s'est fait buter dernièrement. Juste un petit rôle, mais bon…

— Oui, merci, j'en ai entendu parler, fis-je évasivement. La police laisse-t-elle entendre que les deux morts pourraient être liées ?

— Non, mais le type qui nous distribue les missions a évoqué cette possibilité. Et le comble, c'est que la série s'appelle *Morgue*.

— Oui, je sais. Je vais faire un petit tour. Je te retrouve un peu plus tard, Stan.

Je sortis mon bloc de mon sac et, tout en y inscrivant quelques notes, m'approchai de la barrière dressée par la police pour essayer de mieux voir le corps. Je tombai sur l'un des photographes *free-lance* auquel *Buzz* avait parfois recours et lui demandai de contacter notre département Photo pour qu'il voie si ses clichés pouvaient être intéressants. J'allai aussi interroger chacun des six promeneurs de chien présents, dans l'espoir que l'un d'entre eux serait celui qui avait découvert le cadavre, mais tous m'avouèrent qu'ils n'étaient arrivés que bien plus tard. Soudain, les flics qui se trouvaient à l'intérieur de l'espace sécurisé se déplacèrent et je pus apercevoir le frêle corps de Bijou enveloppé dans l'étui mortuaire dont dépassait une mèche de ses cheveux blonds. Cette vision sinistre me donna un haut-le-cœur.

L'avait-on tuée à cause de ce qu'elle savait ? Si seulement j'avais insisté pour qu'elle aille voir la police plus tôt ! Je me demandais si Alex l'avait assassinée. Bijou avait peut-être choisi de tout lui avouer en sachant qu'il finirait de toute façon par apprendre la vérité une fois qu'elle aurait parlé aux flics. Ça l'aurait rendu fou furieux. À l'inverse, si, avant ce soir, il n'était toujours pas au courant de leur aventure, cela signifiait qu'il n'était pas le meurtrier de Tom. Était-il possible qu'il y eût deux tueurs distincts ? Cette hypothèse me paraissait très peu probable.

De nouveau, une pensée me traversa l'esprit, mais cette fois-ci je parvins à la saisir. Quand j'avais parlé à Harper, un peu plus tôt dans la soirée, je l'avais fait réagir en insinuant que Tom avait une liaison avec quelqu'un de la série. Peut-être savait-elle déjà que Tom l'avait trompée et l'avait-elle tué lors d'une scène qui avait dégénéré. Mais à ce moment-là, elle ignorait toujours avec qui Tom avait fauté. Mes insinuations lui avaient fourni l'indice qui lui manquait. Et elle était partie sur les traces de Bijou.

15

Durant le quart d'heure qui suivit, il ne se passa presque rien, hormis l'arrivée de nouveaux journalistes accompagnés de plusieurs cameramen, des types mal rasés avec les cheveux en bataille comme s'ils venaient de sortir de leur lit. Les flics de l'autre côté des bandes jaunes parcouraient la scène du crime dans l'espoir de trouver des indices, de même que l'équipe de la police scientifique, mais au bout du compte tout cela était à peu près aussi excitant qu'une file d'attente devant un cinéma. Bon, si j'avais été une bonne citoyenne, j'aurais interpellé l'un des policiers pour lui exposer que j'avais à transmettre des informations de la plus haute importance. Mais si je l'avais fait, il m'aurait fallu consacrer deux bonnes heures aux flics au lieu de faire mon boulot.

Puisque tout semblait calme, j'appelai Harper. Elle décrocha dès la deuxième sonnerie. Cette rapidité était-elle due au fait qu'elle avait dû se réveiller tôt pour gérer l'affreux événement de la nuit, ou qu'elle était la cause de celui-ci ?

— Oui, fit-elle d'une voix tendue.

— C'est Bailey. Je présume que tu as appris pour Bijou.

— Bon sang, tu ne laisses donc jamais tomber.

— Je couvre l'affaire pour *Buzz*. Est-ce que vous avez une déclaration officielle ?

— C'est horrible. Je ne peux rien dire de plus.

Bien qu'elle fût parfaitement réveillée, il était clair qu'elle n'avait pas encore eu le temps de préparer une déclaration officielle avec les big boss de la série et elle n'avait pas assez de bouteille pour prendre une initiative. En fait, Harper paraissait complètement larguée.

— Et Alex ? poursuivis-je. J'ai entendu dire que la police n'était pas parvenue à le localiser.

— C'est complètement faux ! Il est sorti avec des amis la nuit dernière et, en ce moment même, il s'entretient avec la police dans son appartement.

— Que va devenir la série ? Vont-ils devoir jeter à la poubelle tout ce qui a déjà été tourné ou vont-ils changer le scénario pour pouvoir remplacer Bijou dans les épisodes à venir ?

— Tout cela sera décidé dans les jours qui viennent. Il faut que je te laisse.

— Certaines personnes prétendent que la série *Morgue* est maudite. Qu'as-tu à dire là-dessus ?

Ça ne volait pas très haut, mais Nash souhaitait couvrir l'angle de la malédiction et je ne voulais pas rentrer les mains vides.

— C'est n'importe quoi, cracha-t-elle. Il n'y a aucune malédiction là-dedans. La série sera un énorme succès.

Et elle raccrocha. Elle m'avait paru extrêmement tendue, mais je ne savais pas si je devais l'attribuer à la culpabilité ou au stress du moment.

— À qui parlais-tu ?

Stan se tenait derrière moi. J'aimais bien ce type et il avait accepté de me refiler des infos, mais il était hors de question que je lui offre sur un plateau le nom de Harper et son numéro de téléphone.

— Oh, c'était mon boss. Il veut que je lui ponde quelque chose le plus tôt possible. Tu crois qu'ils vont faire une déclaration officielle ?

— D'après ce que j'ai entendu, pas cette nuit en tout cas. En ce qui me concerne, je ne vais pas tarder à partir. À ce stade, il n'y a plus grand-chose à gratter. À moins que, de ton côté, tu aies des infos sur la vie privée de Bijou... À *Buzz*, vous avez bien ce genre de trucs, non ? Comment ça se passait entre Bijou et Alex Ottoson ?

— Bijou n'appartenait pas vraiment à la catégorie des super-stars que surveille *Buzz*. Ce n'est pas comme si elle avait partagé la vie de Jude Law.

Je refis un tour aux abords de la scène du crime pour voir ce que faisaient les flics et tâcher de saisir des bribes de conversations. Finalement, un gars en charge de la communication daigna nous donner quelques renseignements, mais seulement sur le « contexte » : la victime se prénommait Bijou Ford ; les médecins légistes estimaient qu'elle était morte aux alentours de vingt-trois heures quinze ; il faudrait attendre les résultats de l'autopsie pour déterminer les causes de la mort. J'appelai Nash pour le prévenir que j'arrivais. J'aurais préféré rester dans les parages, au cas où la police aurait fait une nouvelle déclaration, mais il était presque deux heures du matin et il fallait que je commence à écrire mon article.

Alors que je m'apprêtais à partir, j'aperçus Stan et son équipe de cameramen qui s'ébranlaient vers la sortie et je m'empressai de suivre leurs traces. Je n'étais pas très fière de la jouer poule mouillée, mais je n'avais aucune envie de retraverser le parc toute seule. Je les suivis donc à bonne distance afin de ne pas me faire remarquer. Je me félicitai de ma décision, car nous passâmes à plusieurs reprises dans des endroits totalement déserts où la densité des arbres ne laissait filtrer que très peu de lumière.

Quand je débarquai dans les locaux de *Buzz*, un quart d'heure plus tard, il y avait déjà là plus d'une douzaine de personnes : un rédacteur adjoint, deux ou trois membres de la production, le directeur photo et un designer, ainsi que quelques journalistes.

Nash me vit immédiatement à travers la vitre de son bureau et me sauta dessus.

— Bailey, viens vite, me commanda-t-il depuis la porte. Tout le monde au rapport !

Nous nous serrâmes tous dans son bureau, autour de la table de réunion. Les personnes présentes paraissaient très tendues, mais surtout excitées. Elles étaient toutes habituées à devoir se lever en pleine nuit pour couvrir des scandales, mais il s'agissait rarement d'un meurtre.

— Bon, Bailey, dis-nous ce que tu as, dit Nash en remontant ses lunettes sur son front. Puis nous mettrons tout cela en musique.

Je présentai donc les maigres détails que j'avais pu glaner sur la mort de Bijou.

— On peut en faire quelque chose, conclut Nash. Nous disposons de photos de la scène du crime et nous avons une foule de clichés de Bijou.

Il indiqua de la tête l'une des journalistes :

— Bethany a préparé quelque chose sur la carrière de Bijou. On en fera un encadré. Et elle t'aidera à combler les blancs concernant sa superbe carrière dans les *soaps*. Essaie de me concocter un truc en trente ou quarante minutes, OK ? Je vais travailler sur la une.

J'acquiesçai, mais je restai dans le bureau après le départ des autres.

— Pourquoi donc ai-je l'impression que je vais avoir droit à un obus dont Bailey Weggins a le secret ? me demanda Nash en me regardant droit dans les yeux.

— C'est plutôt énorme et ça devrait faire du bruit, lui dis-je. Dimanche, Bijou m'a avoué qu'elle avait eu une aventure avec le jeune acteur qui s'est fait tuer, Tom Fain. Elle se trouvait dans sa maison des Catskills juste quelques heures avant sa mort.

— Putain… Bethany m'a dit que Bijou vivait avec Alex Ottoson. Tu crois qu'il a découvert le pot aux roses ?

— Je ne sais pas. Si c'est le cas, ça fait de lui un suspect pour les deux meurtres. Sinon, il ne va pas trop aimer l'apprendre par *Buzz*. C'est ce à quoi je pensais en te disant que ça risquait de faire du bruit.

— Et pourquoi Bijou Ford t'a-t-elle révélé ses petits secrets ?

— Parce que je suis tombée sur une info et je lui ai dit que je savais tout. Elle a eu peur, si je creusais un peu, que cela lui cause encore plus de problèmes que si elle lâchait le morceau.

— OK, je ferais mieux de mettre les avocats sur le coup et de leur faire valider le truc. Et comment comptes-tu intégrer ta petite conversation avec Bijou dans ton article ?

— Je pensais y aller franco : « Lors d'une interview exclusive, Bijou Ford a révélé à notre reporter... » Quelque chose dans le genre.

— OK, on y va. J'espère que tu es prête à passer à la casserole parce que je crois que tu vas devoir subir les assauts de la presse cette semaine.

J'allai prendre une tasse de café par précaution, mais j'étais à peu près sûre de pouvoir tenir sans caféine : mon niveau d'adrénaline était tel que j'aurais fait pâlir d'envie des accros à la cocaïne. Je ressentais un mélange d'excitation et de tristesse, ainsi qu'un puissant désir de jeter un pavé dans la mare. La peur n'était pas non plus très loin. J'avais plus ou moins construit mon article dans le taxi qui m'amenait à *Buzz*, et je pus donc en commencer la rédaction dès que mon ordinateur fut allumé. Certaines questions concernant le meurtre continuaient à me tarauder (Alex avait-il tué Bijou à la suite de ses confessions sur son aventure avec Tom ? Avais-je, sans le savoir, poussé Harper à assassiner Bijou ?), mais je savais que je ne pouvais pas en faire état dans mon papier. Il valait donc mieux que je les laisse de côté si je voulais faire vite.

Je mis environ trente minutes à rédiger mon article. J'y révélais la relation de Bijou et Tom dès la fin du paragraphe introductif.

Puis, après avoir exposé les seuls détails connus sur sa mort, je revenais sur les confessions de Bijou et évoquais la possibilité d'un lien entre les deux meurtres.

Je confirmai à Nash qu'Alex Ottoson n'allait pas du tout apprécier mon article. Mais la police ne serait pas non plus à la fête, dans la mesure où mon papier contenait des informations que je n'avais toujours pas transmises aux enquêteurs. Cela dit, je n'avais pas abattu toutes mes cartes : mon article ne mentionnait pas que Bijou avait appelé Tom et que celui-ci lui avait dit qu'une voiture venait d'arriver devant sa maison. J'aurais adoré pouvoir inclure de telles révélations, mais ces détails seraient essentiels pour l'enquête, et le fait que Bijou n'avait pas eu le temps de les communiquer à la police ne m'autorisait pas à m'en servir. Je devais absolument aller voir les flics dès que j'en aurais la possibilité.

Et puis, d'autres personnes allaient peut-être ruer dans les brancards… Chris, par exemple. M'ayant demandé de l'aider en tant qu'ami, il m'avait confié que mes démarches journalistiques le mettaient mal à l'aise. Là, je poussais encore un peu plus le curseur : je dévoilais toute l'affaire alors que Chris avait essayé de la cacher, allant jusqu'à faire disparaître le petit mot que Bijou avait écrit à Tom. Mais maintenant qu'elle était morte, il n'était plus très important de protéger sa vie privée, et je savais que je faisais le bon choix. Je craignais néanmoins que Chris considère tout cela comme une trahison de ma part. Nous avions quasiment fusionné après la mort de Tom et j'avais aimé ça. Mais quand Chris verrait mon papier, il était fort possible qu'il ait envie de me jeter. J'aurais dû comprendre depuis longtemps que nos métiers n'étaient pas vraiment compatibles.

Bien que l'heure limite de bouclage ait été fixée à huit heures du matin, tout fut prêt dès quatre heures – même si les gars de la production devaient rester en alerte au cas où je les appellerais pour une mise à jour. Nash sortit en même temps que moi, l'oreille collée à son portable afin de revoir les derniers détails avec l'équipe en charge de la presse.

— Bonne nouvelle, me dit-il en refermant son téléphone, tu passes à l'antenne, au journal de sept heures, dans le *Today Show*.

— Au journal de sept heures ?! répétai-je, incrédule.

— Yep ! Une voiture passera te prendre à six heures, alors il vaut mieux que tu restes dans le coin. Nos attachés de presse suggèrent que tu suives une petite stratégie : ne dévoiler l'histoire, en exclusivité, qu'à un nombre limité de chaînes. Disons, le *Today Show*, CNN et quelques stations de radio. Tu iras te coucher plus tard !

De toute façon, j'étais trop tendue pour avoir envie de dormir ou me soucier d'une apparition télévisée. Il m'était déjà arrivé de passer à la télé ou à la radio à l'occasion de précédents articles et, même si je n'étais pas très impatiente de recommencer, je savais que je parviendrais à gérer mon stress devant les micros.

Je rentrai néanmoins chez moi afin de prendre une douche et de me changer. Vu ce qui se préparait, j'exhumai de mon placard un ensemble prune que je n'avais pas porté depuis plus d'un an et passai une bonne demi-heure à me coiffer. Puis, enfin, je m'accordai une petite pause sur mon canapé avec une tasse de thé.

Je dus d'ailleurs m'assoupir un peu, car je me réveillai en sursaut. J'avais fait un cauchemar. Un horrible cauchemar : il y avait un serpent de la taille d'un anaconda et puis un train interminable qui avançait dans la nuit ; je conduisais une voiture branlante et j'étais très angoissée car je ne savais pas où m'arrêter. Un bruit m'avait brutalement tirée de cette ambiance lugubre, me donnant l'impression de refaire surface après une longue apnée. Par réflexe, ma main chercha mon réveil jusqu'à ce que je me souvienne que j'étais sur le sofa. En fait de réveil, il s'agissait de la sonnerie de mon téléphone portable. Le numéro de Chris s'affichait sur l'écran et l'horloge indiquait cinq heures et quart.

— Ah, Chris, te voilà enfin, dis-je d'une voix rauque. Comment vas-tu ? Je me suis fait tant de souci pour toi.

J'omis d'ajouter qu'en plus je me sentais plutôt coupable.

— Tu as appris la nouvelle, alors ?

— Je couvre l'affaire pour *Buzz*, alors, cette nuit, je suis allée à Central Park dès que l'information a filtré. Ça doit être affreux pour toi.

— L'un des producteurs vient de m'appeler pour me prévenir. Il faut que je te voie, Bailey. C'est horrible. Est-ce que je peux te rejoindre chez toi ? Inutile de te préciser qu'on ne tournera pas aujourd'hui.

— Aussi incroyable que cela puisse paraître, je dois partir de chez moi à six heures. Mais pourquoi ne pas prendre un café ensemble en bas de mon immeuble ? Ils restent ouverts toute la nuit.

— OK, je te retrouve dans dix minutes.

Après avoir avalé un verre de jus de fruit, j'allai me poster devant Internet pour y passer en revue ce que l'on racontait sur Bijou. Je n'avais pas vraiment raté grand-chose durant ma courte sieste. La police avait publié une dépêche expliquant que Bijou avait reçu plusieurs coups de couteau. Rien de plus. Certains sites mentionnaient déjà mon papier, d'autres reproduisaient la déclaration officielle que Harper avait fini par concocter, et un site de chaîne télé précisait que le sort de la série n'était pas encore déterminé, tous les efforts étant pour l'heure dédiés à Alex Ottoson et à la famille de Bijou. Alex semblait séquestré dans son appartement et n'avait fait aucune déclaration. Avant de me déconnecter, j'allai visiter le site de *Buzz*. À travers toute l'Amérique, des tas de gens pouvaient déjà prendre connaissance de la petite bombe que j'avais lancée.

Quand j'arrivai dans le petit bistrot en bas de mon immeuble, Chris m'y attendait déjà, le regard glauque plongé dans sa tasse de café. Il avait l'air totalement dévasté. Quand il me vit, il se leva et nous nous étreignîmes longuement. Quel soulagement de sentir ses grands bras autour de moi. Il allait être encore plus difficile de lui révéler que j'avais rendu publique la liaison de Bijou et Tom. D'après sa voix au téléphone, j'étais sûre qu'il n'en avait pas encore entendu parler.

— J'ai essayé de te joindre durant la nuit, mais tu n'as pas décroché, lui expliquai-je en m'asseyant. J'aurais voulu te prévenir moi-même.

— Mon portable était pourtant près de mon lit, mais je n'ai pas dû l'entendre. Quand j'ai eu fini ma conversation téléphonique avec le producteur, j'ai reçu trois appels de journalistes. Je me demande bien comment ils ont fait pour avoir mon numéro. La presse n'était pas en bas de mon immeuble ce matin, mais j'imagine que ce n'est qu'une question d'heures avant que les vautours se déchaînent.

Aïe… Techniquement, j'appartenais à la caste des vautours…

— Ce doit être un vrai cauchemar pour toi, lui dis-je en lui caressant la main.

— Oui. Le fait d'imaginer ce qui est arrivé à Bijou me rend malade, continua-t-il en pressant mon bras. Et j'ai honte d'admettre que j'ai aussi un peu peur de tout ce que cela entraînera pour moi et pour la série.

— Il n'y a pas de honte à avoir, Chris. Ton univers vient d'être complètement chamboulé, tes préoccupations sont absolument légitimes. Tu as une idée de ce que la production va faire ?

— J'ai déjà parlé à quelques personnes et, d'après la rumeur, ils devraient modifier le scénario pour pouvoir remplacer Bijou dans son rôle.

— Ça paraît logique, dis-je après avoir commandé un cappuccino. Ce serait aberrant de faire machine arrière après avoir autant investi.

— Sans doute, mais ça pourrait très bien finir par arriver. Avec deux acteurs assassinés, les distributeurs pourraient considérer que la série a mauvaise réputation et qu'il vaudrait mieux ne pas la programmer.

— En même temps, pardonne mon cynisme, mais tout cela pourrait tourner à l'avantage de la série. Elle va très certainement bénéficier d'une vague de curiosité morbide.

— Tu as dit que tu couvrais cette affaire. Sais-tu déjà comment Bijou est morte ?

Je lui exposai le peu d'infos que j'avais et lui demandai si, de son côté, il avait pu recueillir quelques renseignements.

— On dirait que personne ne sait rien. J'ai croisé Harper, mais elle était totalement paniquée et n'avait rien à m'offrir. Les journaux disent qu'il pourrait s'agir d'une agression pour vol qui aurait mal tourné, mais, bien évidemment, tous ceux qui travaillent pour la série se demandent si la mort de Bijou n'est pas liée à celle de Tom.

— Je suis à peu près certaine que c'est le cas, dis-je. Juste avant d'apprendre qu'elle venait d'être assassinée, j'ai encore reçu un de ces horribles appels téléphoniques. Cette fois, mon correspondant s'est mis à rire comme un maniaque. Et je ne peux toujours pas dire s'il s'agit d'un homme ou d'une femme. C'est comme si cette personne m'avait appelée pour m'annoncer ce qu'elle venait de faire – pour s'en vanter.

— Tu en as parlé à la police ? s'enquit Chris.

— Pas encore, mais je vais le faire dès aujourd'hui. Il faut aussi que je leur parle d'un autre truc. Dimanche, Bijou a reconnu qu'elle avait eu une aventure avec Tom… et aussi qu'elle se trouvait avec lui à Andes, le samedi au cours duquel il a disparu. Mais le plus troublant est qu'après son départ elle a appelé Tom et il lui a dit qu'une voiture était en train de se garer devant sa maison.

J'en profitai pour répéter à Chris la phrase de *La Mégère apprivoisée* que Tom avait citée à cette occasion.

— C'est donc pour ça que tu m'as questionné sur cette pièce, hier.

— Très exactement.

— Mais pourquoi ne pas m'en avoir parlé plus tôt ? me dit Chris avec irritation.

Il me regardait avec une telle intensité que ses yeux verts semblaient pénétrer les miens.

— Je croyais que nous ne nous cachions rien.

— Je n'ai pas pu t'en parler parce que j'avais donné ma parole à Bijou de ne rien dire avant qu'elle ait eu la possibilité de le révéler elle-même à la police, me défendis-je en rougissant.

C'était la première fois que Chris se mettait en colère contre moi… et je n'en étais encore qu'à la moitié de mes confessions.

— J'avais prévu de te mettre au courant dès que possible. Bijou m'avait dit qu'elle ne tournait pas le mardi et qu'elle irait donc voir les flics ce jour-là.

Il sembla se détendre un peu et accepter mes explications.

— Crois-tu que quelqu'un ait découvert qu'elle savait quelque chose et l'ait éliminée avant qu'elle puisse en parler à la police ? me demanda-t-il.

— C'est une éventualité, l'alternative étant qu'elle aurait tout dévoilé à Alex en sachant qu'il finirait de toute façon par l'apprendre.

— C'est une info qu'il n'aurait pas été ravi de découvrir.

— Les as-tu vus ensemble hier ?

— Il a été courtois avec elle durant la plus grande partie de la journée. Mais, comme je te l'ai dit hier soir, il s'est comporté en véritable tyran toute la journée et personne n'a été épargné. Manifestement, quelque chose le tracassait. Au début, j'ai cru que c'était à cause de l'incident du serpent, mais ça a duré trop longtemps pour que cette explication tienne. Et d'ailleurs, à propos, tu avais raison : c'était bien un serpent.

— Raconte !

— L'un des assistants du réalisateur m'a dit qu'il avait découvert qu'une sorte de show animalier se tournait aussi dans le bâtiment et qu'un de leurs serpents s'était échappé. Désolé de ne pas t'avoir crue sur parole, Bailey. Je…

— Ne t'en fais pas pour ça, le rassurai-je, trop contente que nos relations reprennent leur cours normal. Parle-moi encore de ce qui s'est passé hier. Le comportement de Bijou t'a-t-il paru étrange d'une quelconque façon ? S'est-elle entretenue avec Deke, par exemple ?

— Non, non. Pas avec Deke, même s'il m'a semblé un peu bizarre. J'ai eu l'impression qu'il avait passé sa journée au téléphone. D'ailleurs, l'un des assistants réalisateurs a fini par s'en plaindre. Mais il y avait de l'eau dans le gaz entre Bijou et Harper. Je ne sais pas quelle en était la cause, mais je les aie vues se crêper le chignon dans un coin.

— Vers quelle heure ?

— Je dirais en fin d'après-midi, pourquoi ?

— Durant tout le week-end, Harper a ignoré mes appels, mais j'ai fini par la coincer hier et je lui ai demandé pourquoi elle m'avait laissé croire qu'elle était rentrée à New York le dimanche soir et non le vendredi. Elle est montée sur ses grands chevaux et s'est mise sur la défensive, alors je l'ai un peu poussée dans ses retranchements : j'ai évoqué la possibilité d'une liaison entre Tom et quelqu'un de la série. Je me demande si c'est la raison pour laquelle elle s'est prise de bec avec Bijou.

— Bah, elles n'en sont pas venues aux mains, mais manifestement elles ne s'envoyaient pas des fleurs.

— Eh bien, avec tout ça, nous n'avons toujours pas de suspect numéro un. Je dois encore creuser une ou deux pistes – comme celle de *La Mégère apprivoisée* –, mais si elles ne me mènent nulle part, je ne vois pas quoi faire d'autre.

Je pris une longue gorgée de cappuccino. Il était temps pour moi de poursuivre ma confession et j'avais grand besoin d'un fortifiant.

— Il faut que tu saches quelque chose, Chris, commençai-je. J'ai dû mentionner la relation que Tom entretenait avec Bijou dans mon article.

— Quoi ?! rugit-il, les traits crispés par la colère.

— Je sais que tu voulais que cela reste confidentiel, mais c'est un élément essentiel de l'histoire.

— Mais pourquoi donc le monde entier devrait-il le savoir ? Ça ne fait que salir la mémoire de Tom et celle de Bijou.

— L'existence d'une liaison entre eux permet d'expliquer pourquoi leurs meurtres respectifs sont probablement liés. Et comme je te l'ai dit, je vais en parler à la police dès aujourd'hui – je dois le faire. Par conséquent, leur aventure sera de toute façon rendue publique.

— Et qu'est-ce qui se passe pour moi ? Vas-tu dire aux flics que j'ai pris le mot de Bijou dans l'appartement de Tom ?

— Tu ne leur a toujours rien dit ?

— Non… non, je n'y suis pas allé. Je voulais juste éviter de remuer la merde.

— Ils vont forcément se demander comment j'ai appris la vérité sur les liens entre Tom et Bijou, mais je ne dirai rien sur le mot. Je… je leur dirai que j'ai entendu des rumeurs sur leur liaison et que j'y suis allée au bluff avec Bijou, en insinuant que j'avais des preuves de leur aventure, alors que je n'avais rien. Mais je continue à croire que tu dois communiquer ce mot aux flics. Chris, ton désir de protection n'avait rien de gênant tant que leur relation paraissait totalement étrangère à la mort de Tom, mais, maintenant, il semble bien que ça puisse l'expliquer – de même que celle de Bijou. Dans ces conditions, il faut que tu te fasses violence. Ça pourrait permettre de coincer le meurtrier de Tom.

Chris regardait fixement la table tout en se massant les tempes.

— Chris, dis-moi quelque chose.

— OK, j'irai voir les flics. Tu m'as convaincu. Mais je déteste toute cette histoire avec *Buzz*. Tu commences par m'aider, et puis, juste après, tu en fais tout un article.

— Je comprends ta position, mais je ne pouvais pas deviner que la situation évoluerait de la sorte. Tu dois comprendre une chose : il est clair que je couvre cette histoire pour des raisons professionnelles, mais je veux avant tout savoir – c'est mon objectif principal – ce qui est arrivé à Tom.

— Et est-ce que je vais bientôt lire ma propre histoire dans *Buzz* ?

— Bon sang, Chris ! Bien sûr que non ! Je ne ferai jamais rien qui pourrait te nuire.

Il soupira.

— OK… De toute façon, il faut bien que je te fasse confiance.

Mon portable sonna dans mon sac : Nash.

— Tu as fini ta mise en plis ? ironisa-t-il.

— Tout juste.

— Alors, prends contact avec les attachés de presse. Ils t'ont concocté un programme de choc.

Je lui promis de le faire, puis raccrochai.

— Bon, malheureusement, je dois y aller, dis-je à Chris. Mais appelons-nous dans la journée, d'accord ? Je promets de te garder la primeur de mes infos, désormais.

— Ce serait bien.

Une fois sortis du café, nous nous retrouvâmes dans un face-à-face un peu gauche. S'il te plaît, Chris, embrasse-moi… Je ne veux plus de tensions entre nous.

— Promets-moi de faire attention, me dit-il. Tout cela est vraiment inquiétant.

— Promis. Et appelle-moi si tu en apprends plus sur la série.

Comme s'il avait entendu ma supplique, il se pencha vers moi pour me donner un long et tendre baiser.

— Quand tout cela sera fini, je te kidnapperai pour un long week-end à la Jamaïque, dit-il. On écoutera Bob Marley toute la journée et on boira beaucoup de rhum.

— Divin programme ! lui répondis-je avec un immense sourire, heureuse que notre météo amoureuse ait retrouvé le soleil.

Mais, alors qu'il traversait l'avenue, je vis que son visage était totalement fermé. Il avait certes beaucoup de pain sur sa planche, mais je me demandais néanmoins si je ne devais pas attribuer une part de sa morosité à ce que j'avais révélé dans mon article sur Tom et Bijou.

Je n'eus pas vraiment le temps de m'appesantir sur la question car les heures qui suivirent défilèrent à la vitesse de la lumière.

Je me sentais un peu nerveuse en m'asseyant sur le canapé du *Today Show* dans mon petit ensemble prune, mais une fois que je commençai à parler, m'en tenant à ce que je savais de l'affaire, mon angoisse se dissipa.

Ensuite, en attendant la voiture qui devait nous emmener – moi-même et mon escorte d'attachés de presse – sur les plateaux de CNN, j'appelai le bureau de police de Central Park pour leur dire que je disposais d'informations en rapport avec leur enquête sur la mort de Bijou Ford. On me passa immédiatement un inspecteur qui me pressa de me présenter immédiatement dans leurs locaux. Je lui dis que je devais au préalable honorer plusieurs obligations professionnelles et, malgré son insistance, restai fermement campée sur cette position. Nash m'aurait étranglée si j'avais ruiné sa petite cérémonie avec la presse.

Après deux heures de folie, on me déposa chez moi en m'affirmant que je pouvais désormais souffler, mais que le deuxième round commençait à quatorze heures. Je m'accordai deux heures de sommeil, pas plus, vu tout ce que j'avais à faire. J'appelai mes contacts au sein de la police criminelle et de la police scientifique pour récolter un peu plus d'infos sur Bijou : elle n'avait pas subi de violences sexuelles et ils avaient deux suspects. Ma messagerie téléphonique débordait d'appels de journalistes qui me connaissaient (dont Stan, qui râlait parce que je ne lui avais pas lâché le tuyau), et quand j'appelai *Buzz* on me confirma que mon téléphone n'avait pas cessé de sonner.

Dès treize heures, je fus de retour sur le sentier de la presse pour une apparition sur Court TV et des interviews en direct dans plusieurs radios. La frénésie prit fin vers quinze heures trente.

Toujours dans mon uniforme de *press woman*, je me rendis au bureau de police de Central Park sur la 86e Rue, tout en répétant mentalement sur le chemin les explications que je devais leur fournir. J'avais choisi de ne pas présenter Harper comme un suspect avant d'en savoir un peu plus. Je leur dirais cependant ce que j'avais appris sur Deke et le prêt que lui avait fait Tom.

Arrivée dans les locaux de la police, je n'attendis que quelques minutes avant qu'un inspecteur du nom de Mark Windgate, un assez beau mec, black, la trentaine, vienne à ma rencontre.

— Vous semblez très occupée aujourd'hui, me dit-il tandis que je prenais un siège, suggérant qu'il savait tout de mon article pour *Buzz* et de mon parcours du combattant avec les chaînes télé et radio.

D'ailleurs, il ne semblait pas très content.

— Vous comptez faire carrière à la télé ?

— Je suis désolée de ne pas avoir pu venir plus tôt, dis-je en guise d'excuse.

Je savais qu'avec les flics il était préférable de ne pas être trop sur la défensive.

— « Désolée » ?

Il avait presque hurlé.

— Et vous êtes aussi « désolée » d'avoir rendu publiques des informations essentielles avant de nous les communiquer, au risque de flinguer notre enquête ?

Je résistai à l'envie que j'avais de disparaître sous le bureau.

— Mon boss a insisté pour que je parle à la presse, lui expliquai-je d'une voix mal assurée. Je suis venue ici dès la fin de ma dernière interview.

— Et pourquoi ne pas nous avoir appelés dimanche, après que mademoiselle Ford vous a apparemment dévoilé cette histoire ? attaqua-t-il de nouveau, les bras fermement croisés sur la poitrine.

— Parce que je considérais que c'était à elle de le faire et qu'elle m'avait juré qu'elle prendrait contact avec vous dès aujourd'hui.

Il m'observa avec attention tout en lissant sa courte moustache. Finalement, il me posa la question que je redoutais :

— Et vous êtes-vous demandé comment cette histoire aurait pu tourner si vous étiez venue nous voir immédiatement ?

Ouch.

— Écoutez, je vous promets de partager avec vous tout ce que j'apprendrai à partir de maintenant, lui offris-je. Et je dispose d'une autre information très importante. Quelque chose que j'ai estimé ne pas devoir rendre public.

— Allez-y.

Je lui racontai donc le coup de fil de Bijou à Tom, l'arrivée du visiteur sur Dabbet Road et la citation de Tom concernant *La Mégère.*

Il prit quelques notes, mais son visage restait impassible. Je savais que ma révélation relative au visiteur était cruciale, mais je ne pouvais deviner ce qu'il pensait de mon histoire de citation.

Et puis le feu des questions se déchaîna. Il revint sur les différents aspects de ma conversation avec Bijou – son aventure amoureuse, le visiteur –, espérant sans doute en extraire un élément que j'aurais oublié ou auquel je n'aurais pas attribué l'importance requise. Mais j'avais assez peu de choses à ajouter. Bien entendu, il me demanda pourquoi Bijou s'était montrée aussi bavarde avec moi et je lui donnai l'explication que j'avais mise au point avec Chris. Une fois ce sujet épuisé, il me demanda de revenir sur mon excursion à Andes. Cela me permit d'évoquer les appels téléphoniques que j'avais commencé à recevoir à compter de ce moment-là et l'incident du verre drogué au Demi-Roi.

— Et pourquoi ne pas avoir pris contact avec nous à ces occasions ? demanda-t-il.

— Je n'avais aucune preuve d'avoir été droguée et ça pouvait être totalement indépendant de cette affaire. Pour les appels téléphoniques, j'ai d'abord pensé qu'il s'agissait de blagues de mauvais goût. Ce n'est qu'au dernier appel, hier soir, que j'ai compris que ça ne pouvait pas être une coïncidence. Le timing était trop troublant : je l'ai reçu juste après que Bijou a été tuée.

Il nota mon numéro de portable en disant qu'il essaierait de remonter la trace de ces appels.

Quand notre entretien prit fin, je me sentis lessivée et mon petit ensemble prune était à tordre. L'inspecteur se montra plus courtois en me raccompagnant vers la sortie.

— Bon, alors, à partir de maintenant vous ne nous cachez plus rien ? insista-t-il en me tenant la porte.

— Absolument. D'ailleurs, vous avez du nouveau ?

Ça ne coûtait rien d'essayer.

Il sourit, tout de même un peu amusé par mon audace.

— Rien que je puisse partager avec vous. Et je ne veux pas une ligne sur la conversation téléphonique dont vous venez de me parler. Pour le moment, il est essentiel de maintenir la plus stricte confidentialité sur tout cela.

— Pas de problème.

— Et aussi, vous devez être très prudente, mademoiselle Weggins. Désormais, le tueur sait que Bijou Ford vous a parlé. Si elle a été tuée parce qu'elle possédait certaines informations, le meurtrier pourrait soupçonner que celles-ci sont maintenant en votre possession.

Je n'avais jusqu'alors pas vraiment pris cette affaire à la légère, mais le fait qu'il formalise ainsi les dangers qui me guettaient accrut encore mon angoisse.

Une fois que nous nous fûmes quittés, je vérifiai ma messagerie : encore deux requêtes des attachés de presse, décidément inépuisables, pour de nouvelles apparitions télévisées le lendemain, et un appel de Nash demandant si j'avais des mises à jour à faire figurer sur le Web. Je m'apprêtais à répondre à ces appels quand mon téléphone se mit à sonner.

— Vous êtes bien Bailey Weggins ? s'enquit une voix vaguement familière, d'un ton ampoulé.

— Oui, qui est à l'appareil ?

— Alex Ottoson. Je veux vous voir.

Ça n'aurait pas dû me surprendre…

— D'accord, où et quand ?

— Mon appartement, maintenant. Central Park Ouest au coin de la 74e Rue. Combien vous faut-il de temps pour vous y rendre ?

— En fait, je ne suis qu'à un quart d'heure de chez vous.

— Il y a une horde de paparazzi devant l'immeuble, alors vous devrez emprunter l'entrée de service sur le côté. Vous y trouverez vraisemblablement d'autres exemplaires de ces chacals, mais mon assistante vous escortera.

Alex avait bien évidemment dû parcourir le site Web de *Buzz* ou entendre parler de mes révélations, et il voulait me cuisiner à propos de l'aventure de Bijou et de Tom. Ce serait pour moi l'occasion idéale de jauger le bonhomme, même si l'ambiance serait probablement tendue. Tout en marchant le long du parc, mes yeux balayaient les imposants buissons sur ma gauche, tout à fait semblables à ceux dans lesquels Bijou avait trouvé la mort. Il aurait été très facile pour Alex de la suivre pendant qu'elle promenait le chien ou de la retrouver à un endroit où elle passait habituellement. Elle aurait été surprise de le voir, mais pas nécessairement sur ses gardes. Et il aurait pu l'assommer avant même qu'elle se sente en danger.

Il y avait effectivement quelques photographes devant la porte de service, mais l'assistante d'Alex, une femme mince de type asiatique, vêtue de noir, m'y attendait et me fit franchir cet obstacle. Elle me guida par les escaliers de service jusqu'au hall d'entrée où nous prîmes l'ascenseur. Nous n'échangeâmes aucune parole et elle ouvrit la porte de l'appartement en silence, en me faisant signe d'entrer. Je la suivis dans le gigantesque salon, puis dans un couloir sans fin, bordé de portes closes. Un chemin différent de celui que Bijou avait emprunté lorsque j'étais venue la voir. L'appartement était totalement silencieux, comme s'il avait été souterrain. Finalement, mon guide se planta devant une porte, y frappa et j'entendis la voix d'Alex nous commander d'entrer. L'assistante s'effaça pour me laisser pénétrer dans un vaste bureau, puis disparut.

Alex se tenait assis derrière un bureau impérial dont le plateau n'accueillait qu'un unique téléphone. Il portait une chemise blanche immaculée avec un pull en cachemire camel posé sur les épaules. Plutôt décontracté pour une tenue de deuil. Il ne bougea pas de son siège et ne m'invita pas à en prendre un.

— Je suis désolée du deuil qui vous frappe, tentai-je.

— Je vais être très clair, me dit-il abruptement. Je veux tout savoir de ce que Bijou vous a dit sur sa relation avec Tom Fain.

— Je n'ai aucune obligation de vous rapporter ce qu'elle m'a dit.

— Mais vous n'avez pas hésité à révéler au monde entier qu'elle avait une aventure avec Tom Fain.

— Elle devait communiquer cette information à la police. Ça n'aurait plus été très longtemps un secret.

— Était-elle amoureuse de lui ?

Sa voix avait vacillé légèrement, suscitant de ma part une certaine pitié.

— Je ne pense pas. Elle a dit qu'elle ne voulait pas mettre en danger sa relation avec vous.

— C'est tellement gentil de sa part, lâcha-t-il avec sarcasme. Et pourquoi, si vous permettez que je vous le demande, aurait-elle partagé avec vous cette information ?

— J'enquêtais sur la mort de Tom – pas en tant que journaliste, mais parce que c'est moi qui ai découvert son corps et que je voulais savoir ce qui lui était arrivé. J'ai eu vent de leur aventure, alors j'ai questionné Bijou à ce sujet. Étiez-vous au courant de leur relation ?

— J'avais quelques soupçons, mais aucune preuve. Bijou était la reine du mensonge et elle savait parfaitement dissimuler ses actes. Elle était en visite chez des amis durant le week-end où Fain a apparemment trouvé la mort et, quand je les ai appelés, ils m'ont dit qu'elle était allée faire les antiquaires. Elle est même rentrée avec plusieurs cuillères en argent du XVIIIe siècle pour faire avaler son bobard.

— Et vous-même, où étiez-vous ce jour-là ? demandai-je.

S'il voulait être direct, je pouvais bien l'être, moi aussi.

— Officieusement, avec une jeune femme. Tout comme hier soir.

Sympa. C'était donc l'hôpital qui se moquait de la charité.

— La police vous a-t-elle informé de ce qui, selon elle, était arrivé à Bijou ? poursuivis-je, puisqu'il semblait en veine de confidences.

— Je tiens tout ce que je sais du portier. Elle est sortie pour promener le chien vers vingt et une heures. J'ai supposé qu'elle s'était arrêtée chez une amie. Maintenant, si vous voulez bien m'excuser...

J'en étais à me demander si j'allais devoir retrouver par moi-même la sortie, quand, en me retournant, je vis que l'assistante était de retour et m'attendait. Il devait y avoir une sonnette installée sous son bureau, je présume.

— Juste une question, ajoutai-je à l'intention d'Alex, alors qu'il s'apprêtait à saisir le téléphone. Comment avez-vous découvert que Tom avait suivi une cure de désintoxication ?

— Si cela vous intéresse, répondit-il en me toisant, nous l'avons appris par l'agent de Chris Wickersham à L.A. et nous avons, bien entendu, fait vérifier cette info.

Sa révélation me sonna. C'était donc Chris qui avait saboté le plan de Tom. Cette pensée me donnait la nausée.

Pourtant, était-ce vraiment une surprise ? J'aurais dû m'en douter quand Bijou m'avait raconté cette histoire. Je savais que Chris était ambitieux. Il voulait la célébrité et la gloire. Quel acteur en partance pour L.A. ne les aurait pas désirées ? Pour cette raison, je pouvais comprendre qu'il ne soit pas venu ma rescousse sur le plateau de tournage : ça aurait pu compromettre sa relation avec le réalisateur. Mais trahir Tom était d'un tout autre ordre.

Quand le taxi me déposa devant mon immeuble, je me sentais complètement déprimée. Je me traînai jusqu'à la porte d'entrée, dans mon ensemble fripé, et ne parvins à offrir à Bob, le concierge, qu'un bonjour faiblard.

— Vous l'avez ratée de peu, me dit-il.

— Qui ça ? demandai-je, étonnée.

— Votre belle-sœur. Je l'ai fait entrer dans votre appartement, comme vous le souhaitiez.

— Comme je le souhaitais ? m'exclamai-je sous l'impulsion d'une bouffée d'adrénaline. Que voulez-vous dire ?

Bob me regarda avec de grands yeux qui, peu à peu, se remplissaient d'inquiétude.

— Vous m'avez appelé il y a une heure pour me demander de la laisser entrer…

16

Il me fallut un moment pour retrouver mes esprits. Dès que j'eus pris un peu mieux la mesure de la situation, je rejoignis l'ascenseur au pas de course.

— Tout va bien, mademoiselle Weggins ? s'inquiéta Bob derrière moi.

— Non, je ne crois pas, lui criai-je. Je ne vous ai pas appelé aujourd'hui.

Mon cœur battait la chamade tandis que l'ascenseur m'emmenait au quatorzième étage. Je n'avais pas téléphoné au concierge et, à ma connaissance, ma belle-sœur numéro un se trouvait auprès de mon frère dans les Caraïbes, pendant que la numéro deux était à Boston en train de feuilleter un magazine de décoration. Ce qui signifiait qu'une femme s'était fait passer pour moi et venait de s'attarder un moment, toute seule, dans mon appartement.

J'avais à peine posé le pied dans le couloir que je vis les portes du deuxième ascenseur s'ouvrir et Bob en sortir tout essoufflé.

— J'ai demandé à un collègue de me remplacer. Vous me dites que vous ne m'avez pas téléphoné cet après-midi ?

— Non, et mes belles-sœurs ne sont pas à New York. Que vous a dit exactement cette personne quand elle vous a appelé ?

— Elle m'a juste dit bonjour en me disant qu'elle était vous, Bailey, et qu'elle voulait que je laisse entrer sa belle-sœur dans l'appartement afin qu'elle puisse se rafraîchir entre deux avions. Nous devons en principe exiger un mot écrit, mais j'étais tellement certain que c'était vous. Je voulais vous faire une fleur.

Il remonta sa casquette sur son front. Il était en sueur. Pauvre Bob, il prévoyait sans doute de passer un sale quart d'heure avant la fin de la journée.

— La femme qui s'est présentée ici, à quoi ressemblait-elle ? demandai-je. Combien de temps est-elle restée ?

— Pour être franc, je ne l'ai pas très bien regardée. Elle était plutôt grande, un mètre soixante-dix ou soixante-quinze, mais elle avait peut-être des talons. Elle portait de grosses lunettes de soleil et une sorte de chapeau, genre panama. Ah oui, ses cheveux dépassaient un peu du chapeau et ils étaient blonds. Elle a dû rester environ une demi-heure. Comme je vous l'ai dit, elle est partie un quart d'heure avant que vous arriviez.

— Vous êtes sûr qu'il s'agissait d'une femme ?

— Hein ? Vous voulez dire que ça aurait pu être un homme déguisé en femme ? Je... je ne pense pas.

— OK, on ferait mieux de jeter un coup d'œil à mon appartement, maintenant, dis-je à Bob, contente qu'il soit avec moi.

Je n'avais pas la moindre idée de ce que j'allais y trouver. Avait-il été fouillé ? ou piégé ?

— Vous feriez mieux de vous préparer à l'idée d'un vol, me conseilla Bob. Je suis certain qu'elle n'a pas emporté votre poste de télévision, mais il est possible qu'elle soit repartie avec de l'argent ou des bijoux.

Mais une fois entrée dans l'appartement, avec le concierge sur mes talons, rien ne me sembla avoir bougé. Nous nous précipitâmes dans la cuisine, puis à nouveau dans le salon, pour finir par la salle de bains et mon minuscule bureau. Aucun tiroir renversé, aucun placard béant. Et ma petite cachette à bijoux, ceux que mon ex-mari n'avait pas eu le temps de gager, se trouvait toujours à sa place.

— Quelque chose manque ? me demanda Bob nerveusement.

— Non, pas d'après ce que je vois.

— Alors, qu'est-ce qu'elle voulait ?

— Je ne sais pas, Bob. Vraiment pas.

— Vous voulez que j'appelle le superintendant ?

— Ça ne devrait pas être nécessaire. Laissez-moi me poser et jeter un coup d'œil un peu plus approfondi. Si je vois quelque chose d'anormal, je vous le dirai.

Bob me laissa donc. Il faisait une mine de trois pieds de long et sa chemise était trempée de sueur. Je ne l'avais pas blâmé pour sa légèreté, mais je n'étais pas rassurée pour autant.

Après m'être débarrassée de mes vêtements de travail et de mes talons, je fis une nouvelle fois le tour du salon et m'attardai un peu plus sur les tiroirs. Je fis de même dans mon bureau. Mes papiers étaient en ordre et mon ordinateur était à la place exacte où je l'avais laissé. Pourquoi était-elle donc venue dans mon appartement ? Qui était-elle ? Il fallait que ce fût une sacrée bonne comédienne pour que son imitation ait même trompé Bob.

Autre question tout aussi inquiétante : ma mystérieuse visiteuse avait-elle quelque chose à voir avec les meurtres ? Si c'était le cas, la liste de mes suspects se réduisait : ni Deke, ni Alex n'auraient pu se déguiser comme elle l'avait fait. Mais ce pouvait toujours être Harper. À moins qu'il ne s'agisse d'une complice de l'assassin. Ou alors, ça n'avait aucun lien avec les meurtres. Mais pourquoi donc quelqu'un aurait-il pris la peine de monter une telle mascarade afin de passer une demi-heure chez moi, le lendemain même de la mort de Bijou ?

J'enfilai un pantalon de toile écru et un polo noir et retournai dans mon micro-bureau. J'appelai l'inspecteur Windgate et lui laissai un message résumant ce qui venait de se passer. Je lui demandai de me rappeler dès qu'il en aurait la possibilité. Je laissai aussi un message à Nash pour l'avertir qu'il y avait eu quelques développements, mais que cela pouvait attendre et que je les lui exposerais dès le lendemain matin. Puis je fis le tour de mes contacts, mais n'appris rien de nouveau.

À ce stade, mon estomac criait famine et mon corps était au bord de la dislocation. Je passai un coup de fil à Landon en espérant qu'il pourrait me consacrer un peu de temps car la perspective de passer les heures suivantes toute seule dans mon appartement me filait les chocottes. À travers la cloison de mon bureau, je pouvais entendre son téléphone sonner, sonner, sonner… jusqu'à ce que sa messagerie prenne le relais. Il devenait de plus en plus probable que j'allais devoir passer la soirée seule, devant les maigres victuailles en voie de péremption que je pourrais trouver dans mon frigo. Génial.

En allant vers la cuisine, je vérifiai la porte donnant sur ma terrasse afin de m'assurer qu'elle était bien verrouillée. Ce n'est qu'en constatant que personne ne pourrait s'introduire dans mon appartement que je commençai à me détendre.

La faim et l'épuisement me tournaient presque la tête. J'avais le vague souvenir qu'il me restait une côte de porc dans le congélateur et je finis par la dénicher entre deux bagels. En me retournant vers le micro-ondes, je saisis du regard un flash argenté dans l'évier. En m'approchant, je vis qu'il s'agissait d'un couteau de boucher avec un manche en bois. Il appartenait à une série d'ustensiles de cuisine que j'avais reçus en cadeau de mariage de la part d'un membre de ma famille qui avait imaginé que je passerais le reste de mon existence à déguster de bons steaks saignants auprès de mon légitime époux. Je ne l'avais pas remarqué quand Bob et moi avions fait le tour de l'appartement, ne m'étant pas vraiment attardée à cet endroit. Je n'étais pas certaine de ne pas l'avoir placé là moi-même. Pourtant, il me semblait que je n'avais pas utilisé ce couteau depuis des lustres. Là, dans l'évier, sa lame me paraissait soudain menaçante.

Selon toute vraisemblance, c'était ma visiteuse qui l'avait déposé à cet endroit. L'avait-elle utilisé pour ouvrir quelque chose ? Ça me paraissait peu probable. Je pensais que ce couteau était plutôt un message : *Je peux te faire du mal si je le veux, comme pour les autres.* Il s'agissait peut-être même d'une promesse.

Je sortis de la cuisine en laissant le couteau où il se trouvait et laissai un nouveau message à Windgate, cette fois-ci plus impatient. Bien que ma fringale se fût radicalement calmée, je commandai une pizza par téléphone. En l'attendant – et en attendant l'appel de Windgate –, je m'installai dans la salle à manger, devant mon petit cahier de notes, et commençai à écrire. Le fait d'avoir un stylo entre les mains me donnait l'impression de mieux contrôler les choses.

Je notai tout d'abord la description que Bob m'avait donnée de la mystérieuse femme et inscrivis à côté un unique nom : Harper. Celle-ci faisait environ un mètre soixante-quinze, peut-être plus, soit la taille que Bob prêtait à ma visiteuse. Ses cheveux étaient courts, et châtain clair, mais pas assez pour que certaines mèches ne pussent s'échapper d'un chapeau. Et, subitement, je me souvins qu'elle avait été actrice à un moment donné. Chris me l'avait dit la première fois qu'il était venu me trouver à propos de Tom.

Il était d'ailleurs tout à fait logique que je place Harper en tête de ma liste de suspects. Elle m'avait laissé croire qu'elle était à L.A. ce week-end-là, alors qu'en fait elle s'était dépêchée de rentrer, prétendument parce qu'elle avait eu un mauvais pressentiment concernant Tom. Elle aurait très bien pu soupçonner qu'il la trompait et aurait pu le tuer sans même connaître le nom de sa rivale. Quand j'avais insinué, la veille, que ce pouvait être quelqu'un de la série, Harper avait tout à fait pu se convaincre qu'il s'agissait de Bijou et aller la retrouver dans le parc.

Cette intrusion dans mon appartement m'avait tellement perturbée que j'avais temporairement mis de côté les révélations d'Alex. Maintenant, elles me revenaient comme une épave remontant à la surface. Chris avait volé à Tom son rôle dans la série. Par pure ambition. J'imaginais comment cela avait dû se dérouler : Tom avait appelé Chris pour l'informer qu'il passait des auditions pour la série et lui suggérer de prendre contact avec le directeur du casting ; Chris avait passé lesdites auditions et en avait apparemment conclu que le sort de Tom n'était pas encore arrêté ; il avait alors demandé à son agent de laisser filtrer l'info sur la cure de désintoxication.

Ce comportement suscitait à la fois ma colère et une certaine tristesse. Colère parce que Chris avait fichu en l'air la carrière de Tom (était-ce pour cela qu'il avait voulu que je retrouve Tom ? avait-il ressenti un sentiment de culpabilité ?). Tristesse parce que j'aimais vraiment bien Chris. J'aimais faire l'amour avec lui et la façon dont il me faisait rire. J'aimais même ses curieuses omelettes au cheddar vieilli en fût de chêne. Et maintenant, je comprenais qu'il n'était pas celui que je croyais. J'aurais apprécié de pouvoir appeler Chris ce soir, pour un peu de réconfort ou pour passer la nuit chez lui, loin de cet horrible couteau. Mais j'en étais incapable depuis que j'avais appris sa trahison. D'ailleurs, je pris conscience que je n'avais encore reçu aucune nouvelle de lui, bien que nous ayons prévu de nous appeler durant notre petit déjeuner au café d'en bas. Demain, j'allais le contraindre à me dire la vérité.

J'en étais encore à rêver devant une page blanche de mon carnet quand ma pizza arriva. Dès que je l'eus payée, mon téléphone sonna : Windgate m'appelait enfin. Je lui exposai donc ce qui s'était passé dans mon appartement. Il ne me répondit que par un long silence.

— Vous êtes… vérifiai-je.

— Cette visiteuse pourrait-elle faire partie de vos relations – de votre vie privée, s'entend ? m'interrompit-il d'une voix neutre.

Une femme qui vous en voudrait pour une raison quelconque ? Peut-être lui avez-vous pris son petit ami, par exemple.

— Une malade, vous voulez dire ?

J'avais du mal à cacher mon exaspération.

— Mon Dieu, non, je ne pense pas. Personne ne m'a harcelée jusqu'à présent. Et je n'ai jamais volé le petit ami de quiconque.

— OK, OK. Alors restez où vous êtes. Je vais vous envoyer une équipe pour relever les empreintes. Et je veux que vous soyez extrêmement prudente, compris ?

J'étais vraiment soulagée que la police prenne mon aventure au sérieux, mais j'avais surtout envie de m'effondrer dans un lit. Maintenant, il allait falloir que je fasse le pied de grue dans le salon, pendant que les flics passeraient les meubles de mon appartement au peigne fin. Super.

Le mieux était encore que je fasse une petite sieste en attendant l'arrivée de la police. J'avalai deux morceaux de pizza et allai m'affaler sur le canapé. J'embarquai néanmoins mon portable, au cas où. Bien m'en prit, car dès que j'eus fermé les yeux, il sonna à nouveau.

— Est-ce que je te dérange ?

C'était Beau Regan.

Ouais, je suis en pleine brouette sénégalaise avec un Apollon et il m'est assez difficile de tenir un téléphone... Bon, même si j'avais très envie de lui sortir une confession de ce genre, je ne parvins qu'à marmonner quelque chose concernant une pizza à emporter. Je n'étais même plus capable de mentir et de prétendre que j'étais en train de m'amuser comme une folle.

— J'ai entendu pour Bijou Ford. Tu as dit qu'elle travaillait avec cet acteur qui est mort – celui sur lequel tu enquêtais. Je voulais m'assurer que tout allait bien pour toi.

— Ah, c'est sympa d'appeler. Pour tout te dire, je suis à peu près certaine que les deux morts sont liées.

— C'est ce que je me disais. Et toi, ça va ? Tu n'es pas, comme à ton habitude, en train de jouer avec le feu, n'est-ce pas ?

— À vrai dire, je...

À mon grand désarroi, je ne parvenais pas à contrôler ma voix.

— Quelqu'un s'est introduit dans mon appartement et... je pense que ça pourrait bien être le meurtrier. La police devrait arriver pour relever les empreintes.

— Qu'est-ce que tu entends par « ça pourrait bien être le meurtrier » ? Qu'est-ce qui s'est passé exactement ?

Je lui fis un bref résumé de la situation. Ma voix tremblait encore et je me sentais ridicule. Je n'avais vraiment pas envie que Beau me considère comme une pauvre fille en détresse.

— Bailey, tu ne peux pas rester chez toi ce soir, dit-il, malgré mes efforts pour paraître courageuse. J'espère que tu n'en as pas l'intention.

— Je suis sûre que ça va aller, insistai-je. Ce n'est pas comme si cette personne avait une clé de l'appart'. Je ne vais pas embêter un ami à cette heure-ci.

Je me demandais s'il allait relever que je ne mentionnais pas le nom de mon nouveau fiancé.

— Pourquoi ne viendrais-tu pas chez moi ? me dit-il d'une voix pleine d'attention.

Ma respiration se bloqua dans ma poitrine. Une sciatique de l'aorte.

— Je te laisse le canapé, ajouta-t-il. Ou alors je le prends. Je n'aime pas du tout l'idée de te savoir toute seule là-bas. Souviens-toi que c'est moi qui ai soigné tes blessures en juillet dernier.

Je m'apprêtais à refuser, *vraiment*, parce que depuis que j'avais laissé Beau derrière moi, sur un trottoir de Chelsea, la veille au soir, j'avais eu l'impression que j'étais enfin parvenue à ne plus y penser et à abandonner tout espoir de construire quelque chose avec lui. Si j'allais chez lui, même dans le canapé, je savais que j'allais repartir de zéro.

Mais je savais aussi que j'étais terrifiée et que je ne voulais pas rester dans mon appartement à dresser la liste de toutes les choses qu'on pouvait faire avec un couteau de boucher. Alors j'acceptai.

En attendant l'arrivée de l'équipe de la police, j'empaquetai mon ordinateur et préparai une mini-valise avec le seul autre ensemble correct que je possédais. Les flics finirent par se pointer vers vingt heures trente. Après que je leur eus expliqué la situation – et qu'ils eurent pris mes propres empreintes –, je déguerpis en leur laissant les commandes du logis. Quand ils quitteraient les lieux, la porte se refermerait automatiquement derrière eux. Je m'arrangeai avec le concierge de nuit pour qu'il aille verrouiller ma porte après leur départ, avec le jeu de clés dont il disposait. Maintenant, je ne sentais plus aucune fatigue, l'adrénaline ayant repris le dessus.

Il ne s'était passé qu'une seule journée depuis que j'avais quitté Beau, mais il semblait beaucoup plus reposé. Il portait un pantalon de toile sombre et un pull jaune. Il était pieds nus, comme à son habitude. En le voyant, mon ventre se mit à gargouiller.

— J'ai ouvert une bouteille de vin en pensant que ça te ferait du bien, me dit-il en me précédant jusqu'au salon. Et j'ai un énorme morceau de stilton que ma mère m'a donné.

— Exactement ce que le docteur m'a prescrit.

Pendant qu'il s'affairait dans la cuisine, je m'écroulai sur son canapé et commençai à étudier le salon. Les piles de paperasses qui le jonchaient, la veille, avaient été rangées et tout était plus ou moins identique à ce que j'avais connu l'été dernier : les meubles sombres ; le tapis ethnique aux couleurs vives ; les superbes photos noir et blanc d'Extrême-Orient alignées sur le mur clair. Je remarquai quelques nouveaux clichés de ce que je pris pour les vieux quartiers d'Istanbul, en attente d'accrochage. Ça me rendait un peu nerveuse de faire ainsi l'inventaire de son salon, mais je ne pouvais pas m'en empêcher : je me souvenais encore de la fois où j'avais repéré un petit rasoir rose dans un coin de la salle de bains d'un type dont j'étais folle amoureuse et je n'avais pas du tout aimé ça.

— Alors, comme ça, ta mère te prépare des petits colis ? taquinai-je Beau alors qu'il revenait de la cuisine avec la bouteille de vin, deux verres et un plateau couvert de fromage et de toasts.

— Oh, on ne peut pas vraiment parler de « petits colis ». Le terme « valise » serait plus approprié. Je suis allé dîner avec elle l'autre soir – elle voulait savoir comment s'était passé mon voyage, en espérant sans doute que ces deux mois en Turquie m'inciteraient à mettre un terme à ma carrière de documentariste pour devenir golden boy. Et avant que je parte, elle a demandé à la femme de ménage de me préparer un petit panier garni. Même si, un jour, je remportais un oscar pour un de mes films, ma mère continuerait à me demander si j'ai assez de linge propre pour la semaine.

— Tu sembles t'en accommoder, remarquai-je.

— Des années de pratique. Alors, dis-m'en plus sur ta visiteuse. Qu'est-ce qui te fait croire qu'elle pourrait être le meurtrier ?

Je commençai par prendre une longue gorgée de vin. Un excellent bordeaux qui était probablement réputé pour ses notes de prune, de tabac et de cuir de Russie. Étrange, me dis-je, qu'il ait ouvert une aussi bonne bouteille.

— J'imagine qu'il est possible que les deux affaires n'aient aucun lien entre elles, convins-je. L'inspecteur auquel j'ai parlé a même émis l'hypothèse d'une malade n'ayant aucune relation avec les meurtres – une fille qui serait convaincue que j'en veux à son mec, par exemple. Mais, franchement, ça ne me parle pas. Toutes ces coïncidences sont bien trop énormes.

Je lui décrivis les appels que j'avais reçus et mon aventure au Demi-Roi.

— Bailey, il est évident que tu cours un véritable danger, déclara-t-il. Je me félicite que tu aies fini par entendre raison et que tu aies quitté ton appartement.

— Pour être honnête, j'apprécie vraiment ton invitation. C'est dingue comme un truc comme ça peut te bouleverser au point de ne plus pouvoir rester chez toi.

Il prit une gorgée de vin, s'installa confortablement dans le canapé et me regarda avec intensité. Il avait cette incroyable capacité de rester calme et de ne pas faire de mouvements superflus. Et il pouvait soutenir un regard sans aucun problème, jusqu'à ce que vous ayez une furieuse envie de baisser les yeux et de reprendre une gorgée de vin, par exemple. Je sentis soudain que mes joues étaient en feu – et ce n'était pas seulement dû au bordeaux ni à mes mésaventures de la journée. Mon désir s'exprimait là, tout cru, tout simple. J'avais su le faire taire la veille, mais maintenant que je me trouvais seule avec Beau dans son appartement, il était devenu incontrôlable.

— Pourquoi ne pas être allée chez ton ami acteur ? finit-il par me demander.

Sa voix ne traduisait que la curiosité, comme s'il m'avait demandé pourquoi j'avais préféré tel opérateur de téléphonie plutôt qu'un autre.

Il était hors de question que je lui révèle ce qu'Alex Ottoson m'avait appris, ni que je lui confie que cette information m'avait irrémédiablement éloignée de Chris.

— Ce n'est pas vraiment mon fiancé attitré, tentai-je. Je présume qu'il avait des projets ce soir.

— Ça ne semble effectivement pas très sérieux.

Toujours aussi calme.

— Bah, c'est possible. Je veux dire… ce n'est pas l'histoire du siècle.

— Je croyais pourtant que tu préférais les histoires sérieuses, poursuivit-il en haussant un sourcil.

Ah.

— J'aurais voulu que ce soit sérieux entre toi et moi. Mais c'était à cause de ce que je ressentais pour toi. Je… Écoute, pourquoi me parles-tu de ça, de toute façon ?

— Pourquoi ? s'exclama-t-il en reposant son verre.

Il se redressa et me regarda droit dans les yeux.

— Pour être tout à fait franc, je n'aime pas trop te savoir avec cet acteur.

— Ah oui ? fis-je incapable de réprimer un sourire.

La situation était quand même assez drôle.

— Pourquoi ? Tu penses que ça va me tourner la tête ?

— Peut-être, répondit-il en me retournant mon sourire. Tu vas t'acheter un de ces petits bichons hargneux et le transporter dans ton sac.

— Et ma meilleure amie sera Paris Hilton ?

— Je pense que tu vois très bien ce que je veux dire, Bailey, me dit-il, plus sérieux.

— Non, vraiment, je ne vois pas.

— Je n'aime pas trop te savoir dans le même lit qu'un autre.

Cette conversation prenait une tournure complètement inattendue.

— Et que suis-je censée faire ? demandai-je, incrédule.

— Arrête de coucher avec lui.

— Tu ne crois pas que tu es un peu injuste ? Tu ne voudrais pas le beurre et l'argent du beurre, par hasard ? Parce que ce n'est pas comme si, de ton côté, tu te privais des miches de la crémière…

— Je sais bien que je t'ai dit que je n'étais pas prêt à m'engager. Mais je me suis rendu compte que je me trompais.

— Que dois-je comprendre ?

— Que j'aimerais tenter le coup.

Sa voix était douce et enveloppante.

— Toi et moi. Je veux m'engager avec toi.

L'air me manquait. Voilà enfin la déclaration dont j'avais rêvé et sur laquelle je m'étais résolue à faire une croix. Elle arrivait sans crier gare, comme une ondée de printemps.

— Mince… Je ne m'attendais pas du tout à ça…

— Je sais bien que je n'ai pas donné de nouvelles parce que j'avais un boulot dingue en Turquie et que je ne savais plus ce que je voulais, ni comment le formuler. Mais dès que je suis rentré à New York et que j'ai repris un peu mes esprits, j'ai compris à quel point tu m'avais manqué et que je voulais être auprès de toi. J'avais vraiment l'intention de t'appeler, mais, après t'avoir vue chez Elaine, j'ai cru que je ne t'intéressais plus.

— Mes sentiments n'ont pas changé, dis-je.

Je n'avais aucun doute là-dessus.

Je laissai mon regard errer dans le vague : j'étais si bouleversée que j'avais même du mal à croiser le sien. Mes yeux se posèrent sur une large méridienne et je me rappelai la nuit où il m'y avait déposée avant de me déshabiller et de me couvrir de baisers. Je rougis instantanément. Et quand je me retournai vers lui, je compris qu'il avait deviné où m'avaient portée mes pensées.

Il esquissa un sourire, puis il se pencha vers moi et posa sa main sur ma hanche. Ma peau devint incandescente. Sa main caressa ma cuisse avant de s'immobiliser sur mon sexe, et il se mit à suivre du doigt la fermeture de mon pantalon, de bas en haut, de haut en bas, jusqu'à ce que je me mette à trembler.

— Puisque nous paraissons être sur la même longueur d'onde, pourquoi ne pas nous rappeler les bons moments que nous avons passés ensemble ? dit-il en souriant.

J'avais du mal à parler. Alors je m'abstins. Je lâchai prise et me laissai faire. Il saisit mon bras et m'attira contre lui. Il m'embrassa doucement sur la bouche, puis plus fougueusement. J'avais fermé les yeux pour mieux absorber son odeur. Il reprit ses caresses, qui devenaient presque insoutenables.

Je me pressai contre lui pour lui rendre ses baisers. D'une main, il ôta mon pull puis défit mon soutien-gorge. Il prit mes seins et les caressa en s'attardant sur mes mamelons.

— Alors, qu'en dis-tu ? me demanda-t-il en s'écartant légèrement. Allons-nous dans la chambre ?

— Oui, mais je pensais que ta faveur allait aux méridiennes.

Il éclata de rire.

— Oh, tu avais apprécié ? Eh bien, essayons une fois encore, mais avec une légère variante…

En l'entendant prononcer le mot « variante », une violente bouffée de désir monta en moi. Il me débarrassa de l'ensemble de mes vêtements, puis me déposa sur la méridienne. Sur le ventre, cette fois-ci…

— Je te promets que tu vas oublier tous tes soucis… et tu n'auras rien à faire.

— Ça me paraît outrageusement égoïste…

— Ne t'inquiètes pas, tu auras l'occasion de me retourner cette faveur…

Il commença par me masser le dos, en de longs mouvements hypnotiques. Puis sa main remonta vers mon cou et il se mit à pétrir mon cuir chevelu, avant de laisser glisser ses doigts jusqu'au bas de mon dos pour d'autres caresses. Proche de l'évanouissement, je m'abandonnai à ses soins experts, la tête vide, totalement vouée au plaisir et à celui qui l'initiait. Quand il s'introduisit en moi, je perdis tout contact avec la réalité.

La jouissance explosa en un instant et je me concentrai sur la sensation de plénitude qui m'envahit lorsque Beau se répandit enfin en moi. Puis, reprenant son souffle, il m'étreignit longuement, sa peau contre ma peau prolongeant la fusion qui venait de m'anéantir.

Après quelques minutes d'apaisement, nous nous dirigeâmes vers sa chambre où nous reprîmes nos ébats. J'étais épuisée, mais je savais que le sommeil me fuirait cette nuit encore.

Je restai immobile pendant quelque temps, allongée près de Beau, en essayant de me relaxer, mais l'insomnie allait décidément m'accompagner cette nuit-là.

— Ça va ? me chuchota Beau en m'enlaçant.

— J'imagine que je suis trop bouleversée pour m'endormir. Je peux aller fouiller dans ton frigo ?

— Fais comme chez toi. Il doit y avoir un peu de lait, il paraît que c'est bon pour les insomnies.

— Oui, mais le mieux est encore de se couper la tête.

J'allai donc dans la cuisine, un tout petit espace qu'une large peinture abstraite venait éclairer. J'ouvris la porte du frigo et explorai son contenu tout en jetant un œil autour de moi : une barquette de sushi à emporter ; la photo d'une petite fille jouant au bord de la mer (une de ses nièces, sans doute). Un saladier en céramique blanche contenant deux oranges et des papiers, probablement rescapés d'un grand ménage. Une autre barquette issue, celle-ci, d'un restaurant mexicain ; une facture de téléphone et une toute petite carte, comme celles qui accompagnent souvent les bouquets de fleurs : Bienvenue au pays, Beau. Tu m'as manqué.

17

Merde. Encore cette histoire de rasoir rose. Faites qu'il s'agisse de sa mère ! Après tout, quand une mère prépare des petits colis à son enfant chéri, elle peut tout à fait lui faire porter des fleurs à son retour de voyage. Oui, mais ce petit mot pouvait très bien avoir été écrit par une nana.

J'en venais à me demander si Beau avait été parfaitement honnête avec moi en début de soirée. Était-il vraiment prêt à cesser de sortir avec d'autres femmes pour se consacrer à moi ? Je craignais qu'une bouffée de testostérone ne l'ait poussé à me déballer le grand jeu pour me mener jusqu'à son lit. Les mecs s'y entendent pour tromper les filles, quand ils ont envie de s'envoyer en l'air. Mais, pour le moment, je n'avais aucune raison de ne pas faire confiance à Beau.

Pour la première fois de la soirée, je pensai à Chris et j'en conçus un peu de culpabilité. Bon, nous ne nous étions rien promis, mais notre relation n'était cependant pas totalement superficielle. De toute façon, qu'est-ce que ça changeait maintenant ? Je n'oubliais pas qu'il m'avait menti ou, du moins, qu'il m'avait fait croire que Tom était son ami et qu'il avait toujours agi au mieux de ses intérêts. Cette attitude ne pouvait être sans conséquence sur les sentiments que je lui portais.

J'allai boire mon verre de lait dans le salon et y installai mon ordinateur. J'allumai Internet et commençai à rechercher des mises à jour qui auraient pu tomber sur le meurtre de Bijou. Mais je n'y trouvai que des spéculations interminables… et des e-mails. Il y avait un message de Nash qui devait penser que je consulterais mon BlackBerry. Il disait qu'il avait appris que je m'étais bien tirée de mes entretiens avec la presse et que je devais me préparer à d'autres interviews pour le lendemain. J'avais aussi un e-mail de l'équipe des attachés de presse détaillant mes obligations à venir. Bon, j'avais pris les vêtements adéquats et j'accomplirais ma mission sans faillir, mais il fallait aussi que je trouve un peu de temps pour parler à Chris et à Harper au plus tôt. Je devais aussi vérifier certains détails : je voulais par exemple déterminer si Deke avait effectivement remboursé l'argent qu'il devait à Tom (j'en doutais). Deke n'était sans doute pas la personne qui s'était introduite dans mon appartement, mais il aurait pu convaincre une fille de le faire à sa place. Et il fallait aussi que je passe au Chaps Theater.

Après avoir répondu à quelques e-mails, je fus prise d'un brusque accès de fatigue, comme si mon disque dur venait enfin d'enregistrer toutes mes aventures de la journée. Le glas de mon insomnie venait peut-être de sonner. Mais avant de tituber jusqu'au lit, j'allai sur Google pour y faire une recherche sur le profil éventuel de ma visiteuse. L'inspecteur Windgate avait éveillé ma curiosité en mentionnant qu'une malade aurait très bien pu chercher à me nuire. Je ne parvenais pas à imaginer qui, dans mon entourage, aurait pu subitement décider de s'en prendre à moi, mais je voulais néanmoins considérer cette possibilité. J'avais déjà exploré le sujet à propos d'une star qui s'était fait harceler par l'un de ses fans, mais je voulais réexaminer la question au cas où il en jaillirait une étincelle.

Apparemment, les experts distinguaient différents types de psychoses. Celles que l'on voyait le plus souvent dans les films ou dans les livres correspondaient à une obsession pour l'amour ou encore à de l'érotomanie. Dans le premier cas, les personnes qui en étaient affectées développaient un amour obsessionnel pour leurs victimes, qui pouvaient appartenir à leur entourage ou être de quasi-inconnus (se reporter à Alex Forrest dans *Liaison fatale*). Elles savaient que leurs sentiments n'étaient pas réciproques, alors elles se donnaient pour mission de gagner le cœur de l'autre (par des e-mails, des lettres, des cadeaux). Dans le cas de l'érotomanie, les malades ne vivaient pas dans la réalité et étaient persuadés que l'objet de leur désir les aimait, même si, le cas échéant, ils ne l'avaient jamais rencontré, chaque parole et chaque geste de leur victime étant interprété comme autant de signes d'amour étayant leur délire.

Le type de harcèlement qui me concernait – les appels malveillants, le couteau dans l'évier et, potentiellement, la drogue dans ma bière – ne semblait pas correspondre à ce genre de psychose. En revanche, il s'apparentait à un harcèlement mu par la haine ou la rancune visant à perturber la victime ou à l'effrayer, éventuellement par soif de vengeance. Était-il possible que quelqu'un m'en voulût à ce point du fait d'une injustice que je lui aurais prétendument faite ? Je n'avais jamais piqué à quiconque son fiancé, du moins, pas à ma connaissance. Se pouvait-il qu'il s'agît d'une personne sur laquelle j'aurais écrit un article ? Un criminel auquel on aurait rendu sa liberté ou bien sa petite amie ? Voire un individu que j'aurais interviewé et qui aurait par la suite connu une mauvaise passe dont il m'attribuerait la responsabilité ?

Mais si l'un de ces scénarios reflétait effectivement la réalité, il aurait quand même bien fallu que quelque chose le déclenchât – une lettre d'injures ou un appel téléphonique désagréable, par exemple, ou encore une mise en garde qu'on m'aurait transmise à propos d'un éventuel problème.

À ce stade, de toute façon, je ne voyais plus très clair. J'éteignis mon ordinateur et utilisai le peu d'énergie qu'il me restait à vérifier ma messagerie vocale. J'avais reçu une tonne d'appels, depuis

Landon jusqu'à des copains journalistes réclamant des infos, en passant par ma mère qui me félicitait de mes apparitions télévisées (mais râlait parce que je ne l'avais pas prévenue à l'avance). Il y avait aussi deux messages de Chris : « Où es-tu ? » me demandait-il d'une voix presque plaintive dans son premier message et « Je deviens dingue ; il faut que je te parle », ajoutait-il dans le suivant. Sa voix traduisait un curieux mélange de culpabilité et de colère.

Cette fois, quand je posai ma tête sur l'oreiller, le sommeil m'enveloppa presque instantanément.

*

* *

Quand je me réveillai, Beau était assis à mes côtés, la main sur mon épaule. La chambre était baignée d'une lumière terne qui me disait qu'il était encore très tôt ou qu'il pleuvait.

— Je présume que ton public te réclame, me dit-il en souriant.

— Quelle heure est-il ?

— Sept heures moins dix.

— Mince. J'avais programmé mon horloge interne, mais j'imagine que j'étais tellement HS que je ne l'ai pas entendue.

— J'ai pensé qu'il valait mieux que je te réveille. Ton téléphone n'arrête pas de sonner dans ton sac.

— Je ferais mieux de m'activer.

Il plaça sa main juste derrière mon oreille et me massa le cuir chevelu.

— Je me suis retenu de te sauter dessus. Tu avais l'air d'avoir besoin de sommeil.

Je lui offris un sourire endormi.

— Passage en deuxième semaine, donc. Tu as un fer à repasser ? Mes vêtements sont restés dans mon sac.

— Je vais le déterrer exprès pour toi. Je pense qu'il fonctionne encore.

Je vérifiai ma boîte vocale (les filles de la presse voulaient s'assurer que je respectais le programme) et sautai sous la douche. C'était la première fois que j'utilisais la salle de bains de Beau et, tout en me séchant dans un immense drap de bain, j'en admirai la décoration : un très joli carrelage avec quelques étagères impeccablement rangées. J'essayai de m'imaginer chez lui sur une base plus régulière. Combien de nuits par semaine viendrais-je passer ici ? Mais cela allait-il vraiment arriver ? Notre relation me semblait évidente et, pourtant, j'avais du mal à la concevoir.

Pendant que Beau me remplaçait sous la douche, je préparai du café et défroissai mes vêtements en utilisant le comptoir de la cuisine comme planche à repasser improvisée. Mes yeux se portèrent encore vers la petite carte de bienvenue. Laisse tomber, Bailey. Ce type vient tout juste de réinventer, à ton unique intention, l'art ancestral du massage thaïlandais, alors tu es parfaitement fondée à croire qu'il est fou de toi. Mais tout en chassant ces ombres, je sentais que quelque chose me turlupinait, quelque chose que je ne parvenais pas à matérialiser. C'était un peu comme cette pensée fugace que j'avais eue après l'annonce de la mort de Bijou, l'autre soir. Ce n'est qu'une fois arrivée à Central Park que j'avais saisi ce que mon subconscient me susurrait : le fait que mes révélations avaient pu conduire Harper à imaginer que Bijou était sa rivale. Là, je ne savais pas si mon esprit cherchait à me dire quelque chose sur Beau ou sur les meurtres. Avec un peu de chance et un peu de patience, cette idée finirait bien par se laisser attraper.

Beau m'accompagna jusqu'à l'ascenseur et suggéra, à mon grand soulagement, que je revienne passer la nuit prochaine chez lui. Il allait devoir travailler tard dans son studio, mais nous convînmes de nous appeler vers dix-neuf heures trente pour dîner ensemble. Il aurait peut-être été plus habile d'attendre un jour ou deux avant de le revoir, mais je mourais d'envie de retrouver ses bras au plus vite. Et la perspective de retourner dans mon appartement m'enchantait à peu près autant qu'un jogging tardif dans Central Park.

Sur le chemin de ma première interview du matin, j'appelai Windgate. Pour une fois, je ne tombai pas sur sa messagerie.

— Vos collègues ont-ils trouvé quelque chose dans mon appartement ?

— Il est encore trop tôt pour dire quoi que ce soit des empreintes que nous avons relevées dans votre cuisine. Mais certaines marques sur le couteau qui était dans votre évier laissent penser qu'il a été manipulé avec des gants. Ce qui me fait croire que nous ne trouverons aucune empreinte inattendue dans votre appartement.

— J'ai repensé à votre histoire de harcèlement, lui dis-je, mais je ne vois personne qui pourrait m'en vouloir. Ça ne peut qu'être lié aux meurtres.

— J'ai tendance à vous croire. J'ai placé votre appartement sous surveillance au cas où votre visiteuse reviendrait. Si vous remarquez quoi que ce soit d'anormal, je veux que vous me le signaliez aussitôt.

— Merci, je n'y manquerai pas.

Ses paroles avaient ravivé mon angoisse, même si j'étais soulagée que la police ait désormais mon appartement à l'œil. Curieusement, la pensée fugace qui m'avait traversée un peu plus tôt refit à cet instant précis un passage éclair dans mon cerveau. Elle m'échappa une nouvelle fois.

— Et je veux que vous soyez très prudente, ajouta-t-il. Il faut que vous parliez de votre sécurité avec le superintendant de votre immeuble et que vous surveilliez vos arrières quand vous êtes dans la rue. Cette personne est extrêmement dangereuse.

J'hésitais à lui parler de Harper. Je ne voulais pas lui causer d'ennuis ni nuire à sa réputation si elle n'avait rien à voir avec les meurtres.

— Pas de problème. À propos, y a-t-il quelque chose que vous puissiez partager avec moi sur toute cette affaire ? Il doit bien y avoir du nouveau.

J'espérais qu'il se laisserait aller à me tuyauter un peu, compte tenu de ma bonne volonté manifeste.

— Je peux vous révéler une chose, fit-il après avoir marqué une pause. Il n'y a pas eu d'abus sexuel. Et le sac de mademoiselle Ford était auprès d'elle, avec trois cents dollars dedans.

— Et Alex Ottoson, il vous intéresse toujours ?

— Là-dessus, je ne peux rien vous dire.

Après avoir raccroché, j'appelai aussitôt *Buzz* pour leur dicter une brève mise à jour sur Bijou afin qu'elle puisse être intégrée au site Web. Puis, une boule dans la gorge, j'appelai Chris.

— Bailey ! Mais tu étais où ?! s'inquiéta-t-il. C'est comme si tu avais disparu de la surface de la terre durant les douze dernières heures !

— Je suis désolée, lui répondis-je. Je… je jongle avec tellement de trucs. Il faut que je couvre cette affaire et puis, aussi, que je donne des tas d'interviews.

— La nuit dernière, tu t'es couchée en éteignant ton téléphone ou quoi ? J'ai essayé ton appart' au moins vingt fois.

— Je n'avais pu dormir qu'une heure la veille, alors j'étais morte de fatigue, dis-je, pour éviter un mensonge direct. Comment ça va, toi ?

— Pas trop mal. L'histoire de Bijou me donne envie de vomir – comme à nous tous, d'ailleurs. Mais, au moins, il semble que la série va s'en sortir. Ils nous ont tous réunis et même s'ils sont restés assez vagues sur les détails, ils nous ont demandé de nous préparer à continuer le tournage dès lundi. Ils vont modifier le scénario pour pouvoir remplacer Bijou. Mon agent m'a dit qu'ils faisaient passer des auditions à toutes les actrices de plus de trente ans à Hollywood, pour le nouveau rôle. En fait, je pourrais très bien finir par jouer au côté de Meg Ryan.

Je me forçai à rire de sa plaisanterie, mais la simple mention de son agent me retournait l'estomac.

— Du coup, à ce stade, il semble que mon rôle soit relativement sauf, ajouta-t-il. Du moins, selon les standards hollywoodiens. Et, Dieu merci, je ne travaille pas avant la semaine prochaine. Est-ce que la police a du nouveau sur Tom et Bijou ?

— Tout ce que j'ai appris, c'est que Bijou n'a pas été violée et qu'on ne lui a apparemment rien volé. À propos, tu as vu Harper depuis que nous nous sommes parlé, hier ?

— Elle assistait à la réunion et elle a proposé des stratagèmes pour éloigner la presse qui, soit dit en passant, assiégeait mon appartement ce matin. Tu continues à penser que Harper pourrait être la coupable ?

— Tout semble nous renvoyer vers elle. Tu ne m'as pas dit qu'elle avait été actrice, à un moment ?

— Oui, mais quel est le rapport ?

— Je t'en dirai plus un peu plus tard. Chris, il y a d'autres choses dont il faut que je te parle. Y a-t-il un moment où on pourrait se voir dans la journée ?

— Quel est le problème ?

— Je ne veux pas en parler au téléphone.

— Ça a l'air costaud, soupira-t-il. Comme je te l'ai dit, je ne tourne pas cette semaine, alors c'est toi qui décides.

Je lui proposai de nous retrouver vers dix-huit heures quinze. À cette heure-là, j'aurais sans doute terminé mon marathon de la presse et soldé mes affaires avec *Buzz*. Il suggéra que je le rejoigne à son appartement, à TriBeCa.

— Quand je pense que tu n'y a encore jamais mis les pieds, dit-il. Tout cela est allé si vite !

Le taxi qui devait m'emmener jusqu'aux locaux de Fox News arriva juste au moment où je raccrochais. Deux attachées de presse de *Buzz* m'attendaient devant l'immeuble, chacune d'elles aussi tendue qu'un arc. Ce genre d'exercice était extrêmement important à leurs yeux, car il prouvait que *Buzz* n'était pas seulement une machine à ragots que les stars feuilletaient en cachette, mais qu'il pouvait aussi sortir des scoops de choc.

Peu après m'avoir accueillie, on me conduisit au maquillage. Je profitai de cette séance de repoudrage massif pour élaborer la stratégie que j'adopterais à l'égard de Harper. Il n'y avait aucune chance pour qu'elle réponde à l'un de mes appels ou de mes messages. Elle m'avait déjà fait savoir combien je lui étais antipathique et avait répété à l'envi que les gens de *Morgue* ne voulaient plus entendre parler de moi. J'en conclus que la seule solution qui me restait était de la pousser dans ses retranchements. Une fois mon ravalement de façade achevé et mes cheveux dûment recoiffés (avec une bombe de laque de la taille d'un extincteur), je m'éclipsai dans le couloir pour composer le numéro de Harper :

— Salut Harper, c'est Bailey. Je dois te parler le plus tôt possible. Je *sais*, alors cessons de tourner autour du pot.

Il sortirait peut-être quelque chose de mon petit électrochoc.

Durant tout le reste de la matinée, je quadrillai la ville en limousine avec mon duo d'attachées de presse afin de me rendre dans diverses chaînes de télé ou de radio. Certains de mes intervieweurs tentèrent de m'attirer sur le terrain de la spéculation (je crois bien que l'un d'eux m'aurait demandé qui, d'après moi, avait tué JFK, s'il en avait eu le temps), mais je m'en tins aux faits que j'avais exposés dans mon article et évitai de me lancer dans des théories fumeuses. La plus âgée des attachées de presse me dit qu'elle considérait que je faisais du bon boulot, mais que ç'aurait été encore mieux si j'avais pu sourire un peu plus. *Mais à quel moment ?* avais-je envie de lui demander. *Quand je décris la salle de bains maculée de sang dans laquelle j'ai trouvé un corps carbonisé ?*

À treize heures, nous avions terminé et mes accompagnatrices me proposèrent de garder la voiture pour le reste de la journée. Je demandai donc au chauffeur de me conduire jusqu'aux bureaux de *Buzz* en le prévenant que je risquais d'y rester quelques heures.

Nash était sur les dents, dans l'espoir de nouvelles infos.

— À ce stade, je n'ai rien d'autre que ce que je t'ai communiqué pour le site Web, lui dis-je. C'est une affaire plutôt délicate et personne ne veut se risquer à parler.

— À ton avis, qui a fait le coup ? me demanda-t-il en m'observant par-dessus ses lunettes.

— Quelqu'un qui la connaissait, c'est certain.

— Mais qui ?

— Je n'ai aucune certitude.

— Évidemment ! Mais dis-moi ce que tu penses.

— Laisse-moi encore un peu de temps.

Il hocha la tête en signe de total dépit.

— Bailey, me rappela-t-il alors que je me dirigeais vers la porte.

— Oui…

— Tu as fière allure dans ton petit tailleur. Quand tout cela sera fini, je t'offrirai un dîner de gala.

Super. Exactement ce dont je rêvais.

De retour à mon bureau, je mis Jessie au parfum de tout ce qui venait de se passer, en laissant de côté ma nuit chez Beau. Je ne savais pas vraiment pourquoi je gardais cela pour moi, vu que je l'appréciais et lui faisais confiance et que je lui avais déjà raconté pas mal de choses sur ma relation avec Beau. Peut-être parce que je n'avais pas envie de la voir s'exciter sur Jared Hanson.

Au cours des heures suivantes, je tentai de glaner quelques infos supplémentaires sur la mort de Bijou, donnai encore plus d'interviews à des radios depuis mon bureau et vérifiai dix mille fois mon BlackBerry dans l'espoir que Harper ait mordu à mon hameçon. Mais sans succès. Quand j'eus un moment, j'appelai Beverly et la priai de contacter Barry afin de déterminer le montant exact de la somme que Tom devait lui avancer.

Vers dix-sept heures, louchant presque de fatigue, je parvins enfin à quitter le bureau. Je disposais toujours de la limousine et j'en profitai pour demander au chauffeur de me déposer devant l'entrée de mon immeuble. J'appréciais de pouvoir me la jouer Cat Jones – ma précédente boss aux allures de diva –, mais les vitres fumées de mon carrosse avaient un autre avantage : elles me donnaient une impression de sécurité, chose qui me ferait cruellement défaut une fois entrée dans mon appartement, j'en étais à peu près certaine. J'avais appelé Bob depuis mon bureau et je m'étais assurée qu'il avait engagé l'autre concierge à redoubler de précautions. Il aurait probablement été judicieux que j'informe également le superintendant, mais je voulais éviter de causer des ennuis à Bob.

Ma porte était toujours fermée à double tour – ouf – et je l'ouvris lentement pour me laisser le temps de parcourir des yeux l'entrée et le salon. En m'avançant, je marchai sur quelque chose et mon cœur faillit s'arrêter. Juste sur le seuil, près de mon pied, se trouvait une enveloppe blanche sur laquelle figurait mon nom. En l'observant de plus près, je reconnus l'écriture de Landon. J'y trouvai un petit mot disant qu'il était chez lui et que je pouvais passer à n'importe quel moment et quel que fût mon « accompagnateur ».

En conséquence, après avoir fait un tour dans mon appartement et ôté la poussière à empreintes qui recouvrait tous les meubles, je frappai à la porte de Landon.

— Grand Dieu, Bailey, comment as-tu pu maintenir le silence radio compte tenu des circonstances actuelles ?

— Désolée, mille excuses, lui répondis-je d'un air contrit, tandis qu'il me faisait entrer. J'ai eu des journées de folie et il a fallu que je me coltine toutes ces interviews. Tu as pu en écouter quelques-unes ?

— Oui, hier soir. J'ai regardé le journal télévisé et ils ont diffusé des images de toi datant de la matinée. J'ai mis au moins une minute à m'apercevoir que c'était toi parce que je crois bien ne jamais t'avoir vue en tailleur auparavant. Tu étais ravissante, d'ailleurs. Veux-tu un expresso ?

— Non merci, je dois repartir dans deux minutes pour aller voir Chris. Du coup, tu sais tout du meurtre de Bijou, n'est-ce pas ?

— Tout ce que j'ai pu tirer du *New York Post* puisque je n'ai pu l'apprendre de ta bouche. Quand tu m'as parlé d'elle, la première fois, je n'avais pas compris que c'était une vedette de *soaps*. N'était-elle pas dans celui qui s'appelait *Vivre sa vie* ou un truc dans le genre ? Ce serait le comble !

Je lui jetai un regard faussement désapprobateur.

— Non, elle n'a pas joué là-dedans.

— Alors, à ton avis, qui l'a tuée ? Est-ce un braquage qui a mal tourné ?

— Peu probable. Je suis presque certaine qu'elle a été tuée par quelqu'un qu'elle connaissait et qui l'a suivie dans le parc. Et je suis persuadée que sa mort est liée à celle de Tom. Mais j'ai tant d'autres choses à te dire… dont un truc assez grave.

Je lui fis le récit de l'intrusion dans mon appartement. Landon était déjà couleur de cendre avant même que j'aborde la partie impliquant le couteau de boucher dans l'évier.

— Mais c'est effroyable ! finit-il par souffler. Tu n'as pas eu peur de passer la nuit là ? Tu aurais dû m'appeler.

— En fait, j'allais le faire quand Beau Regan m'a téléphoné et m'a tout bonnement annoncé qu'il voulait que nous nous engagions dans une relation sérieuse.

— Quoi ? C'est… mais… mais que devient Chris alors ?

— C'est le sujet d'une autre histoire et il me faudrait deux bonnes heures pour te mettre au courant de toute l'affaire. Mais revenons à ma visiteuse. La police va surveiller l'immeuble et nos concierges savent qu'ils doivent faire attention, mais pourrais-tu toi aussi garder l'œil ouvert ? Elle faisait environ un mètre soixante-quinze, corpulence normale, cheveux blonds.

— À quelle heure cela a-t-il eu lieu ?

— Vers dix-huit heures.

Sa mâchoire se décrocha.

— Mon dieu, j'étais là. Je l'ai même *entendue.*

— Que veux-tu dire exactement ?

— J'étais assis devant mon bureau, dans ma chambre, et je t'ai entendue – du moins, je pensais que c'était toi – ouvrir ton placard. Ton placard, tu sais, celui qui se trouve au niveau du mien. À ce que j'entendais, ça remuait pas mal, alors j'ai pensé que tu faisais ton nettoyage d'automne. Comme je mourais d'envie de te parler, quand le bruit s'est calmé, j'ai appelé sur ton téléphone fixe, mais je n'ai pas obtenu de réponse. J'ai supposé que je t'avais ratée de peu.

J'avais la chair de poule et des sueurs froides.

— Mon dieu, murmurai-je. Je me demande bien ce qu'elle pouvait faire. Écoute, je ferais mieux d'y jeter un coup d'œil avant d'aller voir Chris. Mais je te promets d'appeler un peu plus tard.

J'ouvris la porte de mon appartement, encore plus tendue que la première fois. J'avais pris une lampe de poche pour compléter la lumière que diffusait le plafonnier de mon placard. Je passai en revue mes vêtements, tout en me préparant à y trouver une mauvaise surprise, mais rien n'attira mon attention. Je découvris toutefois que deux de mes tops manquaient. Ils étaient peut-être en train de m'attendre chez le teinturier, mais j'en doutais.

Il était presque l'heure de mon rendez-vous avec Chris. Je me démaquillai pour enlever les dernières traces de mes interviews et enfilai un jean. L'angoisse qu'avait générée le récit de Landon se mêlait à celle de revoir Chris et je ne savais plus bien laquelle était la pire. Alors que je mettais un peu de gloss sur mes lèvres, Beverly me rappela.

— J'ai l'information que vous cherchiez, m'annonça-t-elle. Tom avait prévu d'avancer sept mille dollars à Barry.

— Ah, merci.

— Puis-je vous demander pourquoi vous considérez que ça a de l'importance ?

— J'essaie juste de vérifier les éléments dont je dispose. Quelqu'un qui devait de l'argent à Tom prétend l'avoir remboursé et j'ai pensé que, s'il l'a effectivement fait, Tom a dû consacrer le liquide qu'il a ainsi récupéré au paiement de Barry. Mais il se trouve que Tom a retiré très exactement sept mille dollars de la banque.

— Je suis désolée de ne pas pouvoir mieux vous aider. Je me demande ce que la maison va devenir, maintenant.

— Le conseiller financier des parents de Tom, monsieur Barish, devrait s'en occuper.

— Barish ! Peuh !

Je m'immobilisai.

— Pourquoi réagissez-vous ainsi ?

— Tom était en colère après lui. Il ne lui laissait pas gérer son argent comme il l'aurait souhaité. Quand Tom a voulu monter sa pièce, par exemple, il a dit à ce monsieur Barish que ses parents auraient aimé qu'il pût le faire, mais Barish n'a rien voulu savoir et a refusé de lui avancer l'argent. J'ai failli vous le dire quand je vous ai parlé de cette pièce, mais il m'a semblé qu'il ne m'appartenait pas de vous le révéler.

Cela pouvait expliquer pourquoi Barish avait eu si peu de contact avec Tom ces derniers temps. Curieux tout de même que Barish n'ait pas même évoqué ce différend… Je n'avais que son numéro de bureau, et quand j'essayai de l'appeler, après avoir quitté Beverly, personne ne décrocha. Je lui laissai un message le priant de me rappeler dès que possible. Cela fait, je pris conscience que Harper ne m'avait toujours pas fait signe. Apparemment, mon message n'avait pas porté ses fruits.

En sortant de mon immeuble, je jetai un coup d'œil dans la rue. Personne ne rasait les murs, du moins à ce que j'en voyais. Sur la droite, deux hommes attendaient dans une voiture sombre et je me dis qu'il s'agissait peut-être de la police – mais ils étaient plongés dans une conversation animée et ne paraissaient me prêter aucune attention.

Quand j'arrivai – en taxi – devant l'appartement de Chris, à TriBeCa, il était plus de dix-huit heures quarante-cinq. J'étais en retard d'une demi-heure.

— Salut, fit-il en ouvrant la porte. J'étais inquiet… vu tout ce qui s'est passé.

— Désolée, j'aurais dû te prévenir de mon retard.

Il se pencha pour m'embrasser, et instinctivement je lui présentai ma joue.

— Tu t'apprêtes à me jeter, Bailey ? me demanda-t-il en reculant pour mieux m'observer.

— Non… non. Il faut juste que je te parle.

J'étais subitement devenue une boule d'émotions, celle qui se détachait du lot étant l'anxiété. Je voulais que Chris me dise la vérité, même si je n'avais pas très envie de l'entendre.

Il se dirigea vers l'intérieur de l'appartement, s'attendant à ce que je le suive. Son studio était spacieux et conçu un peu comme un loft, avec de hauts plafonds, une tuyauterie apparente, de larges ouvertures et un plancher couleur citrouille. Une pièce unique accueillait la cuisine, la salle à manger et le salon, ainsi qu'un escalier étroit menant à une chambre à coucher. Il avait pour seuls meubles quatre tabourets de bar placés devant le comptoir de la cuisine et un immense canapé framboise. Les murs étaient nus.

— Superbe endroit, fis-je.

— Ouais, si tu aimes le style vraiment dépouillé. Il faudrait juste que je consacre une journée à son ameublement. Remarque, c'est la semaine ou jamais.

— Oh, ce genre de choses prend toujours du temps.

La platitude de mes commentaires était à la mesure de ma gêne.

— J'ai une bonne bouteille de vin blanc, proposa Chris en se dirigeant vers la cuisine. Pourquoi ne pas aller la boire sur le toit ? Il y a une sorte de jardin-terrasse.

Ce n'était pas l'endroit rêvé pour aborder le sujet de conversation qui me tenaillait – et puis, j'étais censée rappeler Beau vers dix-neuf heures trente –, mais je ne voyais pas comment refuser. Une fois que Chris eut sorti une bouteille de bourgogne blanc du frigo et rempli nos deux verres, je le suivis donc jusqu'à l'étage supérieur. Le toit de l'immeuble était décoré avec simplicité, mais non sans efficacité : quelques arbres en pot et un salon de jardin en teck. Les appartements qui nous entouraient étaient maintenant éclairés et je pouvais apercevoir quelques-uns de leurs occupants, mais nous étions les seuls sur la terrasse. Une légère brise agitait mes cheveux, me faisant frissonner.

— Alors, qu'est-ce que tu as sur le cœur, Bailey ? Il est clair que quelque chose te turlupine.

Je m'approchai de la table ; Chris me suivit et nous nous assîmes. En le regardant dans cette lumière diffuse, je sentis la tristesse m'envahir. Jusqu'à présent, je ne m'étais autorisée que la colère pour ce qu'il avait fait, mais la réalité de mes sentiments était plus complexe. J'aimais bien Chris. Nous avions passé de vrais bons moments ensemble et construit une relation à partir de ce qui était arrivé à Tom. Mais j'avais découvert qu'il avait fait quelque chose qui moralement me choquait. Il n'était donc pas l'homme que j'avais cru qu'il était. Et je ne voyais pas comment j'allais pouvoir le lui pardonner.

— Il y a effectivement quelque chose qui me tracasse, finis-je par articuler après avoir pris une gorgée de bourgogne pour me donner du courage. J'ai découvert que c'est ton agent qui a informé les responsables de la série que Tom avait fait une cure de désintoxication.

— Qui t'a dit ça ?

Il semblait surpris de ce que je savais – mais pas de ce que je disais.

Soudain quelque chose claqua derrière moi et je me retournai vivement.

— Ce ne sont que les branches qui battent dans le vent, me rassura Chris.

— Quelqu'un qui était au courant me l'a dit, lui répondis-je en le regardant dans les yeux. Alors, je t'en prie, ne le nie pas.

— Oh, je ne vais même pas essayer, répliqua-t-il d'une voix dure. Mon agent l'a dit à Alex Ottoson – et c'est pour cela que Tom a perdu le rôle que j'ai finalement obtenu.

— Je n'arrive pas à y croire, murmurai-je, sonnée. J'imagine que je voulais en réalité que tu le nies... Que tu me dises que ça ne s'était pas passé comme ça.

Je me levai pour partir. Je ne voulais plus rester une minute de plus en sa présence. Mais Chris saisit mon poignet :

— Non, tu ne t'en vas pas.

18

— Quoi ?! m'indignai-je. Je partirai si je le veux !

— Non, Bailey, pas maintenant. Je dois d'abord te raconter toute l'histoire.

Il relâcha son emprise et j'ôtai vivement mon poignet de sa main.

— Tu vas me dire que tu avais de bonnes raisons de faire ce que tu as fait ? sifflai-je, sarcastique Que ta réussite était plus importante que celle de Tom ?

— Non, mais ça ne s'est pas passé comme tu le crois. Je te le jure.

À ma grande surprise, ses yeux s'embuèrent.

— Bon, vas-y, dis-je en me rasseyant.

— Quand j'ai passé l'audition pour le rôle du standardiste de la morgue, Tom était censé avoir déjà obtenu le rôle de Jared, celui que je joue actuellement. Je n'avais pas postulé pour ce rôle parce que en principe je devais tourner dans une autre série. Quand celle-ci est tombée à l'eau, j'ai pensé que j'aurais de la chance si j'obtenais le rôle du réceptionniste et j'ai donc accepté de faire le bout d'essai correspondant. De plus, mon agent m'avait dit qu'ils développeraient peut-être ce rôle après m'avoir auditionné. Il m'a posé des questions sur Tom à cette époque – pourquoi il n'avait pas encore fait parler beaucoup de lui, par exemple. J'ai cru qu'il s'agissait de simple curiosité, juste pour savoir qui était Tom, quoi. Je lui ai dit que Tom faisait surtout du théâtre et qu'il avait temporairement disparu de la scène après avoir perdu ses parents. Je n'ai évoqué la cure de désintoxication que pour expliquer cette disparition temporaire.

Par la suite, quand ils m'ont finalement donné le rôle principal, mon agent m'a dit que c'est parce qu'ils l'avaient partiellement repensé et que je correspondais mieux au personnage un peu plus physique vers lequel ils souhaitaient le faire évoluer. Je me sentais très mal, mais Tom semblait bien prendre la chose. Et puis, un peu plus tard au cours de l'été, le larbin qui bosse pour mon agent m'a craché le morceau. Apparemment, mon agent avait raconté cette histoire de cure à l'un des producteurs assistant Alex. Je n'en croyais pas mes oreilles. J'ai demandé à mon agent d'essayer d'arranger le coup, mais c'était trop tard.

Il émit un profond soupir, puis plongea la tête entre ses mains.

— Tu me dis la vérité, Chris ?

Ça semblait vrai, mais comment en être sûre ? Après tout, il était acteur, très bon acteur même.

— Oui, finit-il par me dire en relevant la tête. Comme tout le monde dans ce métier, je suis ambitieux, mais je n'aurais jamais délibérément cherché à nuire à Tom.

— Pourquoi ne pas avoir dit la vérité à Tom quand tu as découvert le pot aux roses ?

— Je n'en ai pas eu le courage. Et puis, je craignais qu'en découvrant la vérité il reparte en vrille et replonge dans les médocs. C'est en partie pour cela que je voulais tellement le retrouver. Je me disais qu'il avait peut-être appris la vérité de la bouche de quelqu'un d'autre et pété un plomb à cause de ça.

Dans la faible lumière, Chris serra les poings sur la table.

— Et aujourd'hui, bien sûr, je me ficherais des baffes pour ne pas le lui avoir dit moi-même. Si Tom avait su ce qui s'est vraiment passé, peut-être aurait-il quitté la série… Et lui et Bijou ne seraient peut-être pas morts à l'heure qu'il est.

En observant son visage, baigné par la faible lueur qui provenait des appartements autour de nous, je ressentis une certaine pitié. J'avais pris ce que m'avait dit Alex pour argent comptant. J'avais laissé ma colère m'envahir avant même de demander à Chris sa version de l'histoire. Et elle m'avait fourni une excellente excuse pour coucher avec Beau.

— Chris, je pense qu'à ce moment-là tu as pris la bonne décision. Tom aurait en effet pu très mal le prendre et saboter son rôle – ce qui aurait nui à sa carrière.

— J'étais moi aussi soucieux de ma carrière et je ne voulais pas faire de vagues. C'est également pour cela que j'ai pris le message de Bijou. Je voulais éviter tout scandale qui aurait pu affecter la série.

— As-tu appelé la police au sujet du message ?

— Non, mais je te promets de le faire.

Je pris une longue gorgée de vin pour me laisser le temps de la réflexion.

— Allons dîner si tu veux, suggéra Chris. On peut aussi se faire livrer quelque chose ici.

— Hum… J'aimerais bien, mais il faut que je vérifie certains éléments de cette affaire.

Je ne mentais qu'à demi : il fallait que je passe par le Chaps Theater avant de retrouver Beau.

— Peut-être pourrait-on se voir demain dans la journée si tu veux.

— Quels éléments ? Crois-tu encore que Harper pourrait être la coupable ?

— Oui, elle fait toujours partie des suspects. Mais je m'efforce d'explorer toutes les pistes, indépendamment de leurs liens avec Harper. Ce que je voudrais faire ce soir, c'est déterminer si cette phrase de *La Mégère apprivoisée* que Tom a citée signifie en fait quelque chose.

— Alors sois prudente, s'il te plaît. Tu me le promets ?

J'ouvris la bouche pour lui raconter l'intrusion qui avait eu lieu dans mon appartement, puis je me ravisai. Il semblait déjà assez secoué comme ça et je ne voulais pas aggraver les choses.

— Promis. Bon, il vaudrait mieux que j'y aille.

Chris me raccompagna jusqu'à l'ascenseur. Avant que je parte, il me serra dans ses bras et me donna un baiser sur le front. J'étais soulagée de connaître la vérité, mais j'avais désormais l'impression d'avoir agi comme une salope.

— Demain, alors ? demanda-t-il.

— Absolument.

Dès que je fus dans la rue, j'appelai Beau. Malheureusement, je n'obtins que sa messagerie. Il est vrai que j'appelais plus tard que prévu, mais pourquoi n'était-il pas disponible ?

Je donnai au taxi l'adresse du Chaps Theater. Je m'affalai sur la banquette en skaï défoncée et repensai à Chris. Donc, il n'avait pas trahi Tom. Il était bien la personne que j'avais cru rencontrer. Et bien que nous ne nous soyons rien promis, notre relation n'était pas anodine. S'il apprenait ce que j'avais fait la veille, il le prendrait pour une véritable trahison. Les flammes de l'enfer me léchaient les chevilles… Mais que devais-je faire ? Beau était l'homme pour lequel j'avais soupiré et, maintenant, notre relation semblait – enfin – solide. À cette idée, mon cœur battit un peu plus vite. Ce soir, pourtant, je m'étais sentie attirée par Chris, liée à lui. J'avais tenté de le chasser de mes pensées après les révélations d'Alex, mais, après la conversation que nous venions d'avoir, il était toujours présent.

Le théâtre s'était paré de mille feux et j'avais bon espoir d'y trouver ce que je cherchais. Mais en poussant ses portes, je me rendis compte que j'étais peut-être un peu optimiste. Ma montre indiquait vingt heures vingt-cinq. Le hall était désert et, depuis l'endroit où je me trouvais, je ne voyais personne derrière le guichet des entrées. Je pressai mon oreille contre la porte vitrée. J'étais à peu près certaine d'entendre les rires d'un public. Ils avaient dû fermer les portes du théâtre après l'arrivée des derniers retardataires, afin, peut-être, que la personne qui vendait les billets pût quitter son guichet pour accomplir une tâche supplémentaire quelconque. J'allais devoir attendre que quelqu'un voulût bien se manifester. Il y avait en face du théâtre un petit café et je décidai d'aller y patienter. Alors que je traversai la rue, mon téléphone sonna. Sans doute Beau, pensai-je.

Eh bien non, ce n'était pas lui. Le numéro de mon correspondant était en mode secret. Je fus par conséquent extrêmement surprise quand, ayant décroché, je m'aperçus que Harper avait finalement bien voulu sortir de sa caverne.

— Voudrais-tu bien m'expliquer la signification du message codé que tu m'as laissé ? siffla-t-elle.

— J'ai pensé que tu saurais ce que je voulais dire, répliquai-je.

J'avais bien imaginé que mon message pourrait susciter sa rage, qu'elle ait été coupable ou non, mais j'étais loin de m'être douté de ce qui allait suivre. Sa voix se brisa comme si elle s'apprêtait à éclater en sanglots.

— Est-ce que tu m'en veux à propos de quelque chose ? me demanda-t-elle doucement. Tu n'arrêtes pas de me harceler et j'ignore toujours pourquoi.

— Je n'ai absolument rien contre toi, Harper. Je veux seulement connaître le fin mot de cette histoire.

Elle eut l'air de ravaler un sanglot. Me jouait-elle la comédie ?

— Alors, parlons-nous, dit-elle. Veux-tu que l'on se voie chez moi ? Je n'ai pas très envie de sortir. Ils prévoient de la pluie ce soir.

La météo de ta vie privée n'est pas non plus géniale, faillis-je lui répondre. Il était hors de question que je me retrouve seule avec elle dans son appartement.

— Tu habites bien dans le quartier de Gramercy Park, n'est-ce pas ? Pourquoi ne pas nous retrouver au bar de l'hôtel Gramercy ? Disons dans vingt minutes ?

Elle soupira en guise d'acceptation et je hélai un taxi. Je voulais arriver là-bas avant elle et l'attendre, bien en sécurité, à l'intérieur du bar.

L'hôtel Gramercy était sur Lexington Avenue, juste au niveau du parc du même nom. Il venait d'être entièrement rénové en un temple du luxe et offrait deux bars mitoyens. Je me dirigeai vers le plus grand des deux qui, avec ses larges fauteuils en velours, son plafond coffré de bois, ses chandeliers rococo et son immense cheminée, oscillait entre la galerie médiévale, le lupanar catalan et le manoir de *Citizen Kane*.

Je choisis un fauteuil près de la cheminée et m'y enfonçai, tout en me penchant légèrement pour garder un œil sur l'entrée. Allais-je enfin savoir la vérité ? Harper allait-elle se décider à me cracher le morceau ? Ou ce rendez-vous n'était-il qu'un piège imaginé par une femme suffisamment rusée pour tromper mon concierge ?

Harper était en retard et, à mesure que le temps passait, j'en venais à me dire qu'elle n'allait pas se montrer et que tout cela participait effectivement d'un stratagème. Mais, vers vingt et une heures dix, elle finit par franchir la porte du bar, en jean, bottes noires et col roulé également noir. Elle semblait épuisée, comme quelqu'un qui aurait passé la semaine à sauver un village d'une inondation. Sa peau, grise et marquée, traduisait un stress énorme, et ses yeux étaient soulignés par de larges cernes bleutés. Quelque chose la dévorait de l'intérieur, mais quoi ? Tristesse ou culpabilité ?

— Veux-tu un verre de vin ? lui demandai-je en lui offrant un siège.

J'en avais moi-même commandé un, mais je le sirotais très lentement afin de garder les idées claires.

— Je m'en occupe, répondit-elle en faisant signe au barman.

Elle demanda un scotch single malt avec des glaçons. Elle n'était pas là pour rigoler.

Je choisis de rester sur la réserve, attendant qu'elle prît l'initiative. Elle m'avait dit qu'elle voulait parler et il me semblait que la meilleure des stratégies était encore celle du silence – silence qu'elle voudrait forcément combler. Une fois que son verre fut arrivé, elle commença :

— Tout cela est officieux, n'est-ce pas ? J'ai accepté de te parler, mais je ne veux en aucun cas retrouver mon histoire sur ton petit site Web.

— OK, lui confirmai-je.

Elle prit une profonde inspiration.

— Que tu me croies ou non, je peux te dire que ne suis pas fière de ce que j'ai fait. J'aimerais pouvoir revenir en arrière.

Oh oh... Allait-elle m'annoncer qu'elle était l'assassin ?

— Pourquoi ne pas commencer par le début ? lui suggérai-je sobrement.

Les coudes serrés contre ses flancs, elle plaça un doigt sur ses lèvres comme si elle voulait empêcher ses paroles d'aller plus loin. Ses yeux ronds s'embuèrent de larmes. Décidément, je faisais chialer la moitié de New York, ce soir.

— D'accord, s'encouragea-t-elle en reposant les mains sur la table. Je sais que, dans cette relation, c'était moi la demandeuse, mais à ma connaissance, Tom avait choisi d'être avec moi sans que je l'y aie forcé. Juste avant sa disparition, pourtant, il est devenu plus froid à mon égard : il restait vague sur ses projets, tergiversait... Je soupçonnais qu'il y avait quelqu'un d'autre, mais je n'en avais aucune preuve. Bien sûr, aujourd'hui, grâce à ton blog ou ton site, peu importe, je sais *très exactement* ce qu'il en était. Je n'ai jamais considéré Bijou comme une grande actrice, mais je dois reconnaître qu'elle a su dissimuler son aventure avec Tom de façon magistrale.

Elle prononça cette dernière phrase avec le plus grand mépris. Puis elle saisit son verre, comme s'il devait éteindre la colère qui la consumait.

— Le week-end durant lequel il a disparu, j'avais prévu de rester à L.A., poursuivit-elle. Mais lorsque Tom a dit que son week-end dans les Hamptons était tombé à l'eau, j'ai décidé de prendre le dernier vol du vendredi pour New York. Je lui ai dit que je pouvais finalement être là avant le dimanche, mais quand je suis arrivée à mon appartement, j'avais un message de lui me disant qu'entre-temps il avait formé d'autres projets. J'étais furieuse contre lui. Et c'est pour cela que je l'ai fait.

Quoi ?! J'avais envie de crier, mais je restais assise, totalement immobile, avec sur le visage l'expression de quelqu'un qui sait (du moins je l'espérais), qui connaît la vérité mais qui laisse à son interlocuteur une chance de la confesser lui-même.

Elle reprit une gorgée de scotch et se redressa.

— J'ai appelé Alex et lui ai dit que nous devrions déjeuner tous les deux pour revoir le plan stratégique établi pour la presse. Mais Alex savait très bien où je voulais en venir. Cela faisait des semaines qu'il me lançait des regards pleins de sous-entendus. Alors, après le déjeuner, nous sommes allés chez lui – Bijou était partie pour le week-end – et on a baisé comme des bêtes.

Ah. Voilà donc l'information dont elle me croyait en possession. Je n'avais vraiment rien vu venir.

— Donc, la dernière fois que tu as parlé à Tom, c'était le vendredi soir, au téléphone ? insistai-je en tâchant de dissimuler mon étonnement.

— C'est cela. Jusqu'à hier, je me suis sentie atrocement coupable. Je n'ai pas cessé de me dire que si j'avais réussi à convaincre

Tom de me rejoindre ce week-end-là – et si je n'étais pas allée voir Alex –, il serait sans doute encore en vie. Bon, après, j'ai appris que Tom se trouvait en fait avec Bijou, au même moment. Mais je m'en veux toujours d'avoir couché avec Alex.

— Tu te trouvais aussi avec Alex lundi soir ? demandai-je, en me rappelant l'alibi d'Alex.

— Oui, fit-elle d'un air morne. Il est rentré avec moi à mon appartement, après une réunion. En fait, je crois que si je ressentais quelque chose pour ce type, j'aurais une excuse pour ce que j'ai fait, mais ce n'est pas le cas. Je ne vois vraiment pas ce que Bijou a pu lui trouver.

— La police est au courant ?

— Maintenant, oui. Je suis l'alibi d'Alex. Je présume qu'il ne lui a fallu que deux secondes pour décider de me compromettre.

— Il n'était pas heureux avec Bijou ? C'est pour cela qu'il l'a trompée ?

— Tu crois vraiment qu'il m'a raconté ses états d'âme sur l'oreiller ? La confidence la plus intime qu'un type comme ça est capable de faire, c'est de t'expliquer qu'il a été opéré des ligaments croisés.

— À quelle heure est-il parti de chez toi, lundi ? demandai-je.

— Vers vingt heures trente.

— Et à quelle heure vous êtes-vous séparés le samedi ?

— Aux alentours de midi. Pourquoi ? Tu n'es pas en train de suggérer qu'Alex aurait tué Tom et Bijou, n'est-ce pas ?

Elle se redressa une nouvelle fois.

— Ou que je l'ai fait ?

Ça restait envisageable. Bijou n'était pas sortie avant vingt et une heures ce soir-là, ce qui signifiait qu'ils avaient pu, l'un et l'autre, la voir entrer dans le parc, puis la suivre ou la rejoindre. Et puis, le trajet jusqu'à Andes prenait trois heures. S'ils s'étaient quittés dans l'après-midi du samedi, ils avaient pu tous les deux aller jusque là-bas en voiture.

— Je ne suggère rien du tout, lui dis-je. J'essaie simplement de découvrir la vérité. J'ai entendu dire que tu avais eu une discussion assez houleuse avec Bijou sur le plateau. Juste après que je t'ai dit que Tom voyait peut-être quelqu'un d'autre. C'est pour cela que tu t'es pris la tête avec Bijou ?

— Rien à voir. Comme je te l'ai dit, je ne savais encore rien de leur relation à ce moment. Et pour tout te dire, Bijou s'en est prise à moi parce que je ne l'aidais plus pour la promo de son livre. Je lui ai dit que ça ne faisait pas partie de mes attributions. Tu penses vraiment que j'aurais pu la tuer, n'est-ce pas ?

— Non, Harper, je ne dis pas ça. Mais j'ai beaucoup de raisons de penser que l'assassin est une femme blonde avec des talents d'actrice. Une personne capable de se faire passer pour quelqu'un d'autre, voire de travestir sa voix. Des idées ?

— Génial. Tu suggères maintenant que Tom voyait une troisième nana ?

— Il est possible que le meurtrier soit un homme et que cette femme ne soit qu'une complice. Y a-t-il quelqu'un dans l'entourage de Deke qui pourrait jouer ce rôle ? ou dans l'entourage d'Alex ?

Elle me regarda comme si son cerveau tournait à plein régime, mais elle finit par secouer la tête :

— Je ne vois pas, non.

Je jetai discrètement un coup d'œil à ma montre. Il fallait que je retourne au théâtre. Je remerciai donc Harper pour son aide et demandai l'addition.

— Il faut que je sache, me dit-elle. Comment as-tu découvert que je sortais avec Alex ? Est-ce que quelqu'un d'autre le sait ?

— La fuite vient de la police, mentis-je. À ce stade, je ne sais pas qui d'autre est au courant, mais tu devrais te préparer à ce que la rumeur parvienne jusqu'à l'équipe qui travaille sur la série.

Quand je quittai l'hôtel, un petit crachin s'était mis à tomber et il me fut difficile de trouver un taxi. Mes vêtements me collaient déjà au corps quand je parvins à m'engouffrer dans l'un d'eux. Je vérifiai mon portable et vit que Beau avait fini par appeler (j'avais éteint mon téléphone avant d'entrer dans le bar afin de ne pas être interrompue). J'avais envie de le rappeler pour finaliser nos projets de la soirée, mais auparavant je voulais réfléchir un peu.

Je n'avais rien soupçonné entre Harper et Alex, mais ce n'était pas si surprenant. Toutefois, quoi qu'elle en dise, je n'étais toujours pas certaine de son innocence. Elle avait été actrice et son métier actuel – la communication, les relations avec la presse – faisait d'elle, selon toute vraisemblance, une manipulatrice chevronnée et une menteuse de choc. Au total, elle avait peut-être organisé cette petite confession sur ses relations scabreuses avec Alex pour que je ne creuse pas du côté des meurtres dont elle s'était rendue coupable.

Mais si elle n'était pas le tueur, qui était-ce ? Deke n'avait toujours pas quitté la liste de mes suspects. Je me demandais s'il sortait avec une fille, une fille qui serait d'accord pour jouer avec ma santé mentale en me passant des coups de fil horribles et en astiquant mes couteaux de cuisine. Chris le saurait peut-être.

Quand le taxi m'arrêta devant le théâtre, je vis qu'il y avait du mouvement à l'intérieur. Une femme imposante avec de longs cheveux rouges et de lourdes lunettes à monture noire (du genre « Je suis branchée et j'habite un quartier tendance ») débarrassait un Pepsi de l'une des tables basses disposées là pour les entractes. Je poussai sur la porte qui, cette fois, voulut bien s'ouvrir.

— Puis-je vous aider ? me demanda-t-elle d'un ton peu amène. Le guichet est fermé.

— Je voulais juste demander des renseignements. Je m'appelle Bailey Weggins et je m'intéresse à une pièce que vous avez montée il y a environ un an.

— Je suis membre de la compagnie. Je peux probablement vous aider. Je m'appelle Nathalie.

— *La Mégère apprivoisée*, dis-je. Je voudrais connaître la distribution des rôles.

Elle plissa curieusement les yeux, puis elle indiqua de la tête un endroit qui se trouvait derrière mon épaule gauche.

— Nous l'avons jouée à la fin de l'hiver. Vous pourrez en consulter le programme sur le mur, derrière vous.

Pendant qu'elle poursuivait son petit ménage, je traversai le hall jusqu'au mur qu'elle m'avait indiqué. L'endroit était plutôt exigu et encombré de vieux fauteuils défoncés et de tables basses branlantes.

D'après les programmes affichés sur le mur, les pièces que le théâtre avait accueillies étaient assez éclectiques : des classiques comme *Jules César*, *Tout est bien qui finit bien*, l'*Antigone* d'Anouilh, *Six Personnages en quête d'auteur*, et puis une série de drames contemporains écrits par d'illustres inconnus et portant des titres aussi abscons que *Les Cœurs aussi* ou *Noir comme le jour*.

Je ne mis pas longtemps à trouver *La Mégère*. Certains des programmes incluaient des illustrations et des photos, mais celui qui m'intéressait était plutôt sobre avec, pour seule fioriture, un titre écrit en caractères de style élisabéthain. Mes yeux s'arrêtèrent immédiatement sur le personnage de Petruchio pour, ensuite, suivre la ligne au bout de laquelle figurait le nom de l'acteur qui avait joué le rôle : Tom Fain. À cette seconde précise, Tom semblait vivant et j'en conçus une immense frustration. Mon regard se porta alors sur Katharina. Quand je vis le nom de l'actrice qui l'avait incarnée, ma mâchoire se décrocha. J'eus soudain l'impression que quelqu'un venait de me saisir par la peau du cou : *Blythe* avait tenu ce rôle. La pièce avait été jouée en février dernier – dix représentations. Ce devait être à ce moment-là que Tom avait rencontré Blythe. Se pouvait-il qu'elle ait été le mystérieux visiteur d'Andes ? Tom avait-il cité à Bijou les paroles de Baptista parce que Katharina venait d'arriver en voiture ?

— Tout va bien ? s'enquit la femme dans mon dos.

— Connaissiez-vous Tom Fain ? lui demandai-je.

— Bien sûr, répondit-elle laconiquement. Nous le connaissions tous. Il faisait partie de la compagnie.

— Je suis l'amie d'un de ses amis et je m'intéresse à sa disparition. Y a-t-il quoi que ce soit que vous pourriez me dire sur lui ?

Je voulais en savoir plus sur Blythe, bien sûr, mais il me paraissait opportun de ne pas interroger quelqu'un de la même compagnie théâtrale.

— Non... Hormis le fait que c'était un chic type. C'est le seul acteur que j'aie jamais rencontré qui vous posait des questions sur *vous*. Et pourquoi cet intérêt pour *La Mégère apprivoisée* ? En quoi cette pièce peut-elle être utile à vos recherches ?

— Oh, vous savez, je suis toutes les pistes que j'ai. Entretenait-il des liens particuliers avec d'autres membres de votre compagnie ?

Elle retira ses lunettes et se mit à les examiner. Sans elles, ses yeux paraissaient minuscules.

— Oh, il y avait quelques potes, dit-elle en remettant ses lunettes. Et il est sorti avec Blythe Hammell, la fille qui tenait le rôle de Katharina. Ce qui vient d'arriver l'a terriblement affectée – comme vous vous en doutez.

Tous les muscles de mon corps se tétanisèrent.

— Ah, et elle est dans le coin ? demandai-je, de manière aussi informelle que j'en étais capable.

Mon cerveau turbinait.

— Je croyais qu'elle était partie à Miami.

— Elle est partie dans le Sud pendant quelque temps. Elle avait dégoté un rôle dans une production indépendante. Mais elle est revenue quand elle a appris ce qui était arrivé à Tom.

— Et vous avez pu lui parler ?

— Elle est passée hier. Elle veut faire une autre pièce. Elle pense que ça lui changera les idées.

— C'est une bonne actrice ?

— Blythe ? Oh, elle est incroyable. Le seul problème, c'est qu'elle est un peu difficile à gérer. Le fait qu'on entend assez peu parler d'elle ne tient pas à un manque de talent. Elle a juste du mal à comprendre que, dans ce métier, on ne peut se comporter en diva qu'après avoir réussi.

— Et vous pensez qu'elle va repasser ?

— Oh, c'est sûr, mais je ne sais pas quand.

— Elle est plutôt grande, non ? demandai-je en repensant à la description que le concierge m'avait faite de ma visiteuse.

— Grande ?

Sa voix traduisait maintenant une certaine impatience.

— J'imagine qu'elle est considérée comme telle : elle doit faire un mètre soixante-quinze ou un mètre quatre-vingts.

Elle regarda sa montre et ramassa encore quelques canettes vides.

— Il faut que je finisse ça. Vous avez d'autres questions ?

— Un numéro de portable où je pourrais joindre Blythe ? tentai-je en désespoir de cause. Je me forçai à sourire. J'aimerais vraiment pouvoir lui parler. Peut-être est-elle au courant de quelque chose ?

— Pour ça, il faudra voir avec le manager. Il devrait passer à son bureau demain.

Elle débita un numéro que je m'empressai d'enregistrer dans mon BlackBerry.

— Je sais que vous avez beaucoup à faire, mais j'ai juste une dernière question, ajoutai-je d'une voix presque suppliante. Y a-t-il quelque part une photo des acteurs qui ont joué dans *La Mégère apprivoisée* ?

— Là-bas, dit-elle en m'indiquant un autre mur.

Je me hâtai d'y aller. Tom se trouvait au beau milieu du groupe. Il portait à l'époque des cheveux très courts. Juste à ses côtés se tenait une femme avec une épaisse chevelure noire.

— C'est Blythe, là ? demandai-je. Avec les cheveux noirs ?

— Oui, mais en réalité, elle n'est pas vraiment comme ça, dit-elle. Blythe est une vraie blonde, mais avec une perruque, elle peut faire des miracles.

Je n'en doutais pas.

Lorsqu'une minute plus tard je sortis du théâtre, ce fut pour découvrir qu'il s'était mis à tomber des cordes. Abritée sous un auvent, je composai le numéro de Beau.

— Te voilà ! fit-il. Je commençais à m'inquiéter.

— J'ai du nouveau, lui répondis-je. Je t'expliquerai tout à l'heure.

— Tu peux venir maintenant ? Je veux tout savoir.

— Il pleut des seaux ici. Il faut que je trouve un taxi pour rentrer d'abord à la maison. Ensuite, je te rejoins chez toi. Il se peut que ça prenne un peu de temps.

— Et si je te retrouvais chez toi ? Ça t'éviterait un trajet et il est souvent plus facile de tomber sur un taxi dans mon quartier.

Je le remerciai de sa sollicitude et me mis en route pour la 5e Avenue. Un taxi descendait la rue en éclaboussant les trottoirs sur son passage, mais alors que je m'approchais de la chaussée pour lui faire signe, un parasite urbain fit de même quelques mètres en amont et leva le bras avant moi. Ce n'est qu'au bout de quinze bonnes minutes de tentatives infructueuses que ma petite gymnastique de citadine finit par porter ses fruits. À ce moment-là, j'étais déjà trempée jusqu'aux os et le chauffeur fit grise mine quand il me vit m'échouer sur sa banquette arrière.

Mais toute dégoulinante et grelottante que j'étais, je n'avais qu'une idée en tête : Blythe. Elle était comédienne et apparemment, excellait, dans sa spécialité. Maintenant je savais pourquoi j'avais eu cette curieuse impression d'une idée fugace qui refusait de se laisser attraper : tout ce que j'avais pu lire sur Internet à propos des psychoses impliquées dans les cas de harcèlement avait réveillé dans mon subconscient le souvenir des cartes postales et des messages que Blythe avait adressés à Tom. Bien que théoriquement, ce type de comportement soit, envisageable chez une nana de base – pour peu qu'elle soit du Sud – qui vient de se faire larguer, il pouvait aussi correspondre à une psychose obsessionnelle. Il était fort possible que Blythe ne se soit en fait jamais rendue à Miami. Elle était peut-être au courant de l'existence de la maison d'Andes et avait pu s'y rendre ce fameux samedi après-midi. Ne sachant pas qu'elle était dangereuse, Tom n'aurait vu dans son arrivée qu'un problème à régler et, alors qu'elle émergeait de sa voiture, il lui aurait crié, depuis la fenêtre de la chambre, de le rejoindre dans la salle de bains qu'il avait entrepris de repeindre. Elle n'avait alors pas nécessairement l'intention de le tuer. Seulement de le « ramener à la raison ». Et puis, comme il lui résistait, elle avait pété un plomb.

Mais pourquoi tuer Bijou ? Il était possible qu'elle l'ait vue quitter la maison de Tom à Andes et qu'elle ait alors décidé de la tuer aussi, quand l'occasion se présenterait. Ou encore, elle aurait pu soupçonner Bijou de savoir quelque chose concernant le meurtre de Tom. Mais comment l'aurait-elle découvert ?

En sortant du taxi, je jetai un coup d'œil anxieux sur les abords de mon immeuble. Il fallait avoir perdu l'esprit pour être dehors par une soirée pareille, mais celle qui avait réussi à se faire ouvrir la porte de mon appartement – Blythe ou une autre – pouvait effectivement être folle et j'avais peur qu'elle décide de revenir sur ses traces.

Avant même d'enlever mes vêtements trempés, je fis également une inspection complète et minutieuse de mon antre. J'en fis peut-être un peu trop (sous le lit, dans les tiroirs...), mais je savais que je ne me sentirais en sécurité – enfin, presque — qu'après avoir effectué ce remue-menage. Rien ne semblait avoir bougé : pas de poignard en vue ce soir. Une fois que j'eus passé un jean et un pull secs et que j'eus mis de l'eau à bouillir pour un thé, j'ouvris mon bloc-notes et y jetai avec rage toutes les questions qui restaient en suspens, ainsi que mes états d'âme : devais-je aller trouver la police immédiatement ? J'aurais été surprise qu'ils acceptent d'enquêter sur Blythe juste pour me faire plaisir. Toutes les cartes ridicules qu'elle avait envoyées indiquaient une midinette éplorée, pas nécessairement une dangereuse maniaque. Et puis, la citation des vers prononcés par Petruchio ne constituait pas une preuve suffisante. Dans la mesure où Tom avait coutume de citer Shakespeare, on pouvait en déduire qu'il usait de ces vers lorsqu'il se préparait à un entretien déplaisant avec *n'importe qui*, et pas seulement avec un autre acteur de la pièce en question. Il était donc préférable que je rassemble des éléments supplémentaires avant d'aller voir Windgate avec ma petite théorie.

Si Blythe avait effectivement prévu de reprendre du service au Chaps Theater, ce pouvait être, pour moi, l'occasion idéale de la rencontrer et d'engager la conversation. Mais pour savoir quand elle s'y rendrait, je devais procéder de manière très subtile, sinon quelqu'un pourrait lui rapporter que j'avais posé des tas de questions sur elle. Si elle était bien le meurtrier, elle devait être sur ses gardes.

Il y avait aussi sa colocataire acariâtre : Terry. Autre vecteur à suivre. Si Blythe était de retour à New York, elle avait pu la contacter et lui parler de ses projets. J'essayai donc son numéro. Terry décrocha à la troisième sonnerie et, une fois de plus, il semblait bien que je la réveillais.

— Je suis désolée de vous embêter encore, tentai-je pour l'amadouer. C'est Bailey Weggins.

— Je viens tout juste de me mettre au lit. Et je dois faire une présentation sur les dépenses d'investissement demain.

— Excusez-moi, mais c'est vraiment important.

— Ouais, en fait, j'allais vous appeler, mais j'ai perdu le papier où vous aviez inscrit votre numéro. Blythe est rentrée à New York.

— Vous lui avez parlé ? m'exclamai-je.

— Oui, elle m'a appelée. Elle jure – elle jure vraiment vraiment – qu'elle va me rembourser tout ce qu'elle me doit. D'après ce qu'elle dit, elle a récolté un bon paquet d'argent sur son tournage.

— Elle a prévu de retourner habiter avec vous ?

— Non et elle refuse de me dire où elle va loger. Elle refuse même de me donner un numéro de portable !

Zut.

— Elle sait, pour Tom ?

— Oui, je lui ai raconté et elle m'a dit qu'elle l'avait déjà appris. D'ailleurs, c'était un peu bizarre : elle a simplement dit qu'elle était désolée et que ce n'était pas un mec si chouette que ça.

— Vous avez une idée de ses projets ?

— Maintenant que son film est terminé, elle dit qu'elle veut se consacrer au théâtre.

Elle prononça le mot « théâtre » d'une voix un brin moqueuse.

— Elle m'a quasiment annoncé qu'il fallait que je m'attende à ce qu'elle fasse les gros titres de la section Théâtres l'année prochaine.

— Mais vous a-t-elle parlé de projets précis pour les semaines à venir ? Des auditions, par exemple ?

— Je crois qu'elle doit faire des trucs avec la compagnie théâtrale à laquelle elle appartient. C'est dans le Village. Je sais qu'elle doit y aller demain après-midi parce qu'elle a dit qu'elle passerait par chez moi pour y prendre les affaires qu'elle y a laissées. Je lui ai dit qu'elle ferait bien de préparer un chèque – pour tout ce qu'elle me doit.

— Vous lui avez parlé de moi, à tout hasard ?

— Je lui ai transmis votre message. Je veux dire… c'est ce que vous vouliez, non ? J'ai pensé que vous vous étiez peut-être déjà parlé.

— Pourquoi ? demandai-je.

Les poils de mes bras se mirent à la verticale.

— Parce qu'elle semblait savoir qui vous étiez.

19

— Elle vous a dit qu'elle me connaissait ? insistai-je.

— Pas aussi clairement que ça. J'ai juste eu cette impression. Qu'est-ce qu'il y a encore ? Elle s'est fourrée dans la merde ou quoi ?

Elle posa cette dernière question d'une voix qui me disait qu'elle n'aurait pas détesté que Blythe soit soupçonnée d'une escroquerie de grande envergure.

— C'est possible... Mais ne lui en parlez pas.

— J'en était sûre. Ma mère l'a complètement percée à jour.

— À quelle heure doit-elle passer chez vous demain ?

— Vers six ou sept heures. Vous allez m'envoyer les flics ou quoi ? Si le superintendant les voit, il pourrait décider de m'expulser.

— Non, non. Je vais tâcher de la voir au théâtre, pour lui poser quelques questions. Je sais où c'est. Vous a-t-elle dit à quelle heure elle comptait s'y rendre ?

— Vers quatre heures, je crois. Elle doit y rencontrer plusieurs personnes pour discuter d'une pièce. Mais peut-être que je devrais aussi y aller. Là, au moins, je serais sûre de la voir.

— Mais si vous allez au théâtre, vous n'aurez pas de monnaie d'échange, m'empressai-je de souligner. Au moins, chez vous, vous avez toujours ses affaires et vous pouvez lui réclamer le chèque avant de les lui rendre.

Cette idiote allait me ruiner ma stratégie si je la laissais faire !

— Ah ! Vous avez sans doute raison.

Absolument.

— Juste une chose, Terry : faites-moi plaisir, évitez de mettre Blythe en colère, demain. OK ?

— OK, OK. Bon, je peux aller me recoucher, maintenant ?

Je raccrochai et m'étendis sur mon canapé. Donc, le lendemain, si tout se déroulait comme prévu, j'allais enfin pouvoir rencontrer Blythe. Mais est-ce que le fait de pouvoir lui poser quelques questions allait me permettre de déterminer si elle avait tué Tom et Bijou dans un accès de jalousie ou si c'était elle qui avait créé la nature morte au couteau de boucher dans mon appartement ? Je n'en savais fichtrement rien, mais je n'avais pas beaucoup d'autres cartes dans ma manche. D'un point de vue stratégique, je me disais que le mieux était encore que je lui dise que je voulais l'interviewer pour écrire un papier dans *Buzz*, puisqu'elle était sortie avec Tom. J'en profiterais alors pour observer ses réactions, l'écouter et voir si elle lâchait quelque chose.

Quinze minutes plus tard, après que j'eus avalé un sandwich au fromage et tenté vainement de décompresser, Beau arrivait. Il portait un trench-coat noir qui lui seyait à merveille, mais ses cheveux dégoulinants me disaient qu'il avait finalement eu du mal, lui aussi, à trouver un taxi. L'espace d'un instant, je me laissai aller à un peu de romantisme à l'eau de rose : mon Dieu, il est là, il m'a choisie (soupir – violons). Pourtant, tout m'avait jusqu'alors portée à croire que ça n'arriverait jamais.

Une fois qu'il eut enlevé sa veste et l'eut mise à sécher sur le dossier d'une chaise, nous nous effondrâmes sur le canapé. Il me dit qu'il mourait d'envie d'en savoir plus sur les nouveaux développements que j'avais mentionnés. Je lui exposai donc en détail ma théorie sur Blythe.

— Si tu es dans le vrai, c'est tout simplement effrayant, dit-il quand j'eus terminé. On dirait un film noir avec, dans le rôle de Blythe, une jeune Barbara Stanwyck.

— Mais tu penses que je pourrais avoir vu juste ? Je n'ai aucune preuve de ce que j'avance.

— Bon, si je me fais l'avocat du diable… Et si Blythe était effectivement en tournage à Miami à cette époque ? As-tu un moyen de le vérifier ?

— Sa colocataire n'a pu me donner aucun détail. Je pourrai peut-être en savoir plus par le biais de *Buzz*. Si, toutefois, le film en question a été produit par un studio important… À défaut, je ne vois pas comment obtenir plus d'infos.

— Mais où habitait-elle durant tout ce temps ? Et comment se déplaçait-elle ? Il lui aurait fallu une voiture pour se rendre à Andes et, d'après sa coturne, elle n'a pas un rond.

— Bon, on sait que c'est une calculatrice et une manipulatrice très habile. Je suis certaine qu'elle s'est débrouillée pour taper d'autres pigeons – leur emprunter une voiture, par exemple.

— Son mobile pour tuer Tom paraît assez évident, mais pourquoi s'en prendre à Bijou ? Simplement parce qu'elle couchait avec Tom ?

— C'est mon hypothèse pour le moment.

— Et pourquoi pas Harper, alors ?

— À vrai dire, il se peut que Harper soit aussi en danger. Ou alors, sur un plan romantique, Harper ne lui a jamais semblé constituer une menace aussi grande que Bijou. D'ailleurs, elle a peut-être éliminé Bijou parce qu'elle croyait qu'elle savait quelque chose sur le meurtre de Tom.

Beau se leva et fit quelques pas dans le salon, plongé dans ses réflexions.

— Tu as reçu ton premier appel démoniaque alors que tu revenais d'Andes. Comment aurait-elle appris que tu y étais allée ?

— J'y ai un peu réfléchi, répondis-je. Je me demande si elle aurait pu rester aux abords de la maison de Tom et me voir arriver. Elle aurait très bien pu s'attarder à Andes pendant un bon moment. Tu sais, les assassins reviennent souvent sur les lieux de leur crime. Elle voulait peut-être savoir quand on découvrirait le corps. Du coup, elle serait restée dans les parages pour surveiller la maison.

— Ça fait froid dans le dos… dit-il en venant s'asseoir auprès de moi et en me passant un bras autour des épaules. Qu'elle ait été sur place et qu'elle t'ait épiée.

— Mais tu viens juste de me faire penser à quelque chose, enchaînai-je. Comment donc a-t-elle pu obtenir mon numéro de téléphone ?

— Est-ce que *Buzz* le lui aurait donné, si elle avait appelé ?

— Non, pas à un inconnu. Mais c'est une si bonne comédienne… Vu son profil, elle aurait très bien pu se faire passer pour ma mère et dire qu'elle avait perdu mon numéro de portable. Mais… mais ça signifierait que, lorsque je suis allée là-bas jeudi dernier, soit *un seul jour* après avoir commencé mon enquête sur la disparition de Tom, elle avait déjà appris que j'étais, comme on dit, sur l'affaire. Comment aurait-elle pu le savoir aussi rapidement ?

— Nouvelle éventualité tout aussi effrayante, dit Beau. Et si elle avait contacté un de tes amis en prétendant être quelqu'un d'autre ?

— Possible… mais, tu sais, maintenant qu'on en parle, toute cette théorie me semble un peu tirée par les cheveux. Je suis peut-être totalement à côté de la plaque.

Pourtant, à cet instant précis, je sentis que mon subconscient essayait désespérément de me chuchoter quelque chose. Il faudrait une fois encore que je le laisse remonter jusqu'à la surface.

— As-tu parlé d'elle à la police ? demanda Beau.

— Pas encore, parce que j'estime qu'il me faudrait un peu plus de preuves. Et après notre petite discussion, je vois bien qu'il faut que je creuse un peu le sujet avant d'aller les trouver.

— Promets-moi de ne pas te lancer dans un truc dangereux. Si Blythe a effectivement commis les meurtres, c'est que, manifestement, elle est complètement cinglée.

Du coup, il valait mieux que je ne lui parle pas de mon projet d'aller au théâtre le lendemain.

— OK, promis-juré, répondis-je. Bon, tu veux un verre ou quelque chose ? Mon hospitalité laisse décidément à désirer !

— Tu sais ce qui me ferait plaisir, en cette soirée de tempête ? Un bon bain... à deux... Tu serais intéressée ?

— Ton idée me semble excellente.

Pendant que la baignoire se remplissait, j'allumai quelques bougies dans la salle de bains et nous versai deux doigts de porto. Nous posâmes les verres sur le sol près de la baignoire et nous nous y glissâmes. Beau m'enlaça de ses deux jambes et m'accorda un délicieux massage des épaules et du cou, dénouant un à un les nœuds qui s'y étaient installés depuis le début de toute cette histoire. C'était absolument divin et, l'espace d'un instant, j'oubliai totalement tous ces meurtres.

Avant de rejoindre Beau dans mon lit, je passai un coup de fil à Harper depuis ma cuisine. Je ne l'avais toujours pas éliminée en tant que suspecte, mais, s'il lui arrivait malheur, je ne voulais pas l'avoir sur la conscience. Quand elle décrocha, sa voix était tendue et presque inaudible, comme si elle venait de pleurer.

— Ça va ? lui demandai-je.

— Qu'est-ce que tu veux encore ? répliqua-t-elle vivement, sans même essayer de répondre à ma question.

— Tu te rappelles ce que je t'ai dit ?... Que Tom pourrait avoir été assassiné par une femme blonde ? Je crois maintenant qu'il pourrait s'agir d'une fille qu'il voyait avant toi. Il est possible qu'elle soit devenue dingue de lui... au sens propre.

— Qui ?

— Une actrice du nom de Blythe Hammell. As-tu déjà entendu parler d'elle ?

Il y eut plusieurs secondes de silence.

— Il y a bien eu une actrice, finit-elle par répondre. Mais je n'ai jamais su son nom. Apparemment, il l'a emmenée à Atlantic City juste après que nous avons commencé à sortir ensemble. Bien entendu, Deke s'est fait un malin plaisir de répandre la nouvelle. J'étais furieuse, mais Tom m'a dit qu'il avait programmé ce voyage des semaines plus tôt et qu'il voulait honorer ses engagements. Il m'a juré que c'était la dernière fois qu'il la verrait.

— Eh bien, comme je viens de te le dire, je pense qu'elle a développé une obsession pour Tom. Et qu'elle était convaincue que Tom l'aimait en retour. C'est ce qui s'appelle de l'érotomanie. Il se peut qu'elle l'ait tué dans un accès de folie, après s'être aperçue qu'il ne se souciait plus d'elle. Et, mue par la même folie, elle aurait aussi tué Bijou... par jalousie.

— La police est au courant ?

— Il faut que je réunisse encore quelques preuves avant de leur présenter ma théorie, lui expliquai-je en baissant la voix. Je dois aller au Chaps Theater demain en fin d'après-midi parce que Blythe est censée y passer. Mais je voulais t'informer de tout cela pour que tu prennes des précautions. Si Blythe est bien l'assassin, il est possible qu'elle soit complètement folle. Elle pourrait également te prendre pour cible à cause de ta relation avec Tom.

— Je n'en peux plus de tout ça. Si j'ai choisi la communication, c'est parce que ça me semblait moins dingue que le métier d'acteur.

Après avoir raccroché, j'allai retrouver Beau dans ma chambre. Il était bien calé dans un oreiller, simplement recouvert d'un drap jusqu'aux hanches.

— Tu prenais un petit verre de lait pour favoriser le sommeil ? demanda-t-il goguenard.

— En principe, je suis suffisamment épuisée ce soir pour ne pas en avoir besoin. Il y a deux ans environ, j'ai traversé une horrible phase d'insomnies et je ne voudrais pas que ça recommence.

— Est-ce que tu continuais à penser au boulot une fois que tu étais au lit ? Ça empêcherait n'importe qui de dormir.

— En fait, c'était juste après mon divorce. Je n'étais pas exactement dévastée par la fin de mon couple, mais c'est le genre de choses qui te perturbe quoi que tu fasses. J'adore la façon dont toutes ces actrices se remettent en selle prestement. Un jour, elles annoncent qu'elles quittent leur jules, et deux semaines plus tard tu les retrouves au bras de George Clooney en train de clamer qu'elles n'ont jamais été aussi heureuses de leur vie. Nous, pauvres mortels, avons besoin d'une convalescence un peu plus longue.

— Je ne connais rien de cette époque de ta vie.

— Bailey Weggins – Les Années sombres... Gardons cela pour un jour où il n'y aura vraiment rien d'autre à faire.

— Comment ton ex gagnait-il sa vie ?

— Son travail de jour ou de nuit ? fis-je, sarcastique. Il était avocat – au pénal. Je l'ai rencontré sur une affaire que je suivais. Mais il se révéla aussi être un joueur invétéré, poursuivi, qui plus est, par des créanciers peu recommandables armés de battes de base-ball. Et j'ai mis bien trop longtemps à m'en apercevoir. Au début, j'ai cru qu'il me trompait et j'ai même fini par me demander s'il n'était pas homo. J'aurais dû me faire virer pour avoir été une si piètre journaliste quant à ma vie privée. Mais, bon, gardons les détails plus croustillants pour un autre jour. Tu m'as dit hier soir que je pourrais un jour te rendre les faveurs que tu as bien voulu m'accorder. Pourquoi ne pas s'y mettre dès maintenant ?

— Du moment qu'on laisse la lumière allumée, me dit-il en riant. Je suis un spectateur très docile.

Nous fîmes donc l'amour en pleine lumière et puis, une fois encore, dans l'obscurité. C'était un peu différent des expériences précédentes : plus lent, plus sensuel, mais tout aussi envoûtant. Cependant, bien que je fusse désormais parfaitement détendue, ma tête se remit à bouillonner dès que je l'eus posée sur l'oreiller, et des dizaines de réflexions sur ces deux meurtres se mirent à tambouriner dans mon cerveau. Je ne cessais de penser à tout ce que j'avais entendu sur Blythe et je continuais à me demander si elle était effectivement cinglée au point d'avoir pu commettre de tels crimes. Je réfléchissais aussi à la façon dont j'allais devoir l'aborder si je finissais enfin par la rencontrer.

J'eus aussi quelques pensées pour Chris. Je m'étais fait de sales idées à son sujet et je m'étais promis de ne plus jamais sortir avec lui. J'avais couché avec Beau en supposant que mon histoire avec Chris était finie. Mais Chris n'était pas coupable du mauvais coup que je lui avais imputé. Il avait seulement fait preuve d'ambition, comme n'importe quelle personne à sa place. J'étais ravie que Beau ait finalement décidé de tenter quelque chose avec moi, mais cela voulait dire que j'allais devoir rompre avec Chris. Bizarrement, j'en concevais une certaine tristesse. J'avais pu vérifier ce soir-là que je me sentais encore attirée par lui. Quel bordel !

Accablée par ce gâchis, je finis par m'endormir au bout de trente petites minutes d'intenses cogitations. Je me réveillai le lendemain matin avec la sonnerie de mon téléphone, pourtant oublié dans mon sac. C'était l'une des deux attachées de presse qui voulaient me faire la liste de mes devoirs du jour. Il fallait notamment que je donne une interview à une radio dans l'heure qui suivait. Pendant que je m'exécutais, Beau prit une douche. Nous n'eûmes en tout et pour tout que quelques minutes ensemble, devant un café régénérant.

— Tu t'en sors drôlement bien avec les interviews, me dit-il. Je t'ai entendue depuis la salle de bains.

— En fait, je préfère de loin poser les questions, mais, de nos jours, si tu fais partie de la presse, tu dois également te plier à ses exigences. Nash m'a dit qu'il allait tâcher de recruter des employés plus « médiatiques ». Je devrais lui demander une augmentation, tiens !

— Encore un petit secret que j'apprends au détour d'une phrase. Je vais bien finir par savoir qui tu es, Bailey.

J'éclatai de rire, mais sa réflexion me donna à penser. Il était probable que j'avais jusqu'alors pratiqué une certaine retenue à son égard. Mais le mystère dont il s'entourait lui-même en était sans doute un peu responsable. Il n'était pas à proprement parler réservé, mais son calme, par moments, et la façon dont il semblait m'étudier en silence me laissaient penser que je ne savais pas vraiment ce qu'il y avait derrière son regard sombre.

— Quand as-tu prévu d'aller voir la police, aujourd'hui ? me demanda-t-il.

— Bientôt, répondis-je. Je les appellerai probablement juste après ton départ.

Je croisai les jambes sous la table pour faire passer un peu mieux ce pieux mensonge.

Tandis qu'il enfilait sa veste, Beau mentionna qu'un de ses amis l'avait appelé pour savoir s'il pouvait l'héberger la nuit suivante.

— Je n'avais pas vraiment besoin de ça après mon retour de Turquie – et puis, je préférerais être avec toi –, mais c'est un de mes meilleurs amis et je ne peux pas lui dire non. Vois-tu un inconvénient à ce qu'on ne se retrouve pas ce soir, et qu'on rattrape le temps perdu durant ce week-end ?

— Ça me paraît acceptable. Il faut juste que je garde un peu de flexibilité pour les interviews et ce genre de trucs.

— Appelle-moi dans la journée pour me tenir au courant. Je veux m'assurer que tout va bien pour toi.

Il me donna un long et langoureux baiser, et les battements de mon cœur à cet instant couvrirent le bruit de la porte que je refermai derrière lui (re-soupir). Une semaine auparavant, j'avais abandonné tout espoir de jamais revoir Beau, et voilà que tout avait changé. Je n'avais pas d'autre choix que de dire à Chris que notre histoire devait prendre fin. Et cette idée me rendait malade.

Après avoir repris une tasse de café, je passai plusieurs coups de fil aux contacts que j'avais au sein de la police pour voir s'il y avait eu de nouveaux développements concernant mon affaire. Tous me répondirent la même chose : pas de suspect majeur, pas d'arrestation. Alex Ottoson avait joué ce rôle un moment, m'avait confirmé l'une de mes sources, mais il avait pu fournir un alibi qui l'avait sorti de ce mauvais pas. Je ne savais pas si la rumeur concernant Harper avait déjà filtré.

Il fallait que je trouve une bonne photo de Blythe avant de me présenter au théâtre, mais je ne voulais pas que son directeur pût se douter que j'allais passer afin qu'il ne la prévienne pas. Il m'apparut soudain qu'elle devait avoir créé un site la concernant. J'en trouvai un en effet, mais il n'affichait qu'un seul message : « En construction ».

En parcourant mes notes, je m'aperçus que c'était le bon moment pour appeler Barish, puisqu'il ne m'avait toujours pas rappelée. Une jeune femme me répondit. Quand je lui dis mon nom, elle eut une hésitation, comme si on l'avait prévenue que je risquais d'appeler. Elle me demanda de patienter, puis reprit la ligne pour m'annoncer que monsieur Barish me parlerait dans un court instant. Je me demandais si c'était elle que j'avais vue dans ses bureaux, le samedi précédent.

L'homme qui me salua au téléphone quelques minutes plus tard était le Barish des bons jours, affable et courtois. Ses premiers mots furent pour s'excuser de ne pas m'avoir jointe plus tôt.

— Pour nous, le mois de septembre est toujours très chargé. C'est le mois des *deadlines*, entre autres celles des déclarations d'impôts. Alors, que se passe-t-il sur cette affaire ? J'ai entendu la nouvelle sur Tom et cette mademoiselle Ford.

— J'ai du nouveau : le montant que Tom devait avancer à son entrepreneur correspond très exactement à celui qu'il avait retiré de la banque. Donc, si Deke lui a donné quelques milliers de dollars cette semaine-là, Tom les a consacrés à autre chose.

— Ce Deke me semble tout à fait suspect. J'espère que la police le considère comme tel également.

— Je ne saurais vous le dire. Avez-vous une idée de la date où les médecins légistes vont vous remettre le corps de Tom – afin d'organiser les funérailles ?

— Ils ne cessent de promettre que ce sera pour bientôt. Était-ce cela votre question urgente ?

— Oh, la date des funérailles m'intéresse, mais j'ai aussi une autre question. Étiez-vous en bons termes avec Tom dans les dernières semaines qui ont précédé sa mort ?

— Je vous demande pardon ? s'étonna-t-il d'un ton pincé.

— J'ai entendu dire que vos relations étaient un peu tendues – que Tom n'appréciait pas trop la façon dont vous gériez son patrimoine.

— Mais qu'est-ce qui peut vous faire dire ça ?

— C'est ce que Tom a raconté à des gens.

— J'aimais beaucoup Tom, mais, comme je vous l'ai dit, il n'était pas mon client – ses parents l'étaient. Et j'ai – pardon, *j'avais* – l'obligation, par mon mandat, de m'assurer de la sécurité financière de Tom, ainsi que le souhaitaient ses parents. Cela impliquait parfois que je refuse de céder à ses lubies occasionnelles.

— Mais…

— Je n'ai pas la possibilité de vous en dire plus. Les finances de la famille Fain sont confidentielles et ne vous concernent pas. Je dois vous laisser maintenant. Au revoir.

Au ton de la voix de Barish, je pris conscience que je venais de mettre le doigt sur un point sensible. Pourquoi s'était-il ainsi mis sur la défensive ? Tom avait-il cessé de lui parler en raison de son refus de financer sa pièce, ou y avait-il autre chose là-dessous ? Et si Tom avait découvert que Barish avait commis des malversations avec son argent ? Je ressentis un picotement au bout des doigts. Jusqu'à présent, je n'avais jamais considéré Barish comme un suspect, mais j'avais peut-être commis une erreur. Barish était très certainement au courant de ce qui concernait la maison d'Andes.

Il allait falloir que je trouve le moyen d'en savoir un peu plus, mais, pour l'heure, je devais m'occuper de Blythe. Je regardai ma montre : onze heures quarante-cinq. Sur la base de ce que m'avait dit Terry, il valait mieux que je me rende au théâtre vers seize heures quinze. Si j'y allais trop tôt, je risquais de susciter des soupçons. Et si j'y allais trop tard, j'allais rater Blythe.

Je devais donc prendre mon mal en patience. Je rappelai une fois de plus mes sources de renseignements, allai visiter d'autres sites Internet, laissai un message à ma mère pour lui dire que j'allais bien, fis les cent pas dans mon appartement et m'efforçai de mettre de côté les réflexions qui m'agitaient concernant le lamentable état de ma vie sentimentale.

Vers quinze heures trente, j'enfilai enfin une veste, saisis un parapluie et me mis en route pour le Chaps Theater en me disant qu'à défaut de taxi je pourrais toujours m'y rendre à pied. En termes de météo, on pouvait résumer la journée par un simple mot : pourrie. Le ciel était bas et de sombres nuages obscurcissaient l'horizon, mais, pour le moment, il bruinait plutôt qu'il ne pleuvait, ce qui, d'ailleurs, n'était pas plus agréable. Quelle que fût la manière dont j'orientais mon parapluie, je ne parvenais pas à me protéger du crachin.

Avant même d'avoir atteint le théâtre, je vis que la journée serait effectivement pourrie, et pas seulement à cause du temps : les lumières du théâtre étaient éteintes ; j'essayai néanmoins de pousser les portes : fermées. Je frappai à tout hasard sur la vitrine, au cas où il y aurait eu quelqu'un, mais il était clair que le théâtre était vide. Flûte !

Bon, cela ne signifiait pas que Blythe ne finirait pas par montrer le bout de son nez : il était encore tôt. J'enjambai une large flaque d'eau afin de traverser la rue en direction du café que j'avais remarqué lors de ma dernière visite. Après avoir commandé un cappuccino, je m'installai près de la vitrine. Le café était quasiment désert. Depuis mon poste d'observation, je ne voyais pas les portes du théâtre, mais si ses lumières venaient à s'allumer, je pourrais voir leur reflet sur le trottoir mouillé.

Durant le quart d'heure qui suivit, je me contentai de siroter mon breuvage en scrutant la rue. Rien ne se passa. Je finis même par me lever pour aller vérifier, dehors, que je n'avais rien raté. Le barman me lança un regard courroucé quand je revins à ma place, comme s'il avait cru que j'allais m'esquiver sans payer ou que j'étais allée me faire un petit *fix* à l'extérieur. Pour le rassurer, je payai mon addition, mais continuai à attendre à l'intérieur.

Quelques minutes plus tard, le trottoir devant le théâtre s'illumina. Je tâchai de garder mon sang-froid, mais, vu mes gesticulations frénétiques pour trouver les manches de ma veste, il était clair que j'étais carrément nerveuse.

Il s'était mis à pleuvoir franchement, mais je me ruai dehors sans prendre la peine d'ouvrir mon parapluie. Quand je regardai à travers les portes du théâtre, je vis que le hall était encore désert, mais je perçus quelques notes de musique. Je frappai à la vitre à plusieurs reprises, sans succès. Je poussai sur le battant de la porte et, à ma grande surprise, il céda. À l'intérieur, il y avait effectivement de la musique qui semblait provenir du fond du bâtiment, sur la gauche.

Je décidai de ne pas annoncer mon arrivée afin de ne pas m'exposer à devoir expliquer ma présence à quelqu'un qui, à son tour, irait l'expliquer à quelqu'un d'autre. Il me semblait plus habile de prendre Blythe par surprise. Je me glissai vers les lourdes portes qui menaient à la scène et entrebâillai l'une d'elles. La salle n'était pas éclairée à l'exception d'une lampe, avec une ampoule nue, posée sur le devant de la scène. Un ami m'avait un jour expliqué qu'une superstition courait dans le monde du théâtre selon laquelle, si on laissait la scène dans le noir, la nuit, des fantômes pourraient investir l'endroit. Par conséquent, on laissait toujours une « lampe fantôme » allumée afin de décourager les esprits d'y établir leur résidence. Cette pratique avait donc survécu !

Bien que cette ampoule ne créât qu'un étroit cercle de lumière, je pouvais distinguer certains des éléments du décor : deux lits jumeaux avec des édredons roses, deux bureaux et un tapis pelucheux. Ce devait être là que les fameux pensionnaires de l'enfer passaient leur nuit.

Je laissai la porte se refermer et décidai de suivre le son de la musique. Sur la gauche du guichet des entrées, il y avait un couloir qui semblait mener à sa source. Je passai devant deux portes – celles des toilettes, d'après le panneau qui y était fixé – et une petite cuisine éclairée par une simple ampoule. Il y avait là, sur le comptoir, plusieurs bouteilles de soda et quelques boîtes contenant des biscuits qui agrémenteraient manifestement l'entracte de la soirée. Juste à côté il y avait un bureau – éteint –, puis un couloir bifurquait sur la droite. Il me semblait que j'avais atteint les coulisses. La musique s'amplifiait.

Soudain, j'entendis un craquement dans mon dos et je me retournai vivement.

« Il y a quelqu'un ? » criai-je. Le corridor me paraissait désert, du moins jusqu'à l'angle qu'il formait. « Il y a quelqu'un ? » répétai-je.

Pas de réponse. J'attendis un instant, immobile, afin d'écouter si je percevais un bruit, mais un silence profond persistait ; je continuai donc à avancer.

La première pièce sur ma droite semblait être une petite loge. Des miroirs ornaient l'un de ses murs et, sur la tablette, on avait placé cinq têtes identiques, des moulages en plastique destinés à accueillir des perruques. Mais toujours pas âme qui vive. Je dépassai un local encombré par des balais, un aspirateur, des rouleaux de papier toilette et de larges bassines en plastique remplies de ce qui me paraissait être des costumes et des torchons. Puis, j'arrivai enfin à la pièce d'où provenait le son de la musique. Ce devait être là que les acteurs s'habillaient : encore des miroirs, quelques chaises, deux lourdes robes beiges de style victorien et un lecteur de CD. Snow Patrol chantait *Chasing Cars*. Mais toujours personne.

Alors que j'allais poursuivre, j'entendis un nouveau bruit. Cette fois, il provenait du plafond. On aurait dit un fauteuil raclant le sol. Puis je perçus un bruit de pas venant de l'étage supérieur – sans doute le lieu où la réunion se tenait. Je me hâtai de rebrousser chemin vers le hall d'entrée du théâtre. Alors que je l'atteignais, je vis une femme émerger de la porte la plus éloignée. Elle avait des cheveux brun-roux et portait un pull beige informe par-dessus un pantalon noir. Je m'apprêtais à ouvrir la bouche afin d'expliquer ma présence lorsque je reconnus Terry. Eh merde !

— Alors vous avez finalement décidé de venir ? lui demandai-je.

J'avais du mal à contenir mon irritation. Terry m'offrit un sourire satisfait, comme si elle était l'ampoule la plus lumineuse de la boîte. Ce jour-là, elle ne portait pas de chapeau et je pus observer de plus près sa crinière rougeâtre. Je crois que je n'avais encore jamais vu une telle couleur de cheveux.

— Après vous avoir parlé, je me suis dit que c'était idiot d'attendre que Blythe m'apporte l'argent, m'annonça-t-elle fièrement. J'ai pensé qu'elle me poserait sans doute un lapin. Alors, c'est moi qui suis venue, comme vous. Et vous savez quoi ? J'ai obtenu mon chèque.

Elle tapota avec emphase le cuir de son sac à main pour confirmer le succès de son entreprise.

— Blythe est là, alors ? m'écriai-je.

— Elle est là-haut. Mais elle ne va pas rester très longtemps. Si vous voulez la voir, vous feriez mieux de vous grouiller.

— Où se trouve-t-elle exactement ? la questionnai-je.

— Dans le bureau, au deuxième étage. Il suffit de suivre le couloir et de prendre le premier escalier sur la droite. En haut, il y a une porte. Elle débouche sur un petit couloir, et là, vous trouverez la porte du bureau.

— Vous ne lui avez pas dit que j'avais appelé, n'est-ce pas ?

— Non, puisque je vous ai dit que je ne le ferais pas ! s'exclama-t-elle avec indignation.

Elle pivota et traversa le hall jusqu'à la porte.

— Blythe est seule ? lui demandai-je encore.

— Non, elle est avec une autre théâtreuse.

Très bien. Je n'adorais pas l'idée d'un tête-à-tête avec Blythe dans le théâtre.

J'ouvris la porte par où était arrivée Terry et suivis le couloir. Ce passage était plus étroit que celui que j'avais emprunté, de l'autre côté de la salle de spectacle, mais il s'élargissait à mesure que je me rapprochais de la scène. Je jetai un coup d'œil sur celle-ci à travers un rideau. Elle était toujours éclairée par sa « lampe fantôme ». C'était donc là que Tom avait joué en rêvant de devenir, un jour, une star.

Il y avait un escalier sur ma droite – juste quelques marches débouchant sur un palier. Sans doute celui dont Terry m'avait parlé. Le palier n'était pas éclairé, mais la lumière du couloir était suffisante pour monter les marches sans difficulté. Je m'engageai donc dans l'escalier, l'oreille tendue. Depuis cet endroit, je n'entendais plus la musique et le silence régnait.

La porte située sur la gauche, en haut des marches, était en métal sombre. Elle était sale et portait de multiples éraflures ainsi qu'un verrou permettant de la fermer depuis l'extérieur. Curieux que le verrou soit de ce côté-ci de la porte. Que pouvaient-ils donc stocker là-dedans ? J'y collai mon oreille et écoutai. Je n'entendis aucun bruit de conversation ni d'activité, mais Terry avait précisé que je devais suivre un couloir avant de parvenir au bureau. Je marquai une pause pour me laisser le temps de la réflexion. Quelque chose me tracassait, mais je ne parvenais pas à mettre le doigt dessus.

Je saisis finalement la poignée de la porte et, l'ayant ouverte, je levai un pied pour m'avancer. Mais ce que je vis devant moi ressemblait à une paroi grisâtre et cotonneuse, éclairée par le bas, et non à un couloir. En une seconde qui me parut durer des heures, je compris subitement que le sol sur lequel je m'apprêtais à poser le pied n'existait pas.

Une voix intérieure me hurla de faire machine arrière, mais il était trop tard. Je basculai dans le vide tout en essayant d'agripper quelque chose qui pourrait me retenir. Dans mon plongeon, ma main droite rencontra un objet dur et métallique. L'instant suivant, je me retrouvai suspendue dans le vide.

Mon cerveau semblait comme coupé en deux : une moitié était paralysée par la terreur et la surprise ; l'autre observait posément, comme si elle avait assisté à un documentaire intitulé *Le Vol de la jeune fille*. Je comprenais un peu tard que je me trouvais au-dessus de la scène et que j'étais accrochée à une chaîne tendue juste devant la porte en métal. Si ma main droite venait à lâcher prise, j'allais inévitablement tomber et, éventuellement, mourir. En tout cas, j'étais certaine de me tordre le cou.

Je fis un effort et ma main gauche rejoignit la droite sur la chaîne métallique. J'avais maintenant l'air d'une trapéziste débutante et je tournais le dos à la porte, avec sur ma gauche une rampe lumineuse couverte d'ampoules. À ce que je pouvais en voir, la chaîne avait été placée là comme garde-fou – bien dérisoire – contre les chutes. Pour empêcher ce genre d'accident, il eût mieux valu fermer le verrou à clé. Or, il avait été laissé ouvert.

— Au secours ! criai-je. À l'aide !

Sous le poids de mon corps, la chaîne me sciait la paume des mains et mes bras devenaient extrêmement douloureux. Je ne savais pas combien de temps j'allais pouvoir tenir dans cette position. Soudain, j'entendis des pas. Quelqu'un montait l'escalier. Cette personne progressait lentement, comme si elle était très vieille ou fatiguée. À moins qu'elle ait délibérément pris son temps. Je vous en prie, faites que ce ne soit pas elle…

Mais je ne fus pas exaucée. Alors que les pas atteignaient le palier, je tournai la tête pour en savoir plus et je la vis : Terry, un sourire narquois aux lèvres. Mais, bien entendu, il ne s'agissait pas de Terry ; sous cette horrible perruque, c'était Blythe.

— Oh ma chère, minauda-t-elle, j'aurais dû vous dire de faire attention à cette marche. Elle est meurtrière, n'est-ce pas ?

20

— Aidez-moi, s'il vous plaît, la suppliai-je. N'aggravez pas votre cas.

— Vous savez quoi ? fit Blythe. Vous avez tout à fait raison. Où donc avais-je la tête ?

Elle brandit alors son sac au-dessus de sa tête et l'abattit sur mes mains avec toute la force dont elle était capable.

J'eus l'impression que mes articulations avaient éclaté sous l'impact, mais je ne lâchai pas ma prise. La terreur avait dû pétrifier mes mains qui restèrent rivées au métal. Mais j'imaginais bien que Blythe n'allait pas s'en tenir là.

Je scrutai la scène sous mes pieds. Il y avait une chance pour que, si je me laissais tomber les pieds en avant, comme depuis un plongeoir, je ne me casse qu'une cheville ou une jambe. Mais cette pensée me terrifiait. Alors que Blythe s'apprêtait à m'assener un nouveau coup de boutoir, je regardai sur ma gauche. Attachée à la rampe lumineuse, il y avait une épaisse corde permettant sans doute de la hisser au-dessus de la scène. Si je parvenais à déplacer mes mains sur la chaîne, j'arriverais peut-être à lancer mes jambes autour de cette corde, puis à l'agripper. Mais il valait mieux que Blythe ne devine pas mes plans.

Le deuxième coup fut encore plus violent et je dus résister à l'envie de hurler et de desserrer les doigts. Comme Blythe reculait un peu pour mieux préparer le coup suivant, je déplaçai mes mains de quelques centimètres sur la chaîne. Mon mouvement engendra un grincement indiquant que les fixations qui maintenaient mon « trapèze » n'avaient pas été conçues pour un tel exercice. Au train où allaient les choses, il était possible que Blythe n'ait même pas besoin de produire un nouvel effort : j'allais moi-même me précipiter dans le vide.

— Allons, allons, pas d'imprudence, me sermonna Blythe en entendant le funeste couinement.

Elle semblait passer un excellent moment.

J'étais maintenant en mesure d'atteindre la corde – enfin, mes jambes pouvaient la toucher. Il n'était pas question que je me serve de mes bras et j'allais devoir la maintenir fermement entre mes cuisses. Mais il fallait pour cela que je saisisse le bon moment. Je levai les yeux vers Blythe, quitte à me tordre le cou.

— Les flics arrivent ! lui dis-je pour tenter de détourner son attention. Ils sont censés me retrouver ici.

— Ce n'est pas vrai, et vous le savez parfaitement, Bailey, me répondit-elle, comme si elle grondait une petite fille. Vous essayez de me faire avaler un très très gros mensonge – ce n'est pas bien du tout.

— Vous croyez vraiment que je serais venue ici seule ? Bien sûr que j'ai appelé les flics. Je leur ai dit de me retrouver au théâtre parce que vous y seriez. Ils savent tout, en ce qui vous concerne.

— Ttt, ttt… Il me paraît impossible qu'une femme qui décore son appartement comme vous l'avez fait – *sooo nineties !* – soit suffisamment intelligente pour prévenir la police. Je sais qu'il n'en est rien. Je vous ai observée… et il est clair que vous aimez faire les choses toute seule, dans votre coin.

Elle se redressa et secoua la tête en un tic maniaque. La chaîne grinça, encore plus fort cette fois-ci. Mes bras commençaient à donner des signes de faiblesse. Si je voulais tenter quelque chose, je devais ne plus tarder.

Je jetai un coup d'œil sur ma gauche et pris mon élan. J'enroulai mes jambes autour de la corde et la rapprochai de moi. Du coin de l'œil, je vis Blythe reculer, surprise par mon mouvement et suspicieuse quant à mes intentions. Dans un effort surhumain, je saisis la corde de ma main gauche et l'attirai à moi. Alors que je lâchais la chaîne, j'entendis que sa fixation cédait. Deux secondes plus tard, la chaîne s'écrasait au sol dans un bruit sourd.

Je me trouvais désormais dangereusement suspendue à la corde par une seule main, comme une acrobate du Cirque du Soleil.

— Espèce de petite salope ! me hurla Blythe, la bave aux lèvres.

Je dus battre le rappel de tous mes souvenirs des cours de gym d'antan pour trouver la force de me rétablir et d'agripper la corde des deux mains.

Durant quelques secondes, je me contentai d'assurer ma prise. Mon corps tremblait de fatigue et mes jambes étaient douloureuses. Il fallait que je bouge pourtant. J'avais pris Blythe par surprise, mais si elle atteignait la scène avant moi, j'allais sans doute passer un sale quart d'heure.

Desserrant prudemment mon étreinte, je me laissai glisser le long de la corde en tâchant d'ignorer les brûlures aux bras que ce mouvement m'occasionnait. Je levai la tête pour voir ce que Blythe faisait. Elle était penchée au-dessus de moi et me regardait, mais, dès que ses yeux rencontrèrent les miens, elle pivota et je l'entendis descendre précipitamment l'escalier. Je desserrai un peu plus mes doigts pour accélérer ma descente.

Subitement, la rampe lumineuse à laquelle était attachée la corde heurta le plafond, confirmant qu'il s'agissait bien d'un levier pour manipuler l'éclairage. La corde se tendit violemment, m'obligeant à lâcher prise. Je tombai lourdement sur le sol et m'y effondrai comme un paquet de linge sale. À ce moment, ma cheville émit un curieux bruit et une douleur fulgurante dans mon pied m'arracha un cri.

Je restai à terre juste le temps de reprendre mes esprits et essayai de me mettre debout. Je ne savais pas si ma cheville était cassée ou simplement foulée, mais elle me faisait un mal de chien. Je regardai autour de moi. À tout moment, Blythe risquait de surgir sur la gauche de la scène et de se ruer sur moi. Ma meilleure échappatoire se situait donc à droite, mais, de ce côté-là, elle pourrait aussi facilement me rattraper. Je parcourus la scène des yeux, cherchant une arme quelconque. Une crosse de hockey avait été laissée le long d'un élément de décor. Je boitai jusque-là et m'en saisis.

Il y avait pourtant quelque chose de bizarre. Blythe aurait déjà dû avoir surgi sur la scène. Allait-elle me tendre une embuscade à un autre endroit du théâtre quand j'essaierais de m'enfuir ? Je savais seulement qu'il ne fallait pas que je m'attarde là où j'étais.

Je traversai la petite scène en titubant vers la porte qui menait au couloir des loges et salles d'habillage. Soudain, Blythe apparut dans l'encadrement de la porte, à cinq mètres de moi. Elle gardait les mains dans le dos comme si elle s'apprêtait à me présenter un cadeau d'anniversaire surprise. Elle avait donc choisi de faire le tour de la salle de spectacle pour me rejoindre.

— Aaah, j'aurais dû me douter que vous étiez une championne de hockey, Bailey, dit-elle, les yeux écarquillés pour simuler l'admiration. Malgré vos petites fringues branchées, je savais bien que vous étiez une grande sportive. Au fait, j'espère que vous ne m'en voudrez pas, je vous ai emprunté quelques-uns de vos tops, quand je suis passée chez vous l'autre jour.

— Blythe, fis-je, en essayant de garder une voix calme, pourquoi ne pas arrêter ça tout de suite et essayer d'améliorer votre situation ?

— Oh, vous voulez me faire croire que le fait de vous épargner ne peut qu'arranger mes affaires ? Bailey, il me semble que vous ne me prenez pas pour quelqu'un de très futé.

— Je pense que vous êtes très futée. Et que vous avez beaucoup de talent. Vous avez complètement mystifié mon concierge, vous savez.

— Je vous en prie. Rien qui doive me mériter un oscar. Certes, j'ai imité votre voix, mais votre concierge me semble avoir un cerveau de la taille d'une noix de cajou.

— Comment connaissiez-vous ma voix ?

Elle sourit d'un air faussement modeste.

— Je vous ai entendue parler au Demi-Roi. Je ne vous ai pas quittée d'une semelle quand vous étiez devant le comptoir.

Le groupe de minettes près de ma table ! Il y en avait une qui restait un peu à l'écart. Ce devait être Blythe.

— C'est donc vous qui avez drogué ma bière et envoyé un SMS à Chris ?

— Puisque vous le dites.

— Mais qu'avez-vous contre moi, en fait ?

— Vous êtes devenue bien fouineuse, Bailey. Vous êtes allée jusqu'à mon appartement, vous avez laissé tous ces messages à mon intention… Vous avez dérangé la pauvre Terry.

— Où se trouve la vraie Terry, d'ailleurs ?

— Elle a dit qu'elle allait faire un long voyage. Vous savez, dans les assurances, l'ambiance est mortelle.

Je me demandais si Blythe l'avait tuée, elle aussi, des semaines auparavant.

— Parlez-moi de Tom, s'il vous plaît.

— Bailey, si je ne m'abuse, vous êtes en train d'essayer de gagner du temps. Je ne suis pas sûre d'être suffisamment patiente pour cela.

— Je veux juste entendre votre version de l'histoire – vraiment. Vous êtes allée le voir à Andes en voiture ?

— Pouvez-vous imaginer que Tom m'ait jamais informée qu'il avait une maison dans ce coin-là ? Peut-être voulait-il m'en faire la surprise une fois qu'il l'aurait complètement rénovée ? Mais j'ai fait ma petite enquête sur Tom et ai découvert l'existence de cette maison. Inutile de vous dire que j'étais très très déçue de constater qu'il s'y trouvait avec une autre femme. Quelqu'un qui, socialement, ne lui arrivait pas à la cheville, et une bien piètre actrice par-dessus le marché. Et puis, vous avez vu les lèvres de cette fille ? Un véritable hippopotame.

— Vous avez donc tué Tom par jalousie ?

Elle ricana.

— Non, Bailey, dit-elle avec fermeté. Ce jour-là, je l'ai *quitté*. Et j'ai bien vu à sa réaction que, s'il ne pouvait plus sortir avec moi, il ne souhaitait plus vivre. Il m'a supplié de mettre un terme à son calvaire. Dieu merci, j'ai trouvé cette hache près de la grange.

— Et pourquoi le feu ? Tom était déjà mort ?

— Je ne suis pas cruelle, Bailey. Bien sûr qu'il était mort. Mais je ne pouvais simplement plus supporter son visage. Et pour votre information, les diluants pour peinture constituent d'excellents allume-feu.

— Puis vous êtes rentrée chez vous – pas à Miami ?

— Si vous voyez les choses comme cela. Si vous voulez savoir, j'ai même passé une nuit chez Tom en souvenir du bon vieux temps. Je lui avais promis de le faire.

Voilà qui expliquait la lumière restée allumée.

— Que...

— Mais pour qui vous prenez-vous – Oprah ? Je commence à en avoir marre de répondre à toutes vos questions.

— Parlez-moi juste de Bijou, poursuivis-je.

J'essayai de conserver un ton agréable, informel, malgré mon angoisse et la douleur insoutenable dans ma cheville.

— Pourquoi elle ? Elle ne constituait plus une menace puisque Tom était mort.

— Bijou aussi était une fouineuse, tout comme vous. J'étais sûre qu'elle savait quelque chose – qu'elle vous en avait parlé.

— Vous… vous êtes la fille du salon de thé ? Celle qui est venu poser des questions à Bijou sur son chien ?

Ça ne pouvait être qu'elle. J'en pris conscience subitement. Cette fille avait fait preuve d'un tel culot !

— Ah, Bailey, vous croyez connaître toutes mes ruses, mais vous êtes loin du compte.

Sur ce, elle retira sa main de derrière son dos. Elle tenait un couteau de boucher à manche noir, avec une lame rutilante d'au moins vingt centimètres de long. J'étais paralysée par la peur.

— Vous ne pensez pas que la police remontera jusqu'à vous, si vous faites cela ? lui dis-je dans un souffle. Ils savent que vous étiez ici aujourd'hui.

Elle éclata d'un rire un peu trop aigu.

— Voyez-vous, Bailey, j'ai ma propre clé de ce théâtre et personne ne sait que j'allais venir, excepté vous.

Elle rit encore.

— Et Terry, bien sûr. Mais, comme je vous l'ai dit, elle n'est pas disponible pour en parler ces jours-ci.

Je resserrai mon emprise autour de la crosse de hockey car je sentais qu'elle en avait fini avec l'échange verbal et qu'elle s'apprêtait à agir. Tournant légèrement la tête, je tâchai d'évaluer le temps qu'il lui faudrait pour me rattraper, si je tentais de me précipiter vers la porte des coulisses sur ma gauche : quelques secondes au plus, compte tenu de ma cheville. Alors que je tournais de nouveau la tête vers elle, elle s'avança en brandissant son effrayant couteau.

Je levai la crosse de hockey devant moi et fouettai l'espace de toutes mes forces. J'avais espéré que mon coup lui ferait lâcher son arme, mais ce fut en vain. En revanche, elle recula en miaulant de douleur sous l'impact.

— Sale petite conne ! siffla-t-elle. Comment oses-tu me faire ça ?

Elle modifia sa prise sur le couteau, afin de pouvoir le brandir au-dessus de sa tête, prêt à me poignarder. Puis, elle se remit à avancer vers moi.

J'utilisai une fois encore ma crosse comme un fouet, mais juste avant qu'elle l'atteigne, Blythe parvint à s'en saisir avec sa main libre. Elle écarta vivement son bras et la crosse alla valdinguer quelque part dans les gradins.

— Oh oh ! fit Blythe, tout en mimant grossièrement l'expression d'une joie extrême.

Je jetai un coup d'œil en direction des décors placés sur ma droite. Il n'y avait là rien qui pût m'aider. Seulement les lits, les bureaux et le tapis. Je commençai à reculer, attentive à ne pas m'approcher trop du rebord de la scène. Ma cheville me faisait tellement souffrir que j'avais du mal à réfléchir. À mon quatrième pas, je me cognai dans la « lampe fantôme ». Elle vacilla doucement avant de se stabiliser.

Blythe inspira en prévision du coup de grâce, puis elle chargea. Je reculai encore d'un pas et saisis la lampe de mes deux mains. Elle était assez lourde, mais moins qu'elle le paraissait – du fer-blanc, sans doute. Tout comme l'aurait fait un enfant avec un sabre de bois, je la lançai devant moi aussi violemment que je pus. À cet instant, l'ampoule s'éteignit, mon mouvement ayant sans doute débranché la lampe. La seconde suivante, dans une obscurité totale, je sentis que mon arme dérisoire venait de heurter Blythe de plein fouet.

Il y eut un choc et un souffle, comme des poumons qui se vident. Je perçus aussi le raclement de ses chaussures sur la scène, alors qu'elle s'éloignait en titubant. Soudain, je compris qu'elle devait être complètement sonnée. C'est alors que je l'entendis s'effondrer au milieu des gradins.

Je plissai les yeux pour essayer de distinguer quelque chose. Une faible lueur provenait du couloir situé au fond de la scène, à gauche, celui qui menait aux escaliers. Les deux mains tendues devant moi comme une aveugle, je me dirigeai en boitant dans cette direction.

Une fois que je fus dans le couloir, je recouvrai la vue grâce aux systèmes lumineux des sorties de secours fixés à intervalles réguliers sur les murs. Traînant la jambe droite, je me hâtai de refaire, à l'envers, le chemin que j'avais pris un peu plus tôt. En approchant du hall d'entrée, j'entendis des bruits indiquant une présence. Mon cœur cessa de battre : Blythe avait-elle retrouvé ses esprits et m'attendait-elle là après avoir pris le chemin opposé au mien ?

En jetant un coup d'œil dans le hall par la porte entrebâillée, je n'en crus pas mes yeux : l'inspecteur Windgate se tenait là auprès d'un tout petit homme de type asiatique.

Windgate sursauta en m'apercevant.

— Bon sang, mais que se passe-t-il ici ? tonna-t-il.

Les deux hommes regardèrent ma jambe en y cherchant une blessure.

— Blythe Hammell est ici, haletai-je. Elle a essayé de me tuer avec un couteau... mais je l'ai assommée... dans les gradins... Elle doit être blessée... mais je ne sais pas à quel point.

Windgate lança à son acolyte un regard exaspéré, puis se tourna vers moi.

— Vous allez rester ici bien tranquillement, vous m'entendez ? Si je découvre que vous avez bougé une paupière, je vous arrête.

— Compris, murmurai-je plaintivement.

— Quel est le plus court chemin pour y aller ? me demanda-t-il abruptement.

— J'irais par là, dis-je en indiquant la double porte qui donnait directement dans la salle de spectacle.

Alors que je m'effondrais sur l'un des fauteuils du hall d'entrée, ils se dirigèrent vers la porte que je leur avais indiquée. Ils avaient dégainé leur arme et ouvrirent la porte avec précaution. La lumière du hall éclairait la salle de spectacle. Celle-ci restait assez sombre, mais ils pourraient ainsi voir où ils mettaient les pieds.

J'allai me placer auprès de la porte afin de suivre leur progression dans les travées.

— Elle devrait être quelque part au milieu des deux premiers rangs, leur indiquai-je en essayant de ne pas trop élever la voix.

Ils ne mirent pas longtemps à la trouver. J'entendis l'un des flics dire quelque chose, puis Blythe commença à ruer dans les brancards, mais je ne saisissais pas ce qu'elle disait. Au moins, je ne l'avais pas tuée. Ça n'aurait pas arrangé mes affaires.

Je tins parole et m'abstins de bouger le moindre muscle. De toute façon, vu mon état physique général, je n'étais pas en mesure de fronder. Maintenant que je pouvais me pencher sur la question, je voyais que ma cheville avait doublé de volume, atteignant quasiment la taille d'un ballon de handball.

Environ cinq minutes plus tard, Windgate remonta les travées en courant. Alors qu'il arrivait à ma hauteur, deux policiers en uniforme frappèrent à la porte vitrée du théâtre. Windgate leur fit signe d'entrer. Il demanda à l'un d'eux de prêter main-forte à l'« inspecteur Kwong », et chargea l'autre de fouiller le bâtiment.

— Savez-vous s'il y a quelqu'un d'autre dans le théâtre ? me demanda-t-il.

— Non, mais il doit y avoir une représentation ce soir, alors ils ne devraient pas tarder à arriver pour se préparer. Qu'est-ce qui vous a amené ici, d'ailleurs ?

— Vous pouvez remercier l'attachée de presse de la série, Harper Aikins. Elle a reçu un coup de fil de quelqu'un qui prétendait être vous, mais ne paraissait pas se souvenir d'une conversation que vous aviez eue. Elle a pensé que ça pouvait être cette Blythe contre laquelle vous l'aviez mise en garde. Mademoiselle Aikins m'a donc appelé et m'a dit que vous aviez prévu de venir au théâtre pour la rencontrer. Vous vous souvenez pourtant que je vous avais demandé d'être prudente.

— Mais jusqu'à ce soir, je n'étais pas sûre que Blythe soit l'assassin, plaidai-je.

— Vous vous êtes sérieusement blessée ?

— C'est juste ma cheville. J'espère que ce n'est qu'une entorse.

— Deux ambulances sont en route. Mais avant qu'elles arrivent, il faut que j'aie un petit entretien avec vous. Trouvons un endroit calme, voulez-vous ?

Je lui mentionnai les loges et, après l'avoir rassuré sur mon état, je le guidai jusqu'à celle qui était la plus proche. Je m'assis sur une petite banquette, tandis que Windgate allait me chercher de la glace dans la cuisine. Il en revint deux minutes plus tard avec un torchon rempli de glaçons que je plaçai délicatement sur ma cheville endolorie. Windgate approcha une chaise et s'y installa.

— Je vais interrompre temporairement mes questions pour vous donner la possibilité de me donner votre version de l'histoire, me dit-il d'une voix ferme.

— *Ma* version ? m'étonnai-je. Pourquoi, vous en avez une autre ?

— Mademoiselle Hammell prétend que vous l'avez attirée ici pour tenter de la tuer.

— Vous n'allez tout de même pas la croire ! m'indignai-je. C'est elle qui m'a attirée ici et qui a essayé de me tuer. Et c'est elle aussi qui a assassiné Tom et Bijou. Elle me l'a avoué.

Windgate me lança un regard sceptique en lissant sa moustache méthodiquement. Je n'arrivais pas à déterminer s'il doutait vraiment de mes paroles ou s'il jouait un rôle pour me faire peur et s'assurer ainsi que je lui déballais bien toute l'histoire.

— Et Blythe est par ailleurs une excellente actrice qui ment comme un arracheur de dents, poursuivis-je. C'est elle qui a réussi à se faire ouvrir la porte de mon appartement en se faisant passer pour moi au téléphone. Elle s'est également fait passer pour sa colocataire, Terry. D'ailleurs, je crois bien qu'elle l'a tuée aussi.

Je parlais trop vite et j'étais beaucoup trop sur la défensive, mais j'étais sidérée par la perversité de Blythe et je commençais à craindre que ses talents de manipulatrice lui permettent de retourner la situation à son profit.

— C'est bon, calmez-vous, dit Windgate. Je veux savoir très exactement ce que vous avez fait depuis notre dernière rencontre… quand vous m'avez promis d'être sur vos gardes et de ne pas faire n'importe quoi.

Bon, il n'avait pas dit que je devais *tout* lui raconter. Je passai donc sur l'épisode de la méridienne et des massages thaïlandais pour enchaîner directement sur mon arrivée au théâtre, afin de poursuivre ma piste concernant *La Mégère apprivoisée*, et sur la façon dont Blythe m'avait trompée pour que j'aille jusqu'à cette porte qui s'ouvrait sur le vide et qu'elle avait manifestement déverrouillée elle-même. Je lui fis également le récit de mon combat de Jedi avec, pour tout sabre, une pauvre « lampe fantôme », alors que Blythe était armée d'un couteau.

— Vous me dites que vous êtes parvenue à vos brillantes conclusions sur la culpabilité de Blythe Hammell à cause d'une simple citation de Shakespeare ? fit Windgate d'un ton dubitatif.

Il croisa les bras et s'adossa à sa chaise.

— Ça n'a rien à voir avec une brillante conclusion, répliquai-je. Je me suis simplement demandé si ces vers de *La Mégère apprivoisée* avaient une signification particulière et j'ai décidé de vérifier ce point. Quand j'ai vu que Blythe faisait partie de la distribution de la pièce, je me suis dit qu'elle pouvait tout à fait être la personne qui avait rendu visite à Tom à Andes, le jour de sa mort. À cause de ce que vous m'aviez dit, je me suis penchée sur le harcèlement et il m'est subitement venu à l'esprit que, lorsque Tom l'avait rejetée, Blythe ne s'était peut-être pas contentée de lui écrire des lettres stupides. Qu'elle avait peut-être développé une sorte d'obsession pour lui. Mais je n'étais sûre de rien. Alors j'ai pensé que si je pouvais lui parler, je pourrais en apprendre un peu plus. Et après, si quelque chose m'avait effectivement semblé bizarre, je vous aurais appelé immédiatement.

— Qu'avez-vous voulu dire tout à l'heure à propos de sa colocataire ?... Elle s'est fait passer pour elle ?

— Quand je suis arrivée, elle a débarqué dans le hall en prétendant qu'elle était Terry, tout comme elle l'avait fait la première fois que je suis allée à son appartement. Il faut que vous recherchiez cette fille. Il se peut que Blythe l'ait tuée.

— Et quand vous êtes-vous aperçue que « Terry » était Blythe ?

Je réfléchis un instant.

— Malheureusement pas avant d'avoir fait mon grand plongeon dans le vide. Mais je pense que mon subconscient l'avait deviné depuis quelques jours.

— Et vous pouvez me dire comment ?

Les glaçons sur ma cheville commençaient à me faire mal, alors je retirai le torchon et le posai sur le comptoir, près de moi. Maintenant, ma cheville n'était plus simplement énorme, elle s'était aussi colorée de différentes teintes de vert et de violet du plus bel effet.

— Eh bien, une chose me turlupinait : comment la personne qui m'avait passé ces horribles coups de fil anonymes avait-elle bien pu avoir mon numéro... et comment cette personne avait-elle fait pour m'appeler, juste après que j'avais découvert le corps de Tom. Or, quand j'ai commencé à m'intéresser à Blythe, je croyais qu'elle n'avait pas mon numéro. En revanche, j'avais donné mes coordonnées à Terry ce jour-là, après lui avoir dit que je devais me rendre dans le nord de l'État pour voir si Tom s'y trouvait. Elle m'a dit qu'elle n'avait aucun moyen de joindre Blythe, alors, en principe, Blythe ne pouvait pas être en possession de mon numéro. Contrairement à Terry. Et puis, il y a eu aussi les cheveux de Terry... Ils avaient une couleur vraiment bizarre et je pense que j'ai fini par comprendre que c'était une perruque.

Il tripota sa moustache.

— Mais comment va-t-elle d'ailleurs ? demandai-je.

— Il se peut qu'elle ait un traumatisme crânien, voire un ou deux os cassés. Je n'en sais rien encore. Je ferais d'ailleurs bien de m'en préoccuper. Si je vous laisse ici, ça va aller ?

— Pas de problème. Et pourriez-vous regarder si vous trouvez mon sac ? Je l'ai perdu en tombant.

Il ne revint pas avec mon sac, mais un policier en uniforme me le rapporta quelques minutes plus tard. Puis, avant même que j'aie pu en sortir mon portable, deux personnes des services médicaux arrivèrent. Le type qui m'examina dit que j'avais une belle entorse, mais que rien n'était cassé.

— Donc, je n'ai pas vraiment besoin d'aller aux urgences, n'est-ce pas ? Je peux me soigner à la maison ?

— Si, vous devez aller aux urgences, fit Windgate en passant la tête dans l'encadrement de la porte. Ça fait partie de la procédure. Je vous appellerai demain matin à neuf heures. Compris ?

— Très bien.

Je me sentais ridicule sur ma civière. Entre-temps, une foule de badauds s'était massée devant la porte et essayait de voir ce qui avait bien pu se passer. Alors que les infirmiers m'installaient à l'arrière de l'ambulance, je vis qu'une autre civière passait les portes du théâtre. Blythe y était allongée, inconsciente, dans les vêtements informes de Terry. Sa perruque était de guingois et j'apercevais ses longs cheveux blonds plaqués sur son crâne. Le simple fait de l'avoir si près de moi accéléra sensiblement mon pouls.

Après un court trajet – sans sirène –, l'ambulance me déposa à St. Vincent, un hôpital situé dans le Village, à quelques blocs de mon appartement. La dernière fois que j'y étais allée, c'était pour retirer une escarbille d'un de mes yeux et j'avais dû patienter quatre bonnes heures avant que l'on mît fin à mes souffrances. Mais il semblait que le glas des catastrophes avait sonné et j'attendis peu de temps avant que l'on m'admette en salle d'examen. Un médecin demanda que l'on fasse une radio de ma cheville, puis on m'installa sur un lit, dans un espace isolé par des rideaux où je pus me délecter des éructations de mon voisin qui semblait avoir un sérieux problème aux poumons. Un peu plus loin, un bébé se mit à pleurer et sa mère entreprit de le calmer. Mais, même moi qui n'avais pas d'enfant, je savais que le fait de lui répéter « chut, chut » encore et encore aurait à peu près autant d'effet que de lui lire *L'Enfer* de Dante.

Malgré cette cacophonie, je décidai d'appeler Beau. J'avais résisté à mon envie de lui téléphoner depuis le théâtre parce que je ne voulais pas que Windgate m'entende, mais je mourais d'envie de lui raconter les détails de mon horrible aventure. Et j'aurais bien aimé aussi que son épaule accueille les sanglots que je n'allais pas tarder à verser. Même si ma confrontation avec Blythe s'était soldée par une simple entorse, je me sentais salement secouée. Puisqu'il ne répondait pas à son portable, j'essayai de l'appeler chez lui.

À ma plus grande surprise, une femme répondit. Le numéro de Beau était enregistré dans mon portable et il était donc impossible que j'aie pu faire une erreur.

— Est-ce que Beau est là ? lançai-je avec hésitation.

Je me demandais si elle pouvait être la femme de ménage, mais elle me paraissait beaucoup trop arrogante pour être une passionnée du plumeau.

— Il n'est pas encore rentré, me répondit-elle. Puis-je prendre un message ?

Il y avait un peu d'ironie dans sa voix, comme si elle avait perçu ma gêne et s'en amusait.

21

Super. La soirée s'annonçait de plus en plus agréable. Je venais de passer de *Psychose* à *Massacre à la tronçonneuse*. Je pris une profonde inspiration afin de me ressaisir. Il devait forcément y avoir une explication au fait qu'une arrogante petite pimbêche répondait au téléphone de Beau (n'est-ce pas ?). De toute façon, nous ne sortions officiellement ensemble que depuis quarante-huit heures, alors, techniquement, il me semblait difficile qu'il ait déjà pu me tromper.

Après m'être torturée pendant une minute, je me rassis sur mon lit et appelai Nash. Je lui dictai une mise à jour sur l'enquête qui pourrait être publiée sur le site Web et lui dis que je viendrais lui faire mon rapport quand j'en saurais plus.

— Où es-tu ? me demanda-t-il. On dirait que tu es sous un abribus.

— En quelque sorte, fis-je.

Il apprendrait bien assez tôt ce qui était arrivé à ma cheville en me voyant me débattre avec mes béquilles, dès le lendemain.

Je m'apprêtais à remiser mon BlackBerry quand il se mit à sonner.

— Bailey, ça va ?

C'était Chris qui me pressait de questions avant même que j'aie pu lui dire bonjour.

— Harper m'a appelé. Elle était très inquiète.

— Je vais bien, mais j'ai eu un peu chaud. C'est Blythe qui a tué Tom… et Bijou. Elle a aussi essayé de me tuer ce soir… au Chaps Theater. Je suis à l'hôpital St. Vincent avec une entorse à la cheville.

— J'arrive tout de suite.

— Chris, ce n'est pas nécessaire.

— Écoute, je ne suis peut-être pas médecin, mais j'en incarne un pour la télé. Je serai là dans dix minutes, quinze au plus.

J'abandonnai l'idée de le dissuader. Ce serait un peu bizarre entre Chris et moi, mais il avait le droit de savoir tout ce que j'avais appris de mon entrevue avec Blythe. Et puis, je me sentais tellement mal ! Ce ne serait pas du luxe de recevoir un peu de réconfort.

De toute façon, je n'eus pas le loisir d'y réfléchir : quelques minutes plus tard, un médecin écarta les rideaux et entra dans ma « chambre ». Il portait un pantalon de velours et une veste en lainage bleu marine. Grand, cheveux clairs et bel homme. Un local, pensai-je.

— Bonne nouvelle : il ne s'agit que d'un problème mineur de ligament, me dit-il sans préambule. Ce n'est pas très grave. La mauvaise nouvelle, c'est que vous allez devoir vous reposer pendant trois semaines.

Il enveloppa ma cheville dans une compresse glacée, me prescrivit des anti-inflammatoires et me demanda de suivre un régime à base de repos, glace, bandage et surélévation du pied. L'hôpital me fournirait les béquilles.

Chris arriva alors que j'essayais les béquilles – et il était clair que je n'avais pas fait ça toute ma vie. Il plaça sa main sur ma nuque et embrassa mon front.

— Est-ce que tu me pardonneras un jour de t'avoir mise dans ce pétrin ? me demanda-t-il l'air inquiet.

— Oh, le lancement de mon livre n'interviendra pas avant novembre… et ma carrière de volleyeuse a pris fin quand j'ai quitté le lycée, alors… il n'y a aucun problème.

— Merci pour le « petit » service !

— Chris, enchaînai-je en essayant de couvrir les hurlements du bébé, en toute sincérité, je ne regrette rien. Bien que je n'aie jamais rencontré Tom, j'ai développé une certaine affection pour lui. Et je suis heureuse d'avoir démasqué son meurtrier.

Tandis que j'attendais à la sortie de l'hôpital, Chris héla un taxi. Quand nous arrivâmes à mon immeuble, il lui parut évident de m'accompagner jusqu'à mon appartement.

— Tu veux une tasse de thé ou autre chose ? me demanda-t-il en m'installant sur mon canapé.

— Un porto ! annonçai-je. Double !

— Mais tu peux boire de l'alcool avec tes médicaments ?

— Je m'en fiche. De toute façon, je veux m'évanouir.

Chris décida manifestement d'ignorer ma requête car je l'entendis remplir la bouilloire. Pendant qu'il s'affairait dans la cuisine, j'appelai le directeur du Chaps Theater avec mon portable. Une femme me répondit et je me dis qu'il devait s'agir de la matrone à cheveux rouges que j'avais rencontrée la veille dans le hall du théâtre.

— C'est Bailey Weggins, lui dis-je. Je suis la femme qui a été attaquée dans votre théâtre aujourd'hui. Vous auriez un instant ?

— Bah, quand nous sommes arrivés vers six heures, les flics nous ont dit que nous ne pourrions pas donner la représentation de ce soir. Du coup, j'ai tout mon temps.

— Il faut que je sache quelque chose. Je suis tombée dans le vide en ouvrant une porte située à l'étage supérieur. À quoi peut donc servir cette porte ?

— Oh, mon dieu, j'ai appris ça, se lamenta-t-elle. Je ne sais pas comment ça a pu arriver. Nous la maintenons toujours fermée à clé.

— Mais pourquoi y a-t-il une porte à cet endroit ? répétai-je. Sert-elle pour certains des décors que vous utilisez ?

— Non, non. Pas du tout. En fait, l'immeuble était auparavant occupé par des appartements. Il y a de cela des années. L'escalier menait alors au deuxième étage, bien avant que la scène existe.

Après avoir raccroché, je me rallongeai. J'étais au bord des larmes. Chris émergea de la cuisine avec deux tasses de thé. Il m'en tendit une.

— À ta santé, Bailey, me dit-il en levant son mug.

— Bon sang, Chris, tu ne m'as appelée que mardi dernier. J'ai pourtant l'impression que ça fait une éternité. Te rends-tu compte de tout ce qui s'est passé en si peu de temps ?

— Merci pour ce que tu as dit tout à l'heure. Sur le fait que tu ne m'en voulais pas pour tout ça.

— Je le pensais vraiment, le rassurai-je.

— Alors, raconte-moi ce qui s'est passé ce soir. Depuis le début jusqu'à la fin, OK ? Y compris la façon dont tu as découvert le fin mot de cette histoire.

Je lui en avais déjà mentionné les grandes lignes dans le taxi, mais là, je lui fis le récit détaillé de mes mésaventures.

— Mais comment as-tu réussi à garder la tête froide face à Blythe ? s'étonna-t-il. Si ça n'avait pas été le cas, tu serais sans doute morte à l'heure qu'il est.

— Seulement grâce à l'adrénaline, je suppose. Et peut-être aussi à un violent désir de ne pas finir comme une crêpe sur la scène ! Heureusement que je me débrouillais bien à la corde lisse, pendant les cours de gym du lycée.

— Est-ce que Blythe est malade ? Je veux dire folle ?

— Complètement frappée, sans aucun doute. Folle, je ne sais pas. Tom t'a-t-il jamais dit quelque chose qui puisse te faire penser que ses sentiments pour lui avaient tourné à l'obsession ?

— Bah, comme je te l'ai dit au début, j'estimais que Blythe était un peu tapée, mais Tom semblait la considérer plus comme une nuisance – il n'était pas du genre à s'énerver et à prendre le mors aux dents. Et puis, tout d'un coup, on n'a plus entendu parler d'elle. Les appels ont cessé – et elle a aussi arrêté d'envoyer des lettres et des cartes. Elle ne constituait donc plus un problème.

Je pris une gorgée de thé et réfléchis pendant un moment.

— Tu sais, j'ai dit à la police que Blythe avait pu tuer Terry, mais je n'en suis plus très sûre. Je me demande en fait si Blythe n'est pas Terry.

— Que veux-tu dire par là ?

— Peut-être ne forment-elles qu'une seule et même personne. Blythe a pu créer cet *alter ego* pour son confort personnel – pour qu'elle l'aide dans les situations difficiles. Quand les gens venaient frapper à sa porte parce qu'elle leur devait de l'argent, ou pour je ne sais quelle raison, elle pouvait ainsi se transformer en Terry. Ou alors, elle a créé ce personnage juste après avoir tué Tom – afin de pouvoir disparaître du panorama, tout en gardant un œil sur ce qui se passait.

— Ça semble totalement dingue… Et Harper ? et Deke ? Ils ne sont plus suspects ?

— Je suis à peu près sûre que Deke n'a jamais remboursé l'argent qu'il devait à Tom, mais c'est sans doute son pire crime. Quant à Harper, elle m'a sauvé la vie ce soir. Elle a dit aux flics où j'étais. Le seul type que j'ai du mal à cerner, c'est Barish. Il semble que Tom a eu un problème avec lui et je me demande s'il ne magouille pas un peu avec l'héritage de Tom. Je tâcherai d'appeler l'avocat de ma famille demain, juste pour voir s'il existe un moyen de vérifier ses agissements.

La compresse glacée que m'avait donnée l'hôpital était désormais tiède et Chris alla dans la cuisine pour me chercher de nouveaux glaçons. Après les avoir placés sur ma cheville, il se leva.

— Bon, je pense que la meilleure des choses à faire pour toi serait de te mettre au lit. Est-ce que ça ira si tu restes toute seule ?

Je ne souhaitais pas qu'il demandât à rester auprès de moi parce que la situation aurait été trop complexe, mais, en même temps, cela me semblait bizarre qu'il ne le fît pas. Toutes ces émotions contradictoires devaient forcément se lire sur mon visage.

— Je ne comprends plus trop où en est notre relation, Bailey, dit-il. Je croyais que tu me connaissais plutôt bien, et pourtant tu as pu croire que j'avais été un vrai salaud avec Tom.

— Je ne le crois plus. Et je suis honteuse de l'avoir pensé.

— Oui, mais il reste un truc pas clair entre nous.

— Ça n'a rien à voir avec toi, Chris.

Je redoutais la tournure que prenait notre conversation, mais je n'avais pas vraiment le choix.

— Avant de ressortir avec toi, j'ai eu une liaison avec quelqu'un d'autre et je croyais sincèrement qu'elle était terminée. Mais il est revenu à New York, et maintenant je ne suis plus sûre de rien.

Il secoua la tête, comme découragé.

— C'est le type qui se trouvait chez Elaine ?

— Oui.

— Bon sang !

— Je suis désolée, Chris, dis-je plaintivement. Les moments que nous avons passés ensemble ont été merveilleux – malgré la manière dont ça a commencé. Mais je…

— Tu n'as pas à t'expliquer, Bailey.

Son visage s'était fermé.

— J'ai apprécié tout ce que tu as fait. Je suis juste désolé de la façon dont cela se termine. J'aurais vraiment aimé que nous restions ensemble.

Et puis il partit. Je n'aurais jamais cru que son départ me causerait une telle tristesse. Je reposai ma tête sur le canapé et je faillis ne pas entendre que mon téléphone sonnait. Si mon sac n'avait pas été sur la table basse, près de moi, je n'aurais pas pu décrocher à temps.

C'était Beau. D'après les bruits de fond, il devait être au restaurant.

— Alors, qu'est-ce qui se passe ? demanda-t-il. Je croyais que tu devais me tenir au courant.

— J'ai appelé, répondis-je.

J'avais un peu de mal à cacher mon irritation.

— Une fille m'a répondu, alors je n'ai pas cru bon de laisser un message.

— Une fille ? Oh, merde, c'est la copine de mon pote Jason.

— Quoi ?

— Tu te souviens que je t'ai dit que je devais héberger un copain ? Eh bien, il loge chez moi avec sa petite amie.

— Et pourquoi se croit-elle autorisée à répondre à ton téléphone ?

Ça y était. On était ensemble depuis deux jours, et je commençais déjà à faire ma mégère et à fouiner.

— Parce que c'est une semeuse de merde. J'aime beaucoup Jason, mais j'adorerais qu'il la largue. Dis-moi plutôt où tu en es. Tu as parlé de Blythe aux flics ?

Je soupirai, pas vraiment rassurée. Son explication tenait la route, mais malgré ses promesses d'engagement, je continuais à me poser des questions sur Beau.

— Ils l'ont arrêtée.

— Ils pensent que c'est définitivement elle la coupable ?

— Oui, elle a avoué.

— Ça va, Bailey ?

— Oui, je suis juste un peu fatiguée.

— J'aurais vraiment préféré ne pas avoir à me taper cette corvée, ce soir. Mais bon. Peut-on se voir demain ?

— Bien sûr, répondis-je. Parlons-nous demain.

Je ne parvenais pas à croire que j'avais pu lui cacher l'agression que je venais de subir, mon entorse et tout le reste. Mais la douleur dans ma cheville, associée à la malveillance de cette fille, avait anéanti toute velléité de lui raconter quoi que ce fût.

Je me traînai jusqu'à la salle de bains, ôtai mes vêtements et pris une longue douche bouillante, afin de me débarrasser de toute la saleté de cette horrible soirée. En en sortant, je me fis un pauvre sourire dans le miroir. Malgré mon état déplorable, j'étais plutôt fière de la façon dont je m'en étais tirée. J'avais réussi à réchapper d'une chute qui aurait pu être mortelle et à repousser les assauts d'une meurtrière. Bon, j'avais dû être totalement ridicule quand j'avais repris le rôle de Obi-Wan Kenobi avec ma « lampe fantôme », mais qu'importe, puisque j'étais en vie – et que j'avais démasqué l'assassin de Tom.

Tom. Le fait de penser à lui continuait à me serrer le cœur. Sa personnalité chaleureuse, sa confiance délibérée dans son entourage, son hypersensibilité en matière de filles... Tout avait conspiré contre lui. Il n'avait pourtant pas mérité ça. Je repensai soudain à sa pièce. Peut-être parviendrais-je à en trouver un exemplaire que je pourrais soumettre à un producteur ?

Je pris un oreiller supplémentaire dans le placard et le plaçai au pied de mon lit. Épuisée, je rampai sous ma couette, éteignis les feux et installai ma cheville sur l'oreiller du mieux que je pus.

Il était quand même incroyable que je me retrouve à devoir dormir toute seule. Si j'avais ravalé ma susceptibilité et raconté à Beau ce qui venait de se passer, il aurait sans doute abandonné ses amis pour me rejoindre.

Pourtant, pour une raison obscure, je ne lui avais rien dit. Sans doute ma discussion avec Chris y était-elle pour quelque chose.

Au final, tout cela montrait qu'en fait je ne savais pas ce que je voulais. J'étais dingue de Beau, mais j'avais détesté voir Chris s'en aller. Il me plaisait. Vraiment. Bon d'accord, il avait dix ans de moins que moi et, dans son métier, les mecs étaient non seulement obsédés par eux-mêmes, mais, en plus, ils tombaient régulièrement amoureux d'autres vedettes siliconées. Il semblait néanmoins apprécier ma compagnie et me faisait rire. Beau, de son côté, avait fini par s'engager auprès de moi, mais il était toujours tellement mystérieux, tellement difficile à décrypter…

En m'effondrant sur mon oreiller, je ne savais donc plus ce que j'allais faire.

Mais il y avait une chose dont je pouvais me réjouir : j'étais si épuisée que, cette nuit, rien ne pourrait me priver de sommeil.

Dans la collection « Girls in the city » chez Marabout :

Embrouilles à Manhattan, Meg Cabot
Mes amants, mon psy et moi, Carrie L. Gerlach
Sexe, romance et best-sellers, Nina Killham
Et plus si affinités, Amanda Trimble
Projection très privée à Tribeca, Rachel Pine
Mariage mania, Darcy Cosper
Mariage (en douce) à l'italienne, Meg Cabot
L'Ex de mes rêves, Carole Matthews
Divorce à petit feu, Clare Dowling
Un bébé made in L.A., Risa Green
Une maman à L.A., Risa Green
Le Prince Charmant met de l'autobronzant, Ellen Willer
Cleptomania, Mary Carter
Happy end à Hollywood, Carole Matthews
Sexe, amitié et rock n'roll, A.M. Goldsher
Ma vie privée sur Internet, Carole Matthews
Plaquée pour le meilleur, Clare Dowling
Bimbo mais pas trop, Kristin Harmel
Le Prince Charmant fait péter l'audimat, Ellen Willer
Double Jeu, Emma Lewinson
Arnaque à l'amnésie, Caprice Crane
En finale de Fame Game, Carole Matthews
Ma vie de star est un enfer, A. M. Goldsher

Pour l'éditeur, le principe est d'utiliser des papiers composés de fibres naturelles, renouvelables, recyclables et fabriquées à partir de bois issus de forêts qui adoptent un système d'aménagement durable.

En outre, l'éditeur attend de ses fournisseurs de papier qu'ils s'inscrivent dans une démarche de certification environnementale reconnue.

Photocomposition Nord Compo

Imprimé en Allemagne par GGP Média

Pour le compte des Éditions Marabout.
Dépôt légal : mai 2010
ISBN : 978-2-501-06480-4
40.5361.7
Édition 01